# TOTEN PUZZLE

**BETTINA MITTELACHER/
KLAUS PÜSCHEL**

**EIN THRILLER**

**ELLERT & RICHTER VERLAG**

## PROLOG

Diese Dunkelheit. Diese tiefe, alles verschlingende Schwärze. Sie hat etwas Unheimliches. Und doch fühlt Patrick sich hier auf merkwürdige Weise so sicher wie schon lange nicht mehr. Er hat diesen soliden hölzernen Schrank als Höhle gewählt und sich darin verkrochen. Sie ist sein Schutzraum vor der Welt da draußen, der bedrohlichen, beängstigenden Welt.

Wie so oft sind in der Nacht grässliche Träume auf ihn eingestürzt, in denen wehende Gardinen sich in dämonische Gespenster verwandeln und ein Kapuzenmann eine todbringende Sense schwingt. Jedes Mal wächst ein Blutfleck zu einem tiefroten Ozean an, und Patrick wird in ihn hineingesogen.

Dann doch lieber die Finsternis des Schranks. Hier kann er die Tür von innen mit einem Ruck zuziehen und so die furchteinflößenden Geister aussperren und an die Kette legen.

Über dem Jungen hängen an der Kleiderstange Hemden, Blusen und Kleider, säuberlich aufgereiht. Wenn er die Luft tief einsaugt, meint er, etwas zu riechen, das ihn an seine Mutter erinnert, Maiglöckchenduft vielleicht, eine Spur von Rosen. Patrick streckt die Hand nach oben und greift wahllos eines der Kleidungsstücke. Er zieht es an sein Gesicht, fühlt den weichen, zarten Stoff und sehnt sich danach, mit der Berührung eine Zeit wiederkehren zu lassen, die Ewigkeiten zurückzuliegen scheint.

Damals, als die Welt noch in Ordnung war, als der Neunjährige eine Familie hatte. Als Vater, Mutter und er noch zusammengehörten, wie in einem Kokon aus Verlässlichkeit und Geborgenheit. Als Ängste und Albträume noch nicht seine Tage und Nächte dominierten und ihm wie mit Krallen den Hals zuschnürten.

Patrick spürt, wie erneut Panik in ihm aufwallt. Er versucht, gegen seine Furcht anzukämpfen, schließt die Augen und zieht die Beine an. Er legt seinen Kopf auf die Knie und bemüht sich, ruhiger zu atmen. Ein, aus, ein, aus.

In diesem Moment dringt eine warme, samtene Stimme zu ihm. Wahrscheinlich hockt die Frau, die er erst seit einigen Tagen kennt und die so sanft zu ihm spricht, ganz nah bei ihm, nur durch die Türen des wuchtigen Schranks getrennt. „Vertrau mir, Patrick. Mach auf. Es kann doch nicht schön für dich sein, dich so zu verkriechen", sagt sie. „Lass uns bitte reden!"

Die Stimme klingt freundlich und geduldig, so wie er auch die Frau, zu der sie gehört, als freundlich und geduldig kennengelernt hat. Sie kümmert sich um ihn, weil seine Mutter seit Wochen verschwunden ist – und weil an seinem Vater ein furchtbarer Verdacht haftet.

Dass er sie umgebracht und den Leichnam beseitigt haben könnte, irgendwo, an einem unzugänglichen, geheimen Ort.

Wenn das doch nur ein böses Getuschel irgendwelcher dämlicher Spinner wäre! Blödes Geschwätz von den Typen, die immer wieder Gruselszenen in ihren Computerspielen aufrufen, bis sie vollkommen in die Welt der Monster und Killer eingetaucht sind. Allein er selber aber weiß, was an dem grausigen Verdacht stimmt. Patrick sieht wieder diesen riesigen dunkelroten, schimmernden Fleck auf dem Schlafzimmerboden, in den er beinahe hineingetreten wäre. Der fremde, leicht metallische Geruch, der von der dickflüssigen Pfütze ausgeht, steigt ihm erneut in die Nase und verursacht ihm Übelkeit. Er spürt wieder den gleichen Schauder, der ihn schon gepackt hat, als sein Vater und der Kapuzenmann ihr Schlachterhandwerk begonnen und mit dem Hackebeil zugeschlagen haben, wieder und wieder, wie in einem Blutrausch.

Der Junge bemüht sich, diese Erinnerung in einen fernen Winkel seines Bewusstseins zu schieben und sich auf die Worte der freundlichen Frau zu konzentrieren, die vor seinem dunklen Versteck hockt. Einige Tage lang hat sie ihn einfach bei sich und in ihrem Haus ankommen lassen, ihn nicht mit bohrenden Fragen bedrängt. Doch in den Stunden, in denen er sich nicht im Schrank verkrochen hat, hat er immer wieder wahrgenommen, wie sie ihn mustert. Wie sie in seinen Augen zu lesen versucht, die schon viel zu viel Schreckliches gesehen haben.

„Die Augen sind der Spiegel der Seele", hat Frau Winter, seine Lehrerin in der dritten Klasse, ihren Schülern neulich erst erklärt. Wenn das wahr ist, fällt Patrick ein, wenn andere so einfach in meine Seele blicken können, dann sehen sie dort bestimmt all das Böse, das ich getan habe. Oder vielleicht ist dort, wo meine Seele sein sollte, nichts mehr? Überhaupt nichts?

Und warum tut Papa mir das alles an?

Patrick gibt sich einen Ruck. Er möchte endlich reden über das, was er gesehen und ertragen hat. Zögernd schiebt er seine Hand nach vorn und drückt langsam die Schranktür auf. Er blinzelt in das Licht, das ihm grell entgegenleuchtet. Augenblicke später nimmt in der ungewohnten Helligkeit das Gesicht der netten Frau Konturen an. Er sieht ihren Blick auf sich ruhen, voller Wärme und Mitgefühl. Patrick spürt, wie ihm Tränen in die Augen schießen und nun langsam seine Wangen hinuntergleiten. Mit einer fahrigen Geste wischt er sich über das Gesicht. Dann bricht es aus ihm heraus: „Ich war dabei", schluchzt er und blickt verzweifelt die Frau an. „Ich war dabei, als Mama starb. Dann hat Papa sie zusammen mit dem Kapuzenmann in viele Stücke zersägt und zerhackt. Und ich musste zusehen und helfen."

## KAPITEL 1

„Da stimmt doch was nicht!" Matthias Fraker ist wirklich nicht der Typ, der mit sich selber redet. Gut, zu Hause kommt er eher selten zu Wort. Da dominieren das lebhafte Geschnatter seiner beiden kleinen Töchter und die endlosen Erzählungen seiner Frau, wenn sie haarklein schildert, was sich auf dem Weg in die Kita, im Bus und im Büro alles ereignet hat. Fraker hat mal gelesen, dass die meisten Vertreter der weiblichen Spezies um die 30 000 Wörter pro Tag reden. Wann sie zwischendurch Zeit zum Luftholen nehmen, hat in dem Artikel nicht gestanden. Ein Manko, wie er findet. Es hätte ihn sehr interessiert.

Er jedenfalls kommt mit deutlich weniger Äußerungen aus. Auch wenn er in seinem Job als Berufsschullehrer immer noch relativ ausführlich Zusammenhänge erklären und Rede und Antwort stehen muss. Kein Grund also, hier zu Hause am Küchentisch zu hocken und vor sich hin zu murmeln wie ein alter, einsamer Mann, dem sowieso niemand zuhört. Doch jetzt wird dem Achtunddreißigjährigen bewusst, dass er diesen Satz schon zum vierten oder fünften Mal zu sich selber gesagt hat: „Da stimmt doch was nicht!"

Es ist ein unbestimmtes Gefühl, genährt durch Beobachtungen, die er in letzter Zeit gemacht hat. Oder, Fraker verbessert sich im Stillen: durch Wahrnehmungen, die er eben gerade nicht gemacht hat. Er schiebt den Sportteil seiner Tageszeitung zur Seite, rührt einen gut gehäuften Löffel Zucker in die zweite Tasse Kaffee, die er sich an diesem Morgen gönnt, atmet tief den aromatischen Duft ein und denkt nach. Wann hat er seine Nachbarin Anna Krüger zum letzten Mal gesehen? Ihre Stimme aus der angrenzenden Wohnung gehört? Das musste schon fast zwei Wochen her sein.

Wie oft hat sich Fraker über die Hellhörigkeit in diesem Mehrfamilienhaus in Hamburg-Altona geärgert, das Rumpeln, die Schritte, die Stimmen, die durch die Wände dringen. Mindestens so genervt von dem Lärm ist seine Frau Jenny, die immer wieder davon anfängt, sie sollten lieber an den Stadtrand ziehen. In ein hübsches Reihenhaus, das sie sich doch wohl würden leisten können. Jenny stellt sich dazu einen bescheidenen Garten vor, in dem genug Raum für eine Schaukel und ein kleines Gehege für zwei Meerschweinchen ist, die ihre Töchter sich so sehr wünschen. Platz und Privatsphäre eben, Stressfreiheit und Stille. Ohne Gepolter aus den Wohnungen anderer Leute.

Fraker rekonstruiert, dass es etwa seit Halloween ungewöhnlich ruhig ist nebenan. Ganz und gar nicht typisch. Früher hat er oft das Paar in der benachbarten Wohnung gehört, wenn es wieder mal lauter wurde. Wenn der Mann losgebrüllt und die Frau sich energisch gewehrt hat. Es waren keine Worte zu verstehen, aber dass der Typ eine sehr kurze Zündschnur haben muss, ist Fraker klar. Und dass die Partnerin des Mannes, der als Maurer arbeitet, keinen leichten Stand gegen diesen kräftigen, rotgesichtigen Kerl hat.

Wenn Fraker der Einundvierzigjährigen im Treppenhaus oder am Briefkasten begegnet ist, hat sie oft merkwürdig verhuscht auf ihn gewirkt. Und zweimal hat sie eine dunkle Sonnenbrille getragen, jeweils bei trübem Wetter. Hat sie ein blaues Auge kaschieren wollen? Mehrfach hat er sie gefragt, ob sie mal reden wolle. Ob sie Probleme habe, ob er ihr irgendwie helfen könne, sie vielleicht zu Verwandten oder einer Freundin bringen? Er hat ein ungutes Gefühl gehabt, als sie vehement ablehnte und behauptete, alles sei in bester Ordnung. Er erinnert sich, wie die zierliche Frau dabei nervös über ihren dunklen Zopf strich und ein Lächeln aufsetzte, das wohl fröhlich aussehen sollte, aber nur bemüht wirkte.

Und dann ist da noch ihr Sohn, ein Junge im Grundschulalter. Ein blasser, stiller Typ in Hochwasserhosen, der sich auf der Treppe immer dicht an der Wand entlangschiebt und von dem Fraker noch nicht einmal den Vornamen weiß. Wenn die Mutter des Kindes womöglich seit Wochen nicht mehr zu Hause gewesen ist, geht es dem kleinen Burschen bestimmt nicht gut.

Matthias Fraker steht vom Küchentisch auf, eilt durch den sonnengelb gestrichenen Flur zur Garderobe und zieht sich seine gefütterte Windjacke an. Er hat beschlossen, dass er etwas tun muss. Er wird zur Polizei gehen. Wer weiß, was Anna Krüger zugestoßen ist, sodass sie seit einer gefühlten Ewigkeit wie vom Erdboden verschluckt scheint. Auf dem Weg nach unten hält er noch kurz vor der Wohnungstür nebenan inne und lauscht einen Augenblick. Alles ruhig, es herrscht weiter Totenstille. Fraker schaudert bei dem Wort, das ihm unwillkürlich durch den Kopf geschossen ist. Er hofft inständig, dass er damit falsch liegt. Dass sie jedenfalls nicht umgekommen ist. Ermordet?

## KAPITEL 2

Wieder ein Fall erledigt. Andreas Schmitt hätte sich am liebsten selber auf die Schulter geklopft. Aber mit dem Tennisarm, der ihn seit mehr als zwei Wochen quält, lässt er das lieber bleiben. Es hätte ohnehin merkwürdig ausgesehen, wie er sich da halb verrenken würde, und das in seinem Alter so kurz vor der Pensionierung. Trotzdem ist der Polizist von der Wache an der Goethestraße hochzufrieden mit sich. Der vermisste Dackel mit dem Namen Hugo ist wohlbehalten bei seinem Frauchen zurück. Zusammen mit dem Diebstahl in einem Drogeriemarkt, bei dem der Übeltäter vom Ladendetektiv sofort gestellt wurde, hat Schmitt schon zwei Fälle abhaken können. Und dabei ist es noch nicht einmal zehn Uhr. Da können die Kollegen von der Kripo, oftmals hochnäsig und eingebildet, wie er findet, seine Arbeit noch so sehr belächeln: Als Beamter am lokalen Polizeirevier leistet man noch ehrlichen Dienst am Bürger. Schmitt hat nie eine andere Karriere angestrebt. Irgendjemand muss schließlich auf dem Teppich bleiben.

Der Hauptwachtmeister will gerade seinen kräftigen Körper von seinem Bürostuhl hieven, um einen Pfefferminztee aufzubrühen, als er den Mann erblickt, der entschlossen die verglaste Tür zum Revier öffnet. „Ich möchte jemanden als vermisst melden!", stößt der Besucher fast atemlos hervor. „Meine Nachbarin Anna Krüger. Sie ist schon seit etlichen Tagen verschwunden."

Andreas Schmitt ordnet seine Gesichtszüge zu dem in jahrzehntelanger Routine einstudierten Ausdruck aus Kompetenz, Mitgefühl und Sachlichkeit. Er kennt die Statistiken, und die Gesetze sowieso. Jahr für Jahr verschwinden allein in Hamburg rund tausend Erwachsene vorübergehend, in ganz

Deutschland sind es einhunderttausend. Was ihr gutes Recht ist. Jeder, der volljährig ist, darf eine Auszeit nehmen, ohne Angehörige, Freunde und Nachbarn informieren zu müssen. Das können fünfzehn Stunden sein oder fünfzehn Jahre, je nach Belieben. Auch wenn es nicht gerade nett ist und die Familie sich sehr wahrscheinlich Sorgen macht. Nur etwa drei Prozent der Vermissten bleiben dauerhaft verschwunden. Und von denen ist nicht einmal die Hälfte Opfer eines Gewaltverbrechens geworden. Also gemach!

Das versucht Schmitt auch dem besorgten Nachbarn von Anna Krüger zu erklären. Doch der Mann bleibt hartnäckig. „Ich kenne die Frau nicht besonders gut, zugegeben", räumt der ein. „Aber so viel weiß ich sicher: Sie würde niemals ihren kleinen Sohn zurücklassen. Er muss acht oder neun Jahre alt sein." Der Polizist horcht auf. Er hat selber fünf Enkel, allesamt im Kindergarten- oder Grundschulalter, und jeder von ihnen ist schlichtweg bezaubernd. So viel ist klar: Niemals würde jemand, der halbwegs bei Trost ist, ohne Not solche herzallerliebsten Goldstücke allein lassen. Schmitt greift zum Telefon und ruft seine Kollegen vom örtlichen Kommissariat an. „Kristine, ihr müsst mal bitte was überprüfen!"

Nur wenige Minuten später sind Kristine Petersen und ihr Kollege Marek Novak unterwegs, um der Sache nachzugehen. Ihre erste Station ist die Adresse, wo die vermeintlich verschwundene Anna Krüger gemeldet ist. Es dauert lange, bis auf das anhaltende Klingeln der Polizisten schlurfende Schritte im Flur zu hören sind und die Tür geöffnet wird. Strubbeliges, fettiges Haar, fleckiges Unterhemd, ausgebeulte Jogginghose und eine Bierfahne, ohne dass er auch nur den Mund aufmacht: Steffen Krüger hätte nach Kristine Petersens Ansicht dringend eine ausgiebige Dusche nötig. Und seine Wohnung einen Trupp unerschrockener Dienstleister mit jeder Menge effizienter Putzmittel, richtigen chemischen Keulen. Kristine ekelt sich regelrecht. Sie ist erleichtert, dass der Maurer seinen Besuchern weder einen Kaffee noch einen Sitzplatz anbietet.

Dann aber ist sie sehr schnell alarmiert. Die scheinbare Lässigkeit, mit der der Typ sie überzeugen will, dass seine Frau lediglich verreist sei, klingt viel zu aufgesetzt. „Die Anna wollte schon lange mal eine Auszeit von unserer Ehe", behauptet er. „Sich verwirklichen und so'n Zeug. Spanischkurs auf Mallorca, Sie wissen schon", fügt er kumpelhaft hinzu. Doch seine schlecht gespielte Unbekümmertheit schlägt in offene Feindseligkeit um, als sie darum bitten, einen Blick in die anderen Räume werfen zu dürfen. „Ob wir unsere Betten machen oder nicht, geht Sie nichts an!", zischt Steffen Krüger und stellt sich mit breitem Kreuz und aggressivem Blick vor eine Tür, die vermutlich zum Schlafzimmer führt. Danach kann er sie gar nicht schnell genug aus der Wohnung komplimentieren.

Als Nächstes fahren Kristine Petersen und Marek Novak zur Grundschule des Sohnes von Anna und Steffen Krüger und sprechen mit der Rektorin. Die Mittfünfzigerin, eine Frau in Jeans und Blazer, mit Perlenkette und korrektem, aber entschieden zu schwarz gefärbtem Pagenschnitt, wirkt geradezu erleichtert, als die Polizisten sich nach Patrick Krüger erkundigen. „Gut, dass Sie kommen", sagt Helena Martens mit einer Stimme, die eine Nuance zu tief scheint für ihre zarte Figur. „Ich hätte ohnehin spätestens morgen die Behörden informiert. Patrick wirkt nach Auskunft seiner Klassenlehrerin seit einiger Zeit vollkommen verstört. Der Junge braucht womöglich professionelle Hilfe. Aber das ist ja auch kein Wunder, wo doch seine Mutter während eines Auslandsurlaubs bei einem Verkehrsunfall umgekommen ist!"

Petersen und Novak werfen einander einen schnellen Blick zu. Hier ist ganz eindeutig etwas faul. „Ein tödliches Verkehrsunglück, sagten Sie?" Novak zückt Block und Kugelschreiber. „Wer behauptet das?"

Die Rektorin sieht sie irritiert an. „Na, Patricks Vater! Er hat uns doch extra informiert, dass sie im Urlaub auf Mallorca auf einem Zebrastreifen von einem Auto erfasst wurde und dabei umgekommen ist. Und er hat gemeint, wir sollten uns deshalb nicht wundern, wenn der Junge ‚etwas neben der Spur ist', wie er es formulierte. Aber Patricks Veränderung muss man wirklich als besorgniserregend bezeichnen. Die Lehrer und seine Klassenkameraden kommen einfach nicht mehr an ihn heran. Er wirkt völlig verschlossen. Wie gesagt, ich wollte mich jetzt an das Jugendamt wenden, damit der Junge in fürsorgliche, professionelle Hände kommt."

„Darum kümmern wir uns jetzt", entscheidet Kristine Petersen. Sie würde nicht nur Jugendamt und eine Kinderpsychologin benachrichtigen – sondern auch die Mordkommission.

## KAPITEL 3

Ein enger, schlecht beleuchteter Flur. Ein mit dunklen Möbeln eingerichtetes Wohnzimmer, in dem der rustikale Eichencouchtisch aus Omas Zeiten noch als das edelste Stück hervorsticht und die fadenscheinigen Vorhänge mit Blümchenmuster der einzige Farbtupfer sind. Die Wandfarbe wäre von einem gewieften Makler mit viel Fantasie und noch mehr Abgebrühtheit vielleicht als zinnfarben schöngeredet worden, tatsächlich ist es aber nur ein stumpfes Grau, unzureichend aufgehellt von einem dreiarmigen, provisorisch an der Decke befestigten Strahler.

An der kahlen Zimmerwand über dem braunen Zweisitzsofa zeugen Tesafilmreste mit kleinen Papierfetzen davon, dass hier wohl jemand einmal Poster hingeklebt hat, die irgendwann entsorgt worden sind. Sieben Teller mit Überbleibseln von Fertiggerichten in unterschiedlichen Phasen des Verschimmelns liegen auf dem mit Brandlöchern übersäten Teppich, der offenbar vor Wochen zuletzt gesaugt worden ist. Und auf der Fensterbank kämpfen mickrige Veilchen in lilafarbenen Plastiktöpfen ums Überleben.

Das also ist der Lebensmittelpunkt des kleinen Patrick und seiner Eltern. Emma Claasen hat sich einen gründlichen Eindruck von dieser tristen Dreizimmerwohnung verschafft, die so mancher Besucher wohl als chaotisch und schmuddelig, vielleicht sogar verwahrlost empfinden würde. Aber Emma Claasen hat schon deutlich Schlimmeres gesehen. Als Kriminalhauptkommissarin in Hamburg kommt sie nicht selten in Behausungen, die diesen Namen kaum verdienen. Hier haben die Mieter wenigstens ein solides Dach über dem Kopf, trockene Wände und eine vollständige Einrichtung, wenn auch mit stark reduziertem Charme und einem Geruch von halb verfaultem Essen und abgestandenem Alkohol.

Die stellvertretende Leiterin der Mordkommission wirft einen schnellen Blick in die Küche, ein Raum mit verkrustetem Herd, auf dem zwei Töpfe mit ranzig riechenden Essensresten stehen, und mit einer Spüle, in der sich benutztes Geschirr türmt. Gegenüber befindet sich ein kleines Zimmer, das offenbar dem Sohn gehört. Die Einwegfüßlinge, die sich Emma über ihre Schuhe gezogen hat, erzeugen ein knisterndes Geräusch auf dem flauschigen blauen Teppich, mit dem der Boden dort ausgelegt ist. Hinten in der Ecke steht eine Spielzeugkiste mit Autos und Plastiktieren. In einem Hängeregal an der Wand sind einige Bücher aufgereiht, und auf dem mit Spiderman-Bettzeug bezogenen Bett liegt ein abgegriffener Basketball.

Schließlich wendet sich die Ermittlerin dem Schlafzimmer zu, das sehr wahrscheinlich der Tatort eines Verbrechens ist. Hier ist vermutlich vor zweieinhalb Wochen Anna Krüger gestorben, die Mutter des kleinen Patrick. An einem Donnerstag, wie sich der Junge festgelegt hat. Das wäre dann der 25. Oktober gewesen. Patrick ist sich wegen des Wochentags so sicher, weil er am Donnerstagnachmittag eigentlich immer zum Basketballtraining geht. Nicht aber an jenem Tag. Den hat der Neunjährige nicht in der Sporthalle verbracht – sondern offenbar in blutbesudelten Zimmern.

Vor wenigen Stunden erst hat Emma Claasen von Patricks unglaublichem Schicksal erfahren und von dem gewaltsamen Tod seiner Mutter. Die Ermittlerin denkt daran zurück, wie sie den gepeinigten Jungen in seinem neuen Zuhause bei seiner Pflegemutter Karin Schnittger besucht hat. Die diplomierte Sozialpädagogin hat die Betreuung des Neunjährigen auf Initiative des Jugendamtes übernommen. Sie hat sich um den traumatisierten Schüler gekümmert, ihn zur Ruhe kommen lassen, ihm immer wieder signalisiert, dass sie ihm zuhören möchte. Ihm versichert, dass er bei ihr sein Herz ausschütten kann. Es hat Tage gedauert, bis Patrick sich aus dem Schrank, in dem er immer wieder stundenlang Zuflucht gesucht hatte, endgültig herausgetraut und sich ihr offenbart hat.

Patrick hat erst seiner Pflegemutter und später dann der Kommissarin dieselben entsetzlichen Dinge erzählt: von seiner sterbenden Mama, von seinem erbarmungslos wütenden

Papa und von einem geheimnisvollen Kapuzenmann, der gemeinsam mit dem Papa mit Axt und Säge hantiert und ein Gemetzel angerichtet hat.

Kommissarin Claasen hat diesem stupsnasigen Jungen mit dem dunkelblonden Wuschelkopf gegenübergesessen und ihm aufmerksam zugehört – er zusammengekauert auf einem Sofa, sein schmaler Körper bis zum Äußersten angespannt, die Hände permanent in Bewegung. Der Schüler hat von Ereignissen gesprochen, die ein Neunjähriger niemals sollte durchleiden müssen. Die überhaupt niemandem widerfahren sollten. Details seiner Erzählung sind zwischen all den tränenerstickten Schluchzern des Kindes kaum zu verstehen gewesen. Aber es ist sehr wahrscheinlich, dass er tatsächlich miterlebt hat, wie seine Mutter zu Hause im Schlafzimmer qualvoll gestorben ist.

Der Todeskampf der Einundvierzigjährigen muss wohl länger gedauert haben. „Das waren Stunden", hat Patrick behauptet. Auch wenn es tatsächlich nur Minuten gewesen sein sollten: Seine Welt ist aus den Angeln gehoben und heftig herumgeschleudert worden.

Der Junge hat ein schweres Trauma erlitten. Emma lässt Revue passieren, was Patrick ihr geschildert hat. „Mama lag auf dem Rücken", hat er heulend erzählt. „Ihre Augen waren total weit aufgerissen, das sah gruselig aus. Ich bin sicher, irgendwas tat ihr ganz doll weh. Sie hat auch viel geblutet. Mama tat mir so leid. Ich wollte doch helfen, aber ich wusste nicht, wie!" Emma hat noch im Ohr, wie Patricks Stimme einen schrillen Klang angenommen hat. In einer fahrig wirkenden Geste hat er sich über die feuchten Wangen gewischt und einmal tief Luft geholt, bevor er weitererzählen konnte. „Mama hat irgendwie so gestöhnt und geröchelt. Ihre Arme und Beine haben gezuckt. Es war ganz, ganz schrecklich. Und plötzlich war sie still. Das war dann noch schlimmer. Ich wollte doch, dass sie aufsteht! Ich wollte, dass sie mich wieder in den Arm nehmen kann!"

Emma findet, dass die Schilderung des vielen Bluts, des Röchelns und des Zuckens der Gliedmaßen verdächtig nach Selbsterlebtem klingt – und nicht nach einer mit viel Fantasie aufgepeppten Nacherzählung aus einem düsteren Krimi.

Und deshalb ist Emma Claasen in die Wohnung der Krügers gekommen, um sich einen ersten Eindruck von dem möglichen Tatort zu verschaffen. Nach der Inspektion der anderen Zimmer bleibt sie nun in der Schlafzimmertür stehen. Obwohl sie die für einen Tatort obligatorischen Einmalhandschuhe übergestreift hat: Jeder Handgriff und schon jeder Schritt in den Raum hinein würde einen Wutanfall von Michael Grünering provozieren, dem Leiter der Spurensicherung. Dessen Fähigkeit, in seinem Ärger unvorsichtige Kollegen als stümperhafte Trampeltiere herunterzuputzen, die einen Tatort mit ihren Spuren verseuchen, ist legendär. Keiner, der von so einer unmissverständlichen Lektion des Kriminaltechnikers schon einmal erwischt wurde, will sich einem solchen Zornesausbruch jemals wieder aussetzen.

Deshalb reckt die Siebenunddreißigjährige den Hals und inspiziert das Zimmer lediglich vom Türrahmen aus. Aber schon dieser Rundumblick aus der Halbdistanz ist ein erster Ansatz, um die Atmosphäre zu erspüren. Emma legt viel Wert darauf, den Ort eines Geschehens mit allen Sinnen aufzunehmen, ihn quasi in sich aufzusaugen und die Eindrücke abzuspeichern. Die Wohnung wirkt auf sie, als hätten seit dem Tod von Anna Krüger Chaos und Schlamperei Einzug gehalten.

Im Schlafzimmer hängt der aufdringliche Geruch von billigem Aftershave. Am Boden liegen mehrere Haufen Schmutzwäsche. Auf dem Nachttisch stehen drei Gläser. Und zwischen der Schlafstätte und dem Kleiderschrank befindet sich die Stelle, der sich die Spurensicherung noch besonders intensiv widmen wird: Vor dem Bett durchtränkt eine Pfütze getrockneten Blutes von beeindruckendem Ausmaß den Teppich. An der mittleren und rechten Tür des Schranks registriert die Kommissarin etliche braun-rote Spritzer, wie aus einem monochromen Frühwerk des Popart-Künstlers Jackson Pollock. Sie versucht sich vorzustellen, welche Geschichte hinter diesem Blutspurenmuster steckt, wie sich das Verbrechen abgespielt haben könnte und was Opfer und Täter dabei wohl empfunden haben.

Dass hier niemand einfach gestürzt ist, ist angesichts der besudelten Schranktüren klar. Dieses wilde Muster erzählt von einem Gewaltausbruch, vielleicht mit Stichen tief in einen

Körper, oder von heftigen Schlägen mit einem Werkzeug.

Was genau in den blutigen Spuren zu lesen ist, wird ihr später der Rechtsmediziner erklären, vermutlich ausgesprochen versiert und anschaulich. Denn Kai Plathe, seit knapp zwei Wochen neuer Institutsdirektor für Rechtsmedizin am Universitätsklinikum Hamburg-Eppendorf in Hamburg, ist offenbar eine Koryphäe in seinem Metier. Da sind sich alle einig, die mit dem forensischen Experten schon zu tun gehabt haben. In Gedanken geht die Kommissarin durch, was sie über Plathe gehört und gelesen hat. Zu Beginn seiner Laufbahn vor mehr als zwanzig Jahren wurde der heute Achtundvierzigjährige durch ein paar verblüffende, aufsehenerregende Gutachten bekannt, mit denen er sich teilweise gegen die Expertise von deutlich erfahreneren Kollegen positioniert hat – und überzeugen konnte. Selbstbewusstsein, gepaart mit Können, die Kombination gefällt ihr.

Inzwischen ist Plathe längst deutschlandweit und international als Sachverständiger gefragt. Mit dreiunddreißig ist er jüngster Rechtsmedizinprofessor in Deutschland geworden. Offenbar sticht er zudem als mitreißender Dozent hervor. So mancher Student, der eigentlich eine Karriere als Augenarzt, Chirurg oder Orthopäde angestrebt hat, ist durch Plathes Vorlesungen für das Fach Rechtsmedizin entflammt worden.

Seit Kurzem, hat ihr Kollege Frank Stennler ihr erzählt, ist der Wissenschaftler Plathe auch Mitglied in einem elitären Verein. „Irgendwas mit Leopold oder so", hat Stennler augenzwinkernd gespottet. Doch Geringschätzung, das hat Emma durch eine schnelle Recherche im Internet herausgefunden, ist bei der „Leopoldina" ganz bestimmt nicht angebracht. Schließlich ist es nicht möglich, dieser ältesten deutschen Gelehrtengesellschaft beizutreten – man wird eingeladen, wenn man für würdig erachtet wird. Goethe, Alexander von Humboldt, Marie Curie, Darwin, Einstein waren Mitglieder der Wissenschaftlervereinigung, Plathe befindet sich also in allerbester Gesellschaft. Emma rätselt, ob ihm dieser Ruhm zu Kopf gestiegen ist?

Die Ermittlerin geht durch den Flur zum Badezimmer, wo sie Plathe antreffen wird, wie sie weiß. Er ist dabei, jeden Zentimeter des gekachelten Raums unter die Lupe zu nehmen, wie es sehr bald auch Grünerings Kriminaltechnikerteam tun wird.

Hier in diesem Raum ist Patricks Mutter angeblich in Stücke zerteilt worden. Das Ganze ist offenbar das Werk ihres Ehemanns sowie von dessen düsterem, geheimnisvollem Komplizen – unter erzwungener Mithilfe des Sohnes. Einen ganzen Tag lang haben sie an der Badewanne zugebracht, hat der Junge stockend erzählt und dabei am ganzen Leib gezittert, als hätte man ihn gerade aus einem Eisloch gezogen. „Ich musste meinem Papa und dem Kapuzenmann eine Säge und ein Hackebeil bringen", hat er gesagt. „Und ich sollte immer wieder Eimer und Schüsseln heranschleppen." Er hat sich die Ohren zugehalten in dem verzweifelten Bemühen, alle Geräusche des grausigen Geschehens wegzudimmen. Doch das Schaben der Säge, das Splittern von Knochen, das Reißen von Sehnen und der schwere Atem der Männer sind an Patricks kleinen Händen vorbei in seine Ohren gedrungen. Auch die Augen zuzukneifen, wenn einer der Männer einen weiteren Körperteil in ein Behältnis entsorgt hat, hat nichts geholfen.

Emma bekommt Gänsehaut, wenn sie an diese Schilderungen denkt. Kann ein Vater seinem Sohn so etwas wirklich antun? Emma hat in ihren Jahren bei der Mordkommission leider häufig genug erlebt, dass es scheinbar Unvorstellbares tatsächlich gibt. Dass die wahren Szenarien nicht selten ein deutlich höheres Maß an Grausamkeit offenbaren, als es Drehbuchautoren im Fernsehen ihren Zuschauern zuzumuten wagen.

Alles ist denkbar, alles ist möglich. Wut und Hass und Schlechtigkeit können sich wie gefräßige Monster in die Köpfe von Menschen hineingraben. Auf diversen Schulungen, die Emma besucht hat, haben sich immer wieder Kollegen über Geschehnisse ausgetauscht, die zu bizarr und zu brutal klangen, um glaubwürdig zu sein. Aber sie waren tatsächlich geschehen, wie die Tatorte und grausig zugerichtete Leichname bewiesen. Emma hat in ihrem Beruf gelernt, das Böse anzusehen, ohne sich abwenden zu müssen. Sie vermag es, das Grauen auszuhalten. Aber was sie niemals akzeptieren will, ist, sich damit abzufinden.

Sie will sich dem Unheil entgegenstellen, es einkreisen und bezwingen. Sie will die Täter zur Strecke bringen.

Emma bleibt in der Badezimmertür stehen und vergleicht im Geiste die Örtlichkeit mit der Kinderzeichnung, mit der Patrick den Sägemarathon seines Vaters und des Kapuzenmanns illustriert hat. Kein Fenster erhellt den Raum. Ein ovales Waschbecken befindet sich an der Stirnseite, die Toilette und die Badewanne liegen gegenüber an der Längsseite des Zimmers. Über die Wanne beugt sich Kai Plathe, eingehüllt in den üblichen weißen Schutzanzug, der mit seinem unvorteilhaft plumpen Schnitt gerade mal erahnen lässt, dass ein offenbar schlanker Mann darin steckt. Der Rechtsmediziner richtet sich auf. Knapp 1,90 Meter groß, breite Schultern, eher Handballerstatur als Langläufer, meint Emma zu erkennen.

Die Kommissarin mustert das blasse Oval, das die Overallkapuze von Plathes Gesicht freigibt, und registriert, dass auch sein Blick sie unverhohlen scannt. Sie ahnt, was er denkt. Bestimmt ist er viel zu klug und diplomatisch, um es auch auszusprechen. Von anderen Kollegen hat sie es oft genug gehört: Wie sich jemand, der so attraktiv sei, zur Polizei verirren könne. Und dann noch zur Mordkommission – mit diesen zauberhaften Grübchen! Als ob Grübchen und Polizei einander ausschließen würden. Emma kennt die Vorurteile in allen denkbaren Varianten, sie hat es sich schon vor Jahren abgewöhnt, etwas darauf zu antworten.

Auch sie erwidert Plathes forschenden, durchdringenden Blick ungerührt. Einzig ihre Brauen über ihren großen, teichgrünen Augen heben sich, was Emmas ebenmäßigem Gesicht einen leicht belustigten und spöttischen Ausdruck verleiht, der ihr aber immer wieder als vermeintliche Arroganz ausgelegt wird. Die, die sie besser kennen, wissen, dass sie vor allem zielstrebig, besonnen und scharfsinnig ist. Fähigkeiten, die sicherlich auch Kai Plathe auszeichnen.

Mit irgendwelchen Floskeln zur Begrüßung hält der Mann sich nicht auf. „Hier", raunt er mit tiefer, ein wenig heiser klingender Stimme und streckt ihr eine Klarsichthülle entgegen, in der eine Zahnprothese mit vier Zähnen steckt. „Die habe ich aus dem Abfluss sichern können, nachdem wir das Sieb abgeschraubt haben. Sie steckten in etwa dreißig Zentimeter Tiefe in dem Rohr, hatten sich in einem Büschel Haare verfangen. Dritte Zähne, nicht von bester Qualität. Genaueres weiß ich später. Ich würde Ihnen ja die Hand geben", fährt er übergangslos fort, „aber in diesen Gummihandschuhen fühlt sich das immer irgendwie unangenehm an. Ich bin der Neue. Kai Plathe. Sie haben sicher schon von mir gehört. Und Sie müssen Emma Claasen sein", sagt er schmunzelnd, schiebt seine Kapuze zurück und sieht sie herausfordernd an.

Er hat dunkles, kurz getrimmtes Haar, bei dem an den Schläfen das Grau durchschimmert. Auffällige Stirnfalten, die sicher nicht dem klassischen Schönheitsideal entsprechen. Aber eine zerfurchte Stirn ist häufig ein Signal dafür, dass sich dahinter eine Menge abspielt, wie die Erfahrung Emma gelehrt hat. Heller Teint, kräftige Nase, sinnlicher Mund, Dreitagebart, registriert sie. Plathes dunkle, buschige Augenbrauen erinnern sie an Erich Kästner, dessen Jugendbücher sie früher verschlungen hat. In den mokkafarbenen klugen Augen des Rechtsmediziners lodert ein Feuer, das klar signalisiert, wie er für seinen Beruf brennt.

Bei diesem Mann kann sie sich höfliches Geplänkel sparen, das ist offensichtlich. „Willkommen! Da scheint Hamburg ja ein facettenreiches Begrüßungsszenario für Sie darzubieten", bemerkt Emma trocken. „Für Sie sicher ein spannender Einstieg in Ihren neuen Job. Wenn Sie mich fragen, hätte der Tag aber viel ruhiger bleiben dürfen", fügt sie mit sanfterer Stimme hinzu. „Vor allem wünschte ich das für den kleinen Patrick. Der Junge, der hier gewohnt hat, hat offenbar Furchtbares durchgemacht, unter anderem genau hier, in diesem Raum."

Sie richtet ihren Blick auf die beigen Wandkacheln des Badezimmers. „Das muss einem ja per se schon verdächtig vorkommen, wenn in einer relativ schmuddeligen Wohnung das Bad so gründlich geschrubbt ist. Da hat sich wohl jemand größte Mühe gegeben, Spuren zu beseitigen."

„Aber dieser Jemand war trotzdem nicht gründlich genug", stellt Plathe zufrieden fest. „In den Fugen am Rand der Badewanne sind jedenfalls mit der Lupe und teilweise sogar mit bloßem Auge Blutspuren zu erkennen. Wenn die Kollegen von der Spusi erst mit dem Luminol anrücken, wird sicher noch mehr ans Licht kommen. Und ich gehe davon aus, dass auch an den Haaren aus dem Ausguss Blutanhaftungen nachgewiesen werden. Ihre Kollegen haben mir schon erzählt, welches

Massaker sich hier zugetragen haben soll. Da hat jemand offenbar richtig zugelangt. Das Gleiche gilt für die eigentliche Tötung."

Plathe gibt der Kommissarin ein Zeichen, ihm zum Schlafzimmer zu folgen, wo Anna Krüger offensichtlich gestorben ist. Er deutet auf die rostfarbene Lache auf dem Teppich. „Der Todeskampf der Frau muss länger gedauert haben. So viel Blut verliert jemand nur, wenn das Herz gegen den Blutverlust immer weiter anpumpt. Wahrscheinlich hat sie auch erhebliche Schmerzen erlitten."

Als Nächstes inspiziert der Rechtsmediziner die Blutflecken am Kleiderschrank. „Die Höhe und die Menge der Spritzer sprechen eindeutig dafür, dass das Opfer noch gestanden hat, als ihm eine erhebliche Wunde zugefügt worden sein muss. Dass die Frau sich die Verletzung erst nach einem Sturz, etwa durch ein Anschlagen gegen den Schrank, zugezogen haben könnte, ist ausgeschlossen." Plathe tritt noch einen Schritt näher an das Möbelstück heran. „Die schmalen, eher bogenförmigen Blutspritzer weisen darauf hin, dass eine Arterie durch ein scharfes Werkzeug geöffnet worden ist, etwa ein Küchenmesser oder auch ein breiter Schraubendreher. Und offenbar ist die Frau noch getaumelt, wie wir hier an mehreren breiteren Spritzspuren des Blutes erkennen können."

Plathe sieht grimmig drein, aber Emma glaubt, in seinen Zügen auch eine Spur von Enthusiasmus für den neuen Fall zu erkennen. „Ein brutaler Mord und eine zerstückelte Tote: Finden Sie wenigstens ein paar von den Leichenteilen des Opfers, das hier zersägt wurde. Am besten alle. Je mehr Sie mir bringen, desto besser", fordert Plathe sie auf. „Außerdem benötigen wir dringend Informationen vom Zahnarzt der Frau. Aus dem Gebissbefund wird sich ergeben, ob die Teilprothese wirklich von ihr stammt. Möglicherweise hat der Mann ihr ja schon mal Zähne ausgeschlagen."

Er streift sich seine Handschuhe ab, begleitet von dem typischen, leicht saugenden Geräusch des Gummis auf der Haut, und sieht die Kommissarin eindringlich an. „Wir werden alles tun, um den Fall zu lösen und diese Mistkerle, die das Verbrechen begangen haben, vor Gericht zu bringen. Auch für den

Jungen. Damit er irgendwann doch noch seine Mutter zu Grabe tragen kann."

## KAPITEL 4

Es ist eine belastende Tour. Tortur wäre wohl der passendere Begriff. Für sie alle, aber vor allem für Patrick. Dieser Junge sieht so zerbrechlich aus, mit seinem schmalen, fast schon knochigen Körper, der ihn jünger wirken lässt als seine neun Jahre. Und doch ist der Schüler so tapfer gewesen. Sie haben gemeinsam mit ihm in einem Zivilfahrzeug der Polizei etliche Hinterhöfe und dunkle Winkel einsamer Straßen abgegrast. „Da hinten waren wir auch, glaube ich", äußert er an manchen Orten mit einer so zaghaften Stimme, als trage ein lauer Wind sie von weit her, und deutet mit seiner Hand in irgendeine düstere Ecke. Sein Vater, sagt er damit, hat möglicherweise dort ein Stück von seiner Mutter verstaut, beseitigt wie Unrat. Und alles unter der Regie dieses geheimnisvollen Kapuzenmannes, von dem Patrick immer wieder spricht.

Die Hinweise des Jungen sind die Stichworte für Kommissarin Emma Claasen, ihren Kollegen Max Vollertsen sowie die Männer von der Spurensicherung, an dem jeweiligen Ort nachzuschauen, ob tatsächlich ein Körperteil zu finden ist. Sie haben schon viele unterschiedlich große Müllhaufen durchwühlt, in der Mehrzahl vergebens. Doch an einigen Stellen sind sie fündig geworden.

Emma spürt, wie sich Gänsehaut auf ihren Armen ausbreitet, wegen der Kühle im Wagen und wegen ihrer gruseligen Mission, deren Ziel es ist, einen Menschen in Einzelteilen zusammenzusammeln. Im günstigsten Fall.

Sie hat keine Ahnung gehabt, wie viele Sackgassen und schmale Straßen es in diesem Teil der Stadt gibt. Und immer, wenn sich ein Weg im Nirgendwo zu verlieren scheint, gibt es doch noch eine Abzweigung, die in eine noch abgelegenere Betonödnis weist. In dem Lichtkegel der Autoscheinwerfer, die fahle Silhouetten aus der Dunkelheit herausschneiden, ragen manche Häuser wie kantige Riesen in den Himmel, flankiert von

Bauzäunen. Der heftige Wind, der an den Zweigen der Bäume rüttelt und Plastikbeutel wie bizarre Seifenblasen durch die Luft treibt, lässt die Gegend noch abweisender wirken. Vermutlich hat sich niemand darum geschert, dass etwa zweieinhalb Wochen zuvor ein Auto im Dunkeln hier entlanggekreuzt ist und gelegentlich gehalten hat. Und dass sich eine der Wagentüren geöffnet hat und jemand ausgestiegen ist, um ein kleines Paket wegzuwerfen oder in einem finsteren Winkel abzulegen.

Sieben solcher nachlässig in Zeitungspapier verschnürten Bündel haben die Ermittler bereits entdeckt, an vier Orten: einem Haufen mit Bauschutt, zwei Bereichen von Mülltonnen und einem verlassenen Fabrikgelände.

Einige sind schon geöffnet gewesen, aufgerissen von Böen, die an den Ecken des Papiers gezerrt haben. Oder, was wahrscheinlicher ist, aus ihrer Hülle gezogen von Tieren, die von dem Geruch nach Verwesendem angelockt worden sind. Und die sich mit Zähnen und Klauen ihren Weg durch den provisorischen Einband zum Inhalt gebahnt haben. Ratten hätten hier ein Festmahl gehabt. Emma stellt sich trippelige, huschende Schritte vor sowie das vorsichtige Heranschleichen von streunenden Katzen und Hunden oder auch Waschbären, die seit einiger Zeit in Hamburg heimisch werden.

Der Sprinter, mit dem die kleine Gruppe unterwegs ist, ist vor Beginn der Fahrt mit einer Vielzahl dicht verschließbarer Boxen beladen worden. „Da dringt nichts nach außen", haben ihr die zuständigen Mitarbeiter aus der Materialversorgung beim Einladen versichert. Für Inhalte mit festem Aggregatzustand sowie für Flüssigkeiten mag das gelten, überlegt Emma. Aber nicht für Gestank. Sie hat schon immer eine besonders feine Nase gehabt, die etwa Zigarettenqualm sogar dann wittert, wenn sie mit ihrem Wagen an einer roten Ampel steht und in einem vor ihr wartenden Auto jemand raucht. Im Job ist diese sensible Spürnase von Vorteil, aber in einer Situation wie dieser, mit Überresten von menschlichen Knochen und Gewebe im Wagen, hätte sie gern mit ihrem Kollegen Oliver Neumann getauscht. Der stört sich noch nicht mal an den Geruchsschwaden der berüchtigten Kebab-doppelt-Knoblauch-Zwiebel-Pizza vom Imbiss schräg gegenüber dem Kommissariat. Emma bemüht sich, flach zu atmen.

Hoffentlich ist ihre Gruselfahrt bald beendet. Von irgendwoher dringt ein Kreischen zu ihnen, vermutlich von zwei Katern, die um ihr Revier kämpfen. Doch Patrick, auf der gesamten Fahrt behutsam begleitet von einer Psychologin, lässt sich davon nicht ablenken. Er späht weiter konzentriert aus dem Wagen. Sein fein gezeichnetes, bleiches Gesicht mit den wasserblauen, von dunklen Wimpern beschatteten Augen spiegelt sich in dem hinteren Fenster, an dem der Junge sitzt. Emma ahnt, wie viel Mühe es ihn kostet, trotz seiner Erschöpfung so aufmerksam zu sein. Die Lippen hat er zusammengepresst, mit der Hand zupft er immer wieder am Rollkragen seines dunkelblauen Pullovers. Der Junge zittert trotz der Daunenjacke und der mit Kunstfell besetzten Stiefel. Und er kämpft dagegen an, dass ihm die Augen zufallen. Die Colaflasche, die er schon leer getrunken hat, hält er eisern fest, als müsse er an dem gläsernen Behältnis Halt suchen, so wie andere Jungen ihren Teddybären umklammern. Emma hätte ihm einen Abend mit heißem, duftendem Kakao, mit Kuscheltier im Arm und einer heimeligen Gute-Nacht-Geschichte gewünscht. Und nicht diese Horrortour auf der Suche nach dem Wenigen, was von seiner Mutter übrig geblieben ist.

Plötzlich richtet sich Patricks schmaler Oberkörper auf, seine Schultern heben sich. Emma weiß, was das bedeutet. Er hat eine weitere Abzweigung erspäht, die ihm verdächtig vorkommt. Wirklich beeindruckend, welch präzise Erinnerung der Neunjährige hat. „Da, um die Ecke, bei einer der grauen Mülltonnen", sagt er tonlos. Vollertsen tritt auf die Bremse, auch das Auto hinter ihnen mit den Männern von der Spurensicherung stoppt. Emma steigt als Erste aus, wickelt ihren Schal, den sie über ihrer Lederjacke trägt, ein weiteres Mal um den Hals und stiefelt auf die Tonnen zu, mit festem Schritt, wie sie hofft.

Ja, ganz deutlich kann sie Verwesungsgeruch wittern, dieses unverkennbare Aroma, das durch alle Ritzen dringt, sich in der Kleidung einnistet und einen auch noch über viele Meter Entfernung begleitet. Aber da muss sie durch. Sie zieht sich ein frisches Paar Handschuhe über und hebt mit angehaltenem Atem den Deckel der vordersten Plastiktonne an. Ihr Blick fällt auf ein Zeitungsbündel, das unter einem blauen

Müllsack liegt. Die Kommissarin winkt wie bei den sieben verdächtigen Funden zuvor ihre Kollegen von der Spusi heran. Das Weitere ist deren Job. Die genaue Inspektion der Tonne, die Fotodokumentation des Fundortes und der Umgebung, das Bergen des Pakets, das Sichern von Spuren wie Schuh- und Fingerabdrücken, Fasern, Haaren. Alles kann wichtig sein. Zwei der Kriminaltechniker übernehmen die Feinarbeit, die anderen beiden setzen sich wieder ins Auto, um Emma und ihre Kollegen zum nächsten möglichen Fundort zu begleiten.

Es dauert noch lange zwei Stunden, in denen das Team etliche weitere Kilometer in die Tiefen des Bezirks Altona vordringt und noch drei verdächtige Päckchen einsammelt, bis Patrick schließlich resigniert flüstert: „Jetzt weiß ich nichts mehr. Keine Ahnung, wo wir noch überall waren."

„Eine Frage habe ich noch, Patrick", sagt Emma und wartet, bis der Junge seinen müden Blick auf sie richtet. „Was für einen Wagen habt ihr eigentlich benutzt, als ihr unterwegs wart? Weißt du, welche Farbe das Auto hatte oder sogar die Marke?"

Das Kind zögert nur einen Augenblick, bevor es mit deutlich festerer Stimme verkündet: „Es war ein schwarzes, ganz bestimmt. Ziemlich neu, glaube ich, mit Navi, und es roch noch ziemlich frisch. Die Marke weiß ich nicht, aber vielleicht war es ein Geländewagen, jedenfalls ein Auto mit Heckklappe." Emma horcht auf. Hier haben sie vielleicht einen Ansatz. „Konntest du etwas an der Front des Wagens erkennen, Ringe vielleicht oder einen Stern?" Patrick schüttelt den Kopf. „Ich weiß nur, dass ich beim Ein- und Aussteigen ein bisschen hochklettern musste, höher als sonst bei Papas Auto. Und der fährt einen alten Passat, das weiß ich. Ich glaube, das neue Auto gehört dem Kapuzenmann. Der saß jedenfalls am Steuer."

Der Junge überlegt einen Moment und legt dabei den Finger an die Nase. Womöglich hat er sich diese Geste von Wickie abgeschaut, überlegt Emma, dem schlauen Zeichentrick-Wikinger aus dem Fernsehen. „Ich weiß ja nicht, wie der Kapuzenmann richtig heißt", sagt Patrick dann. „Papa nennt ihn immer bloß Raptor." Ein schmales Lächeln schleicht sich in das erschöpfte Gesicht des Jungen. Offenbar ist er froh, noch etwas beitragen zu können. „Wie mein zweitliebster Dinosaurier, nach dem T-Rex natürlich. Raptor, wie Velociraptor."

Ein Fleischfresser also, ein cleverer, kaltblütiger Jäger. Emma schießt eine Szene aus dem Blockbuster „Jurassic Park" durch den Kopf, in der solche Saurier quasi im Team und effizient ihre Beute aufspüren und von zwei Seiten aus in die Enge zu treiben versuchen, um sie gierig zu erlegen. Die Kommissarin merkt, wie sich ihre Nackenhaare aufstellen. Sie muss darauf gefasst sein, dass der menschliche Raptor wie sein prähistorischer Namensvetter zu einer blutrünstigen Jagd neigt. Sie muss ein mörderisches Duo zur Strecke bringen. Wer weiß, ob es sonst nicht noch weitere Opfer geben wird.

## KAPITEL 5

Spülen, wiegen, messen. Im Obduktionsraum 2 des Instituts für Rechtsmedizin hat Sektionsassistent Franz Kobbertin die Vorbereitungen für die Autopsie beendet. Obwohl sich eine echte Obduktion natürlich erübrigt bei dem Stückwerk, das sich dem Chef Kai Plathe und seiner Kollegin Ann-Sophie Freymann darbietet. Der Rechtsmediziner studiert die menschlichen Körperteile, die auf dem Tisch aus rostfreiem Stahl ausgelegt sind. Unter dem kalten, blauweißen Licht des Sektionssaals erhält der Tod eine eher kühle, nüchterne Sachlichkeit, egal wie blutig und grausam er draußen, in der Realität, gewesen sein mag. Und hier, im Fall von Anna Krüger, hat der Täter eine Verwüstung geschaffen, die auch für erfahrene Forensiker alles andere als an der Tagesordnung ist.

Sehr viele der Menschen in Deutschland, weiß Kai Plathe, leben in privilegierten Verhältnissen. Sie müssen sich keine Sorgen machen, ob sie satt werden. Sie finden es selbstverständlich, dass ihre Kinder zur Schule gehen können. Und sie müssen sich nicht vor Schlägen oder anderen Formen von Übergriffen fürchten. Doch es gibt Fälle, in denen Menschen von so schwerer Gewalt getroffen werden, dass man sich das kaum vorstellen kann. Als Rechtsmediziner sieht Plathe die schlimmsten Dinge, zu denen menschliche Wesen fähig sind. Auch an solche Untersuchungen muss er genauso unbeeinflusst und unsentimental herangehen wie an jede andere Obduktion. Er braucht klare, wissenschaftlich einwandfreie Ergebnisse. Das heißt nicht, dass er emotionslos oder gar ohne Empathie ist. Im Gegenteil. Manchmal glaubt Kai, dass mit zunehmendem Alter und wachsender beruflicher Erfahrung seine Ehrfurcht vor dem Leben nur noch weiter steigt. Wie wertvoll es ist und wie schützenswert. Es ist ihm immer wichtig gewesen, sich mit Kollegen und Vertrauten über einzelne Fälle austauschen zu können, wütend sein zu dürfen, betroffen, traurig. Aber erst hinterher. Wenn die Arbeit getan ist, der Leichnam wieder zugenäht, der Obduktionsbericht verfasst. Dann sind Emotionen erlaubt. Zum Glück. Eine dauerhafte, kalte, geradezu roboterhafte Distanziertheit würde Kai nicht ertragen können.

Nachdenklich betrachtet der Rechtsmediziner die aufgefundenen Körperteile, die er und Ann-Sophie Freymann so platziert haben, dass sie in anatomisch korrekter Beziehung zueinander auf dem Sektionstisch liegen. Es sind Körperpartien von ganz unterschiedlicher Größe und unterschiedlichem Zustand. Zu einem Todestag etwa zweieinhalb Wochen zuvor, wie die Ermittler anhand der Aussage des jungen Tatzeugen vermuten, scheint der Grad der Zersetzung zu passen. Einige Knochen sind nahezu schier. Es sind jene Partien, die schludrig verpackt gewesen sind und an denen Witterung, Maden und Tierfraß gleichermaßen ihr zerstörerisches Werk verrichtet haben. An manchen der Stücke haftet noch Gewebe. Hautfragmente, Strukturen von Sehnen und Muskulatur.

Schon anhand der vorausgegangenen Computertomografie hat Kai die erhaltenen Weichteil- sowie Knochenpartien inspiziert und festgestellt, dass sie offenbar alle zu einem Leichnam gehören. Insbesondere bei einem abgesägten Bein und dem Becken mit dem Hüftgelenk kann er anhand der Knochenabtrennungsflächen nachweisen, dass die Stücke perfekt zusammenpassen.

Plathe ist sich bewusst, dass diese Körperteile, die jetzt wie ein von grober Hand gefertigtes, bizarres und höchst unvollständiges Puzzle vor ihm liegen, bei Laien die Assoziation an einen Schlachthof heraufbeschwören würden. Für ihn aber bedeuten sie ein wahres Füllhorn an Informationen, die er analysieren und auswerten wird, um sie für die Lösung eines

Rätsels zusammenzufügen. Es gilt herauszufinden, ob es sich wirklich um die sterblichen Überreste von Patricks Mutter Anna Krüger handelt. Natürlich gehen sie alle davon aus. Aber es ist sein Job zu überprüfen, ob aus Wahrscheinlichkeiten gerichtsfeste Tatsachen werden können.

Von Emma Claasen hat Plathe erfahren, dass der Mann der vermissten Einundvierzigjährigen sich nach wie vor in die Behauptung flüchtet, seine Frau habe ihn Hals über Kopf verlassen und treibe sich nun bestimmt irgendwo in Spanien herum. „Vermutlich mit einem neuen Lover", hat der Hamburger laut Emma bei einer neuerlichen polizeilichen Befragung gesagt und dabei das von zu viel Alkohol gezeichnete Gesicht zu einer abfälligen Grimasse verzogen. Der massige Körper auf einen Stuhl gefläzt, die Beine breit von sich gestreckt, die Arme verschränkt, der Ausdruck scheinbar gelangweilt: Die Kommissarin hält diese Showeinlage des Vierundvierzigjährigen für eine schauspielerische Darbietung, die selbst für eine Grundschul-Theatergruppe dürftig gewesen wäre. Und die Körperteile, die sie gefunden haben, müssten von jemand anderem stammen, hat der Verdächtige gehöhnt. „Oder von irgendeinem Tier. Wer weiß, was ihr bei der Polizei alles so vergeigt. Es soll ja viele Vollpfosten bei euch geben! Wobei ich natürlich die Anwesenden ausschließe", hat er mit einem dämlichen Halloween-Grinsen hinzugefügt. Wenn sie weitere Indizien zusammentragen, würde dem Mann seine widerlich ätzende Überheblichkeit wohl noch vergehen.

Mit geschultem Blick betrachtet Plathe die Fragmente auf dem Stahltisch vor ihm. Teilweise haben sich in einem Bündel zwei oder sogar drei Körperteile befunden, offensichtlich ohne System und in Eile zusammengeklaubt und schludrig in Päckchen oder Plastiktüten gestopft. Eine Vielzahl der Schnitte hat der Täter an den Gelenken angesetzt; auf den ersten Blick spricht einiges für eine Art Fuchsschwanz, den er dafür verwendet hat. Teilweise ist mit einem nicht mehr ganz scharfen Messer sowie mit einer Axt oder einem Beil gearbeitet worden. Solche Werkzeuge hinterlassen tiefe glatte Scharten oder abgesplitterte Knochenbruchstücke.

Das schrille Rotieren einer oszillierenden Säge, mit der eine andere Sektionsassistentin an einem weiteren Obduktionstisch fünf Meter entfernt den Schädel eines Leichnams öffnet, reißt den Rechtsmediziner für einen Moment aus seinen Gedanken. Dann konzentriert er sich wieder auf die Bruchstücke vor ihm. Es muss einige Zeit gedauert haben, den Körper so zu zerstückeln, bei so vielen Einzelteilen. Allein ein Oberarm ist in drei Fragmente zerteilt. Von dem rechten Fuß haben sie nur den Bereich vom Knöchel bis zu den Mittelfußknochen gefunden, von dem linken Oberschenkelknochen die untere Hälfte, der rechte ist vollständig. Beide Unterschenkel scheinen komplett vorhanden zu sein, der rechte ist allerdings in zwei Hälften geteilt, der linke sogar in drei Stücke. Vom Torso ist nur der Bereich des Beckens gefunden worden, der obere Teil ist verschwunden geblieben. Der linke Arm fehlt bis auf die Hand, ebenso ist der Kopf unauffindbar.

Bedauerlich. Ohne den Kopf ist es ungleich schwieriger, ein Tötungsdelikt gegen einen natürlichen Tod abzugrenzen. Wenn bei einem Opfer, das erst wenige Stunden oder Tage tot ist, eine Kugel im Brustkorb steckt, die ein lebenswichtiges Organ wie Herz oder Lunge durchbohrt hat, liegt die Todesursache selbstverständlich auf der Hand. Ebenso, wenn man einen Messerstich beispielsweise in der Körperhauptschlagader feststellen kann. Aber ohne den Kopf fehlt die Möglichkeit, einen Toten dahingehend zu untersuchen, ob ein natürlicher Tod, etwa durch ein Hirnbasis-Aneurysma oder einen Schlaganfall, auszuschließen ist. Bei einer zerstückelten Leiche könnte ein gewiefter Verteidiger deshalb unter Umständen argumentieren, dass ein Tötungsdelikt nicht nachzuweisen ist. Und daher, wenn überhaupt, als Straftat nur die Störung der Totenruhe infrage kommt, was oft lediglich mit einer Geldstrafe geahndet wird.

Die Leichenteile auf dem Seziertisch erinnern Plathe an einen Fall aus Schweden, bei dem er vor rund fünfzehn Jahren als Gutachter hinzugezogen worden ist. Zwei Ärzten, einer davon Rechtsmediziner, wurde vorgeworfen, eine Frau getötet und ihren Körper dann ausgerechnet im Obduktionssaal fachmännisch zerteilt und schließlich entsorgt zu haben. Wesentliche Teile des Leichnams hat die Polizei in der Nähe der Uniklinik gefunden, doch der Kopf der Frau hat gefehlt. Plathe hat vor Gericht, wo die Mediziner angeklagt waren, in seinem

Gutachten betont, dass ein natürlicher Tod nicht auszuschließen sei. Letztlich wurden die Männer vom Vorwurf des Mordes freigesprochen.

Überhaupt hat sich Plathe mit der Zerstückelung von Leichen schon zu Beginn seiner Laufbahn in einem vielbeachteten wissenschaftlichen Aufsatz auseinandergesetzt. Das war zu einer Zeit gewesen, als er noch in Hamburg tätig war, bevor er nach Essen gegangen ist. Fünf Jahre ist er in der Ruhrmetropole Institutsdirektor gewesen, als sich jetzt die Chance eröffnet hat, in derselben Position zurück nach Hamburg zu wechseln. Er empfindet es als echten Glücksfall, in die Hansestadt berufen worden zu sein.

Plathe denkt an seinen Vater Johannes, kein Mediziner wie er, sondern ein Kriminalpsychologe, der allerdings nicht mehr tätig ist und nun bald achtzig wird. Achtzig – und langsam aber sicher dement. Kai hat sich eine ganze Weile gesträubt, dieses Wort in Zusammenhang mit seinem Vater auch nur zu denken. Für ihn klingt es fast wie Blasphemie. Er hat Johannes immer maßlos bewundert. Als Kai noch ein kleiner Junge war und sein Vater beim abendlichen Vorlesen mit einer enormen Bandbreite an verstellten Stimmen jede Geschichte zu einem sagenhaften Erlebnis verzaubern konnte. Wenn der Vater auf ihren gemeinsamen Touren am Elbdeich immer seinen Drachen zu den tollsten Kapriolen dirigierte. Als er zu fast allen Themen, zu denen Kai ihn löcherte, ein schier unerschöpfliches Wissen offenbarte. Plathe ist dankbar, dass Johannes ihn schon früh für das Schachspielen sowie das Bogenschießen mit seinen sportlichen und zugleich meditativen Aspekten begeistert hat. Und später dann schätzte er ihn wegen seiner klugen Ratschläge für sämtliche Lebenslagen, zum Beispiel in der kurzen Periode, in der Kai mit seinem Medizinstudium haderte. Und nicht zu vergessen die anregenden und leidenschaftlichen Diskussionen mit ihm über impressionistische Kunst, die sie beide lieben, über den von beiden verehrten Alexander von Humboldt und vor allem über Anthropologie, eine weitere Leidenschaft, die sie teilen.

Doch vor einigen Monaten hat Kai sich eingestehen müssen, dass aus seinem Vater, diesem einst so vitalen, lebensfrohen, dynamischen und scharfsinnigen Denker, ein unsicherer

Zauderer zu werden beginnt, dessen Erinnerungsvermögen immer weiter ausfranst und der die Umwelt mit all ihren Facetten in seinen schlechtesten Phasen nur noch als verschwommene Schemen abspeichert. Wie ein Aquarell, über das jemand langsam, aber beständig Wasser tröpfelt und dessen Farben und Konturen so immer weiter zerfließen und verblassen. Hoffentlich kommt nie der Tag, an dem Johannes Plathe ins Pflegeheim wird umziehen müssen. Kai mag sich das kaum vorstellen.

Vor drei Jahren ist Kais Mutter Meike überraschend an einem Schlaganfall gestorben. Johannes, Kai und seine Schwester sind angesichts dieses Verlustes untröstlich gewesen. Seit ihrem Tod lebt Johannes allein in seinem Haus. Einmal täglich kommt eine Hilfe vorbei, die den Vater versorgt und das Haus in Hamburg-Langenhorn in Schuss hält. Hoffentlich dauert es noch lange, bis sie einen professionellen Pflegedienst beauftragen müssen. Im Übrigen kümmert sich Kais Schwester rührend um den Neunundsiebzigjährigen. Und jetzt wird Kai selbst seinen Vater deutlich öfter als früher besuchen können. Der Wunsch, trotz seines fordernden Berufs möglichst viel Zeit mit Johannes verbringen zu können, ist einer der Gründe, warum Plathe dem Ruf nach Hamburg gefolgt ist. Und natürlich die Möglichkeiten, die die Universitätsklinik der Stadt bietet, und nicht zuletzt die grüne Elbmetropole mit ihrer Nähe zum Meer.

Corinna, Kais Frau, will bis auf Weiteres mit den beiden Söhnen in Essen bleiben. Den elf und vierzehn Jahre alten Jungen soll ein Schulwechsel und ein Herausreißen aus ihrem Freundeskreis erst mal erspart bleiben. Corinna hat sich zudem als Ingenieurin einen hervorragenden Ruf erarbeitet und plant etliche Projekte im Ruhrgebiet, die sie noch reizen. Plathe hofft, dass ihre Ehe diese Belastung aushalten wird. Wenn er es recht bedenkt, haben sie allerdings schon länger auf ihre ganz eigene Art so etwas wie eine Fernbeziehung geführt, wenn auch auf engem Raum. Manchmal können bereits vierzehn Kilometer zwischen dem Arbeitsplatz und dem Zuhause eine Distanz sein, die sehr weit erscheint. Die Nächte, die er in den vergangenen Monaten in Essen im Institut verbracht hat, kann Kai kaum mehr zählen.

„Nun, was halten Sie davon?" Die zweite Obduzentin Ann-Sophie Freymann reißt den Rechtsmediziner aus seinen Gedanken und deutet mit einer Kopfbewegung, die energisch und gleichzeitig grazil wirkt, auf das bruchstückhafte Ensemble auf dem Sektionstisch, das wohl einmal Anna Krüger gewesen ist. „Das hier ist interessant." Plathe zeigt auf den rechten Unterarm, an dem noch Haut- und Muskelstrukturen haften. Hier hat kein Tierfraß dem Gewebe zugesetzt. Eine starke Windbewegung am Ablageort des Körperteils hat dazu beigetragen, dass es zur Mumifizierung gekommen ist und sie deshalb noch mehr als nur den schieren Knochen vor sich haben. Plathe greift nach der Lupe. Doch, er hat sich nicht getäuscht. „Da hat sich jemand die Mühe gemacht, die äußersten Partien der Fingerkuppen abzutrennen. Vermutlich, um uns die Identifikation des Leichnams zu erschweren. Aber wir haben mit Sicherheit genug Material für eine DNA-Analyse."

Der Rechtsmediziner fixiert die Teile von den Beinen der Toten. Einer der Oberschenkelknochen würde sich erfahrungsgemäß am besten eignen, DNA zu extrahieren. Wenn Plathe ordentlich Druck macht, werden sie das Ergebnis vermutlich bereits in ein bis zwei Tagen vorliegen haben. Möglicherweise wird es sogar noch schneller gehen, und das Labor wird für sie aus der Muskulatur sowie aus den Organteilen einen DNA-Nachweis führen.

Bemerkenswert erscheint ihm auch die Zerteilung der Unterschenkel in zwei beziehungsweise drei Partien. Hier ist es den Mördern wohl kaum nur darum gegangen, handliche Stücke zu schaffen, um sie bequem verpacken zu können. Kai schiebt die Knochenteile der Schienbeine, die Sektionsassistent Kobbertin zur besseren Betrachtung jeweils in etwa fünf Zentimeter Abstand drapiert hat, enger zusammen. Tatsächlich, der linke Unterschenkel ist länger, mindestens 25 Millimeter. Und der Schaft ist etwas dicker als der rechte. Kai schnappt sich erneut die Lupe und starrt auf die Knochenstrukturen. Faszinierend. Er muss Emma Claasen informieren. Sofort.

Es dauert keine dreißig Minuten, bis die Kriminalhauptkommissarin die Tür zum Obduktionsraum aufstößt und – vorschriftsmäßig bekleidet mit Sektionskittel, Plastiküberschuhen, Einweghandschuhen und grüner Haube – eilig auf den Sektionstisch zuschreitet. Wie schon bei ihrer ersten Begegnung in der Wohnung registriert Plathe, wie geschmeidig sich die Siebenunddreißigjährige bewegt. Und wie gerade sie Kopf und Rücken hält, als würde sie auf ihrem Haupt eine kostbare Ming-Vase balancieren. Bestimmt hat Emma viele Jahre Ballett getanzt. Kai weiß, wie dieser beinharte Sport einen Menschen schult, scheinbar mühelos eine so aufrechte Haltung zu bewahren. Vielleicht trifft dieser Habitus ja auch auf ihren Charakter zu. Er hofft es. Dann werden sie sehr gut zusammenarbeiten können. Kai schätzt Integrität ebenso sehr wie Teamfähigkeit, Engagement, Zielstrebigkeit und Empathie.

„Was gibt es? Sie haben es bei Ihrem Anruf ja wirklich dringend gemacht." Emma schiebt sich den Mund-Nasen-Schutz zurecht und fixiert den Rechtsmediziner mit kühlem Blick. Die Ermittlerin hat sich fest vorgenommen, sich nicht anmerken zu lassen, wie sehr ihr der penetrante Geruch zu schaffen macht, der über den Leichenteilen liegt. Sie bemüht sich stattdessen, sich den Duft von frisch gemähtem Gras und blühendem Flieder vorzustellen, ihre Lieblingsgerüche. Ein Versuch, der kläglich scheitert. Sie beschließt, dem Gestank schlicht Selbstdisziplin entgegenzusetzen und möglichst unauffällig möglichst flach zu atmen.

„Ich wollte Ihnen vor allem dreierlei zeigen. Sehen Sie hier." Der Rechtsmediziner tippt nacheinander auf unterschiedliche Enden einiger Knochenpartien. „An manchen Stellen wurde beim Durchtrennen der Körperteile eine Axt mit sehr scharfer Schneide verwendet, an anderen eine Säge mit verschränkt gezahntem Blatt. Es spricht anhand der Schnitte vieles dafür, dass wir es mit einem Rechtshänder zu tun haben, aber mit hundertprozentiger Sicherheit kann ich das nicht sagen. Dafür sind die Sägeflächen doch zu unterschiedlich." Plathe registriert, wie Emma nachdenklich nickt. „Und bei der Hand, die wir gefunden haben, hat der Täter dafür gesorgt, dass wir keine Fingerabdrücke nehmen können. Die vordersten Spitzen der Finger sind mit einem scharfen Gegenstand abgeschnitten worden. Ich tippe auf ein Rasiermesser. Der Täter hat diese Aktion offenbar wirklich durchdacht. Aber noch viel interessanter ist das hier."

Plathe deutet erst auf die Überreste des rechten Unterschenkels, dann auf die einzelnen Partien des linken. „Dieser Knochen hier ist länger als der andere und außerdem dicker. Natürlich muss einen das per se nicht übermäßig irritieren. Es gibt nicht wenige Menschen, bei denen ein Bein kürzer ist als das andere. Obwohl zweieinhalb Zentimeter Unterschied schon erheblich sind. Wirklich ungewöhnlich. Was mich besonders aufmerken lässt, ist jedoch etwas anderes."

Plathe drückt Emma ein Vergrößerungsglas in die Hand. „Es geht um die Struktur der Knochen. Die äußere Schicht ist unterschiedlich breit, im inneren Bereich ist die Markhöhle des linken Schenkels größer. Und vor allem können wir feststellen, dass die Knochenbälkchen links weniger dick sind und mehr Lücken aufweisen als rechts."

Die Kommissarin sieht den Rechtsmediziner fragend an. „Das bedeutet, dass an dem einen Knochen die Osteoporose einigermaßen fortgeschritten ist, an dem anderen hat sie sich noch nicht entwickelt. Außerdem weisen sie zum Gelenk hin nicht dieselbe Dicke der Knorpelschicht auf, was man eigentlich erwarten würde. Mit anderen Worten: Es handelt sich um die Unterschenkelknochen von unterschiedlichen Frauen. Wir haben es nicht mit einer Toten zu tun, sondern mit zweien."

## KAPITEL 6

Sechs Monate zuvor

Natürlich hat sie keine Ahnung, dass sie gerade ihren Tod besiegelt hat. Es wird schleichend geschehen. Zu Beginn kaum spürbar, langsam und scheinbar sanft, wie eine warme, leicht kribbelnde Berührung ihres Körpers. Und doch mit der gefährlichen Präzision einer Schlange, die sich lautlos nähert, züngelnd, lebensbedrohlich — und für die anvisierte Beute ohne die leiseste Chance zu entkommen. Raptor malt sich aus, wie das Gift in Annetts Körper sickern und ihre Blutbahn fluten wird. Wie ihr Atem immer flacher wird und der Herzschlag schwächer, bis er zu einem Flackern verblasst. Wie die allerletzten lahmen Flügelschläge eines Schmetterlings, aus dem das Leben entweicht. Herrlich.

Es kostet Raptor Mühe, seine freudige Erwartung im Zaum zu halten, bis er dem Sterben seiner Geliebten zusehen kann. Und die Verzückung im Hinblick auf das kreative Schnitzwerk, das er danach an ihrem Körper vollbringen wird. Es ist schon eine Weile her, dass er seiner heimlichen Leidenschaft hat frönen können. Wirklich schade, dass die Gelegenheiten so selten sind. Aber er kann den Zeiten der Enthaltsamkeit auch ihr Gutes abgewinnen. So kann er die schönen Momente umso mehr auskosten, mit besonderer Inbrunst und Tiefe. Für ihn die absolute Vollkommenheit.

So vollkommen wie die Ziffer 99, seine Lieblingszahl. Es ist nur logisch, dass Raptor dieser Frau, der schönsten aller seiner Eroberungen, die großartigste aller Nummern zuordnen wird. Wieder und wieder wird er die Säge ansetzen, dem zarten Reißen der Haut lauschen, dem Heraussickern des Blutes zusehen, sich an den schabenden Geräuschen weiden, wenn die Säge Muskulatur und Knochen durchdringt. Und das Ganze mit dieser erfüllenden Mischung aus Fantasie und Präzision, bis sich ihm ihr Körper in wunderbaren 99 Einzelteilen darbieten wird. Perfekt.

Er hat immer gewusst, dass sie eine seiner ganz besonderen Trophäen werden würde. Nur den Zeitpunkt hat er offen gelassen. Bis jetzt.

Fast achtzehn Monate lang ist Annett eine wirklich ideale Gespielin gewesen, für ihn eine rekordverdächtige Dauer. Er weiß, dass es an ihm liegt, dass er es mit keiner Frau wirklich dauerhaft aushält. Auch mit ihr nicht, dabei ist sie wirklich ungeheuer attraktiv mit ihrer hüftlangen kupferroten Mähne und diesem wunderschönen Mund. Er mag ihren wachen Geist, ihr perlendes Lachen, ihre Anmut. Sie hat ihm seine einsamen Stunden auf so reizvolle Weise versüßen können, natürlich mit der gebotenen Diskretion, wie es sich für eine heimliche Geliebte gehört. Doch nun ist sie ihm zur Last geworden, unerträglich.

Warum hat sie auch mit einem einzigen Satz alles zerstören müssen? So eine Provokation! „Ich sage alles deiner Frau!" Er spürt noch den Blick, mit dem ihn Annett mit ihren katzenhaften Augen fixiert hat, während sie ihm diese Worte förmlich entgegengeschleudert hat. Er hat den Duft ihres sinnlichen Parfüms in der Nase, diese Mischung aus Moschus und Rosenblüten, die ihn immer betört hat.

Die eine Hälfte ihres Gesichts kann er im Halbdunkel des Zimmers nur erahnen, die andere leuchtet im flackernden Schein der Kerzen, der wilde Muster auf ihre Haut malt. Zu dumm, dass sie mit ihrem verbalen Ausbruch ihr gemeinsames Candlelight-Dinner mit Elbblick ruinieren musste, die Stimmung, den ganzen Abend.

Und damit ihr Leben.

Er lässt sich von niemandem demütigen oder unter Druck setzen, schon lange nicht mehr. Nie wieder! Er ist der Dominante, derjenige, der in einer Beziehung jederzeit die Regie führt. Und jetzt geht es eindeutig auf den Showdown zu. Es gibt es kein Zurück mehr.

Seitdem ist alles gemäß seinem ganz persönlichen Drehbuch abgelaufen, mit ihr als unfreiwilliger Hauptdarstellerin. In kluger Abwägung hat er auf ihre Ankündigung, seine Ehe zerstören zu wollen, scheinbar wohlwollend und verständnisvoll reagiert. Frauen sind ja so leicht hinters Licht zu führen. „Ich verstehe deine Gefühle so gut" ist geradezu ein Allheilmittel in der Konfliktbewältigung mit ihnen. „Lass uns das in Ruhe besprechen" funktioniert ebenso gut als Standardlösung. Dazu ein langer, tiefer, zärtlicher Blick, und selbst die aufbrausendste Zicke wird im Nu wieder handzahm. Solche Frauen sind ihm die liebsten. Die, die sich lenken lassen wie ein gut dressiertes Hündchen. Fügsam, unterwürfig, willenlos.

Auch wenn seine Ehe seit Jahren praktisch nur noch auf dem Papier existiert und seine Ehefrau und er schon lange getrennt leben, mag er es nicht riskieren, die Zerrüttung offiziell zu machen. Immerhin sind Katja und er beruflich noch eng verbandelt, und die Türen, die sie ihm über Jahre in die höhere Gesellschaft aufgestoßen hat, sollen sich nicht schließen. Er braucht weiterhin die Kontakte zu Kunden, die das nötige Kleingeld haben, damit sie sich ihn als Architekt leisten können. Solche Auftraggeber sind Gold wert.

Annett dagegen ist, nüchtern betrachtet, austauschbar. Es wird andere schöne Frauen geben. Er wird sie sich nehmen.

Zuerst aber muss er seinen mörderischen Plan umsetzen und Annett aus dem Weg räumen. Sie vernichten. Wie gut, dass sie nicht misstrauisch geworden ist, als er sie gebeten hat, eine andere CD einzulegen. Während sie aufgestanden ist und sich der Stereoanlage zugewandt hat, hat er die Gelegenheit genutzt, ihr blitzschnell etwas in ihren Veuve Clicquot zu schütten. Schön, dass sich die wasserhelle Flüssigkeit in dem perlenden Getränk sofort rückstandslos auflöst. Doch das ist erst der erste Streich. Jetzt gilt es, geduldig zu sein, bis er zum tödlichen Angriff ansetzen kann. Er darf nicht zu erwartungsfroh wirken. Eher geknickt. Also Obacht, dass sich kein verräterisches Lächeln in seine Mimik stiehlt.

Er muss glücklicherweise nicht lange warten. Schon wenige Minuten, nachdem Annett ein paar Schlucke getrunken hat, sieht er, wie ihr Blick trübe zu werden beginnt und ihre sonst so elegante, fließende Motorik hölzern wird. „Was ist mit dir, Liebling? Kann ich etwas für dich tun?" Es ist immer klug, besorgt zu wirken. Als sie erneut nach ihrem Champagnerglas greifen will, stößt sie es mit einer plumpen Bewegung vom Tisch, sodass es klirrend zu Boden fällt und auf dem Parkett zerschellt. „Ich bin plötzlich so müde." Ihre Stimme hat einen fremden, lallenden Klang. „Ich kann kaum noch die Augen offenhalten." Ja, sie ist reif für die nächste Stufe.

Er sieht im Vorbeigehen im großen Flurspiegel, wie federnd und beschwingt sein Gang geworden ist, als er zum Badezimmer geht, um aus einem Versteck hinter einer lockeren Kachel die mit Nervengift gefüllte Spritze zu holen. Wie schön, dass es mit den richtigen Beziehungen in manchen fernen Ländern nahezu unendliche Möglichkeiten gibt, sich an wirklich exquisiten Tropfen zu bedienen. Und wie gut, dass Annett sich inzwischen kaum gerührt hat. Das macht ihm die nächsten Schritte leichter. In ihrem dösigen Kopf müssen sich die Handgriffe, mit denen er den linken Ärmel ihres tintenblauen Kleids nach oben schiebt, fast wie eine Streicheleinheit anfühlen. Er schlingt ihr eine Binde um den Oberarm und setzt die Spritze in die zarte Haut der Ellbogenbeuge, so wie er es früher während einer Sanitäterausbildung gelernt hat. Geschafft. Sie zuckt kurz, vielleicht ist es eine Reaktion auf den Einstich. Er ist wohl etwas aus der Übung gekommen.

„Aua!" Ihr funkelnder Blick könnte töten, wenn sie noch die Kraft dazu hätte. Sie reibt ihren Arm. „Spinnst du? Was machst du da?"

Fasziniert beobachtet er die schöne, vor Wut bebende Frau. Er kommt sich vor wie ein übereifriger, experimentierfreudiger Musterschüler, der ein fremdes Insekt inspiziert. Mit dem linken Arm angelt er nach seinem Smartphone und aktiviert die akustische Aufnahmefunktion. Es ist immer gut, für alle Eventualitäten vorbereitet zu sein. Denn wer weiß: Vielleicht bekommt er neben dem optischen Schauspiel auch noch einen lohnenswerten Soundtrack?

Es dauert nur etwa anderthalb Minuten, bis ihr offenbar schwindelig wird, bis ihre Tränen fließen und sie stark zu schwitzen beginnt. Raptor beobachtet, wie sie Krämpfe bekommt und gleichzeitig sichtbar eine Lähmung einsetzt. Entsetzt starrt Annett auf ihre erdbeerfarben manikürten Finger und versucht angestrengt, sie zu bewegen. Doch sie bleiben reglos wie knotige Stöckchen. Auch die Arme wollen ihr nicht mehr gehorchen und hängen schlaff an ihrem Körper herab, nutzlos. Immer weiter kriecht das Gift durch ihre Blutbahn, von den Extremitäten in die Körpermitte und nun entlang der Halsschlagader zum Gehirn.

„Was hast du getan", nuschelt sie mit schwerer Stimme. „Hilfe! Bitte! Hilf mir!" Es klingt, als verklebten ihr gleich mehrere Kartoffelklöße die Mundhöhle. Der schwere Duft ihres Parfums mischt sich mit Schweiß auf ihrer Haut. Für ihn riecht es wie eine stimulierende Droge. Der Geruch von Angst. Er fühlt ihren Puls und spürt, dass ihr Herz wie in einem wilden, unruhigen Galopp zu rasen scheint. Japsend und keuchend ringt sie nach Luft, ähnlich einem Fisch, der auf dem Trockenen liegt, mit offenem Mund, die Augen vor Schreck geweitet. Ihre Hilferufe klingen inzwischen wie ein ersticktes Gurgeln. Er weiß, es wird nur noch eine kurze Weile dauern, bis sie ihren letzten verzweifelten Atemzug tun würde. Bis sie ihr Leben ausgehaucht hat.

Es ist bestechend, ihrem Todeskampf zuzusehen. Sein Mund verzieht sich zu einem diabolischen Grinsen. In freudiger Erwartung trinkt er seinen Champagner aus. Nicht mehr lange, und er wird seine Säge ansetzen.

## KAPITEL 7

„Is ja gediegen!" Der Kommentar kommt von Oliver Neumann, natürlich. Emma Claasen hat in einer Dienstbesprechung gerade ihre Ermittlerkollegen darüber informiert, dass sie Teile einer zweiten Toten gefunden haben, als dieser Satz aus ihrem dienstältesten Mitarbeiter herausbricht. Is ja gediegen! Eine weniger zielführende und unpassendere Bemerkung hätte sich wohl kaum finden lassen, aber Emmas Kollege schafft es immer wieder, seine eigenen Höchstleistungen in Bezug auf mangelnden Takt zu toppen. Und die ganze Zeit über drückt Neumann auch noch in beeindruckender Geschwindigkeit mit seinem Daumen den Knopf eines Kugelschreibers. Klick, klick, klick, klick!

Die Kommissarin weiß nicht, was sie nervtötender findet: dass Neumann immer, wenn sein Gehirn auf Hochtouren läuft, mit dem Stift dieses Geräusch machen muss – oder dass es so selten vorkommt, dass er durch eigene kreative Gedanken zu einem Klicken mit dem Schreibgerät angeregt wird. Nun ja, er ist nicht gerade der Wendigste, wenn es darum geht, konstruktive Beiträge zu den Ermittlungen zu leisten. Meist beschränkt sich der Kommissar darauf zu nicken, wenn jemand eine Idee hat, und etwas zu grummeln, das sich deuten lässt als „Wollte ich auch gerade sagen". Emma vermutet, dass Neumann die wichtige Miene, die er dazu traditionell aufsetzt, früher einmal ausgiebig vor dem Spiegel geübt hat. Jetzt äußert er immerhin die Anregung, dass sie die Vita ihres Hauptverdächtigen Steffen Krüger gründlich durchforsten müssen. Na so was!

Wie so häufig bleibt Neumanns Einwurf von Emmas Mitarbeitern während der ersten Besprechung zu den Ermittlungen unkommentiert. Die Kollegen haben es längst aufgegeben, auf die Banalitäten von Oliver Neumann zu reagieren. Am besten lässt man ihn reden. Immerhin hat er in seinen lichten und leider viel zu seltenen engagierten Momenten allen anderen einiges voraus, wenn es um Technik geht. Auch wenn Neumann mit seinen Mitte fünfzig, der kantigen Hornbrille, der Bürouniform aus Bügelfaltenhose und Strickkrawatte mit gestreiftem Hemd und seiner fast schon erotischen Beziehung zu dem Stetsonia-Kaktus auf dem Schreibtisch nicht gerade dem Klischee eines Nerds entspricht – am Computer ist er schlicht ein Ass. Mitunter zaubert er aus den unendlichen Weiten der Datenwelt Erkenntnisse hervor, die ihre Ermittlungen entscheidend voranbringen.

Emma studiert im Gruppenraum des Kommissariats das Whiteboard, an das sie einen vergrößerten Stadtplanausschnitt gehängt haben, der vor allem den Bezirk Altona zeigt. Darauf sind jene Punkte rot markiert, an denen sie die diversen Leichenteile gefunden haben. Um die Wohnung von Steffen Krüger haben sie einen Kreis gezogen. Würde man zwischen den Markierungen Linien ziehen, hätten sie so etwas wie ein Spinnennetz, in dessen ungefährem Zentrum die Behausung ihres vierundvierzig Jahre alten Hauptverdächtigen liegt. Neben der Karte hängen Fotos von Krüger sowie von dem Opfer, seiner Frau Anna. Und darunter prangen zwei dicke Fragezeichen: eins für die zweite Tote, von der sie nicht einmal ansatzweise wissen, wer es sein könnte, und eins für Raptor. Sie haben sich entschlossen, den Unbekannten einstweilen so zu nennen, wie es der kleine Patrick getan hat.

Bislang hat keiner der zahllosen Fingerabdrücke, die ihr Kollege Grünering in der Wohnung des Verdächtigen gesichert hat, eine lohnende Spur ergeben. Keiner führt zu einem Treffer in der Datenbank der Polizei. Entweder hat Raptor noch nichts Polizeirelevantes auf dem Zettel, oder er hat Handschuhe getragen. Und ein Abkleben der Leiche, um eventuelle Faserspuren, Haare oder Hautschuppen des Täters zu sichern, hat sich erübrigt — weil sie ja in der Wohnung keine Leiche haben. Die Kippen aus dem Aschenbecher und dem Mülleimer vor dem Haus haben sie jedenfalls gesichert und archiviert für den Fall, dass sie später eine DNA-Analyse vornehmen wollen. Außerdem haben sie die Wohnung als Tatort „eingefroren", das heißt sie haben per Scanner 3-D-Aufnahmen angefertigt, um gegebenenfalls später virtuell erneut durch die Räume gehen und alles in Augenschein nehmen zu können. Zunächst einmal werden sie sich aber Steffen Krügers Computer und sein Handy zur Auswertung vornehmen. Sie müssen richtig tief graben.

Emma reibt sich die Augen. Auf den ersten Blick hat der Fall Anna Krüger so einfach ausgesehen. Die Identität haben sie anhand des DNA-Abgleichs rasch klären können. Sie haben also eindeutig eine tote Frau und dazu den Ehemann, der sie sehr wahrscheinlich auf dem Gewissen hat. Auch wenn Steffen Krüger die Tat weiterhin leugnet, sprechen bisher jedenfalls alle Indizien dafür, dass er es gewesen ist – vor allem die Blutspuren im Schlafzimmer und die Aussage von Patrick.

Aber nun gibt es ein zweites Opfer und einen großen Unbekannten, der vermutlich nicht nur der Komplize ist, sondern Regisseur und Hauptdarsteller zugleich. Raptor. Falls er der Täter ist, ist er im Moment noch vor allem ein Gespenst, formlos, schlüpfrig, nicht zu fassen.

Und wer ist die zweite tote Frau? Plathe hat anhand der Analyse von Knochen und Knorpel des Unterschenkels sowie angesichts der geringen Arteriosklerose einiger Schlagaderabschnitte ein ungefähres Alter zwischen fünfundzwanzig und fünfunddreißig geschätzt. Die Körpergröße hat eine Anthropologin der Rechtsmedizin mit 175 bis 185 Zentimeter rekonstruiert. Die Ermittler haben bereits alle Dateien gecheckt. Zumindest in den vergangenen sechs Monaten ist im Raum Hamburg niemand als vermisst gemeldet worden, die zu dem zweiten Fund zu passen scheint. Sie werden tiefer nachforschen müssen, auch in der Vermisstendatei des Bundeskriminalamts. Und was kann es bedeuten, dass jemand unter die abgetrennten Körperteile von Anna Krüger den Knochen eines fremden Opfers mischt? Hält sich da jemand für so überlegen und unantastbar, dass er die Polizei auf ein bisher unbekanntes Verbrechen hinweisen will? Versucht er, mit ihnen Katz und Maus spielen? Oder ist es ein Versehen? Und vor allem: Wird es weitere Tote geben?

Die Chefermittlerin fasst ihre schwarz-braunen schulterlangen Haare mit einer Spange zu einem lockeren Zopf zusammen, greift dann nach ihrem frisch gebrühten Ingwertee, auf den sie wegen der gesundheitsfördernden und erfrischenden Wirkung schwört, und schaut in die Runde ihrer Kollegen. Wie üblich ist es Emmas langjähriger und verdienter Mitarbeiter Max Vollertsen, der die Initiative ergreift. „Wir brauchen das volle Programm", sagt er mit bedächtiger Stimme. Typisch Vollertsen, immer die Ruhe selbst. Keiner aber sollte den Fehler begehen, die Gelassenheit des Einundfünfzigjährigen als Trägheit misszuverstehen.

Eine Kollegin hat mal gesagt, er erinnere sie an Inspektor Columbo. Recht hat sie. Nicht nur das dichte dunkelbraune Haar und der Dackelblick ähneln dem des berühmten Fernseh-Kommissars. Und ebenso wie der amerikanische Krimiheld ist Vollertsen schnell im Kopf und ausgesprochen engagiert. Seit seine Kinder, die er nach dem Krebstod seiner Frau allein großgezogen hat, aus dem Haus sind, kommt es Emma so vor, als wohne er beinahe im Büro.

„Ich kann mich gern zusammen mit Kenan um die Befragung der Verwandten und Freunde des Opfers und des Verdächtigen kümmern", schlägt Vollertsen vor. Seine Lesebrille, hinter deren Fünf-Dioptrin-Gläsern seine Augen oft unnatürlich groß wirken, hat er sich in die Stirn geschoben. „Und jemand muss die Nachbarn abklappern. Wir müssen die Telefonverbindungen und seinen Computer auswerten. Und vielleicht sollten wir noch mal Kollegen mit Leichenspürhunden zu den Fundorten der Körperteile schicken, ob die Tiere weitere Spuren wittern. Und natürlich müssen wir uns Steffen Krüger ein weiteres Mal vorknöpfen. Womöglich ist ihm nach einer Nacht in der Untersuchungshaft seine Arroganz vergangen."

Vollertsen trinkt einen Schluck Kaffee aus seinem St. Pauli-Fanbecher, bevor er fortfährt. „Und was ist mit dem Jungen, mit Patrick? Der scheint doch ziemlich plietsch zu sein. Es wäre wohl einen Versuch wert, ob wir von ihm noch weitere Hinweise bekommen können, etwa für eine Phantomzeichnung von diesem Raptor."

Emma überlegt. Das ist ein sensibler Punkt. Natürlich kann es ungemein wertvoll sein, wenn sie den Schüler noch einmal befragen. Aber der Junge ist traumatisiert. Sie wird sich mit der Kinderpsychologin sowie der Mitarbeiterin vom Jugendamt in Verbindung setzen, die Patrick betreuen. Sie brauchen deren Einschätzung, ob der Neunjährige stabil genug ist. Aber wie Emma ihn kennengelernt hat, wird er unbedingt weiter mithelfen wollen, das Schicksal seiner Mutter aufzuklären.

Ihr Handy, das auf lautlos gestellt ist, vibriert. Sie wirft einen Blick auf das Display. Plathe. Der Rechtsmediziner würde sich kaum bei ihr melden, wenn es nicht etwas Wichtiges wäre. Emma nimmt den Anruf an.

„Ich habe noch etwas Interessantes entdeckt", kommt der Forensiker direkt zur Sache. „Der fremde Unterschenkel, den wir gefunden haben, war zuvor eingefroren, vermutlich in einer Tiefkühltruhe. Das haben wir anhand einer mikroskopischen Strukturanalyse der erhaltenen Wadenmuskulatur herausgefunden." Tiefgefroren also. Vielleicht liegt der restliche Leichnam ja immer noch in einer Kühltruhe. Natürlich müssen sie danach suchen.

Emma hat schon wiederholt Fälle bearbeitet, in denen die Opfer in Eis gelagert wurden, manchmal über Jahre. Ihrer Erfahrung nach ist das am häufigsten der Fall, wenn Täter und Opfer sich nahestehen, oft sogar aus einer Familie stammen. Aber sie darf keine voreiligen Schlüsse ziehen, sie müssen flexibel denken. „Können Sie bestimmen, wie lange der Leichnam eingefroren war?", will sie von Plathe wissen. „Gibt es Rückschlüsse auf den Todeszeitpunkt?"

„Leider nein", erklärt der Rechtsmediziner. „Der Zeitpunkt der Tötung ist völlig unklar. Da werden wir nichts weiter feststellen können, es sei denn, Sie finden weitere Teile der Leiche. Aber wir hoffen, dass wir aus dem Unterschenkel ausreichend DNA extrahieren können für eine Analyse. Zumindest aus den Knochen sollte das klappen. Dauert nur etwas. Ich gebe Ihnen Bescheid, sobald ich etwas Neues weiß." Plathe beendet das Gespräch grußlos.

Das passt zu ihm, findet Emma. Schnörkellos, sachlich, effizient. Damit unterscheidet er sich wohltuend von seinem Vorgänger, Professor Reinhard Steinberg. Der hatte wenig Gespür dafür gehabt, wann es schnell gehen musste, und immer gern noch ein Pläuschchen halten wollen. Mit „Ach, übrigens" pflegte der jetzt pensionierte Rechtsmediziner seine Sätze einzuleiten, um sich dann beispielsweise über den jüngsten „Tatort"-Krimi auszulassen. „Ach, übrigens" ist dann so eine Art Spitzname für den früheren Direktor des Instituts für Rechtsmedizin geworden. Natürlich immer nur hinter vorgehaltener Hand. An seiner Kompetenz hat es nie irgendwelche Zweifel gegeben, bis zuletzt nicht, als der Fünfundsechzigjährige mit einer würdigen Feier in seinen verdienten Ruhestand verabschiedet worden ist.

Emma berichtet ihren Kollegen, was sie gerade von Plathe erfahren hat, dann verteilt sie die Aufgaben. „Ihr befragt die Menschen aus dem näheren Umfeld von Anna und Steffen Krüger", bittet Emma ihre Kollegen Vollertsen und Kenan Arslan, einen jungen, aufstrebenden Ermittler, der vor Kurzem aus dem Raubdezernat zur Mordkommission gewechselt ist. „Und teilt bitte einen Kollegen dafür ein, der checkt, ob es im Umfeld der Ablageorte der Leichenteile irgendwelche Überwachungskameras gibt, die ausgewertet werden müssen. Und ein anderer muss bei den Nachbarn anfragen, ob die etwas Verwertbares beobachtet haben."

Die Kommissarin streicht sich eine Haarsträhne, die sich aus ihrem Zopf gelöst hat, aus der Stirn und trinkt einen weiteren Schluck von ihrem Ingwertee. Er ist inzwischen kühl, aber immer noch besser als kalter Kaffee. „Wir sollten den Kreis der Beamten, die wir zu den Ermittlungen hinzuziehen, aber möglichst klein halten", sagt sie dann. „Je mehr Kollegen von dem Fall wissen, desto größer die Gefahr, dass die Presse Wind bekommt. Und ich habe wirklich keine Lust auf reißerische Schlagzeilen nach dem Motto: ‚Geheimnisvoller Axtmörder. Polizei sucht Serientäter'. Natürlich müssen wir bald unsere Pressestelle informieren, aber noch ein oder zwei weitere Tage Ermittlungen, ohne ständig irgendwelche Polizeireporter oder Kameraleute im Nacken zu spüren, wären mir entschieden lieber."

Wenige Ermittler werden sehr viel Arbeit schultern müssen, die Handy-Ortung zum Beispiel, die Auswertung des Mobilfunkverkehrs nach den Aufzeichnungen der unterschiedlichen Provider. Sie müssen herausfinden, welche Geräte jeweils in der Nähe der Fundorte der Leichenteile eingeloggt waren. Emma blickt zu Oliver Neumann, der gerade so intensiv damit beschäftigt ist, aus dem Fenster zu schauen, als würde dort mindestens ein Ufo mit einer Besatzung aus Schafen vorbeifliegen. Dabei ist alles, was er dort erspähen kann, der gepflasterte Innenhof des Polizeipräsidiums und die Fassaden der anderen Gebäudeblocks – alles in vielfältigen Schattierungen von Grau, die nahtlos in den bleifarbenen Novemberhimmel übergehen. Nichts also, was Neumanns Blick wirklich hätte fesseln können. Es fehlt nur noch, dass er sich demonstrativ wegduckt, um bei der Verteilung der Aufgaben möglichst übersehen zu werden.

Emma stöhnt innerlich angesichts so offensichtlicher Drückebergerei. Sie muss wirklich demnächst ein ernstes Gespräch mit ihm über seine Arbeitsmoral führen. „Oliver, du analysierst die Telefondaten und den Computer von Steffen Krüger. Sorge bitte außerdem dafür, dass du den Zugriff auf Überwachungskameras bekommst, die im Bereich Altona die Plätze, an denen wir Leichenteile gefunden haben, erfasst haben. Ich vernehme noch mal Krüger. Und dich hätte ich gern dabei", wendet sich Emma an die fünfte im Team, Kommissarin Bianca Martinek. Die Neunundzwanzigjährige ist seit drei Jahren im Team und hat sich als ausgesprochen scharfsinnig erwiesen. Emma schätzt den analytischen Verstand der Kollegin, ihren Biss – und vor allem ihren Teamgeist und ihr umgängliches Wesen, das Bianca allmählich für Emma zu so etwas wie einer Freundin hat werden lassen. Außerdem hat die junge Kommissarin eine sichere Intuition. Dieses Bauchgefühl kann keine Indizien oder Beweise ersetzen, aber es kann die Fakten ergänzen und dabei helfen, sie zu einem soliden Ganzen zu verknüpfen.

Vor allem verfügt Bianca über ein unglaubliches Gespür, welche Taktik bei einer jeweiligen Vernehmung die erfolgversprechendste ist. Und sie kann bestens auch eine noch so minimale Veränderung von Mimik und Körpersprache lesen. Krüger wird ihnen nichts vormachen können, da ist sich Emma sicher.

## KAPITEL 8

Mürbe ist er jedenfalls noch nicht. Als Emma und Bianca Martinek das Vernehmungszimmer im Untersuchungsgefängnis betreten, reicht ein kurzer Blick auf den Verdächtigen, um das zu verstehen. Wie auf dem Sprung, aggressiv, machohaft: Steffen Krüger ist die personifizierte Kampfbereitschaft mit seinen wütend funkelnden, blutunterlaufenen Augen und dem vorgebeugten Oberkörper. Die kräftigen Hände hat der massige

Mann zu Fäusten geballt, sein schmaler Mund zuckt und weckt in Emma die Assoziation an ein nervöses Insekt. In dem Moment, in dem die Kommissarin die Tür hinter ihrer Kollegin und sich schließt, legt sich Verblüffung über die Züge des Mannes. Dass ihn zwei Frauen vernehmen werden, damit hat der Pascha nicht gerechnet.

„Der Mädelstrupp!" Krügers Lippen biegen sich zu einem spöttischen Grinsen. „Das finde ich super! Dann könnt ihr mir ja gleich mal einen Kaffee bringen. Oder noch besser was Stärkeres. Wie wäre es mit Sex on the Beach?" Der Maurer macht sich nicht einmal die Mühe, auch nur den Anschein zu erwecken, er meine den Cocktail. Emma registriert, wie Krüger ungeniert auf die Brüste ihrer Kollegin starrt. Wenn er glaubt, die Polizistin damit aus der Fassung zu bringen, hat er sich verkalkuliert. Bianca Martinek bleibt ungerührt. Provokationen ist sie gewöhnt und bewundernde bis gierige Blicke auch. Im Dienst trägt sie vorzugsweise weite T-Shirts oder Sweatshirts, um ihre Oberweite zu verstecken, die durch die etwa vier Kilo mehr, die sie sich in den vergangenen anderthalb Jahren angefuttert hat, noch üppiger geworden zu sein scheint. Außerdem hat sie sich eine unvorteilhafte Brille im Fünfziger-Jahre-Look zugelegt. Und ihre honigblonden Haare, die ihr fast bis zu den Hüften reichen, hat sie hochgesteckt.

„Sie sollten sich an den Gedanken gewöhnen, dass es für Sie in absehbarer Zeit weder Beach noch Sex gibt", pariert Bianca die Anzüglichkeit von Krüger. „Wenn überhaupt, dann mit Ihren Kumpels aus dem Knast. Aber wer weiß. Vielleicht stehen Sie ja auf tätowierten Bizeps, Stiernacken und kahle Köpfe."

Die zur Schau gestellte Überheblichkeit ihres Gegenübers zersplittert. Seine Augen verengen sich, Zornesröte verfärbt seine Wangen, er schnaubt. Wie Krüger so dasitzt, mit wütend vorgerecktem Kopf, fühlt sich Bianca an einen angriffslustigen Stier erinnert, dem jemand eine Extraportion Testosteron verpasst hat. Sehr gut, wer so leicht reizbar ist, verplappert sich schnell.

Emma schaltet die Aufnahmefunktion ihres digitalen Diktiergeräts ein, das sie auf den Tisch gelegt hat, und nennt Ort und Zeit der Vernehmung sowie die Namen der Anwesenden.

Dann lässt sie Krüger bestätigen, dass er ihre Belehrung über seine Rechte verstanden hat und ausdrücklich auf das Beisein eines Anwalts verzichtet, und kommt gleich zur Sache. „Sie können sich weitere Märchen von angeblichen Fernreisen Ihrer Frau sparen. Wir wissen, dass sie tot ist. Wir haben wesentliche Teile eines Leichnams entdeckt, und es gibt schon den DNA-Beweis, dass es sich dabei um Anna Krüger handelt. Haben Sie wirklich geglaubt, Sie könnten uns für dumm verkaufen?"

Ihr Gegenüber zuckt zurück und reibt sich die Stirn. Offenbar hat er nicht damit gerechnet, dass sie trotz seiner Meine-Frau-will-sich-neu-erfinden-Story weitere Nachforschungen anstellen würden. Aber selbstverständlich gehen sie akribisch mit ihren Ermittlungen voran. Außerdem haben bittere Erfahrungen aus der Polizeihistorie die Kommissarin noch zusätzlich sensibilisiert.

Emma denkt insbesondere an einen Fall aus Hamburg, der das ganze Land schockiert hat. Ein Mann hatte zwei Frauen entführt, sie in einem Verlies gefangen gehalten und gefoltert, bis er sie umbrachte und ihre zerteilten Körper in Säurefässern vergrub. Jahrelang sind diese Verbrechen unbemerkt geblieben, weil der Täter seine Opfer dazu gezwungen hatte, Postkarten zu schreiben mit dem Tenor, dass sie im Ausland ein neues Leben angefangen hätten. Erst später wurde durch eine unorthodoxe Kriminalbeamtin ermittelt, dass die Frauen Opfer eines Entführers und Mörders waren. Der Fall hatte ganz Hamburg erschüttert, und der Umgang des Landeskriminalamts mit unklaren Vermisstensachen wurde neu aufgestellt. Der Peiniger und Mörder der Frauen wurde verurteilt. Bis heute sitzt er immer noch im Knast.

Aufmerksam mustert Emma ihren Verdächtigen. Von welchem Kaliber ist Steffen Krüger? Ist die Tötung seiner Frau die Folge eines entgleisten Streits oder ein geplantes Verbrechen? Wer so kaltblütig die Leiche seiner Partnerin zerlegt und entsorgt, zumal in Gegenwart des gemeinsamen Kindes, hat doch wohl früher schon Erfahrungen mit Gewalt gemacht, etwa mit Tierquälerei. Aber es gibt immer wieder Ausnahmen, die alle Erwartungen zu widerlegen scheinen. So wie der Fall der betagten Dame, die ihren Mann nach fünfzig Ehejahren getötet und den Gatten in Hunderte handliche Stücke zerteilt hat – und ihren Freundinnen anschließend davon beim Kaffeekränzchen erzählt hat. Im Plauderton, wie beiläufig, scheinbar unbelastet.

Krüger jedenfalls ist nach Aktenlage bislang ein gesetzestreuer Bürger. Natürlich hat Bianca für das Team alle Informationen, die für die Polizei routinemäßig zugänglich sind, gecheckt, bevor sie die Vernehmung begonnen hat. Kein Eintrag in irgendwelchen Registern, kein Diebstahl, kein Schwarzfahren, keine Körperverletzung, geschweige denn ein schweres Verbrechen. Wenn es doch etwas geben sollte, ist der Mann jedenfalls nicht dabei erwischt worden.

„Hat mein Sohn etwa nicht dichtgehalten? Diese Memme! Dabei habe ich Patrick eingeschärft, dass er den Mund halten muss." Krüger speit die Worte geradezu aus. Da ist Wut und Verachtung, die sich Bahn bricht. Ein Vater, der sich darüber empört, dass sein Sohn angeblich jämmerlich versagt hat und sich gegen seinen Erzeuger auflehnt. Emma ist fassungslos. Dieser Mann ist von unglaublicher Kälte. Er scheint sich nicht im Mindesten bewusst zu sein, was er seinem Kind angetan hat. Oder es ist ihm gleichgültig. Er hat dem Jungen nicht nur die Mutter genommen und ihn dazu gezwungen, bei einer Metzelei dabei zu sein. Er hat ihm zu Schweigen befohlen und ihn damit in einen furchtbaren Gewissenskonflikt gebracht. Das ist Kindesmisshandlung in vielfachen Varianten. Das ist unglaublich grausam.

„Ihr Sohn hat mit der Polizei zusammengearbeitet, um seine Mutter zu finden", versetzt Emma. „Das ist ja wohl das Mindeste, was Sie dem Jungen zugestehen können nach allem, was Sie ihm angetan haben." Sie wartet, bis Steffen Krüger sie anschaut. „Wir wissen inzwischen, dass Ihre Frau Opfer eines Gewaltverbrechens wurde. Wir gehen davon aus, dass Sie der Täter sind und werden das bald beweisen können. Es steht fest, dass Sie den Leichnam zersägt und an unterschiedlichen Plätzen entsorgt haben. Erzählen Sie, wie es zu dem Verbrechen kam!"

Ihr Gegenüber lehnt sich auf seinem Stuhl zurück, die Beine lässig gespreizt und die Arme hinter dem Kopf verschränkt, sodass er Emma und Bianca Martinek die Schweißflecken unter seinen Achseln frontal präsentiert. Dabei ist es überhaupt nicht warm in dem Vernehmungszimmer. Wahrscheinlich Angstschweiß, vermutet Bianca Martinek. Geschieht diesem Mistkerl recht.

„Glaubt ja nicht, dass ihr Tussen mir etwas nachweisen könnt!" Krügers Mund verzieht sich zu einem herablassenden Grinsen. Sein Geschlechterbild ist offenbar noch im vergangenen Jahrtausend verhaftet. Dass es Frauen in verantwortlichen Positionen geben kann, ist ihm gänzlich fremd. „Selbst wenn es so sein sollte, dass ich Leichenteile entsorgt hätte, und ich sage ausdrücklich: selbst wenn!" Der Mann kneift die Augen zusammen und stochert mit seinem rechten Zeigefinger in die Richtung von Emma und Bianca. „Dann wäre es trotzdem so, dass ich bei Annas Tod kein bisschen nachgeholfen hätte. Viel eher hat sie zu tief ins Glas geguckt, ist dann unglücklich hingefallen und hat sich das Genick gebrochen oder so. Einfach Knacks, und fertig."

Der Mann bewegt ruckartig seinen Kopf nach rechts, wohl um zu demonstrieren, wie zerbrechlich die Halswirbelsäule eines Menschen ist. Er tut das mit so viel Schwung, dass sein Stuhl dabei über den Fußboden schabt, mit einem scharrenden Geräusch wie bei einem brechenden Knochen. Einen Moment verharrt Krüger in dieser Stellung, dann richtet er seinen Blick wieder nach vorn. „Seht ihr?"

„Was wir sehen, ist ein aufgeblasener Typ, der sich mit seiner Überheblichkeit immer weiter reinreitet." Biancas im privaten Gespräch so weiche Stimme hat eine ätzende Schärfe angenommen. Sie bedenkt Krüger mit einem kühlen Blick. „Durchaus möglich, dass Ihre Frau gestürzt ist. Aber vorher ist sie mit einem Messerstich tödlich verletzt worden. Sie haben sich doch noch nicht einmal die Mühe gemacht, auch nur zu versuchen, die Blutspritzer im Schlafzimmer wegzuwischen. Und selbst wenn Sie noch so eifrig geputzt hätten: Wir hätten die Spuren trotzdem entdeckt. Ebenso wie die Blutflecke im Bad. Und daraus haben wir eindeutige Schlüsse gezogen." Bianca macht eine Pause und beugt sich vor. „Sie haben sie umgebracht. Und das können wir sicher bald lückenlos beweisen. Sie können sich schon mal drauf einstellen, im Knast zu schmoren, bis Sie ein Greis sind. Wie klingt das?"

„Kooperieren Sie mit uns. Dann können wir auch etwas für Sie tun", schaltet sich Emma ein. Guter Cop, böser Cop. Das Prinzip ist uralt, funktioniert aber immer noch oft genug, weil die Verdächtigen glauben, sie könnten sich einen Verbündeten erschaffen. Den netten Polizisten spielt Emma weniger gern, aber Bianca verkörpert den bösen gerade so überzeugend, dass Emma sich in die freundlichere Rolle fügt. „Erzählen Sie uns, wer ist der Mann, mit dem zusammen Sie die Leiche Ihrer Frau entsorgt haben. Wer ist dieser ‚Raptor'? Und was hat es mit der zweiten Leiche auf sich?"

Diese Frage lässt Krüger zusammenzucken. Er erstarrt, sein Gesicht wird aschfahl, seine Augen sind weit aufgerissen. Wie eine Mischung aus ET und einem Karpfen, findet Emma. Haben sie Krüger wirklich überrumpelt? Hat er keine Ahnung gehabt, dass es eine zweite Leiche gibt? Sie beobachtet jede Regung des Mannes, das nervöse Zucken unter seinem rechten Auge, das Heben und Senken seines Adamsapfels, als er wieder und wieder krampfhaft schluckt, als hätte er einen dicken Brocken Unverdauliches im Hals feststecken. Sie wartet.

Oft ist Schweigen und sich in Geduld fassen die effizientere Verhörtaktik als drängendes Fragen. Eine Minute vergeht, zwei, fünf. Emma will sich gerade erheben, um das Zimmer zu verlassen, als ihr Gegenüber plötzlich Luft ausstößt und aus seiner Starre erwacht. Etwas Farbe kehrt in sein Gesicht zurück, die Augen bekommen einen gefährlichen Glanz. Plötzlich wirkt er wieder kampfbereit. „Ich werde Ihnen etwas über Raptor erzählen. Und über die zweite Leiche. Und noch über weitere. Sie werden sich noch wundern!"

## KAPITEL 9

Wundern? Nein, das ist der falsche Ausdruck. Emma hat schon vor langer Zeit erfahren müssen, dass in ihrem Beruf das Unerwartete oft die einzige Konstante ist. Das Außergewöhnliche, Überraschende, das einem Fall eine neue Wendung gibt. Eine andere Perspektive, die es zu beleuchten gilt, weitere Verdächtige, die in den Fokus geraten. Eine ungewöhnliche Todesursache, mit der niemand gerechnet hat. Und dass es Mörder gibt, die nach einer ersten Tat im wahrsten Sinne des Wortes Blut geleckt haben und weitere Menschen töten.

Und doch unterscheiden sich die Verbrechen, die die Mordkommission rund um den Fall der getöteten Anna Krüger aufzuklären hat, von allem, was Emma in ihrer bisherigen Laufbahn begegnet ist. Um eine typische Serie handelt es sich keinesfalls. Bei einer Serie gibt es in der Regel ein Muster bei der Tötungsart, Parallelen bei den Opfern und meist nur einen Täter. Und wenn die Verbrecher doch im Team arbeiten, dann sind es üblicherweise Menschen, die sich sehr nahe stehen wie Ehepartner oder enge Freunde. Das können sie bei Steffen Krüger und diesem ominösen Raptor vermutlich ausschließen. Sonst hätte Patrick den Mann vermutlich öfter gesehen und besser beschreiben können. Bisher haben sie nur ein sehr vages Bild von dem zweiten Verdächtigen, der mit Krüger zusammen den Leichnam zerstückelt und entsorgt haben soll. Baseballkappe, braunes Haar, mittelgroß, normale Statur, Jeans, so hat ihn Patrick beschrieben. Otto Normalverbraucher also. Das könnte praktisch jeder sein.

Und nun also hat Steffen Krüger ihnen an den Kopf geworfen, dass es neben seiner Frau Anna und einer zweiten Toten, von der bisher nur der Unterschenkel aufgetaucht ist, womöglich noch ein drittes, ein viertes und sogar ein fünftes Opfer gibt.

Ein gefährliches Glimmen in den Augen, bebende Lippen, feuchte Hände: Es scheint, als habe der Mann, der den Mord an seiner Frau gestanden und von weiteren erzählt hat, in seiner Fantasie die aufwühlenden, für ihn anregenden Geschehen noch einmal erlebt. Es ist Emma bei der Vernehmung so vorgekommen, als blähe Steffen Krüger intensiv die Nasenflügel, wohl in der Hoffnung, einen ganz bestimmten Geruch erneut wittern zu können. Angst womöglich, Blut. Und den Tod.

Sie haben nicht wirklich herausbekommen können, was das Motiv für die beiden Täter ist, wenn es denn stimmt, was Patricks Vater ihnen erzählt hat. Ganz sicher ist es bei den Verbrechen nicht um Geld gegangen, als vor der Tötung von Anna Krüger offenbar innerhalb von fünf Jahren vier weitere Frauen umgebracht worden sind, dies aber wohl allein von

Raptor. Emma beschleicht der Verdacht, dass es gar nicht hauptsächlich um das Morden gegangen ist. Sondern um das Zerstückeln der Leichname. Ein Gemetzel, das der Verbrecher wie ein Fest zu zelebrieren scheint. Eine blutige, grausige Orgie.

Vier bisher unbekannte Tote! Wer weiß, wann die früheren Fälle aufgefallen wären, wenn Patrick nicht Zeuge bei der Tötung seiner Mutter geworden wäre. Ob die zurückliegenden Verbrechen überhaupt je ans Licht gekommen wären?

Bei seiner Schilderung hat Steffen Krüger kein noch so scheußliches Detail über die Zerteilung der Leichname ausgelassen und immer wieder forschend in die Gesichter von Emma und Bianca geblickt, als hoffe er ... Ja, was? Offensichtlich ist es ihm darauf angekommen, die beiden Polizistinnen zu schockieren. Doch das hat ihm nicht gelingen können. Es gehört zu den Schattenseiten ihres Berufes, immer wieder mit unfassbarem Grauen konfrontiert zu werden. Da ist es wichtig, sich einen emotionalen Schutzpanzer wachsen zu lassen, um auch in Extremsituationen professionell bleiben zu können. Es darf nicht sein, dass sie ihren Fokus verliert: Verbrechern wie Steffen Krüger und seinem Komplizen Raptor muss das Handwerk gelegt werden.

Und doch ist es keineswegs so, dass das beobachtete Elend dauerhaft an Emma abprallt. Zu Hause, allein in ihren vier Wänden, lässt sie es manchmal zu, dass die vielfältigen Boten von Kummer und Leid und Schmerz ihre Fangarme nach ihr ausstrecken. Und gelegentlich schleicht sich das Grauen sogar in ihre Träume. Dann schreckt sie in ihrer Wohnung mitten in der Nacht aus einem unruhigen Schlaf hoch, zitternd und mit verstörenden Bildern vor ihrem inneren Auge. Sie weiß, dass sie jetzt keinen Schlaf mehr finden wird. Also brüht sie sich einen Darjeeling auf, setzt sich mit einem Becher des dampfenden Getränks in ihren Lieblingssessel am großen Wohnzimmerfenster ihrer Wohnung in Hamburg-Sülldorf und schaut hinaus auf die umliegenden Weiden, auf denen tagsüber Kühe, Islandponys, Kaltblüter und Trakehner grasen. Mit den Pferden kommt Emma der Erfüllung eines Kindheitstraumes so nah, wie es bei ihrer knapp bemessenen Freizeit nur möglich ist. Seit sie sechs Jahre alt gewesen ist, haben sie und ihre Zwillingsschwester Laura ihren Eltern in den Ohren gelegen, dass sie ein Pony haben wollten. Doch Mutter und Vater haben abgelehnt, mit dem Hinweis auf hohe Kosten und zu wenig Platz im Garten – lauter sachliche Argumente, die Emma und Laura aber natürlich nicht haben hören wollen. Für ein Kind, erfüllt von Träumen, ist Vernunft manchmal nur ein lästiger Ballast.

Doch das Leben wirft mit den Jahren andere Dinge von Gewicht in die Waagschale, die im Idealfall eine gesunde Balance ergeben: Unabhängigkeit zum Beispiel, Verlässlichkeit, vor allem die Zuwendung von Menschen, die dir nahestehen und dir guttun.

Heute, im Rückblick, ist Emma dankbar, dass die Eltern ihr beigebracht haben, dass nicht alle Wünsche in Erfüllung gehen können. Man kann das Glück auch in kleinen Dingen suchen und finden, beispielsweise in dem lieblichen Duft, der einer Wildblumenwiese entströmt. Beim Betrachten der immer größer werdenden Zirkel, wenn sie einen Stein ins Wasser wirft. In dem satten Klang der Kirchenuhr, die die volle Stunde schlägt. Wenn man sich voll und ganz in ein schönes Buch vertieft, bis einen die Gedanken und die Fantasie in die Ferne tragen. Manche Momente sind ebenso schön wie eine Feder im Wind und genauso flüchtig.

Ja, sie muss nicht etwas besitzen, um es genießen zu können. Und so liebt Emma es, hin und wieder eines der Pferde ihrer Vermieter pflegen und reiten zu dürfen, am liebsten im Galopp über die Feldwege und dabei den Wind in den Haaren zu spüren. Ballett, das sie früher neben dem Reiten zwölf Jahre lang intensiv betrieben hat, hat sie allerdings längst aufgegeben. Stattdessen geht sie joggen oder zum Parkour. Insbesondere diese Sportart, bei der es darum geht, nur mit den Fähigkeiten des Körpers möglichst effizient und auf direktem Weg über Hindernisse zu seinem Ziel zu gelangen, fordert und fasziniert sie gleichermaßen.

Ebenso verspürt Emma noch jedes Mal ein Glücksgefühl, wenn sie den Ausblick ins Grüne genießen kann. Ihre gemütliche Wohnung, die sie gemietet hat, liegt in einem fast hundert Jahre alten Bauernhaus in Sülldorf. Solides dunkles Fachwerk und roter, von Alterspatina gezeichneter Backstein unter

Reet: Gleich beim ersten Anblick hat sie sich in das Gebäude ganz im Westen von Hamburg verliebt.

Sie ist selig gewesen, als sie vor vier Jahren mit ihrem damaligen Freund und ihren beiden norwegischen Waldkatzen Sherlock und Watson in die im Erdgeschoss gelegene 90-Quadratmeter-Wohnung hat einziehen können, ein handtuchgroßer Garten und Katzenklappe inklusive. Einige Monate später ist ihr Partner nach einem heftigen, in ihren Augen lange überfälligen und finalen Streit ausgezogen, direkt in ein schickes Loft in Citynähe. Emma würde so nicht leben wollen, nur von Beton, Stahl und Glas umgeben und nahezu ohne Grün.

Auch den Anwalt, mit dem sie danach liiert gewesen ist, hat sie nach nicht allzu langer Zeit in die Wüste geschickt. Oder besser gesagt zurück in seine durchgestylte Junggesellenbude, die er für sie vorübergehend verlassen hatte. Dass er etliche Fotos von sich selbst, bestens in Szene gesetzt in hochpolierten Silberrahmen, auf Tischen, Fensterbänken und sogar im Schlafzimmer drapiert hat, hätte gleich ein Warnsignal für sie sein müssen, dachte sie sich anschließend. Schon oft hat sie sich gefragt, wie sie mit ihrem sonst so untrüglichen analytischen Verstand und ihrer sicheren Intuition, die sie im Beruf wie ein unbestechliches Radar nutzen kann, in privaten Beziehungen immer wieder so grandios scheiterte.

Nicht zuletzt lag das an ihren unkonventionellen Arbeitszeiten. Ermittlungen in Sachen Mord und Totschlag lassen sich nun mal nicht in ein Terminkorsett zwängen, bei dem man pünktlich um 17 Uhr zum Tee zu Hause ist. Das würde Emma auch gar nicht wollen. Sie ist mit Leib und Seele Polizistin.

Sie hat schon früh den Entschluss gefasst, diesen Beruf ergreifen zu wollen. Als sie elf Jahre alt gewesen ist, ist Emmas Zwillingsschwester Laura von einem Mann in einem SUV angefahren worden. Der Fahrer beging Unfallflucht und konnte nie ermittelt werden. Fast jedes Mal, wenn sie an Laura und deren Schicksal denkt, steigen Emma Tränen in die Augen. Zunächst hat es so ausgesehen, als wenn Laura, die nun an den Rollstuhl gefesselt gewesen ist, ihr Schicksal zu meistern schien. Immer geduldig, immer mit einem Lächeln, ihr Gemüt aufgeräumt. Bewundernswert. Doch vier Jahre später hat sie

Suizid begangen, sie schnitt sich mit einer Rasierklinge die Pulsadern auf. Ihre Mutter hat Laura gefunden, blutüberströmt, bleich, leblos. Den verzweifelten Schrei, den die Mutter ausgestoßen hat, wird Emma nie vergessen. Genauso wenig wie ihr eigenes ersticktes Heulen.

Niemand aus der Familie hat wahrgenommen, dass die scheinbar so tapfere Laura nicht nur am Rückgrat, sondern vor allem an der Seele zutiefst verletzt gewesen ist. Auch Emma hat es nicht in dem Maße gespürt, dass sie alarmiert gewesen wäre. Hätte sie als ihre Schwester nicht doch etwas merken müssen? Etwas ahnen? Jeder weiß, wie eng und intensiv die Verbindung gerade zwischen Zwillingen ist. Auch wenn Emma und Laura nicht eineiig sind, sondern zweieiig, haben sie stets ein sehr enges Band miteinander geknüpft. Und dann der Schock, das Drama um Lauras schrecklichen Tod.

Bis heute strömt beim Gedanken an den Verlust ihrer Schwester immer wieder eine Leere in Emma ein, ein Vakuum von ungeheurer Saugkraft, aus dem sie sich nur mit viel Kraft befreien kann. Ihre Schwester fehlt ihr unsagbar. Tröstlich sind allein die Erinnerungen. An die schönen Zeiten natürlich. Aber auch an jene Momente, wenn sie sich gestritten haben oder wenn sie versuchten, einander zu übertrumpfen. Als sie klein waren beim Seilspringen oder später beispielsweise beim Schach. In der Rückschau sind auch die weniger harmonischen Phasen glückliche Momente. Hauptsache, sie waren zusammen. Was würde Emma heute dafür geben, einen Augenblick der Nähe zurückbekommen zu können!

Emma blickt zu dem 1,20 Meter mal 60 Zentimeter großen Terrarium, in dem Esmeralda hockt und sie anzustarren scheint. Die Leopardgecko-Dame ist Lauras Haustier gewesen, und Emma hat sich geschworen, Esmeralda bis zu deren hoffentlich gnädigem Ende zu hüten und zu pflegen. Sie weiß, dass Leopardgeckos im Terrarium weit über zwanzig Jahre alt werden können, insofern hat Esmeralda bereits ein sehr stattliches, fast schon biblisches Alter erreicht. Emma mag das geschäftige Huschen des Tieres, das Klackern seiner Krallen in dem gläsernen und mit Steinen und reichlich Pflanzen ausgestatteten Terrarium, seine hübsche Zeichnung, alles Dinge, die auch Laura früher immer an dem Gecko fasziniert haben.

Esmeralda zu füttern ist das Letzte gewesen, das ihre Zwillingsschwester noch erledigt hat, bevor sie Suizid begangen hat. Ein stilles Vermächtnis.

Was ist Emma entgangen, dass sie nicht erkannt hat, welch dunkle Wolken sich über Lauras Gemüt gelegt hatten? Emma hat sich immer wieder die Zeit mit ihrer Schwester vor Augen geführt und festgestellt: Trotz ihrer so intensiven, engen Beziehung ist sie doch nicht ausreichend sensibilisiert gewesen. Emma stellt sich eine Spinne vor, die in der Mitte ihres Netzes hockt und über die filigranen Fäden jede noch so dezente Bewegung an der Peripherie spüren kann. Sie wäre so gern diese Spinne gewesen, mit feinsten Sensoren für jede winzigste Veränderung. Um zu Hilfe eilen zu können. Für Laura.

Der schreckliche Unfall und die entsetzlichen Folgen für ihre Schwester und alle, die sie liebten und seither vermissen, haben in Emma den Entschluss reifen lassen, Ermittlerin werden zu wollen. Sie hat ihre Entscheidung bis heute noch nie bereut. Es ist ein fordernder, anspruchsvoller, oft frustrierender, aber für sie zutiefst befriedigender Beruf. Es gibt einige ihrer Kollegen, die vor allem die Jagd nach dem Täter schätzen und den Erfolg, wenn die Handschellen schließlich klicken. Auch für Emma ist es wichtig, Menschen, die Verbrechen begangen haben, dingfest zu machen, damit sie vor Gericht gestellt und gegen sie gerechte Strafen verhängt werden können. Vor allem aber geht es ihr um die Opfer. Menschen, denen schweres Leid angetan worden ist und in deren Leben oft nichts mehr ist wie zuvor, wenn sie einen Angriff vielleicht mit schweren Verletzungen überlebt haben. Narben nicht nur am Körper, sondern auch an Gemüt und Seele. Und nicht zuletzt geht es Emma um die Hinterbliebenen von Mordopfern.

Die Zeit heilt alle Wunden, sagt man. Die, die in ihrem tiefsten Inneren Verletzungen davongetragen haben, wissen es besser. Es gibt Wunden, die sich nicht schließen lassen, wenn ein geliebter Mensch brutal aus dem Leben gerissen wird, für immer. Der Verlust kann uns in einen Abgrund aus Trauer und Albträumen stürzen, tiefer und tiefer hinab ins Dunkel.

So wie der kleine Patrick schon viel zu viel hat ertragen müssen. Der Vater ein Gewaltverbrecher, die Mutter tot. Emma würde nicht einmal ansatzweise nachvollziehen können, was das Kind gerade durchmacht. Sie hat den Tag über immer wieder an Patrick denken müssen, zum Beispiel während der Vernehmung von Steffen Krüger, die bis in den späten Abend gedauert hat.

Es ist schon beinahe Mitternacht, als Emma nach Hause kommt und sich den profaneren Bedürfnissen wie Hunger, Durst und Schlaf widmen kann. Sie öffnet eine Flasche Weißwein und wirft einen Blick in ihren Gefrierschrank. Sie hat Glück: Die vegetarische Lasagne mit Ricotta und Spinat, die ihre Mutter für sie zubereitet und in mehreren Portionen eingefroren überreicht hat, kommt heute genau richtig. Sechs Minuten Mikrowelle, und sie kann es sich schmecken lassen.

Das ist eines der vielen Dinge, die Emma nicht von ihrer geliebten Mutter geerbt hat: die Leidenschaft fürs Kochen. Obwohl ihre Wohnung mit einer mit allen Finessen bestückten Küche ausgestattet ist: Die Mikrowelle ist sehr viel häufiger im Dienst als der Gasherd. Sei's drum. Irgendwann wird auch sie Freude daran finden, ihre Mahlzeiten nicht nur durch das Auswählen von Tiefkühlkost zu gestalten, sondern durch den Einkauf von erlesenen Zutaten, die sie mit großer Fertigkeit zu einem fabelhaften Menü komponieren wird. Irgendwann, wenn sie Zeit und Muße dafür haben wird. Also frühestens wenn ich pensioniert bin, denkt Emma erschöpft und reibt sich die müden Augen. In ihrem Beruf ist es manchmal ja schon Luxus, überhaupt etwas in den Magen zu bekommen, das nicht nach abgestandener, viel zu dünner Kaffeeplörre oder Presspappe schmeckt. Und wenn es nur ein Stück Pizza oder ein Müsliriegel ist.

Die Kommissarin füllt die Näpfe ihrer Katzen mit frischem Wasser und Futter. Wie immer schlingt Kater Watson sein Fressen in sich hinein, während Sherlock zögernd an seiner Portion herumleckt und sie immer wieder forschend betrachtet, als müsse er dabei ein Rätsel der Quantenphysik lösen. Mitunter zögert der etwas unentschlossene Kater mit dem Fressen so lange, bis sein Bruder sich ebenfalls über seine Portion hermacht.

Emma schmunzelt und krault beiden Tieren das Fell. Dann geht sie ins Schlafzimmer, tauscht ihre engen Jeans gegen eine gemütliche Jogginghose. Das vertraute Pling der Mikrowelle schallt durch die Wohnung. Emma holt ihre Mahlzeit aus der Küche und setzt sich damit an den Couchtisch im Wohnzimmer.

Während sie das Gericht verspeist und ein Glas Riesling trinkt, verfolgt von den trägen Blicken ihrer vierbeinigen Mitbewohner, ruft sie sich die Befragung von Steffen Krüger ins Gedächtnis. Erstaunlich ist nicht nur das, was er erzählt hat, sondern auch seine Mimik, die abwechselnd Wut und Verzückung ausgedrückt hat. Wut, wenn er über seine Frau herzog: „Sie glauben nicht, was für eine Nervensäge das war!" Emma hat nicht mitgezählt, aber solche Herabwürdigungen sind bestimmt vier- oder fünfmal gefallen. Dann hat Krüger jeweils die buschigen Augenbrauen zusammengezogen, das Lid seines rechten Auges hat gezuckt, die Lippen haben vor Zorn vibriert. Und im Kontrast dazu der unverhohlene Überschwang, wenn Krüger auf das zu sprechen gekommen ist, was er Leichenschmaus genannt hat. Angewidert haben Emma und Bianca beobachtet, wie Krüger vor Eifer und Euphorie glänzende Augen bekommen und sich förmlich die Lippen geleckt hat.

Den tödlichen Messerstich im Schlafzimmer seiner Wohnung hat er wie ein zu vernachlässigendes Detail nur am Rande erwähnt, bevor er sich begeistert der Schilderung des Sägemarathons im Badezimmer zugewandt hat. „Es ist immer nützlich, einen gut sortierten Werkzeugkoffer im Haus zu haben", hat er geschwärmt und den Ermittlerinnen einen Blick zugeworfen, den Emma nur als Beifall heischend interpretieren konnte.

Dann hat er erzählt, wie er sich genüsslich mit Beil und Säge von den äußeren Extremitäten langsam und systematisch zu dem Rumpf der Toten vorgearbeitet und dabei immer wieder seinen Sohn aufgefordert hat, ihm beim Wegräumen der Stücke zu helfen. „Und den Kopf habe ich mir für das Finale aufbewahrt, quasi als Dessert. Die wahre Schönheit einer solchen Arbeit liegt in der Präzision. Auch ein Koch oder ein Maler, die etwas auf sich halten, klatschen nicht einfach etwas zusammen. Es bedarf einer ästhetischen Komposition." Krügers Stimme hat bei diesen Worten einen anderen Klang angenommen, nasaler, getragener. Und es hat wie nachgeplappert gewirkt, auswendig gelernt. Präzision, Komposition, Ästhetik. Emma ist sich sicher: Solches Vokabular passt nicht zu dem üblichen Wortschatz von Krüger. Eloquenz ist bestimmt keine seiner Stärken. Emma vermutet, dass Patricks Vater hier eher seinen finsteren Partner Raptor zitiert hat, der etwas von Ästhetik und Stil palavert haben mochte.

Dieser ominöse Raptor! Auch wenn Krüger es so dargestellt hat, als habe er schlicht einem alten Kumpel etwas Abenteuerliches bieten wollen: In Wirklichkeit scheint dieser Andere in dem infernalischen Duo den dominanteren Part einzunehmen. Er ist es nach Krügers Darstellung gewesen, der den kleinen Patrick dazu gezwungen hat, Eimer zu besorgen und beim Wegräumen der Leichenteile zu helfen. „Wenn du dich nicht nützlich machst und uns enttäuschst, landen deine Füße in dem nächsten Kübel. Und deine Augen ebenso!", hat Raptor dem Jungen offenbar gedroht. Emma kann nur ahnen, welche Überwindung es Patrick gekostet haben muss, den beiden Männern zur Hand zu gehen. Entsetzlich!

Vor allem aber ist Krüger immer wieder auf weitere Morde zu sprechen gekommen. Wenn der Mann mit seiner Schilderung bei der Wahrheit geblieben ist, gehen die Tötungen von drei Frauen, die bereits längere Zeit zurückliegen, sowie des einen Opfers, deren Unterschenkel sie gefunden haben, allein auf Raptors Konto. Doch zumindest in einem Fall haben der ominöse Unbekannte und Krüger sich offenbar anschließend getroffen, um mit massivem Werkzeug „ihren Tod zu zelebrieren", so hat es Krüger formuliert. Zelebrieren, auch so ein Begriff, der aus seinem Vokabular als Fremdkörper heraussticht wie ein Flamingo unter Graugänsen. Bestimmt hat er dieses Wort ebenfalls von Raptor übernommen. Dieser geheimnisvolle Weggefährte hat offenbar immer wieder Kontakt zu Steffen Krüger aufgenommen, speziell wenn dieser ihm nützlich sein konnte. Dabei hat Raptor wohl häufiger von seinen unglaublichen Grausamkeiten erzählt. Ob er das getan hat, um sich vor seinem alten Freund zu produzieren, oder ob ihm die Erzählungen einen weiteren Kick bereitet haben, hat wohl noch nicht einmal Krüger selber verstanden.

Emma stellt sich bei dem Unbekannten einen Mann mit höherer Schulbildung vor, vermutlich ein Akademiker. Vielleicht ein Freiberufler, jemand Kreatives. Und er wäre nicht der erste Serienmörder, der Frau und Kinder hat, ein perfektes Doppelleben. Doch Krüger hat nichts erzählt, was auf Raptors Identität schließen könnte, auch nichts darüber, wie sie einander begegnet sind. Nur so viel: „Wir kennen uns schon lange." Das können drei Jahre oder drei Jahrzehnte sein. „Und er ist viel zu schlau. Ihr werdet ihn nie fassen!"

Doch, das werden wir, sagt Emma halblaut an einen imaginären Zuhörer gerichtet und leert ihr Glas. Gleich am nächsten Morgen wird sie Steffen Krüger erneut vernehmen und ihm so lange zusetzen, bis er etwas Verwertbares verrät. „Wir werden die Morde aufklären", verspricht sie sich. „Das sind wir Patrick schuldig."

## KAPITEL 10

Der eine Riss hat die gezackte Form eines Blitzes. Ein anderer erinnert an einen Schwan. Und einer sieht aus wie ein Gewirr aus feinen Zweigen. Steffen Krüger liegt auf dem Bett in seiner Zelle des Untersuchungsgefängnisses, stiert nach oben und verwandelt die unterschiedlichen Muster, die die teilweise abgeplatzte Farbe auf der schmutzig-weißen Zimmerdecke geschaffen hat, zu Fantasiefiguren.

Es ist eine Art Spiel, das er aus seiner Kindheit kennt. Nur dass er damals in den freien Himmel geblickt hat und dabei den Wolken, die sich über ihm wölbten, am liebsten Tiergestalten zugeordnet hat. Da waren natürlich Schafe dabei, aber auch Greifvögel, Elefanten, Schmetterlinge, Schweine und Hunde. Er muss damals noch im Grundschulalter gewesen sein. Es war die Zeit, als seine Eltern mit ihm und seiner kleinen Schwester Susanne Ferien auf einem Bauernhof verbracht haben. Frische Luft, satte Wiesen, Toben im Heu, beim Ausmisten der Ställe helfen, Tiere beobachten. Er hat die Urlaube sehr genossen, bis ... Ja, damals hat jemand für ihn eine Tür aufgestoßen zu einer Welt, von der er bis dahin nichts geahnt hat. Eine Welt, die zugleich furchterregend und faszinierend gewesen ist und die ihn seitdem immer gefangen gehalten hat.

Steffen Krüger erinnert sich noch genau an den Sonntag im Frühsommer, an dem alles begonnen hat. Vor sechsunddreißig Jahren. Da war er acht.

Er drückt sein Gesicht ganz dicht an die Käfigstäbe. So aus der Nähe kann er alles viel präziser beobachten: die eifrig pickenden Schnäbel, der stelzende Gang, die Feinheiten des Gefieders, die krallenartigen Füße, die unablässig in der Erde scharren, das beständige Gegakel, das irgendwie gemütlich klingt. Es sind schon putzige Viecher, diese Hühner. Und so nützlich, weil sie die Eier legen, die er so gern zum Frühstück verspeist. Schon zum zweiten Mal ist er mit seiner Familie hier auf einem Bauernhof, und bisher hat er sich vor allem für die Kälber und die Kaninchen interessiert. Diese niedlichen Tiere mit ihren großen, glänzenden schwarzen Augen und dem schönen Fell, von denen sich einige sogar streicheln lassen.

Aber Lukas und Konrad, die beiden Söhne des Bauern, haben ihm geraten, sich mal die Hühner genauer anzuschauen. „Wenn man die eine Weile beobachtet, sind die voll witzig", hat Lukas, mit neun Jahren der ältere der beiden, gesagt und mit nach vorn wippendem Kopf deren Bewegungen zu imitieren versucht. Steffen hat sich schlapp gelacht. Doch, ja, eine Ähnlichkeit zwischen Lukas' Pantomime und dem pickenden Federvieh ist durchaus vorhanden.

Einige der Tiere sind braun, andere weiß. Steffens Blick heftet sich auf eins der weißen Exemplare, das etwas zierlicher zu sein scheint als die anderen. Es soll einen Namen haben, entscheidet der Junge. Dann kann er sich fast einbilden, dass es ihm gehört. Er will das Huhn Hannah nennen. Natürlich wird er das niemandem verraten, schon gar nicht seinen beiden neuen Freunden. Lukas und Konrad würden ihn bestimmt hänseln, wenn er ihnen erzählte, dass er einem Nutztier fast menschliche Züge andichtet. Steffen legt den Kopf schief und verfolgt jede von Hannahs Bewegungen. Und er staunt über die Gelassenheit der rund zwei Dutzend Viecher, die ihr emsiges Scharren auch dann nicht unterbrechen, als Lukas und Konrad angerannt kommen und an dem Gehegezaun rütteln, dass es nur so scheppert. Lukas hat einen großen Beutel mit Körnern dabei, die er den Tieren hinschüttet.

„Ich zeig euch mal was, da werdet ihr staunen!" Der Mann, der sich da plötzlich neben Steffen aufgebaut hat, wirkt riesig. Seine Mütze aus Kord hat er tief in die Stirn gezogen, sodass die Augen beschattet sind und die Knollennase noch gewaltiger aussieht. Seine Lippen sind so schmal, als wären sie mit einem gut angespitzten Buntstift gezogen. Und über seinem üppigen Bauch spannt sich seine Latzhose. Er ist einer der Aushilfskräfte auf dem Hof. Steffen hat ihn neulich mit der Forke den Kälberstall ausmisten sehen.

Erstaunlich, dass ein so plumper Mann eine so sanfte Stimme haben kann. Steffen, der wie Lukas und Konrad zu dem Riesen emporblickt, würde es niemals wagen, diesem Mann auch nur bis zur Stallecke zu folgen, wenn seine Worte nicht so weich und schmeichelnd klingen würden, wie bei dem Märchenonkel im Radio.

„Na, kommt schon, oder traut ihr euch nicht?" Der Kerl öffnet die mit Maschendraht vergitterte Tür des Verschlags, greift mit seinen großen, schwieligen Händen das am nächsten pickende Tier und klemmt sich das wild flatternde Huhn unter den Arm. „Für diese Lady hier habe ich etwas ganz Besonderes vorgesehen. Und ihr seid die Einzigen, die dabei sein dürfen. Weil ihr ja schon große Jungs seid und bestimmt viel tapferer als alle anderen in eurem Alter."

Irritiert sehen Steffen und seine Freunde einander an. Woher will dieser Typ wissen, ob sie wirklich mutig sind? Aber es ist richtig, neulich bei der Fackelwanderung in tiefster Nacht, als der Mond sich hinter den Wolken versteckt hielt und die Bäume wie knorrige, furchteinflößende Gestalten wirkten, haben sie toll durchgehalten.

Und wenn der Mann meint, sie seien schon reif, dann muss das wohl stimmen. Steffen streckt sich ein wenig, um etwas größer zu erscheinen, Konrad errötet vor Stolz und Lukas hält die Nase in die Höhe. Tatsächlich fühlen sie sich schon ein bisschen erwachsener als noch vor wenigen Augenblicken. Und deshalb zeigen sie auch keine Angst, als der Mann sie zu einem Schuppen hinter dem Schweinestall führt. Er öffnet die etwas schief in den Angeln hängende Tür, deren Scharniere quietschen, und fordert die Schüler auf, ihm und dem Huhn in seinen Armen in den Verschlag zu folgen.

In dem Halbdunkel, das sie empfängt, zeichnet sich auf der Rückseite des Raums ein kleines schmuddeliges Fenster als helleres Rechteck ab. Die Luft riecht modrig und staubig. In einem Winkel liegt ein dreibeiniger Schemel. Ein grob gezimmerter Holztisch scheint die einzige Ablagefläche in dem Schuppen zu sein. Auf der fleckigen, narbigen Tischplatte entdeckt Steffen einen länglichen, mit Rost übersäten Gegenstand. Als er sich tastend vorwärts bewegt, damit er dieses Ding näher in Augenschein nehmen kann, haften an seiner Hand plötzlich Spinnweben, die wie ein zerschlissener Vorhang von der Decke hängen. Lukas, der neben ihm geht, stolpert gegen einen verbeulten Eimer, aus dem ein Schwall metallisch stinkende Brühe schwappt. Der Junge gibt seinen Kumpels ein Zeichen. „Das ist unheimlich hier", wispert er. „Lasst uns bloß verschwinden!" Da senkt sich eine schwere Hand auf seine Schulter und packt ihn am Oberarm. So muss es sich anfühlen, wenn man in einen Schraubstock eingespannt wird.

„Abhauen wollt ihr?" Ihr hünenhafter Begleiter grinst, als er spürt, wie Lukas sich unter seinem Griff windet. „Aber doch wohl nicht, bevor ihr meine kleine Show bewundert habt." Er hebt seine linke Hand mit dem zierlichen Huhn, als habe er das Tier gerade aus einem Hut gezaubert. Die andere Pranke, die eben noch den Arm des Jungen umklammert hielt, schnellt vor und umschließt den Gegenstand vom Holztisch. Jetzt erst erkennen Lukas, Konrad und Steffen, dass es ein Messer mit einer langen Schneide ist. Für einen Moment glaubt Steffen, der Mann würde in die Hände klatschen. Doch auf das Geräusch, das dazu passen würde, wartet er vergeblich.

Kein Klatschen, nichts mit Applaus. Steffen hört nichts mehr. Stattdessen sieht er Blut. Es spritzt auf sein T-Shirt und seine nackten Arme. Es spritzt auch auf Konrad, der doch gerade noch neben ihm gestanden hat – bevor er zu Boden sinkt, schlaff wie eine Gliederpuppe, der jemand die Strippen durchgeschnitten hat. Steffen und Lukas starren auf die Blutflecke, auf ihren ohnmächtig daliegenden Kumpel. Und schließlich auf das Huhn, das schlaff und still in der Hand des Hünen liegt. Reglos. Kopflos.

„Das ist ja tot, ey. Voll krass", sagt Lukas. Seine Augen beginnen zu leuchten, ein Lächeln stiehlt sich in seine Mundwinkel.

Dann fängt Lukas an zu lachen. Erst ist es ein unterdrücktes Kichern, das allmählich zu einem ungehemmten Glucksen anschwillt. Steffen stimmt in sein Gelächter ein. Und nun stehen die beiden Jungen da, halten sich die Bäuche und kriegen sich kaum noch ein. Was für ein Erlebnis! So einen Kick haben sie noch nicht einmal im vergangenen Sommer gehabt, als sie auf dem Dom erstmals in den spannenden Fahrgeschäften mitfahren durften. „Das hier", japst Steffen, „ist definitiv besser als jede Achterbahn." Und Lukas fordert: „Ich will noch mal!"

So hat alles begonnen. Ein Tag, der sein Leben verändern sollte, damals auf dem Ferien-Bauernhof. Steffen Krüger stiert weiter an die Decke seiner Zelle. Als Junge, der in der Stadt aufgewachsen ist, hat er früher immer ein ambivalentes Verhältnis zu Tieren gehabt. Manche waren wirklich niedlich, ganz besonders Katzen, und die vor allem als Babys. Aber andere Tiere hat er, als er noch Kind war, als Nutzvieh wahrgenommen. Kühe geben Milch, Hühner legen Eier. Und Schweine ... Irgendwie ist ihm klar gewesen, dass manche Tiere wohl „totgemacht" würden. So hat sein Vater das ihm gegenüber verklausuliert, und Steffen hat nicht weiter darüber nachgedacht, zumal seine Eltern stets peinlich genau darauf geachtet haben, dass er als Kind während ihrer Bauernhof-Ferien nie Zeuge einer Schlachtung sein sollte.

Bis dieser kräftig gebaute Typ, eine Aushilfe auf dem Bauernhof, ihm und seinem Freund Lukas eine völlig neue Welt eröffnet hat. Steffen Krüger richtet sich in seiner Zelle auf, starrt auf die gegenüberliegende weiße Wand und wundert sich wieder einmal, wie tief sich jedes Detail dieses Tages vor fast vierzig Jahren in sein Gedächtnis eingebrannt hat. Das Blut, das in Fontänen aus dem Hühnerkörper spritzte und dessen Anblick eine köstliche Spannung in ihm auslöste, die er vorher nie gekannt hat. Das feine Kribbeln auf der Haut, als streiche jemand mit Pfauenfedern über seinen ganzen Körper. Die Euphorie, als das Adrenalin durch seine Blutbahnen pulsierte. Dieser Kick! Diese Lust! Auch Lukas, der Sohn der Landwirtfamilie, hat diese Ekstase empfunden. Sie haben einen Blick ausgetauscht, der nur bedeuten konnte: Das wollen wir wieder erleben, notfalls werden wir dabei nachhelfen. Es sollte ein Pakt fürs Leben werden.

Steffen Krüger beginnt, in seinem Haftraum auf und ab zu wandern, vier Schritte bis zur Schmalseite und wieder vier Schritte zurück zur Tür, hin und her, immer wieder. Sollen ihn die anderen doch verachten, weil er sich in den folgenden Jahren seinen Blutrausch hin und wieder mit kleineren Tieren verschafft hat, Fröschen und Mäusen vor allem, auch mal ein Meerschweinchen. Er hat es gebraucht, sich ab und zu dieses Hochgefühl zu gönnen. Später, in der Ehe mit Anna und vor allem als sein Sohn Patrick auf die Welt gekommen ist, hat er überwiegend auf den blutigen Sinnestaumel verzichten können. Doch er hat immer geahnt, dass das gefährliche Verlangen, das er wie einen Höllenhund an die Kette gelegt hat, eines Tages wieder in ihm aufbrodeln und tödliche Nahrung verlangen würde. Und schließlich, im Streit mit Anna, ist es so weit gewesen. Was hat ihn diese ungelenke, garstige Gans auch so provozieren müssen! Steffen, schrei unseren Sohn nicht so an! Steffen, ich mach mir Sorgen! Steffen, so geht das nicht weiter! Wie er diese ewigen Ermahnungen hasste! Ein schneller Stoß mit dem Küchenmesser, und sie ist still gewesen. So wie das gackelnde Huhn damals in seiner Kindheit.

Als Anna dann dagelegen hat in all ihrem Blut, hat er von seinem ausschließlich für diskrete Kommunikation angeschafften Prepaid-Handy bei Lukas angerufen. Er hat die Hilfe seines Freundes benötigt, um die Leiche zu zerstückeln und zu beseitigen. Er hat gewusst, dass Lukas ihn liebend gern unterstützen würde, wenn er ihm ein spezielles Festmahl mit besonderen Delikatessen verspricht. Ein Schlachtfest ganz nach ihrer beider Geschmack.

Als sie sich dann schließlich im Badezimmer an dem Leichnam weideten, als sie hackten und sägten, mit Patrick als stummem, entsetztem Beobachter, hat Raptor ihm wieder mal von einem anderen Leichenschmaus der besonderen Art erzählt. Die Frau, an deren Körper er sich damals ausgetobt hat, ist vergiftet worden, so viel hat ihm Lukas anvertraut. Aber wer sie ist, welches Gift er appliziert und warum Lukas sie umgebracht hat, hat sein Freund für sich behalten. Besondere Vorlieben erfordern eben Diskretion.

Doch auch das Wenige, was sein Kumpel ihm während ihrer schaurig-schönen Schufterei offenbart hat, hat erneut deutlich gemacht: Lukas hat seit seiner Kindheit immer wieder seiner tödlichen Leidenschaft gefrönt und sie mit den Jahren heftiger ausgelebt; erst mit Tieren, später dann mit Frauen, wenn sie ihm lästig geworden sind. So hat sich Lukas allmählich zu Raptor verwandelt, dem gefährlichen, nimmersatten Jäger. Und Steffen ist vorübergehend sein willfähriger Gehilfe geworden, als es darum ging, eines der Opfer möglichst für immer verschwinden zu lassen – nachdem sie sich zuvor von ihr ein besonderes Souvenir gesichert haben. Später hat Lukas beispielsweise eine allzu nervige Konkurrentin im Beruf auf seine spezielle Weise ausgeschaltet, dann eine Eroberung, die er auf irgendeiner Cocktailparty oder einer Kreuzfahrt kennengelernt hat, und schließlich seine Geliebte, die er sich neben seiner Ehe gegönnt hat. Schon beim ersten Date hat Lukas angefangen sich auszumalen, wie er sie eines Tages töten würde. Stets hat er Steffen zumindest in seinen Erzählungen an dem wundervollen Rausch teilhaben lassen. Die beiden in mancher Hinsicht so unterschiedlich strukturierten Charaktere haben sich geschworen, den anderen niemals zu verraten. Sonst würden sie beide untergehen.

Niemals etwas ausplaudern? Die Identität des anderen schützen? Schweigen bis ins Grab? Von wegen! Was ist er doch für ein Waschlappen! Steffen Krüger ballt seine Fäuste so fest, dass sich seine Nägel in die Handballen graben. Er hat vor seiner Festnahme gerade mal daran gedacht, das bis dahin für ihre Kontakte wertvolle, aber nun gefährlich gewordene Prepaid-Handy kaputtzutreten und die Reste tief in einem Altglas-Container zu entsorgen. Aber sonst? Schon bei der ersten kleinen Herausforderung hat er sein Versprechen gebrochen und bei seiner polizeilichen Vernehmung diesen beiden Schnepfen von der Mordkommission alle Einzelheiten von Annas Sterben erzählt. Und er hat die vier anderen Opfer erwähnt, die Lukas allein auf dem Gewissen hat. Nein, er hat keine Namen genannt, wie könnte er auch. Die von den Frauen weiß er ja nicht einmal selber. Vor allem hat er Lukas' Identität nicht verraten. Aber diese ehrgeizigen Tussen wissen jetzt mehr als genug, um sich an diesem Fall festzubeißen. Ganz bestimmt.

Weil er das Maul nicht hat halten können. Es ist seine Schuld. Er hat versagt, auf ganzer Linie. So erbärmlich, wie er sich schon bei der ersten Befragung benommen hat, lässt das für weitere Vernehmungen das Schlimmste erwarten. Und natürlich würden sie ihn sich wieder vorknöpfen. Das ist so sicher wie das Amen in der Kirche. Er kann sich selber nicht mehr über den Weg trauen. Wenn er schon nicht Manns genug ist, mit diesen arroganten Polizeischlampen fertig zu werden, muss er eben auf andere Weise sicherstellen, dass er nicht noch mehr verraten wird. Auf todsichere Weise.

Steffen Krüger läuft weiter hin und her, bis er hört, wie jemand an seine Zellentür klopft, außen den Riegel zur Seite schiebt und den Schlüssel im Schloss dreht. Ah, das Frühstück, endlich. Sie bringen ihm Brot und etwas, das aussieht wie Kaffee, aber eher wie Wischwasser schmeckt. Nun, was hat er erwartet als Knastkost! Aber er wird Essen und Trinken ohnehin nicht mehr anrühren. Als sich die Tür hinter dem Wachmann wieder schließt und er das Rasseln des Schlüssels hört, holt Krüger seine Zahnbürste und beginnt, den Kunststoffgriff an der rau verputzten Zellenwand zu schleifen, beharrlich und vorsichtig zugleich, immer wieder. Es dauert eine knappe Stunde, bis er mit der Spitze und der Schneide, wie er sie geformt hat, zufrieden ist. Er braucht schließlich kein Präzisionsinstrument für eine minimalinvasive Operation, sondern nur ein Behelfswerkzeug.

Er drückt das blaue Plastik seitlich an seinen Hals und ruckt seine Hand kräftig nach hinten. Als die Spitze seine Schlagader zerfetzt, durchzuckt ein Schmerz wie ein Blitz seinen Körper. Er vollführt noch eine schneidende Bewegung und zieht den Plastikgriff dann wieder aus der Wunde heraus. Im Rhythmus seines Herzschlags schießt das Blut als roter Schwall an die Wand, auf das Bett, auf seine Kleidung. Steffen Krüger nimmt es kaum noch wahr. Er schließt die Augen und wartet auf ein Gefühl der Erlösung. Er hofft, dass es sich warm und wohlig anfühlen wird. Doch da ist gar nichts mehr, das er spürt, nur das Rauschen des Blutes in seinen Adern, das immer schwächer wird. Er sackt auf seinem Bett zusammen, der Körper verkrampft. Seinem Mund entweicht nur noch ein Stöhnen. Dann ist auch das vorbei.

## KAPITEL 11

34 Jahre zuvor, im Mai

„Guck mal, was ich hier habe!" Grelles Licht dringt durch die schwungvoll geöffnete Tür in den Raum, sodass Lukas seine Augen zusammenkneifen muss. Das hat seine Mutter wie immer fein raus: Nach Stunden, die er in der Dunkelheit eingesperrt gewesen ist und sich eigentlich zutiefst nach Tageslicht gesehnt hat, gelingt es ihr, sogar dieser Erleichterung einen unangenehmen Beigeschmack zu verleihen. Kein schonender Übergang vom Dunklen ins Helle, sondern ein gleißend-schmerzender Schnitt. Lukas hält sich einen Arm vors Gesicht, bis sich seine Augen einigermaßen an das Licht gewöhnt haben. Seine Mutter steht immer noch in der Tür zu dem Kellerraum, fünf Schritte von ihm entfernt, und sieht ihn herausfordernd an. Sie hat ein strahlendes Lächeln aufgesetzt, ihre Augen leuchten und in ihrer ausgestreckten rechten Hand hält sie ein kleines, in gelbes Papier eingewickeltes Päckchen mit einer dunkelblauen Schleife. Ihre übliche Masche, denkt Lukas finster. Vermutlich ein Lego-Spielzeug. Und jetzt erwartet sie, dass ich einen Freudentanz aufführe. Als wäre mit einem kleinen Plastikbausatz die ganze Welt gleich wieder zu einer stabilen Ordnung zusammengefügt.

Ist sie nicht. Und deshalb ist ihm ganz und gar nicht nach Jubeln zumute. Alles tut ihm weh, nachdem er seit dem vergangenen Abend in diesem schwarzen Loch gehockt hat. Warum ist er überhaupt wieder hier eingesperrt worden? Lukas denkt daran, wie er zusammen mit seinem Bruder Konrad auf dem Heuboden des elterlichen Bauernhofs getobt hat. Oft glaubt er, mittlerweile zu alt für solche Spielereien zu sein. Richtig uncool, wenn man schon elf Jahre alt ist wie er. Aber manchmal überkommt ihn einfach die Lust herumzutollen, wie er es früher immer getan hat, oft mit den Kindern, die als Feriengäste zu ihnen aufs Gut kommen, manchmal nur zusammen mit Konrad, so wie gestern.

Nach zwei vergnügten Stunden sind sein Bruder und er wieder ins Haus gestürmt, übers ganze Gesicht strahlend und die Kleidung und Haare voller Heuhalme. Der Blick seiner

Mutter hat Konrad wohlwollend gestreift, bis sie dann Lukas ins Visier genommen hat und sich ihre Züge verhärtet haben. Da hat er schon geahnt, dass ihn eine Strafe erwartet. „Lukas, du bringst wieder den ganzen Dreck ins Haus", hat Mama ihn getadelt. Typisch! Konrad hat genauso viel Unordnung gemacht. Aber er klimpert nur ein bisschen mit seinen himmelblauen Augen, dann wuschelt ihm die Mutter in einer scherzhaften Geste durchs blonde Haar, und seinem kleinen Bruder ist verziehen. Nur bei ihm, Lukas, ist es anders. Sie will ihn leiden lassen.

„Lukas, kommst du bitte mal mit?" Die Stimme seiner Mutter nimmt in solchen Situationen immer einen schneidenden Klang an, der ihn an das Geräusch erinnert, wenn sein Vater die Steakmesser schärft. Es hat keinen Sinn, sich irgendwo verstecken zu wollen, wenn seine Mutter in dieser Stimmung ist, das hat Lukas schmerzvoll erfahren müssen. Besser, er fügt sich in sein Schicksal. Wie ein Schaf, das zur Schlachtbank gebracht wird. Als Bauernsohn hat er oft genug beobachtet, wie diese nicht allzu hellen Tiere zwar ängstlich blöken, aber kaum an ihren Stricken zerren oder wegzulaufen versuchen, wenn ihre Zeit gekommen war. Sie wissen ja nicht genau, was ihnen blüht. Er dagegen hat einen untrüglichen Instinkt für die heftig wechselnden Stimmungen seiner Mutter entwickelt. Wenn Zorn in ihr aufwallt und er weiß, dass sie ein Ventil für ihre Wut braucht. Ein lebendiges Ventil. Ihn.

Es ist nicht immer so gewesen. Früher hat seine Mama nicht nur Konrad liebevoll in den Arm genommen, sondern auch ihn. Doch dann hat er den fatalen Fehler begangen, sie auf die Likörflasche anzusprechen, die sie unter der Spüle versteckt hat. „Mama, du trinkst zu viel!" Der Satz hat in ihrem Verhältnis zueinander alles auf den Kopf gestellt, und er hallt bis heute in seinem Kopf nach. Und ebenso spult sich ihre Reaktion bis heute in ihm ab, wie ein Video, das er sich wieder und wieder ansehen muss. Der Blick aus ihren kornblumenfarbenen Augen hat sich verhärtet, mit wütender Geste hat sie sich eine Strähne ihrer rotblonden Mähne aus der Stirn gestrichen. Eine steile Zornesfalte hat sich in ihre Stirn gegraben, und der Mund ist zu einem schmalen Strich zusammengekniffen gewesen. Ihr Gesicht, das er immer so schön gefunden hat, ist plötzlich wutverzerrt gewesen. Hätte er doch bloß die Klappe gehalten und nichts gesagt!

Aber seit diesem Tag vor etwa anderthalb Jahren ist er offenbar in den Augen von Tanja Scheffler zur Gefahr geworden. Einer, der die Mutter durchschaut. Und den sie deshalb stets unter Kontrolle halten muss, indem sie ihn erniedrigt, kleinhält, bestraft. So wie in dieser Nacht, als sie ihn in den Kellerraum gesperrt hat, wo es außer einem halb verrosteten Campingstuhl und ein paar spakigen, knarrenden Holzbalken nur noch Spinnweben und Staub gibt. Und Dunkelheit.

In der Finsternis hat er sich abzulenken versucht, indem er sich sein letztes fantastisches Vergnügen in Erinnerung gerufen hat. Gut drei Wochen ist es her, dass er in den Hühnerverschlag gestiegen ist und sich eins dieser blöden Viecher herausgepickt hat. Er hat es sich unter den Arm geklemmt und ist zu dem heruntergekommenen Schuppen gegangen, der für ihn mittlerweile so etwas wie ein Wallfahrtsort geworden ist. Ein Ort der Harmonie, der Befriedigung, des Trostes. Und der Verzückung. Seit er dort im Halbdunkel knapp zwei Jahre zuvor von dem Hilfsknecht in die Kunst und in die Lust des Tötens eingewiesen wurde, ist er immer wieder gekommen, um selbst das blutige Handwerk zu vollbringen. Erst gelegentlich, zuletzt etwa einmal im Monat. Und er spürt, dass ihm auch das bald nicht mehr genügen wird. Er will mehr.

Die Dämonen in ihm werden immer hungriger und gieriger, je öfter seine Mutter ihn bestraft, einsperrt und erniedrigt. Der nackte Betonboden oder der klapprige Campingstuhl: Bei der Entscheidung, wie er in seinem Verlies wenigstens ein bisschen Schlaf finden soll, hat er die Wahl zwischen Pest und Cholera. Liegen oder sitzen, in jedem Fall ist es unbequem. Es gelingt Lukas immer nur für ein paar Minuten wegzudämmern, bevor er wieder hochschreckt, oft von Albträumen gequält. Zuletzt haben züngelnde Flammen den Stoff seines Schlafanzugoberteils erfasst, und er hat versucht, es sich vom Körper zu reißen, um nicht zu verbrennen. Irgendwie hat er sich immer wieder in den Ärmeln verheddert, bis das Feuer seine Haut erreicht und in brennende Fetzen verwandelt ... Er ist schweißüberströmt aufgewacht und hat sich erst mal darüber klar werden müssen, dass es kein Feuer gibt.

Doch es ist warm und stickig hier unten. Der Raum, der immer wieder zu seinem Verlies wird, liegt direkt neben dem Heizungskeller, und die mit einem Dröhnen und Zischen aus den Kesseln ausströmende Hitze macht ihm zu schaffen. Und mit ihr der Durst, der ihn mit den Stunden zunehmend quält. Wenn seine Mutter ihn dann schließlich befreit, lechzt er vor allem nach Wasser. Und so kann er sich nicht über das Spielzeug oder die CD freuen, die sie üblicherweise nach seinen Strafen mitbringt. Aber natürlich ist die fehlende Begeisterung dann auch wieder verkehrt. Wenn er Pech hat, wird er dafür sofort wieder bestraft.

Nicht mit Schlägen, dazu ist seine Mutter viel zu gerissen. Schläge würden auffallen, die blauen Flecke oder Striemen, die körperliche Züchtigungen hinterlassen würden. Nein. Wenn sie ihn nicht zur Strafe einsperrt, hat Mama auch noch das Untertauchen in der mit kaltem Wasser gefüllten Badewanne im Repertoire. Oder sie schnappt sich den niedlichen Golden-Retriever-Welpen, den er Karlchen getauft hat, und macht Anstalten, dem jungen Hund den Hals umzudrehen.

Sie weiß immer genau, an welchem der Vierbeiner auf ihrem Bauernhof er gerade am meisten hängt, und wählt mit untrüglichem Gespür genau dieses Tier für weitere Folterungen aus. Bei keinem anderen Tier würde es Lukas sonderlich zu schaffen machen, wenn es stürbe. Schließlich gibt es auf ihrem Hof, zu dem ein Streichelzoo für die kleinen Feriengäste gehört, immer Nachwuchs an niedlichen Kaninchen, Zicklein, Kätzchen oder Kälbern. Aber sein Karlchen ist natürlich etwas Besonderes. Weil er ihm allein gehört. Weil er mit ihm in seinem Zimmer schläft. Weil er so schmusig und kuschelig ist.

Nein, so kann es nicht weitergehen. Er wird es sich abgewöhnen müssen, sein Herz an den karamellfarbenen Welpen zu hängen. Überhaupt an irgendetwas. Oder an irgendjemanden. Wenn er liebt, ist er angreifbar. Wenn er aber sein Herz zu einem Stein verschließt, wird ihm niemand mehr wehtun können. Er wäre praktisch unverwundbar.

## KAPITEL 12

„Was für eine beknackte Idee!" Justin Möller rauft sich die Haare, jedenfalls soweit er sich seine im Uppercut getrimmte Frisur überhaupt raufen kann. Um seinem Missmut Luft zu machen, schießt Justin eine leere Coladose an die zehn Meter weit, sodass es nur so scheppert und sie dann mit einem sanften Platschen im Hafenbecken landet. „Wenn du hier rummeckerst, wird es auch nicht besser. Freu dich lieber, dass wir einen interessanten Ausflug machen!" Natürlich kommt der Einwand von Nadine, Klassenbeste und Liebling aller Lehrer, die es wirklich in jeder verdammten Situation schafft, sich bei den Paukern einzuschleimen. Justin ist versucht, seiner streberhaften Mitschülerin den Mittelfinger zu zeigen, kann sich aber gerade noch zusammenreißen. Es wäre nicht gut, wenn Herr Duncker oder Frau Ortlepp das mitbekommen. Justins Zensuren in Geschichte und Biologie stehen ohnehin schon auf der Kippe, und er muss unbedingt die neunte Klasse schaffen, sonst gibt es richtig Stress mit seinen Eltern.

Also wird er zumindest einen Moment lang vor seinen Lehrern so tun müssen, als interessiere er sich tatsächlich für die Schiffe im Museumshafen Oevelgönne. Obwohl ihn diese alten Kutter kalt lassen, im wahrsten Sinne des Wortes. Bei sieben Grad und Nieselregen friert Justin erbärmlich. Hätte er statt seiner stylischen Lederjacke lieber den gefütterten Parka angezogen, wo er doch gewusst hat, dass die Klasse heute eine Exkursion in den Museumshafen macht. Und dass es da nicht gerade kuschelig sein würde, im November bei miesem Wetter, liegt eigentlich auf der Hand.

„1894 gebaut" … „Touren nach Norwegen" … „vor allem für die Fischerei" … Die Erklärungen von Herrn Duncker über das angebliche Prachtschiff, das da linker Hand vor ihnen liegt, dringen nur als Wortfetzen in einem Hintergrundrauschen in Justins Bewusstsein. Der Fünfzehnjährige lässt seinen Blick dorthin schweifen, wo die Elbe träge dahinfließt, im Moment aber kaum mehr als ein dunstiger Schleier zu erkennen ist. Ein paar kreischende Möwen versuchen tapfer gegen den zunehmenden Wind anzufliegen. Eine von ihnen hat von irgendwoher eine Muschel ergattert und lässt sie auf die Planken fallen, wo sie zerbricht und der Vogel unverzüglich ihr rosa Fleisch herunterschlingt. Kühle Böen rütteln an den restlichen Blättern, die schlaff von den Bäumen herabhängen und sich bald zu dem nassen Laub gesellen werden, das jetzt schon bizarre Muster auf die Pontons malt.

Justin reißt sich zusammen und betrachtet das historische Schiff, über das sich der Lehrer immer noch geradezu hingerissen auslässt. Offenbar liegt es nur hier, damit es Liebhaber weiter restaurieren und dann nach Schweden in einen Museumshafen bringen. Dumpf schwappen die Wellen gegen seinen Rumpf. Mit seinen eichenen Planken, den beiden mächtigen Masten und seinem Tauwerk, das den Schüler an Ausschnitte aus einem Spinnennetz erinnert, sieht das Schiff schon urig aus, beinahe beeindruckend. Justin besieht sich den Rumpf, fixiert erst den Bug und dann das Heck.

Aber was ist das? Für einen Fender sieht dieses sackartige Gebilde, das an der Reling vertäut ist, viel zu plump aus. Er kneift die Augen zusammen. Es scheint ein Jutebeutel zu sein, der da seitlich festgeschnürt am Heck des Schiffes hängt. Irgendetwas schaut heraus, vielleicht sind es dünne Stofffetzen oder Schnüre. Doch es wirkt viel feiner, filigraner. Je länger Justin auf den Beutel starrt, desto mehr ist er davon überzeugt, dass es Haare sind. Kann es Fell sein? Aber welches Tier trägt einen so langen Pelz?

„Frau Ortlepp, Herr Duncker, schauen Sie mal!" Der Neuntklässler deutet auf den Gegenstand. „Ich glaube, da ist etwas Merkwürdiges in diesem Beutel."

Sandra Ortlepp will ihren Schüler schon tadeln, weil er offenbar wieder mal nicht bei der Sache ist. Doch dann folgt ihr Blick der Richtung, in die Justin immer aufgeregter zeigt. Schon zückt der Junge sein Smartphone und beginnt zu filmen, und einige seiner Klassenkameraden tun es ihm gleich und fangen unverzüglich an, die Bilder auf Instagram hochzuladen.

Die Biologielehrerin stutzt, dann ist auch sie sich sicher, dass sie da auf Haare blickt. Aber nicht etwa von einem Tier, sondern Menschenhaare. Sie hofft inständig, dass es sich um eine Puppe und somit lediglich um einen makabren Streich handelt, den ein offenbar mit morbidem Humor ausgestatteter Zeitgenosse den Passanten da zumutet. Doch sie entscheidet, lieber auf Nummer sicher zu gehen.

Sandra Ortlepp klaubt ihr Handy aus ihrer Umhängetasche und wählt die 110.

## KAPITEL 13

Der Wind zerrt an dem straff gespannten rot-weißen Absperrband und entlockt ihm bisweilen eigentümlich sirrende Geräusche. Wolken türmen sich wie eine gewaltige, graumelierte Decke über der Stadt. Der Regen, der am Vormittag als beständiger, aber feiner Niesel niedergegangen ist, hat zugenommen. Er hämmert unzählige Dellen in die ohnehin schon unruhige Wasseroberfläche des Hafenbeckens und sammelt sich in dem leicht unebenen Boden der Pontons zu flachen Pfützen. Obwohl es erst früher Nachmittag ist, scheint sich bereits die Dämmerung herabzusenken. Eine Szenerie, als hätte Alfred Hitchcock die Regie geführt und sogar das Wetter hätte sich den Anweisungen des großen Meisters bis ins Kleinste gefügt.

Kommissarin Emma Claasen zieht die Kapuze ihrer gefütterten Jacke fester zusammen und beobachtet, wie Kai Plathe sich an Bord des historischen Hochseekutters „Björndal" über die Reling beugt, um den Inhalt des immer noch am Heck vertäuten Jutebeutels genauer in Augenschein zu nehmen. Nach dem Anruf der Lehrerin bei der Polizei hat der diensthabende Beamte zunächst einen Kollegen zum Museumshafen geschickt, der sich von dem düsteren Fund einen ersten Eindruck hat verschaffen sollen. Man alarmiert ja schließlich nicht gleich die Kavallerie, wenn es sich auch um einen Dummejungenstreich handeln könnte. Doch der Polizist hat gar nicht erst einen Blick riskieren müssen. Der süßlich-faulige Gestank, der ihm entgegengeschlagen ist, als er vom Bug des 22-Meter-Schiffs in Richtung Heck gegangen ist, ist ihm Anlass genug gewesen, lieber die Kripo zu benachrichtigen. Der Fund eines Leichenteils, sehr wahrscheinlich eines Kopfes, gehört nun mal definitiv in die Hände der Mordkommission.

Oder in diesem konkreten Fall zunächst in die behandschuhten Hände von Kai Plathe, so wie auch sein gesamter Körper in einem weißen Schutzanzug steckt. Vorsichtig zieht der Rechtsmediziner die Schnüre des Beutels auf und öffnet das Behältnis vollends. Neugierig späht er hinein, um einen Moment später Emma zuzunicken. Also ja.

Ein menschlicher Kopf.

Es ist zwecklos, Plathe zu fragen, ob es der von Anna Krüger sein könnte. Emma ist klar, dass er den Schädel erst in seinem Institut für Rechtsmedizin genau wird untersuchen wollen. Doch alles spricht dafür, dass dieser Fund ihr makabres Leichenpuzzle um ein entscheidendes weiteres Teil ergänzen wird. Denn zerstückelte Leichen gibt es selbst in der Großstadt Hamburg nicht gerade wie Sand am Meer.

Als die Mordkommission angerückt ist, den Fundort inspiziert und von allem Fotos gemacht hat, haben gleichzeitig uniformierte Beamte auf Anweisung der Kriminalhauptkommissarin den Bereich um den Museumshafen abgesperrt. Selbst bei Schmuddelwetter wie heute sind erfahrungsgemäß so manche regenerprobte Hamburger unterwegs.

Und vor allem muss Emma damit rechnen, dass demnächst die Presse auftaucht. Einige der Polizeireporter scheinen ja Spürnasen wie Bluthunde zu haben – und Kontakte bis in die heiligsten Zentren des Polizeiapparats. Früher, als noch in jeder Redaktion mit speziellen Empfangsgeräten der Polizeifunk abgehört werden konnte, ist es mitunter vorgekommen, dass Journalisten noch vor den Beamten an einem Tatort erschienen sind. Doch seit die polizeiinterne Kommunikation digital abläuft, sind die Reporter darauf angewiesen, dass ein offizielles Statement von der Pressestelle oder vom Lagedienst kommt – oder ihnen einer ihrer Kontaktleute einen dezenten Wink gibt. Sollte Emma je einen Beamten dabei erwischen, wie er interne Informationen durchsteckt, kann der sich allerdings auf was gefasst machen!

Mit dem Beutel in der Hand klettert Plathe von der „Björndal" zurück auf den Anleger. Dort verstaut er den Fund in einem Behältnis, das ähnlich wie ein verschließbarer Waschkorb aussieht. „Ich werde das hier sofort untersuchen", verspricht er der Ermittlungsleiterin, entledigt sich seines Schutzanzugs und macht sich mit dem gruseligen Gepäck auf in Richtung seines Volvo, den er so dicht wie möglich geparkt hat. Es hätte nicht viel gefehlt, und der Rechtsmediziner wäre am Ende des Pontons, unmittelbar bei den Absperrbändern, von zwei Männern über den Haufen gerannt worden. Eine Frau und ein weiterer Typ sind den beiden dicht auf den Fersen. Emma unterdrückt ein Fluchen, als sie erkennt, wer das Quartett ist: die Polizeireporter von den beiden wichtigsten Zeitungen der Stadt, zusammen mit ihren Fotografen. Natürlich! Sie haben Blut gewittert. Sie hätte es wirklich vorgezogen, wenn sie den Fall noch ein oder zwei Tage lang diskret hätte behandeln können, ohne diese Truppe an den Hacken zu spüren.

In den vergangenen Jahren hat Emma allerdings erlebt, dass die Mehrzahl der Journalisten professionell ihre Arbeit macht. Natürlich müssen sie ihren Storys hinterherjagen, das ist schließlich ihr Job. Manche Sachverhalte werden auch sehr zugespitzt dargestellt. Und oft stehen die Reporter im Weg oder nerven mit ihren Fragen. Aber viele von ihnen verstehen ihr Handwerk.

Und wenn es wirklich darauf ankommt, können sie sich auch zurückhalten. Emma hat schon mehrfach ältere Kollegen von dem Drama um die Entführung eines berühmten Hamburger Mäzens und vielfachen Millionärs erzählen gehört. Dass der Mann damals, im Jahr 1996, von Verbrechern vor seinem Wohnhaus überfallen, entführt und in Geiselhaft genommen worden ist und umgerechnet rund 15 Millionen Euro von seiner Familie erpresst werden sollten, haben einige Journalisten schon nach wenigen Tagen gewusst. Es wäre aus Sicht der Presse „eine megageile Story" gewesen, wie es in der Branche so schön heißt. Und doch hielten sämtliche Medien still, bis das Opfer nach 33 Tagen Gefangenschaft in einem Keller endlich außer Lebensgefahr und zurück bei seiner Familie war.

„Frau Claasen, stimmt es, dass Sie es mit einer zerstückelten Leiche zu tun haben? Haben Sie schon einen Verdacht, wer das Opfer ist? Und wer sein Mörder?" Thorsten Olbermann, Journalist beim auflagenstärksten Boulevardblatt Hamburgs, wartet nicht einmal, bis Emma an den Absperrbändern angekommen ist, als er ihr atemlos seine Fragen zuruft. Der Reporter hat die laienhaft gedrehten Filmchen der Schüler auf Instagram entdeckt und sofort eine große Story gewittert. Die beiden Fotografen feuern längst ein Blitzlichtgewitter in diesem trüben und trostlosen Nachmittagsregen ab. Die Totale vom Museumshafen, Zoomfotos von der „Björndal", wo gerade die Spurensicherung ihre Arbeit beginnt, der Kutter umrahmt von anderen historischen Schiffen und selbst die Absperrbänder, an denen sich immer mehr Schaulustige sammeln: Alles wird abgelichtet.

Polizeireporter Olbermann und seine Kollegin Gül Turan vom Konkurrenzblatt haben ihre Handys auf Aufnahmefunktion geschaltet und blicken Emma erwartungsvoll an. Die lächelt nur kühl. Etwas Zitierfähiges wird es von ihr nicht geben. Nur einen Satz, der von ihr und den Kollegen in ähnlichen Situationen immer wieder strapaziert wird: „Wenden Sie sich bitte an die Pressestelle."

Sie muss ihre Kollegen von der Öffentlichkeitsarbeit schnell mit den wesentlichen Informationen versorgen, damit diese im Bilde sind und Presseanfragen mit dem Notwendigsten beantworten können. Nur so viel: dass eine Frau tot aufgefunden worden ist und sie von einem Verbrechen ausgehen. Und dass weitere Einzelheiten erst dann herausgegeben werden können, wenn die Untersuchungen in der Rechtsmedizin abgeschlossen sind. Das entspricht alles den Tatsachen, auch wenn sie damit mehr verschweigt als preisgibt.

Die Justizbehörde hat bereits einen Sechszeiler als Pressemitteilung veröffentlicht, in dem von einem Suizid eines Vierundvierzigjährigen in der Untersuchungshaftanstalt die Rede ist, natürlich ohne weitere Details zu nennen. Es ist Usus, dass die Behörde solche Vorgänge in nüchternen Worten bekannt gibt. Eine Selbsttötung im Gefängnis darf der Öffentlichkeit nicht verschwiegen werden. Nun müssen die Behörden hoffen, dass keiner der Journalisten einen Zusammenhang zwischen dem Suizid und der getöteten Frau herstellt. Sonst ist in den Medien der Teufel los. Und das kann Emma für ihre Ermittlungen gar nicht gebrauchen. Nicht noch mehr Unruhe. Ein Raptor ist schon mehr als genug.

## KAPITEL 14

„Wir müssen es ihm sagen." Bianca Martinek spricht aus, was wohl alle im Ermittlerteam denken. Patrick muss erfahren, dass jetzt auch sein Vater tot ist. Emma mag gar nicht daran denken, was der Junge ohnehin schon durch den Verlust seiner Mutter durchmacht. Ihr grausamer Tod, ein Leben ausgelöscht durch den eigenen Ehemann, Patricks Vater. Und man muss nicht Psychologie studiert haben, um zu ahnen, dass der erzwungene Beitrag des Jungen am Beseitigen des Leichnams dem Kind entsetzliche Albträume beschert. Sie hofft inständig, dass Patrick diese traumatischen Erlebnisse überhaupt irgendwann in seinem Leben wird verarbeiten können, ohne dauerhaft Schaden zu nehmen.

Die Kriminalbeamtin hat von Fällen gehört, in denen Kinder schon an weniger entsetzlichen Erlebnissen zerbrochen sind. Die Seele eines so jungen Menschen ist unglaublich verletzlich, wie eine hauchdünne Eisschicht auf einem See, die schon ein herunterfallender Zweig zerbersten lassen kann. Und erst recht ein Schlag mit der Faust.

Emma pflegt einen engen Kontakt zu der Kinderpsychologin Dr. Greta Gärtner, die den Neunjährigen betreut und Hand in Hand mit der Pflegemutter arbeitet, bei der der Junge seit Tagen untergebracht ist. Patrick braucht jetzt dreierlei: Zuwendung. Stabilität. Ruhe. Nichts, was ihn noch weiter aus der Bahn werfen kann.

Und nun das. Wieder der Verlust eines Elternteils. Dabei stellt sich die Frage, was für Patrick wohl auf lange Sicht schlimmer ist: die Gewissheit, dass der Vater ein Mörder ist und sehr lange Zeit im Gefängnis verbringen wird, vielleicht für immer, oder überhaupt keinen Vater mehr zu haben, weil der sich das Leben genommen hat?

„Mein Vater ist für mich gestorben. Mit dem will ich nie wieder zu tun haben." Oder auch: „Meine Mutter ist für mich gestorben." Emma hat diesen Satz schon mehr als einmal von jungen Leuten gehört. Traumatisierte Menschen, die von einem Elternteil oder beiden oft über Jahre tyrannisiert, misshandelt, vernachlässigt worden sind. So ein Satz, der einen endgültigen Bruch impliziert, ist nie leicht dahingesagt.

Wahrscheinlich empfinden diese Opfer es tatsächlich als Befreiung von einer schweren, drückenden Last, wenn der Vater für sie gedanklich „gestorben" ist.

Aber wenn er wirklich tot ist? So wie es Menschen gibt, die niemals wieder Kontakt mit einem bestimmten Familienangehörigen haben wollen, gibt es doch immer wieder Fälle, in denen mit der Zeit auch das Verzeihen möglich scheint. Und wo wieder vorsichtige Bande geknüpft werden.

Patrick ist diese Möglichkeit jetzt entrissen worden. Emma fragt sich, ob Steffen Krüger sich vor seinem Suizid überhaupt noch Gedanken um seinen Sohn gemacht hat. Er scheint ihr nicht der Typ dafür zu sein, so unglaublich grausam, wie er sich gegenüber dem Jungen verhalten hat. Und wieder überlegt die Kommissarin: Wie kann ein Vater seinem Sohn so etwas Furchtbares antun?

Für die polizeilichen Ermittlungen ist der Tod von Krüger schlichtweg ein Debakel. Emma hat gehofft, bei weiteren Vernehmungen noch viele nützliche Informationen aus dem Vierundvierzigjährigen herausquetschen zu können, vor allem natürlich zu Raptor. Das hat sich jetzt zerschlagen. Außerdem wirft es nie ein gutes Licht auf die Ermittlungsbehörden, wenn sich ein Verdächtiger in der Untersuchungshaft das Leben nimmt. Immerhin gilt für jeden Menschen bis zu seiner rechtskräftigen Verurteilung die Unschuldsvermutung.

„So ein verdammter Mist!" Wütend schlägt Emma mit der Faust auf den Schreibtisch, sodass ihre Computertastatur einen Satz macht – und die Kollegen ihre Chefin erschrocken ansehen. Einen Zornesausbruch sind sie von der sonst so beherrschten und rationalen Ermittlungsleiterin nicht gewohnt.

„Keine Sorge. Wir kriegen Raptor auch ohne Steffen Krüger." Natürlich spürt ihr erfahrener und einfühlsamer Kollege Max Vollertsen genau, was in Emma vorgeht. Vermutlich kocht er ebenfalls vor Wut, nur auf kleinerer Flamme. „Wir haben ja noch reichlich andere Ermittlungsansätze." Vollertsen beugt sich vor und blickt seine Chefin herausfordernd an. „Was mich wieder zu der Frage bringt, ob wir nicht jetzt versuchen sollten, mit Patricks Hilfe eine Phantomzeichnung von Raptor anfertigen zu lassen. Wir müssen doch ohnehin mit ihm reden und ihm erzählen, dass sein Vater tot ist."

„Alles natürlich in Abstimmung und mithilfe der Kinderpsychologin", ergänzt Bianca Martinek.

Emma überlegt einen Moment. Bis Plathe das Sektionsergebnis für den Kopf fertig haben wird, hat sie noch ein paar Stunden Zeit. Und irgendwann muss sie Patrick sowieso mit der Wahrheit konfrontieren. Vielleicht ist es dem Jungen dann sogar recht, bei den Ermittlungen helfen zu können.

Emma steht auf und strafft die Schultern. „Ihr habt recht", entscheidet sie. „Wir sollten ihn wegen der Phantomzeichnung zumindest fragen. Aber wenn er nicht will, lassen wir ihn in Ruhe!"

Drei Stunden später thront der Junge in einem Büro des Polizeipräsidiums auf einem Schreibtischstuhl, mit einem flauschigen Stoffelefanten aus seinem Kinderzimmer im Arm und den Mund voller Weingummis. Greta Gärtner sitzt neben ihm und hat seine rechte Hand in ihre genommen. Auf der anderen Seite des Neunjährigen sitzt ein Grafikexperte der Polizei, der am Computer mithilfe eines speziellen Programms aus Tausenden Möglichkeiten unter anderem für Mund, Augen und Haaransatz ein Bild von Raptor zusammenfügen soll. Emma findet, dass der Junge immer noch entsetzlich blass aussieht. Sein zierlicher Körper verschwindet beinahe in dem Stuhl. Allerdings: Vielleicht täuscht sie sich, aber seine Augen wirken nicht mehr so müde, sondern haben einen Ausdruck angenommen, den Emma als Neugier interpretiert. Neugier und Aufregung.

Sie hat sich gewundert, dass Patrick beinahe sofort zugestimmt hat, bei der Phantomzeichnung mitzuwirken. „Ja, ich mache das", hat er mit fester Stimme gesagt. „Jetzt gleich." Es ist ein bemerkenswerter Gegensatz gewesen zu der Reaktion auf den Tod seines Vaters.

Als Emma zusammen mit der Psychologin bei Patricks Pflegemutter aufgetaucht ist, hat er die beiden Besucherinnen aus seinen traurigen, blassblauen Augen fixiert, so als erwarte er geradezu eine weitere schlimme Nachricht. Er hat Jeans und dazu ein T-Shirt mit einer Applikation von Ernie aus der Sesamstraße getragen, das an seinem Körper geschlackert hat. Seine Füße sind nackt gewesen. Sein Elefanten-Kuscheltier hat er am Rüssel gepackt, sodass dessen Hinterbeine auf dem

Wohnzimmerteppich geschleift sind. Emma hätte Patrick am liebsten in den Arm genommen und vor neuem Unheil beschützt, so sehr rührte sie der Anblick dieses zarten Kindes, das jetzt keine Eltern mehr hat.

Die Nachricht vom Tod seines Vaters hat der Junge mit einem nachdenklichen Nicken zur Kenntnis genommen, ruhig und ernst, als hätte er sich so etwas fast schon gedacht. „Dann ist Papa jetzt also in der Hölle", hat er mit dünner Stimme gesagt. Es hat weniger wie eine Frage geklungen als nach einer Feststellung. „Mama hat mir immer gesagt, dass die guten Menschen in den Himmel kommen. Und dass für die anderen, die bösen, die Hölle da ist. Sie hat erzählt, dass es da sehr heiß ist und richtig schlimm. Vielleicht ruft mein Papa da jetzt nach seinem Vati. Aber der kann ihm auch nicht helfen. Das kann niemand."

„Aber du kannst uns vielleicht helfen." Emma hat dieses Stichwort genutzt, um Patrick ihr Anliegen zu erklären. Sie hat ihm erzählt, dass es eine Art Puzzlespiel werden wird, allerdings am Computer. Und dass er allein entscheiden könne, welche Teile am besten zusammenpassen, um ein Gesicht zu erstellen. Das Gesicht von Raptor. Der Junge hat aufmerksam zugehört, sich dann aufgerichtet und ist ohne ein weiteres Wort in den Flur und zur Haustür gegangen, wo er Socken, Schuhe und eine Jacke übergezogen hat. Anschließend hat er erst der Psychologin und dann Emma fest in die Augen geblickt und verkündet, dass er helfen werde. „Ich bin so weit."

Nun starrt er gebannt auf den Computerbildschirm, auf dem der Grafiker in ein Oval eine Nase einpasst. Als Nächstes fügt er Augen hinzu, Augenbrauen, einen Mund, einen Scheitel. „Nein, nein, ganz falsch", protestiert Patrick. „So sieht Raptor nicht aus. Er hat die Haare nach hinten gekämmt und einen Bart. Das Gesicht ist schmaler. Er trug eine Brille. Und die Augen sind auch irgendwie anders." Der Spezialist probiert neue Varianten, ändert den Haaransatz, die Proportionen, den Augenabstand, fügt eine Brille hinzu. „Schon besser", lobt Patrick und schiebt sich ein weiteres Weingummi in den Mund. „Aber es ist immer noch nicht richtig ähnlich. Die Augen stimmen nicht. Der Mund ist auch noch verkehrt. Und der Bart war nicht so lang und so dicht."

Detail für Detail tasten sie sich vor, während Patrick immer wieder verwirft und korrigiert. Emma sieht auf die Uhr. Sie sind jetzt schon über eine Dreiviertelstunde dabei, und sie spürt, wie bei Patrick die Konzentration nachlässt. Er reibt sich die Augen. Der Junge ist erschöpft. Auch die Kinderpsychologin signalisiert Emma, dass sie für heute Schluss machen müssen.

„Wir lassen das jetzt erst mal so, Patrick. Du hast uns sehr geholfen", lobt die Kommissarin ihn. „Vielleicht möchtest du ja morgen oder in den nächsten Tagen noch mal wiederkommen. Dann können wir weiterarbeiten." Sie wählt dieses Verb mit Bedacht, um dem Schüler zu verdeutlichen, wie wichtig sein Beitrag für die Polizei ist.

„Arbeiten. Ja." Zu Emmas Verblüffung streckt Patrick seine Rechte zum Händedruck aus. „Das machen wir. Ich komme wieder."

## KAPITEL 15

31 Jahre zuvor, im September

Immer dieses Gegakel. Lukas hat es allmählich satt. Ein panisches Geschnatter, ein heftiges Zucken eines kleinen Körpers und schon ist alles vorbei. Stille. Er hat schon länger gespürt, dass ihm das Töten von Hühnern oder Gänsen nicht mehr den gewünschten Kick bietet. Nun muss es etwas anderes sein. Etwas Besseres. Mehr Gegenwehr, mehr spürbare Angst. Mehr Adrenalin.

Er könnte es mit einem Kalb versuchen. Die halbstarken Kälber von diesem Frühjahr sollten über genügend Körperkraft verfügen, damit sie ihm einen reizvollen Kampf bieten. Ob er es schaffen kann, eins zu erdrosseln? Ist er mit seinen vierzehn Jahren schon kräftig genug dafür? Er hat gelesen, dass man einem Menschen drei bis fünf Minuten lang die Luft abschnüren muss, bis er stirbt. Vielleicht dauert es bei so einem Tier ebenso lang. Einen Strick, der sich für eine Strangulation vielleicht eignen würde, hat Lukas schon heimlich beiseite geschafft. Aber eigentlich steht er ja mehr auf die blutige Show.

Also doch lieber die gute alte Variante mit dem Messer.

Lukas hat lange sein Taschengeld zusammengehalten, um sich ein richtig gutes Jagdmesser leisten zu können. Es hat ihn ein kleines Vermögen gekostet, nun brennt er regelrecht darauf, es auszuprobieren. Das Geräusch, wenn es in noch lebendiges Fleisch eindringt, muss sich köstlich anhören. Ein schmatzender Laut vielleicht, sofort übertönt von den panischen Schmerzensschreien des Tieres. Und die blutige Fontäne, die sich ergießen wird, wenn er eine Schlagader trifft ... Lukas spürt, wie seine Hose heftig spannt. Kein Wunder bei der Erektion, die er gerade hat.

Doch es gilt noch Hindernisse zu überwinden. Ihm ist bewusst, dass seine Eltern genau Buch führen, wie viele Kälber sie haben, genauso wie über die Anzahl der Schafe und Schweine. Immerhin leben sie neben den Einkünften, die ihnen die Feriengäste bescheren, unter anderem davon, dass es regelmäßig Vieh zum Schlachten beziehungsweise zum Verkaufen gibt. Bei den Dutzenden Hühnern und Gänsen, die sie haben, fällt es nicht so schnell auf, wenn ein Tier fehlt. Und er hat stets darauf geachtet, die Kadaver nicht irgendwo herumliegen zu lassen, sondern sie in der Jauchegrube entsorgt. Da verwesen sie wenigstens schön schnell. So stellt er sich das jedenfalls vor. Und wenn nicht, spielt das auch keine Rolle. Über den Gestank, der aus dem riesigen Bottich kommt, wundert sich sowieso niemand. Doch ein totes Kalb wird er nicht so ohne Weiteres auf diese Weise beseitigen können. Vielleicht muss er den Kadaver vergraben, was ziemlich anstrengend und zeitraubend wäre. Und es darf ihn um Himmels willen niemand dabei erwischen.

Sonst kann er sich auf etwas gefasst machen. So wie neulich. Die Nächte im Keller oder die kalten Bäder, die ihm seine Mutter früher mit Vorliebe zugemutet hat, sind Kinderkram dagegen. Jetzt werden die schwereren Geschütze aufgefahren.

Früher hat er immer dem Tag entgegengefiebert, wenn er zu groß und zu kräftig sein wird, als dass seine Mutter ihn würde traktieren können. Vor einigen Wochen, als Lukas vierzehn geworden ist, ist es schließlich so weit gewesen. Er hat sich gewehrt, als sie ihn wieder einmal in Richtung Kellertreppe hat stoßen wollen, um ihn eine weitere Nacht dort unten schmoren zu lassen. Und das nur, weil er ein paar Tropfen Milch verschüttet hat! Er erinnert sich genau, wie er ihre Hand, mit der sie ihn hat packen wollen, eisern am Gelenk umklammert und festgehalten hat. Jahrelange Arbeit unter anderem beim Stallausmisten haben seine Muskeln gestählt und ihm die Kraft verschafft, die er jetzt in seinen Griff gelegt hat.

Und was macht sie? Kreischt los, dass Lukas beinah damit gerechnet hat, im Haus würden die Fensterscheiben zerspringen. Ihre Stimme hat eine Tonlage angenommen, wie er sie von Schweinen kennt, wenn diese das Bolzenschussgerät auf die Stirn gesetzt bekommen. „Hilfe! Wolfgang!" Und sein Vater ist angestapft gekommen, direkt aus dem Stall und mit schweren Stiefeln, die im Flur schlammige Spuren hinterlassen haben. Also viel mehr Dreck, als Lukas mit seiner verkleckerten Milch verursacht hat. Er hat gehofft, dass er im Zweifel in seinem Papa einen Verbündeten haben würde. Doch er hat sich getäuscht. Sein Vater ist immer jemand gewesen, der einem Konflikt mit Schweigen und Wegsehen aus dem Weg geht. Und so hat er auch jetzt im Türrahmen haltgemacht, nur ein wenig die Stirn gerunzelt und seine schwieligen Hände in den Hosentaschen vergraben. „Merk dir das, und merk es dir gut", hat er mit seiner rauchgeschwängerten Stimme gesagt. „Was immer Mama tut: Ich bin auf ihrer Seite. Und wer sich an die Regeln nicht hält, der kriegt seinen Kopf in der Jauchegrube untergetunkt."

Das ist alles gewesen. Mehr hat Papa dazu nicht zu sagen. Kein Wort der Unterstützung für Lukas, nichts, was ihn Hoffnung schöpfen lässt, dass irgendwann bessere Zeiten anbrechen werden.

Er muss seinen eigenen Weg gehen. Härter werden, gefühlloser. Er will nicht mehr Opfer sein, sondern Täter. Lukas streicht mit dem Daumen über die scharfe Klinge seines neuen Messers, erst vorsichtig, dann fester, bis der gehärtete Stahl ihm tief in die Fingerspitze schneidet. Fasziniert starrt er auf die Wunde, aus der Blut fließt. Ja, so ist es gut. Er will Blut sehen, mehr Blut. Die Entscheidung ist gefallen.

Lukas marschiert los Richtung Schweinestall, wo er die Tiere schon von Weitem grunzen hört. Heute muss eines dieser gemästeten Viecher dran glauben.

## KAPITEL 16

Wenn der Novemberwind durch die Straßen heult und die Dunkelheit sich langsam auf die Stadt senkt, scheint die Atmosphäre im Sektionssaal immer ein bisschen düsterer zu sein als sonst. Kai Plathe ist es ein Rätsel, wieso ihm das so vorkommt. Schließlich sind Helligkeit und Temperatur in dem weiß gekachelten Raum mit den blanken Obduktionstischen und dem Neonlicht vollkommen unabhängig von Wind und Wetter. Vielleicht ist es einfach das Unterbewusstsein, das sich bemerkbar macht und ihm einen Streich spielt.

Dem Sektionsassistenten Franz Kobbertin, der gerade am Nebentisch damit beschäftigt ist, den Brustbereich eines frisch obduzierten Leichnams wieder zusammenzunähen, scheint es ähnlich zu gehen. Oder warum fängt er plötzlich an, ein Lied zu pfeifen? Doch wohl, um gegen die bedrückende Stimmung anzugehen? Es gelingt Kobbertin, alle, aber wirklich alle Töne knapp zu verfehlen, aber Plathe kann trotzdem die Melodie von „Alle Vögel sind schon da" heraushören. Ein Lied, das bei dieser Jahreszeit natürlich komplett fehl am Platze ist, und während einer Obduktion sowieso. Ebenso wie jede andere Melodie sich schlicht verbietet.

Es gehört sich einfach nicht, im Angesicht des Todes ein Liedchen zu trällern, findet Plathe. Das ist unethisch. Er ärgert sich immer wieder, wenn Drehbuchautoren im Fernsehkrimi ihre Rechtsmediziner bei der Arbeit Musik hören oder sogar ein Gläschen Wein trinken lassen. Plathe kennt keinen renommierten Kollegen, der sich das erlauben würde. Er sieht Kobbertin scharf an, der unter seinem Blick regelrecht zusammenzuckt. Er hat verstanden. Man kann geradezu sehen, wie ihm die nächste Note in der Kehle stecken bleibt.

Die Kehle. Im Fall des abgesägten Kopfes, der am Kutter „Björndal" im Museumshafen entdeckt worden ist, hat schon die vorangegangene Computertomografie gezeigt, dass ein Fremdkörper darin steckt. Kein Essensrest wie ein Stück Fleisch oder ein großer Apfelschnitz, was man im Normalfall vielleicht erwarten würde. Doch hier handelt es sich bei Weitem nicht um das Übliche. Das Bild ist scharf genug, sodass Plathe davon ausgeht, dass es sich um einen gekrümmten Finger handelt. Jetzt nimmt er eine seiner kleineren spitz zulaufenden Pinzetten und will den Gegenstand von der Unterseite des Halses aus entfernen. Er scheint festzuklemmen, sodass der Rechtsmediziner zunächst an der Vorderseite des Halses einen senkrechten Schnitt setzt, um besseren Zugriff zu haben. Wie er es vermutet hat: Es ist tatsächlich ein Finger. Und der ist eindeutig weniger stark verwest, als es der Kopf ist, in dem ihn jemand platziert hat. Interessant.

Aber auch das Haupt scheint besser erhalten, als Kai es mehr als zweieinhalb Wochen nach dem Tod eines Menschen vermutet hätte. Es ist sehr wahrscheinlich, dass der Mörder beides gekühlt gelagert hat, obwohl der Kopf weniger lang oder bei nicht ganz so niedriger Temperatur aufbewahrt worden ist. Man muss keine Fachbücher wälzen, um herauszufinden, dass ein menschlicher Leichnam oder einzelne Teile davon bei Kühlschranktemperaturen von vier Grad oder besser noch tiefgekühlt am besten konserviert werden. Es reicht eine kurze Recherche im Internet. Und das hat der Mörder oder ein Komplize ganz offensichtlich getan.

Plathe nimmt sich jetzt zunächst den Kopf vor. Auch wenn das Haar an einigen Stellen ausgegangen ist, sind doch noch genug Strähnen erhalten, damit man erkennen kann, dass es dunkelbraun gewesen ist. Es misst an seiner längsten Stelle 42 Zentimeter. Von einem Foto, das Emma Claasen ihm von der getöteten Anna Krüger zur Verfügung gestellt hat, weiß Plathe, dass die Frau ihr Haar – zumindest vor rund einem Jahr – in etwa so lang getragen hat.

Er hat sie auf dem Bild, das sie offenbar in einem Strandkorb am Meer zeigt, recht apart gefunden. Doch ihm ist aufgefallen, dass das Lächeln, das ihren Mund umspielt, nicht ihre Augen erreicht. In ihnen hat er eine Traurigkeit erkannt, die nicht zu Meer und Sonne zu passen scheint. Vielleicht ist sie in ihrer Ehe schon länger nicht mehr glücklich gewesen. Wenn sie es denn je war. Aber vermutlich wäre sie nie auf die Idee gekommen, dass ihr Mann sie töten und ihren Körper zerteilen würde. Natürlich nicht. Doch es sind eindeutig Teile ihres Leichnams, die die Ermittler an unterschiedlichen Stellen im Bezirk Altona sichergestellt haben. Das hat der DNA-Abgleich mittlerweile bewiesen.

In Bezug auf den Kopf werden sie eine entsprechende Genuntersuchung vermutlich nicht benötigen. Max Vollertsen hat von Anna Krügers Zahnarzt ein Röntgenbild ihres Zahnstatus besorgt und es Plathe gemailt. Es zeigt, dass der Frau links am Oberkiefer vier Zähne fehlen, was zu der Teilprothese passt, die der Rechtsmediziner Tage zuvor im Badewannenausguss der Wohnung gefunden hat. Weiterhin sind der Frau die unteren Weisheitszähne gezogen worden. Zwei Backenzähne oben rechts sind überkront, ebenso ein Schneidezahn und der Eckzahn daneben oben links. Dazu gibt es Amalgamfüllungen an zwei Backenzähnen. Der Rechtsmediziner vergleicht den Befund mit dem Kopf auf seinem Sektionstisch. Ja, eindeutig eine Übereinstimmung. Nicht, dass er wirkliche Zweifel gehabt hätte, dass es sich um den Schädel von Anna Krüger handelt. Aber jetzt hat er den Beweis.

Nun gilt es, den Kopf mit der üblichen Sorgfalt zu sezieren. Plathe begutachtet die Gesichtshaut, die unterschiedlich starke Anzeichen von Zersetzung und Mumifizierung aufweist. Weiter fortgeschritten sind diese dort, wo es weniger oder gar kein Unterhautfettgewebe gibt, also beispielsweise am Nasenrücken und am Kinn. Plathe greift sich eine Lupe und sieht sich die Haut in der Vergrößerung noch einmal genauer an. Doch: Der Kopf muss zumindest eine Weile in einem Kühlschrank oder Ähnlichem gelegen haben, bevor er in dem Jutesack verstaut und das Bündel an dem Schiff vertäut worden ist. Er wird das mikroskopisch noch weitergehend abklären.

Der Rechtsmediziner will gerade mit dem Skalpell den ersten Schnitt ansetzen, als er hört, wie die Tür des Sektionssaals aufgleitet. Stirnrunzelnd blickt er in die Richtung des Eingangs. Er hat üblicherweise keine Probleme damit, bei seiner Arbeit Zuschauer zu haben – vorausgesetzt, sie melden sich an und sind Zeitgenossen mit aufrichtigem beruflichem Interesse wie Medizinstudenten oder junge Ärzte. „Wir betreiben hier unten schließlich kein geheimes Hexenwerk", ist einer seiner Standardsätze. Von dem Gesicht der Person, die jetzt mit forschen Schritten auf den Obduktionstisch zustrebt, kann er wegen der Schutzkleidung kaum mehr als die Augenpartie sehen. Doch die geschmeidigen Bewegungen und die kerzengerade Haltung erkennt er sofort: Emma Claasen. Und sie als zuständige Ermittlerin hat natürlich jede Berechtigung, bei dieser Sektion anwesend zu sein. Er nickt ihr kurz zu, bevor er sich wieder in seine Arbeit vertieft.

Konkret in den Kopf von Anna Krüger. Plathe legt mit routiniertem Schnitt von Ohr zu Ohr den Schädel frei, greift eine oszillierende Säge, schaltet das laut vibrierende Gerät ein und öffnet damit den Schädel. Nun entnimmt er das Gehirn und die harte Hirnhaut, betrachtet sie intensiv. „Hier gibt es keine besonderen Befunde. Die habe ich auch nicht erwartet", sagt er, wobei Emma nicht klar unterscheiden kann, ob er mit ihr spricht oder mehr mit sich selbst. „Dass der Schädelknochen nirgendwo gebrochen war, habe ich bereits anhand der Bilder aus der Computertomografie erkannt", erklärt er weiter. „Deshalb sind Verletzungen des Gehirns eher unwahrscheinlich gewesen."

Fasziniert sieht sie zu, wie seine großen, kräftigen Hände mit einer Feinfühligkeit, die eines Uhrmachers würdig wäre, an dem Schädelknochen entlangtasten. Oberhalb des rechten Ohrs hält er kurz inne. „Hier befindet sich eine leichte Absplitterung, die ich bereits in der Computertomografie gesehen habe", erläutert der Rechtsmediziner. „Das passt zu den vielfältigen Blutspritzern, die wir am Tatort, dem Schlafzimmer der Krügers, gefunden haben: eine Kopfplatzwunde, bei der der darunterliegende Knochen beschädigt worden ist. Das Opfer muss sehr heftig mit dem Schädel gegen den Schrank geknallt sein." Aber die weiteren Blutspuren in dem Zimmer, die Plathe als typisch für arterielles Blut erkannt hat, sind jedenfalls nicht durch die Obduktion des Kopfes zu erklären. Sowohl die Schädelbasis als auch der obere Bereich des Halses, wo jeweils Arterien liegen, sind unverletzt. Die glatte Abtrennungslinie des Kopfes liegt auf Höhe der unteren Halswirbelsäule. Die Bandscheibe zwischen viertem und fünftem Halswirbel ist glatt durchtrennt. „Ich tippe darauf, dass das Blut aus einer Oberarmarterie stammt. Die Höhe der Blutspuren am Schrank hat dafür gesprochen, dass Anna Krüger ihre Arme zum Schutz ihres Kopfes erhoben hatte, als ein Messer sie verletzte."

Nun widmet sich Plathe dem Finger, der in der Kehle festgeklemmt ist. „Natürlich hat der Mörder damit etwas ausdrücken wollen", überlegt Emma und spricht damit aus, was

Plathe gerade durch den Kopf schießt. „Nur was?" Statt einer Antwort drückt der Experte Emma wortlos eine Lupe in die Hand. Er hat auch ohne eine Vergrößerung längst erkannt, dass es ein Ringfinger einer linken Hand ist. Der Rechtsmediziner besieht sich dessen Spitzen genauer. Sehr gut. Durch die kühle Lagerung ist die Haut noch so weit erhalten, dass er einen Fingerabdruck wird abnehmen können. Plathe betrachtet die Glieder genauer. „Wenn mich nicht alles täuscht, sind an den Wundrändern winzige Faserreste. Ich werde sie mir später unter dem Mikroskop genauer ansehen." Mithilfe eines Klebestreifens sichert er einige der mit bloßem Auge kaum erkennbaren Fadenstücke und heftet sie auf eine transparente Plastikfolie.

Die Fingerspitze nimmt Plathe zuletzt intensiv in Augenschein. Er fährt mit einem Instrument direkt zwischen Nagel und Haut entlang und sichert Partikel, die weitere Spuren ergeben können, im Idealfall fremde DNA. Schließlich betrachtet er intensiv den Fingernagel, der lang und perfekt gefeilt ist. Ein Teil von dessen tiefroter Lackierung ist beschädigt, sodass ein Muster, das offensichtlich auf die Farbe aufgepinselt war, unterbrochen ist. „Vielleicht ein asiatisches Schriftzeichen?" Plathe blickt Emma fragend an. Die weiß die filigranen, geschwungenen Linien auch nicht auf Anhieb zu deuten. „Ich verstehe nicht wirklich etwas von Maniküre." Wie zur Untermauerung ihrer Aussage streckt die Kommissarin ihre Hände aus, doch weil sie vorschriftsmäßig in Einmalhandschuhen verborgen sind, kann Plathe daraus keine Schlüsse ziehen. Tatsächlich scheint sie ihm nicht der Typ für müßige Stunden im Nagelstudio zu sein.

„Aber die makellose Form des Nagels sowie das filigrane Ornament sieht mir nach der Arbeit eines Profis aus", fährt Emma fort. „Das bringt mich zu der Frage, ob Anna Krüger sich üblicherweise eine fachmännische Maniküre gönnte? Ehrlich gesagt glaube ich das eher nicht. Ich kann mich an die Fingernägel ihres zerstückelten Körpers erinnern. Die waren kurz und rund geschnitten."

Auch an Plathe nagt da der Zweifel. Nach allem, was er bisher über die Familie gehört hat, scheint dies nicht ganz ins Bild zu passen. Aber wer weiß. Vielleicht hat die Frau ja ein

Faible für lange, auffällig lackierte Nägel gehabt. Oder ihr Mann.

Den Rechtsmediziner beschleicht ein anderer Verdacht. Neulich war es ein Unterschenkel, den jemand zu den Überresten eines Leichnams hinzugeschummelt hatte. Und jetzt könnte es ein Finger sein, der wiederum nicht zu dem Kopf passt. Eine daktyloskopische Untersuchung des Fingerabdrucks oder spätestens eine DNA-Analyse wird die Lösung bringen, ob sie es mittlerweile noch mit zwei oder womöglich sogar mit drei Leichnamen zu tun haben. Irgendjemand hält sich da wohl für besonders schlau. Und dieser Jemand spielt eine makabre Schnitzeljagd mit ihnen.

## KAPITEL 17

Das ist doch mal eine ordentliche Zeitungsseite! Normalerweise kauft er sich keine Boulevardblätter wie dieses hier, aber heute ist ja auch kein normaler Tag. Aufmerksam betrachtet Raptor die Berichterstattung über den gestrigen Polizeieinsatz im Museumshafen Oevelgönne. Als perfekte Untermalung peitscht Richard Wagners Walkürenritt seinen Puls noch ein wenig mehr an. Diese Dramatik der Musik! Sie passt ausgezeichnet zu seiner Hochstimmung.

Das Aufmacherfoto auf der ersten Hamburgseite, die Raptor zufrieden beäugt, zeigt einen Mann im Spurensicherungsanzug, der die Jutetasche von der „Björndal" abknüpft. „Was steckt in dem geheimnisvollen Beutel? Kai Plathe, Hamburgs neuer Chef der Rechtsmedizin, untersucht ein Beweisstück", lautet die Bildunterschrift. Beweisstück! Wenn die Pressefuzzis wüssten, was genau in der Tasche ist! Dann hätten die sicher eine Doppelseite für die Berichterstattung ausgegeben. Aber das wird noch kommen. Er hat noch ein paar echte Appetithappen in petto, mit denen er die Schreiberlinge für seine richtig große Story auf den Geschmack bringen kann. Seine Gefriertruhe ist noch voll mit guten Gaben. Er kann dafür sorgen, dass die Sache Hand und Fuß bekommt. Raptor schmunzelt. Hand und Fuß, wie wahr! Und noch jede Menge andere Körperteile.

Ein Detail an der Berichterstattung erfüllt ihn mit besonderer Genugtuung. Nichts, was irgendjemand sonst wahrnehmen würde, aber tatsächlich ist ihm damit ein kleiner Geniestreich gelungen. Zufrieden fixiert Raptor auf dem Foto, das rechts unterhalb des Hauptbildes platziert ist, einen leuchtend gelben Fleck innerhalb einer kleinen Menschenansammlung hinter dem Absperrband. Das ist er! Das nennt man wohl Chuzpe. Er hat sich für diesen Auftritt extra eine neonfarbene Jacke besorgt, damit er aus dem Pulk der Schaulustigen heraussticht. Der Mörder kehrt zum Tatort zurück und mischt sich unter die Gaffer. Ganz der Klassiker. Die Kriminalpsychologen hätten ihre Freude daran. Wenn sie denn eine Ahnung hätten.

Raptor reißt seine Aufmerksamkeit von der Zeitung los und schaut aus den bodentiefen Fenstern seines Wohnzimmers. Seit fast drei Jahren besitzt er nun dieses Penthouse im obersten Stock eines Mehrfamilienhauses in Othmarschen, und noch immer ist er jedes Mal fasziniert von der fantastischen Aussicht. Unverbaubarer Blick auf Elbe und Hafen, so hat damals der Makler die Lage angepriesen. Unverbaubar, das muss ihm niemand extra unter die Nase reiben. Er ist schließlich vom Fach.

Aber man muss nicht einmal in der Baubranche tätig sein, um zu begreifen, dass vor dieses Haus kein anderes Gebäude mehr hingesetzt werden wird. Den Menschen in den Elbvororten ist ihre Sicht auf den Strom geradezu heilig. Das tastet niemand an.

Obwohl es schon zehn Uhr vormittags ist, wird es nicht richtig hell. Die Natur begibt sich langsam in den Winterschlaf, das Gras liegt kraftlos am Boden, die Sträucher sind beinahe vollständig entblättert. Aber auch bei diesem trüben Novemberwetter ist der Blick, den Raptor in sich aufsaugt, hinreißend. Das Wasser, die Bäume, die Wolken, die sich am Himmel türmen: Er könnte stundenlang hinaussehen und sich an den im Sekundentakt wechselnden Nuancen erfreuen. Die dicke Wolkendecke sperrt das Sonnenlicht zuverlässig aus und taucht alles in Schattierungen von Beige und Grau, was Raptor an ein Aquarell von William Turner erinnert. Der Wind rüttelt heftig an den kahlen Zweigen der Bäume, die sich seiner Kraft tapfer entgegenstemmen. Und auf dem Wasser tanzen wie vergessene Wattebäuschchen die Schaumkronen, es müssen mindestens fünf Windstärken sein. Ein paar Enten, die er aus dieser Entfernung nur als schwarze Flecken wahrnehmen kann, trotzen den Temperaturen und den Böen. Ein riesiger Frachter mit turmhoch gestapelten Containern, der unter malaysischer Flagge fährt, schiebt sich langsam stromabwärts vorbei. Auf dem Weg nach Asien wohl. Da will er bald mal wieder hin. Vorher muss er noch nach Dubai. Vor allem aber hat er zunächst hier noch einiges – und jemanden – zu erledigen.

Alles zu seiner Zeit, ruft sich Raptor zur Ordnung. Erst mal will er die Menschen hier in der Stadt ein bisschen in Schwung bringen, am liebsten sogar in Panik, und die Polizei gleich mit. Der Kopf im Museumshafen ist eine erste nette Idee gewesen, aber seine nächste Aktion, wenn er wieder ein Leichenteil an einem öffentlich zugänglichen Ort deponiert, muss ein richtiger Coup werden. Ein Platz mit noch größerer Symbolkraft, die Kunsthalle vielleicht oder der Hauptbahnhof. Ihm wird etwas Passendes einfallen.

Raptor erhebt sich aus seinem Sessel und geht federnden Schritts vom Wohnzimmer zum Flur. Er fühlt sich beschwingt und voller Tatendrang, verzichtet wie immer auf den Fahrstuhl und steigt die vier Stockwerke bis in den Keller hinab, wo jeder der sechs Wohnungsinhaber einen geräumigen Abstellraum besitzt. Vom Keller aus gibt es einen direkten Zugang zur Tiefgarage unter dem Garten neben dem Haus. Sehr praktisch, wenn man mal etwas auszuladen oder wegzuschaffen hat …

Ganz zu schweigen von seinem absolut geheimen Ort: der alte Röhrenbunker aus der Nazizeit, den Raptor zusammen mit seinem Uralt-Kumpel, Steffen Krüger, ausgebaut hat – zugänglich von einer verborgenen Tür hinter dem Wandschrank, in dem er seine diversen Werkzeuge aufbewahrt. Eines Tages wird sich dieser versteckte Raum als ausgesprochen nützlich erweisen.

Irgendwann. Aber erst einmal reicht das Aufsuchen seines Kellerraums, der sich in seiner Ausstattung von denen seiner Nachbarn unterscheidet. Raptor geht davon aus, dass keiner von ihnen dort zwei Gefriertruhen stehen hat. Aber bei ihm ist der Bedarf da, schließlich will er seine Filetsteaks, sein Tiefkühlgemüse und die Eiscreme nicht in demselben Behältnis lagern wie die sorgfältig abgepackten Reste von Anna Krüger sowie einer sehr speziellen weiblichen Bekanntschaft auf einem Kreuzfahrtschiff, von der er ein paar Souvenirs zurückbehalten hat.

Vor allem gibt es ja noch eine ganzes Füllhorn an Einzelteilen, zu denen er seine Ex-Geliebte, die schöne Annett, zerstückelt hat. Die Orgie mit Axt und Säge hat vier Stunden gedauert, und er hat sich an dem Geruch von Blut aufgegeilt, dem Reißen von Sehnen, dem herrlichen Splittern und Knacken, wenn sein Werkzeug einen Knochen zerteilt hat. Gleichwohl hat er peinlich genau darauf geachtet, dass etwaige Blutspritzer nicht auf das Pitchpine-Parkett, mit dem die ganze Wohnung ausgelegt ist, auf Möbel oder an die Wände gelangen. Sondern auf die sechs mal zehn Meter große Folie, die er sich für solche Zwecke aus dem Baumarkt besorgt und mit der er sein Arbeitszimmer sorgfältig ausgelegt hat. Den Großteil der Zerstückelungsarbeit hat er dort sowie in seinem Geheimversteck erledigt. Natürlich ist die Polizei zu bräsig, als dass sie ihm auf die Spur kommen könnte. Aber sollte durch einen Zufall doch ein Verdacht auf ihn fallen, will er nicht, dass die Spurensicherung mit ihrem Luminoltrick irgendwelche Bluttropfen sichtbar macht. Sicher ist sicher.

Raptor öffnet die linke der beiden Gefriertruhen im Keller, die extra mit einem Sicherheitsschloss versehen ist, und kramt zwischen den in Versalien akribisch beschrifteten Paketen herum. „Hand" steht da zum Beispiel, „Magen", „Knie" und „Hals". Sein Blick fällt auf drei Gebilde mit den Etiketten „Herz", „Brust" und „rechter Fuß". Das Herz als wichtigstes Organ und zugleich unmittelbar verknüpft mit dem Gefühl der Liebe besitzt eine besondere Symbolkraft. Die Brust dient als Ausdruck der Weiblichkeit. Und bei dem Fuß erinnert sich Raptor an die filigrane Tätowierung, die Annett dort gehabt hat, eine Rosenknospe und ein Samuraischwert. Er hat diese Kombination immer faszinierend gefunden.

Diese drei Körperteile sind jetzt genau die richtige Wahl für seine nächsten Aktionen. Und ihm kommen auch schon die idealen Ablageorte dafür in den Sinn. Ein erwartungsfrohes Kribbeln breitet sich über seine Hände und Unterarme aus. Das wird ein Fest geben. Diesmal ist ihm die Doppelseite in der Zeitung sicher.

## KAPITEL 18

Im ersten Moment ist es nur ein flirrendes Grau in Grau. Ein wirres Gestöber auf dem Computerbildschirm, auf den Oliver Neumann jetzt aufmerksam stiert. Doch dann beginnen sich Konturen aus dem farblosen Einerlei herauszuschälen. Der Kriminalbeamte zwinkert zweimal und versucht, die Schemen noch genauer zu fixieren. Eine weitere halbe Stunde in diesem Adleraugenmodus, und er wird wieder Migräne bekommen, er ahnt es schon. Natürlich bleibt die Aufgabe, die Überwachungskameras auszuwerten, wie immer an ihm hängen.

Neumann schnaubt. Er ahnt, dass manche Kollegen ihn vermutlich belächeln. Zumindest die, die ihm noch einigermaßen wohlgesinnt sind. Die übrigen im Team halten ihn wahrscheinlich längst für einen Klotz am Bein, einen, der sich auf Kosten anderer einen faulen Lenz macht. Und wenn er es recht überlegt, hat er sich in den vergangenen Jahren tatsächlich nicht gerade Fleißsternchen erarbeitet. Und Rufbereitschaft macht er schon seit Jahren nicht mehr. Nächsten Monat hat er Geburtstag, dann wird er vierundfünfzig. Damit ist die ersehnte Pensionierung zwar noch nicht gerade in greifbarer Nähe, aber er bewegt sich langsam aber sicher auf die Zielgerade zu. Da können ihm die Emma Claasens und Kenan Arslans dieser Welt, zwanzig oder sogar fast dreißig Jahre jünger als er, nicht verübeln, wenn er einen Gang runterschaltet.

Mögen sich die anderen womöglich das Maul über ihn zerreißen: Dass er nicht mehr im Sprint hinter einem Verdächtigen herjagen muss, hat er immerhin frühzeitig und ganz bewusst eingefädelt. Er hat erkannt, dass die fortschreitende Technik in der Ermittlungsarbeit immer wichtiger wird. Und deshalb hat er sich auf die Auswertung von Computerdaten spezialisiert. Auch wenn manche Kollegen seiner Generation sich noch in altertümlichen Trenchcoats à la Derrick oder mit der kumpelhaften Hemdsärmeligkeit der Münchner „Tatort"-Silberlocken gefallen und die polizeiliche Kernarbeit als Abklappern von Nachbarn und Arbeitskollegen eines Verdächtigen verstehen: Er, Oliver Neumann, weiß, dass ein Ermittlungsfortschritt immer häufiger davon abhängt, was die Aufnahmen aus Überwachungskameras hergeben. Oder die DNA, die Computertechnologie, die Funkzellenauswertung zur Handyortung, das Abhören von Telefonaten, das Wiederherstellen von WhatsApp-Chats. Damit bringt man heutzutage viel eher Verbrecher vor Gericht. Indem man sich den Hintern platt sitzt, auf einen Bildschirm starrt und die Finger über die Computertastatur gleiten lässt. Also genau seine Spezialität.

Die Auswertung von Steffen Krügers Handy und Computer hat bisher leider nichts Auffälliges ergeben. Die Kontakte scheinen sich auf das Übliche zu beschränken, Familie, Kollegen, Kumpels aus dem Kegelverein, so was. Die Mails scheinen auf den ersten Blick nicht verdächtig. Und eine Auswertung des Browsers zeigt, dass der Vierundvierzigjährige gelegentlich Pornoseiten aufgerufen hat. Nun, das ist ja bekanntlich nicht verboten. Keiner der offensichtlichen Kontakte scheint auf Raptor hinzudeuten. Womöglich haben die beiden Männer dafür ein Prepaidhandy benutzt. Doch so ein Gerät ist bisher nicht im Besitz von Steffen Krüger gefunden worden.

Also setzt Oliver Neumann jetzt darauf, die Aufzeichnungen aus den Überwachungskameras aufs Genaueste zu überprüfen. In dem weitläufigen Gebiet in Altona, in dem die Ermittler Leichenteile von Anna Krüger gefunden haben, gibt es gerade mal fünf solche Kameras, und von denen sind zwei kaputt. Bleiben nach Adam Riese noch drei, die es auszuwerten gilt. Vielleicht ist ja doch irgendwo das Auto erfasst worden, mit dem Steffen Krüger und Raptor unterwegs gewesen sind. Wenn es ihm gelingt, die Marke herauszufinden, die exakte Farbe und am besten auch das Baujahr, kann sie das einen großen Schritt weiterbringen. Dass sie vielleicht das Kennzeichen werden erkennen können, wagt Neumann nicht wirklich zu hoffen. Aber wer weiß.

Ihr Hauptzeuge, der neunjährige Patrick, hat sich auf den 25. Oktober festgelegt als den Tag, an dem seine Mutter getötet wurde und an dem später er, sein Vater und Raptor in Altona unterwegs gewesen sind. Auch wenn der Junge offenbar wirklich schlau ist: Es wäre voreilig, sich ausschließlich auf dieses Datum zu versteifen. Deshalb hat Neumann beschlossen, sich bei den Kamerabildern zunächst zwar den von dem Jungen genannten Zeitraum anzusehen. Falls sich dabei aber nichts Ergiebiges herausstellt, wird er jeweils einen Tag vor- und einen zurückgehen. Als jeweilige Spanne hat er sich zwischen 21 und 3 Uhr morgens vorgenommen. Der Polizist gibt dem Computer ein Abspulen in leicht beschleunigtem Tempo vor, um immer dann, wenn die Überwachungskameras eine Bewegung erfasst haben, die Geschwindigkeit zu drosseln.

Da, ein dunkler Schatten, der sich ins Bild schiebt! Neumann schaltet auf Zeitlupe und sieht genauer hin. Doch es ist offenbar ein streunender Hund, der sich für einige Mülltonnen interessiert. Kein Mensch oder ein Auto, wie der Polizist es zu finden hofft. Er stoppt das Band, hievt seine zwei Zentner aus dem Stuhl und holt sich aus der Teeküche einen Becher schwarzen Kaffee, seinen achten an diesem Tag. Das ist nun wirklich nicht gesund, aber das Koffein schärft seine Konzentration. Nun heißt es weitermachen.

Er hat sich vorgenommen, heute bis zwanzig Uhr im Büro zu bleiben. Das ist für ihn fast rekordverdächtig, auch wenn die Kollegen kaum beeindruckt sein werden. Die scheinen in Hoch-Zeiten, wenn sie einem Mörder auf den Fersen sind, fast gar nicht nach Hause zu gehen. Man erzählt sich, dass Kenan Arslan sogar Zahnputzzeug, einen Rasierer, ein Set Wechselwäsche und eine Dose Haargel „extrastark" in seiner untersten Schreibtischschublade bereit hält für den Fall, dass er die Nacht durcharbeiten will. Damit er am nächsten Tag trotzdem wie aus dem Ei gepellt aussehen kann, der eitle Gockel.

Oliver Neumann streicht sich über das Kinn und registriert dabei, dass er selber offenbar am Morgen vergessen hat, sich zu rasieren. Egal. Er braucht kein makelloses Outfit für seine Arbeit. Hauptsache, seine Brillengläser sind ordentlich geputzt und er hat seine fünf Sinne beisammen.

Er beugt sich wieder näher an seinen Bildschirm heran und lässt die Aufnahme weiterlaufen. Plötzlich reißt ihn ein Knall aus der Konzentration. Neumann zuckt zusammen und blickt in Richtung Fenster, von dem der Lärm kam. Eine Taube ist offenbar gegen die Scheibe geprallt, er sieht den Vogel gerade noch wegfliegen. Es bleibt die einzige Abwechslung in den nächsten zwei Stunden. Denn alles, was überhaupt an Bewegung in sein Blickfeld kommt, sind die Schatten von irgendwelchen weiteren Tieren sowie zwei Autos, die aber eine weiße oder jedenfalls sehr helle Lackierung haben und nicht schwarz, wie Patrick es über das Auto von Raptor erzählt hat.

Bei 1:36 h der Bandaufzeichnungen ist Neumann jetzt angekommen. Eine Stunde und vierundzwanzig Minuten noch, dann hat er die Bilder aus der ersten Überwachungskamera des ersten Tages aus dem möglichen Tatzeitraum inspiziert. Bleiben noch zwei weitere Kameras – und zwei weitere Tage. Wenn er da auch nichts findet, wird er nochmals jeweils einen Tag vor- und einen zurückgehen. Hoffentlich gelingt es ihm, vorher etwas zu finden! Sonst wird das ja endlos. Er wird morgen beantragen, dass ihm mindestens ein Kollege zur Seite gestellt wird, damit sie sich die Arbeit teilen. Neumann gähnt herzhaft, ohne sich die Hand vor den Mund zu halten; eine Unart, für die ihn schon seine Mutter immer getadelt hat, als er noch ein Schuljunge war. Nun ja, hier sieht ihn niemand. Neumann streckt sich ausgiebig, bis es in seinen Schultergelenken knackt.

Plötzlich hält der Ermittler mitten in der Bewegung inne. Da ist wieder ein Schatten, der langsam in seinen Bildausschnitt fährt. Es ist offenbar ein Auto, wie Neumann bei genauerem Hinsehen erkennt, beziehungsweise ein Teil der Front eines dunklen Wagens. Er zoomt das Bild näher heran, verstärkt die Kontraste. Außerdem gelingt es ihm, die Auflösung zu erhöhen, nicht viel, aber es reicht, um seinen ersten Eindruck zu bestätigen. Ja, es ist eindeutig das Stück einer Motorhaube mit Stoßfänger und einem Frontscheinwerfer. Noch ein halber Meter, und er wird den Fahrzeugtyp erkennen können. Doch das Auto hält an. Wenige Sekunden später tritt eine menschliche Gestalt ins Bild, nicht viel mehr als eine Silhouette, die sich eilig bewegt und schon nach wenigen Augenblicken wieder den Radius der Überwachungskamera verlässt. Neumann verfolgt die Zeitanzeige, die am oberen Bildrand stetig mitläuft. Genau 43 Sekunden später kommt der Typ wieder ins Bild, um ebenso zügig wie auf dem Hinweg wieder zu verschwinden. Dann bewegt sich auch das Auto rückwärts und ist einen Moment später nicht mehr zu sehen.

Neumann schiebt seine Lesebrille in die Oberpartie seines Kopfes, wo vom Schicksal begünstigtere Menschen ihren Haaransatz haben, bei ihm aber nur noch blanke Haut ist, und reibt sich über das leicht gerötete Gesicht. Er hat gar nicht mitbekommen, wie ihm in den vergangenen Minuten der Schweiß ausgebrochen ist, nicht vor Anstrengung, sondern vor Aufregung. Ja, er verspürt tatsächlich so etwas wie Jagdeifer, ein Gefühl, das er lange nicht empfunden hat. Seine Augen verengen sich zu Schlitzen, wie er es oft bei Clint Eastwood beobachtet hat, wenn dieser als Westernheld seinen Duellgegner fixiert. So ähnlich fühlt sich Neumann jetzt. Vom echten finalen Showdown und dem Ausschalten seines Kontrahenten ist er zwar noch weit entfernt – aber er hat wahrscheinlich eine erste echte Spur zu Raptor gefunden.

Doch das ist erst der Anfang. Oliver Neumann klickt sich in dem Überwachungsvideo zurück zu der Stelle, wo der Wagen ins Bild kommt, und sieht sich die Sequenz erneut an, diesmal in Zeitlupe. Den Moment, als der unbekannte Fremde auftaucht, friert der Polizist auf dem Bildschirm ein und macht einen Screenshot. Er glaubt so etwas wie eine Tasche oder Tüte zu erkennen, die der Mann in der rechten Hand trägt, und als Kleidung eine dunkle Skijacke, Turnschuhe und eine Baseballkappe. Wegen der dicken Oberbekleidung sind Rückschlüsse auf die Statur des Mannes schwierig. Auch eine Haarfarbe ist praktisch nicht auszumachen, weil die Kappe zu viel verdeckt. Neumann lässt das Video langsam weiterlaufen. Als der Kerl aus dem Wagen steigt, ist er nur von hinten zu sehen, auf dem Rückweg zum Auto beschattet die Baseballkappe sein Gesicht. Vielleicht hat er einen Bart? Neumann verstärkt erneut die Kontraste auf dem Bildschirm, zoomt näher heran und fertigt noch einen Screenshot. Nein, da ist nichts Genaues zu erkennen. Es könnte ein Bart sein, vielleicht aber auch nur ein Schatten auf dem Gesicht. Aus der Figur ist wirklich nicht viel herauszuholen.

Bleibt das Fahrzeug. Erneut klickt sich Neumann durch das Video, bis zu der Stelle, an der die beste Einstellung von dem Auto zu sehen ist. Er konzentriert sich auf die Frontscheinwerfer, vergrößert die Ansicht, bis dieser Teil des Wagens den Bildschirm nahezu ausfüllt. Soweit er das aus dieser schrägen Perspektive erkennen kann, ist die Form der Scheinwerfer im weitesten Sinne quaderförmig, aber an den Ecken abgerundet, nach innen schmaler zulaufend. „Ein bisschen wie ein Raubtierauge", sagt Neumann zu sich selbst.

Aus einem Winkel seines Gedächtnisses kramt er eine Erinnerung an einen Artikel aus einer Autozeitschrift hervor, in der er neulich im Wartezimmer beim Zahnarzt geblättert hat. Da ist von einem Raubtierauge die Rede gewesen, von „Überholprestige". Weiß der Henker, was sich die Marketingleute von diesem Begriff versprochen haben. Und es hat da etwas von einem „bösen Blick" gestanden. Albern hat Neumann das gefunden, immerhin geht es um Autos, nicht um Zombies oder so Sachen. Er selbst fährt einen alten Ford und würde nie auf die Idee kommen, seinem Wagen irgendwelche Blicke oder Gesichter anzudichten.

Der Polizist öffnet an einem zweiten Bildschirm eine Computersuchmaschine und probiert einige Begriffskombinationen mit „Auto", „Scheinwerfer" und „Raubtierauge" aus. Dann versucht er es mit „böser Blick". Bingo! Der Autobauer Audi verwendet solche Scheinwerfer, erkennt er. Neumann vergleicht zur Sicherheit mehrere Fotos aus dem Internet mit dem Bild aus der Überwachungskamera. Ja, das ist es. Raptor hat also zumindest an diesem Abend einen Audi gefahren, und wenn Patrick recht hat damit, dass es ein Geländewagen gewesen ist, kommen ein Q 5 oder Q 7 infrage.

Oliver Neumann lehnt sich zufrieden zurück und grinst seinen genügsamen und treuen Stetsonia-Kaktus auf dem Schreibtisch an. Ein bisschen bildet er sich ein, als lächele die Pflanze anerkennend zurück. Zu Recht: Da hat er als alter Recke es den Kollegen doch mal wieder gezeigt.

## KAPITEL 19

28 Jahre zuvor, im September

Lukas tritt die Kupplung des Treckers durch und wuchtet den Gang rein. Dann gibt er langsam Gas. Die Bewegungen, um das Fahrzeug zu bedienen, beherrscht er seit Langem wie im Schlaf. Seit er zwölf war, haben sein Vater und seine Mutter ihn dazu eingespannt, ihren tonnenschweren Fendt Favorit 615 handhaben zu können, um so bei der Bestellung und dem Abernten der Felder zu helfen sowie bei allen möglichen Arbeiten auf dem Hof. Mittlerweile hat Lukas knapp sechs Jahre Erfahrung auf dem Bock, die ihm zupass kommen, wenn er mit dem Trecker auf dem Feld schnurgerade Furchen ziehen soll oder wie jetzt mit dem zangenartigen Aufsatz die Silagekugeln für die Winterfütterung der Kühe aufnimmt. Er muss die Ballen exakt mit der Raute am Fressplatz der Tiere platzieren, haben seine Eltern ihm stets eingeschärft.

Und er selber hat dabei zu funktionieren. Ausdauernd, verlässlich, präzise und vor allem fügsam. Alles andere lassen sie nicht gelten.

Bald allerdings wird die Fronarbeit ein Ende haben. Denn in wenigen Tagen ist Lukas' Geburtstag, ein Tag, dem er geradezu entgegenfiebert. Nicht weil er da irgendwelche tollen Geschenke erwartet, bestimmt nicht. Nein, aber er wird achtzehn. Volljährig! Endlich werden seine Eltern ihm nichts mehr zu sagen haben. Er kann fort von hier, aus diesen Zwängen, weg von seiner Mutter, die ihn immer wieder gängelt, erniedrigt und quält. Er ist dann frei. Endlich.

Schon wieder hört er sie kreischen und zetern. Irgendetwas hat die alte Schachtel wohl zu meckern, wie fast immer. Lukas hebt den Blick und sieht seine Mutter auf dem Hof an der Scheune stehen und heftig gestikulieren. Ein Windstoß zerzaust ihr rotblondes, üppiges Haar. Ihr langer Rock gerät in Bewegung und gibt den Blick auf die dunkelgrünen Gummistiefel frei, die sie nicht nur bei der Arbeit in den Ställen trägt, sondern auch im Haus nur selten ablegt. Ihre Augen hat sie halb zusammengekniffen. Die Mistforke in ihrer Hand beschwört in Lukas die Assoziation eines Hexenbesens herauf.

Hexe, ja, das passt, überlegt er und presst die Lippen zusammen, um nicht zurückzubrüllen. Das würde ihm wieder schlecht bekommen.

Widerwillig lenkt er den Trecker mit dem noch in der Riesenklemme schwebenden Silageballen in ihre Richtung, um die Wutrede über sich ergehen zu lassen, die zweifelsfrei gleich auf ihn hereinprasseln wird. Den Dieselgeruch in der Nase und mit geübter Hand steuert Lukas das kraftstrotzende Gefährt auf sie zu, nähert sich ihr und der Scheune immer weiter. Plötzlich tritt er wie von fremder Hand angefeuert das Gaspedal ein Stück weiter herunter. Je geringer der Abstand wird, desto tunnelartiger wird sein Blick, magisch angezogen von ihrem Gesicht, das er nur noch als hässliche Fratze wahrnimmt, mit Augen, die Blitze auf ihn abzufeuern scheinen, und bösartig aufgerissenem Mund.

Er müsste jetzt den Fuß auf die Bremse rammen, damit er den Fendt Favorit 615 rechtzeitig vor ihr zum Stehen bringt. Doch die Muskeln in seinem rechten Bein scheinen ein Eigenleben zu führen, nicht mehr der Vernunft oder dem ewigen Drill durch seine Mutter gehorchend, sondern einem Instinkt. Und dem abgrundtiefen Hass, der sich in ihm aufgestaut hat. Mach sie fertig! Räche dich endlich! Töte sie!, hallt es in seinem Kopf, und Lukas registriert hingerissen, wie diese Gedanken alle Ketten sprengen, die sein Leben bisher in einem eisernen Griff gehalten haben.

Nun ist es seine Mutter, die wie gelähmt wirkt, als sie erkennt, was er vorhat. Vor Schreck und Angst steht sie wie festgenagelt mit dem Rücken dicht an der Scheunenmauer, die Augen vor Entsetzen geweitet, als er auf dem Trecker und mit dem sperrigen Silageballen am Vorderlader unerbittlich näher kommt. Ein Meter trennt ihn noch von ihr, sie reißt die Mistgabel nach oben in einem verzweifelten Versuch, den massigen Ballen noch irgendwie abzuwehren. Doch unter der Gewalt der riesigen Kugel, vorangetrieben von fast sieben Tonnen Traktorgewicht und immerhin 185 Pferdestärken, knickt die Forke ab wie ein mürbes Streichholz. Was als Nächstes zerquetscht wird, irgendetwas in ihrem Körper, kann Lukas wegen des Motorenlärms nicht hören, außerdem sitzt er zu hoch, um den ergötzenden Anblick wirklich in vollem Ausmaß auskosten zu können. Doch er malt sich aus, wie der Körper seiner Mutter zermalmt und ihr Brustkorb platt gedrückt wird und sich die Rippen biegen. Noch besser, wie sie zersplittern und sich in die Lunge bohren. Eine wunderbare Vorstellung!

Lukas wartet ein paar Minuten, dann haut er den Rückwärtsgang des Treckers rein und fährt drei Meter zurück, lässt den Motor dann noch einmal aufheulen, bevor er ihn ausschaltet. Er klettert vom Bock und betrachtet zufrieden den jämmerlichen Rest Mensch, der ihm nie wieder das Leben zur Hölle machen kann. Noch ist der letzte Lebensfunke in seiner verhassten Mutter nicht erloschen, doch es kann sich nur noch um Sekunden handeln, bis es aus ist mit diesem fiesen Weib.

Ein beglückendes Gefühl durchströmt ihn. Lukas weidet sich an ihrer Miene, in der Angst und Schmerzen um Vorherrschaft kämpfen. Dabei ist sie am Hals und im Gesicht blau angelaufen. Ihre Lippen sind wie zu einem Schrei aufgerissen, doch kein Laut dringt aus ihrem Mund. Die Luft reicht nicht dafür, ihre Lunge ist zerquetscht. Fasziniert beobachtet Lukas, wie die Augen seiner Mutter aus den Höhlen zu quellen drohen.

Ein Lächeln nistet erst in seinen Mundwinkeln, breitet sich nun zu einem Grinsen aus, dann sprudelt das Lachen aus ihm heraus. Lukas kann nicht mehr aufhören, Freudentränen laufen ihm über die geröteten Wangen. Er biegt den Oberkörper nach vorn, starrt hingerissen auf das sterbende Wesen zu seinen Füßen und spürt Glück in sich aufwallen. Das hier, denkt er, ist das Beste, was ich je erlebt habe.

Todsicher.

Zehn Minuten gönnt sich Lukas, um den Triumph in seiner ganzen Erhabenheit auszukosten. Nun aber muss er praktisch und systematisch denken, er will schließlich unbehelligt davonkommen nach diesem Mord. Er wuchtet den schlaffen, zerschundenen Körper seiner Mutter in eine Schubkarre, manövriert diese in die Scheune mit dem Heuboden. Direkt unterhalb der in rund vier Meter Höhe gelegenen Plattform drapiert Lukas den Leichnam so, als wäre er gerade dort heruntergestürzt, und legt die Überreste der Mistgabel neben die Tote. Kritisch betrachtet er sein Werk. Ja, so könnte es funktionieren.

Zumal ihm zumindest sein Vater vermutlich keine Schwierigkeiten bereiten wird. Der hat zwar über all die Jahre seiner Frau den Rücken gestärkt, wenn sie ihren Sohn tyrannisiert und gedemütigt hat. Doch Lukas hat durchaus registriert, dass Wolfgang die Unterstützung im Laufe der Zeit immer schwerer gefallen ist. Da ist zudem das üppige und äußerst appetitliche Dekolleté ihrer neuen Magd, das verstärkt die Aufmerksamkeit des Zweiundfünfzigjährigen in Anspruch genommen hat. Fast hat es in letzter Zeit gewirkt, als würde von ihren Brüsten und ihren vollen Lippen eine hypnotische Wirkung auf den Chef des Hofes ausgehen. Und hat sein Vater nicht von einer satten Lebensversicherung gesprochen, die er auf seine Frau abgeschlossen hat? Lukas überlegt schon, ob er und sein Vater sich die Prämie, wenn sie denn fällig wird, teilen können. Das wäre ein willkommenes Startkapital für ein neues Leben. Ein unendlich viel besseres.

Lukas stiefelt ins Haus und findet seinen Vater in der Küche, wo der sich gerade ein Schmalzbrot geschmiert und einen Kaffee aufgebrüht hat. „Mama hat sich einen Fehltritt geleistet", verkündet der Siebzehnjährige. Und als sein Vater ihn fragend ansieht, ergänzt er: „Von weit oben, vom Heuboden." Forschend betrachtet Lukas die Miene seines Vaters, ob sich darin Wut oder Entsetzen breitmachen. Das bullige Gesicht des Seniors bleibt ausdruckslos. Langsam hievt der Mann sich aus seinem Küchenstuhl und folgt dem Sohn in die Scheune. Gemeinsam betrachten sie den Leichnam der Mutter, wortlos.

Doch es ist keine stille Andacht, die sie abhalten – sondern eine Verschwörung. „Achte du darauf, dass dein zimperlicher Bruder nicht über die arme Tanja stolpert. Der würde glatt losheulen und irgendetwas Dummes anstellen, das uns gefährlich werden könnte. Ich benachrichtige inzwischen Doktor Hawickhorst", verkündet der frisch gebackene Witwer. Er wirkt plötzlich aufgekratzt und voller Tatendrang. „Der Dorfarzt ist ein alter Kumpel von mir. Er wird bestätigen, dass Tanja durch einen Sturz vom Heuboden gestorben ist. Ja, ein Unfall. Wirklich bedauerlich." Er knufft den Sohn kumpelhaft an der Schulter und zwinkert ihm zu. Sein Mund formt still ein paar Silben. Lukas ahnt, was der Vater ihm lautlos zu verstehen gibt: Gut gemacht!

Ein paar Stunden später erscheint der Arzt auf dem Hof und betrachtet die Tote in der Scheune aus einer Distanz, die für einen stillen Beobachter pietätvoll zu nennen wäre – für einen Mediziner aber, der eine äußere Leichenschau vorzunehmen hat, überaus fahrlässig. Wie Lukas' Vater es gehofft hat, macht Dr. Hawickhorst sich nicht einmal die Mühe, die Kleidung des Leichnams hochzuschieben, geschweige denn, die Tote nackt auszuziehen, wie er es hätte tun müssen. „Ein böser Sturz, fürwahr", bedauert der Mediziner mit getragener Stimme. „Aber deshalb ist es noch keine natürliche Todesursache, beim besten Willen nicht", fügt er hinzu und setzt sein Kreuzchen im entsprechenden Feld des Totenscheins. „Das muss sich die Polizei noch ansehen."

Lukas und sein Vater nutzen die Zeit, bis der Dorfpolizist auf dem Hof erscheinen würde, für einige kleine Korrekturen bei der Szenerie in der Scheune. Das hölzerne Geländer, das den Heuboden begrenzt, zertrümmern sie an einer Stelle mit einem Hammer, als hätte jemand die Absperrung durchschlagen. Außerdem kippen sie neben Lukas' Mutter eine Packung Trockenfutter für Katzen halb aus und drapieren die Schachtel, die sie zerknautscht haben, neben der Toten. „Fertig! Das sollte reichen." Lukas' Vater klopft sich die Hände an seiner Latzhose ab.

Drei Stunden später kreuzt endlich Dorfpolizist Johann Meyer-Wirth auf, ein Mann von Mitte vierzig, mit Bauchansatz, Walrossschnauzer und einem gespreizten Gang, der Lukas frappierend an den Hofgockel erinnert. Fehlt nur noch, dass der Typ auch noch loskräht, denkt der Siebzehnjährige. Doch die näselnde Stimme des Polizisten passt so gar nicht zu einem Federvieh und noch weniger zu diesem Kerl von knapp zwei Metern Größe.

„Wollen wir doch mal sehen", presst Meyer-Wirth hervor und lässt mit wichtiger Miene seinen Blick von dem zerbrochenen Geländer des Heubodens zur Toten schweifen und wieder zurück. Er rückt seine Brille zurecht und kratzt sich nachdenklich am linken Ohr. „Haben Sie eine Erklärung dafür, was Ihre Frau dort oben wollte?", wendet der Polizist sich an den Witwer.

„Eine unserer Katzen hat gerade Junge bekommen. Die sind alle dort oben. Tanja wollte der Katzenmutter offenbar zu Fressen bringen." Lukas' Vater deutet auf die Futterpackung neben seiner toten Frau, dann lässt er sich auf einen Strohballen sinken, lässt die Schultern hängen und rauft sich theatralisch die Haare. „Warum habe ich das nicht für sie erledigt? Ich weiß doch, dass sie Höhenangst hat! Ich meine: hatte!" Lukas reißt erstaunt die Augen auf. Er ist beeindruckt von der schauspielerischen Leistung seines Vaters. So viel Drama hätte er ihm gar nicht zugetraut.

„Äh, ja." Polizist Meyer-Wirth räuspert sich verlegen und fingert nun umständlich ein kleines Merkbuch und einen Kugelschreiber aus seiner Uniformjacke. „Ein Unglücksfall, ganz klar." Er öffnet das Büchlein, macht sich einige Notizen, dann hebt er den Blick, ohne jedoch Lukas oder dessen Vater direkt anzusehen. „Ich gebe dem Bestattungsunternehmen Bescheid, damit die den Leichnam …" Er räuspert sich erneut. „Ich meine, damit sie Ihre Frau abholen können."

Er wendet sich zum Gehen, gockelt aus der Scheune und zu seiner grünen Minna. Um seinen wuchtigen Körper auf den Fahrersitz des Opel zu zwängen, muss er sich förmlich zusammenklappen. Dann stottert der Wagen vom Hof.

Lukas und sein Vater blicken dem Auto hinterher. Mit jedem Meter, den sich das Fahrzeug entfernt, wird Lukas lebhafter. Einen freudigen Luftsprung kann er sich gerade noch verkneifen. Sein Vater streckt ihm kameradschaftlich die Hand entgegen, eine Geste, die Lukas viele Jahre nicht mehr erlebt hat. Er könnte glatt so was Ähnliches wie mein Kumpel werden, denkt der Siebzehnjährige. Aber nun hält ihn nichts mehr auf dem Hof. Er will frei sein und sich ausleben. Endlich.

## KAPITEL 20

Kai Plathe bläht die Nasenflügel und unterdrückt ein Husten. Dieser verflixte Staub. Schon beim ersten Mal, als er das Archiv der Rechtsmedizin betreten hat, hat der Chef der Forensik diesen Geruch von alten Akten in der Nase gehabt. Er weiß, dass in diesem großen und mit Regalen vollgestellten Raum im Keller des Instituts regelmäßig der Boden geputzt wird. Doch auf den unzähligen Kartons und Stehordnern, die in den zahllosen Borden lagern, nistet der Staub und lässt alles leicht muffig riechen. Plathe hat sich eine Flasche Wasser mitnehmen wollen, bevor er sich ins Archiv aufgemacht hat, doch natürlich hat er sie oben in seinem Büro vergessen. Mit einem Räuspern versucht er, seine Kehle vom eingeatmeten Staub zu befreien.

Ein Unterschenkel und ein Finger. Zwei Körperteile zu viel. Zwei Körperteile, die nicht zu dem Leichnam passen wollen, der in ihrem Fall bisher die Hauptrolle spielt. Zwar fehlt die DNA-Analyse des Fingers noch, den er in Anna Krügers Kehle entdeckt hat, doch nachdem er das einzelne Glied näher untersucht hat, ist anhand der Knochenstrukturen und vor allem aufgrund der verbliebenen Hautreste sehr wahrscheinlich, dass der Finger von einer deutlich jüngeren Frau stammt, als Patricks Mutter es gewesen ist. Natürlich ist jeder Tote gleich wichtig und jedes gewaltsame Verbrechen soll möglichst aufgeklärt werden. Aber in Plathe nagt der Verdacht, dass es in diesem Fall mit vermutlich mehreren Mordopfern den Tätern gar nicht hauptsächlich um Anna Krüger geht. Nach allem, was sie bisher wissen, ist die Einundvierzigjährige sehr wahrscheinlich nicht einem länger geplanten Verbrechen zum Opfer gefallen, sondern es ist ein Streit eskaliert. Ihr Mann ist offenbar ein grober Klotz, der schnell aus der Haut fährt. Nach der ersten, affektartigen Reaktion hat sich dann ein Ventil gelöst. Und schließlich ist das Blutbad gekommen, der Rausch, das Gemetzel.

Doch die Art und Weise, mit der den Leichenteilen von Anna Krüger schließlich Überreste anderer Toter beigemischt worden sind, spricht dafür, dass der Fall noch ungeahnte Tiefen und Verwicklungen bieten wird. Zudem deutet die Vorgehensweise des Verbrechers auf eine gewisse Systematik hin. Hier steckt ein intelligenter, kalkulierender Kopf dahinter, ein Mensch, der Stratege und Spieler zugleich ist. Vermutlich dieser ominöse Raptor. Sie müssen sich diesem Mann und seiner Gedankenwelt annähern, und er als Rechtsmediziner kann sicherlich seinen Teil dazu beitragen.

Plathe geht der Spur nach, unter früheren Fällen nach Frauenleichen zu suchen, bei denen einzelne Körperteile fehlen.

Wenn sie noch weitere Opfer finden, kann sich vielleicht ein Zusammenhang ergeben, womöglich ein bestimmtes Beuteschema oder eine einigermaßen eng einzugrenzende Region, aus der die Opfer stammen. Vielleicht sogar ein Verdächtiger, der zu allen Toten eine Verbindung hat, sei es als Verwandter, als Kollege, als Bekannter aus demselben Sportverein oder Lesezirkel.

Zunächst ist Plathe deshalb in der Computerdatenbank der Hamburger Rechtsmedizin maximal sechs Monate zurückgegangen. Doch kein Leichnam, der in dieser Zeit im Institut gelandet ist, scheint zu ihren Funden zu passen. Der tiefgefrorene Finger in Anna Krügers Kehle signalisiert allerdings, dass es sinnvoll ist, in der Zeit weiter zurückzugehen. Es kann Monate oder sogar Jahre her sein, dass die Menschen umgekommen sind, zu denen der Unterschenkel beziehungsweise der Finger gehören. Oder sie sind als Vermisstensache behandelt und irgendwann zu den Akten gelegt worden?

Vielleicht hätte ihn ein weiterer Ausflug in die Tiefen der Computerdaten weitergebracht. Aber Plathe hat sich noch nicht so intensiv mit dem Internet als solches und erst recht nicht mit den Feinheiten des Intranets vom Institut für Rechtsmedizin und im Uni-Klinikum auseinandergesetzt, um mühelos mit ausgefeilten Suchbegriffen sämtliche Möglichkeiten ausschöpfen zu können. Schon in seiner vorherigen Station in Essen haben seine Kollegen über ihn geschmunzelt, weil er immer noch am liebsten mit der Hand schreibt oder diktiert, anstatt die Obduktionsbefunde und seine Gutachten selber in die Tastatur zu hämmern. Als Direktor der Rechtsmedizin in Hamburg hat er jetzt in Natalie Falkenberg eine versierte Chefsekretärin, die die meiste Schreibarbeit für ihn erledigt, und das makellos.

Außerdem hat er Mitarbeiter, die schon seit Jahrzehnten hier ihrer Arbeit nachgehen und sich mit älteren Fällen der Hansestadt bestens auskennen. Besonders Alexander Gehler, ein vierundsechzig Jahre alter Kollege, verfügt über einen wahren Fundus an wertvollen Informationen. Als Plathe ihn nach ungeklärten Todesfällen gefragt hat, bei denen der Leichnam abgetrennte Gliedmaßen hat oder andere Körperteile fehlen, hat Gehler gemurmelt: „Lassen Sie mich einen Augenblick überlegen", und seine Hände tief in seinen Hosentaschen vergraben, als seien darin alle Informationen verstaut und müssten nur mit einem beherzten Griff ans Tageslicht befördert werden. „Da gab es", hat Gehler schließlich nachdenklich gemeint, „vor etwa vier Jahren eine Frauenleiche, die bei Bauarbeiten für einen Bürokomplex in der Hafencity gefunden wurde. Ihr fehlte tatsächlich ein Unterschenkel, wenn ich mich recht erinnere. Wir haben sie seinerzeit anhand von DNA als schwedische Touristin identifiziert, die schon anderthalb Jahre zuvor als vermisst gemeldet worden war. Aber eine Todesursache konnten wir damals nicht feststellen."

„Ich gehe davon aus, dass Sie die üblichen toxikologischen Untersuchungen vorgenommen haben", hat Plathe den Kollegen gefragt. Der hat bedächtig genickt. „Natürlich. Aber von den gängigen Substanzen, an die man denken würde, war nichts dabei. Allerdings haben wir Rückstellproben behalten, falls spätere Untersuchungen nötig werden sollten."

„Jetzt sind sie allerdings notwendig", murmelt Plathe vor sich hin, drei Stunden nach dem Gespräch mit Gehler, und schreitet die Regale mit den nach Jahrgängen sortierten Kartons und den Ordnern ab. Die Möbel werfen hohe, schlanke Schatten an die Kellerdecke, abgesehen von seinen Schritten gibt es hier keinen Laut. Hier irgendwo muss die Akte über die tote Schwedin aufbewahrt sein. Plathe rekapituliert, was Gehler noch über den Leichnam der jungen Frau erinnert hat. Ihren Namen hat er nicht mehr gewusst, sich allerdings gemerkt, dass im Nachnamen ein „E" mit einem Accent aigu auftaucht. Dieses Zeichen, das vor allem im Französischen gebräuchlich ist, gibt es auch in der schwedischen Sprache, und gar nicht so selten. Außerdem hat sein Kollege noch den Hinweis geben können, dass die Tote fünfundzwanzig Jahre alt war und irgendwann um den Tag der Deutschen Einheit herum vor vier Jahren seziert worden ist.

Plathe entdeckt die Kartons mit den Obduktionsprotokollen aus dem entsprechenden Zeitraum im zweitobersten Regal. Er streckt sich, angelt die leicht muffig riechenden Pappbehältnisse vom Bord und geht sie systematisch durch. Im dritten findet er den Fall, den Gehler offensichtlich gemeint hat: Kristina Lundén, fünfundzwanzig Jahre alt. Man hat die

Tote entdeckt, als ein kurz zuvor gegossenes Fundament eines geplanten achtstöckigen Hauses in der Hafencity erneut hat aufgestemmt werden müssen, weil der Beton Risse gezeigt hat. Da hatte offenbar jemand einen Leichnam dauerhaft entsorgen wollen und auf Mafiamethoden gesetzt, überlegt Plathe. Wie gut, dass der Plan durchkreuzt worden ist, sei es wegen eines Materialfehlers oder durch Pfusch bei den Betonarbeiten.

Er wird schnell herausfinden, ob der Unterschenkel, den sie zwischen den Leichenteilen ihres ersten Mordopfers Anna Krüger gefunden haben, zu Kristina Lundén gehört. Und er wird alles daransetzen, doch noch die Todesursache der Schwedin zu ermitteln. Es gibt eine Reihe seltener Gifte, die bei einer üblichen, routinemäßigen Toxikologieuntersuchung nicht nachgewiesen werden können. Da muss man weiter in die Tiefe gehen, nach dem Ungewöhnlichen und Unerwarteten forschen.

Sehr bald, aber nicht sofort. Zunächst einmal muss er aus diesem Keller heraus, ein paar tiefe Atemzüge an der frischen Luft tun. Eine große Flasche Wasser oder besser noch eine Cola auftreiben, um die trockene Kehle zu besänftigen – und Emma Claasen über seine neuen Erkenntnisse informieren, aber nicht unbedingt in dieser Reihenfolge. Vielleicht lässt sich ja das Angenehme mit dem Nützlichen verbinden?

„Es gibt hier einen Rechtsmediziner, der Ihnen gern von seinen neuesten Erkenntnissen berichten würde", eröffnet er ohne Umschweife das Gespräch, als sie seinen Anruf annimmt. „Und da ich nach einem ausgiebigen Abstieg in unser Archiv halb verdurstet bin, würde ich das gern bei einem Getränk tun."

Emma wundert sich über Plathes Eigenart, ein Telefonat nicht mit einer Begrüßung zu beginnen, sondern sofort mit der Tür ins Haus zu fallen. Aber es passt zu seiner durch und durch direkten Art. Und ein kurzer Abstecher in ein Café würde ihr selber guttun. „Wir können uns bei Ihnen auf dem UKE-Gelände beim Bäcker treffen", schlägt sie vor. „Und beim Getränk habe ich im Moment keine besonderen Vorlieben", fügt sie hinzu. „Egal ob heiß oder kalt. Hauptsache, es enthält Koffein."

Eine Dreiviertelstunde später hat Emma vom Tresen des wenig schicken Restaurationsbetriebs für beide die zweite

Cola geholt und setzt sich wieder dem forensischen Experten gegenüber. Forschend blickt sie in sein nachdenkliches Gesicht, fast in Erwartung einer neuerlichen Überraschung. Denn womit sie bei diesem bisher eher unnahbar wirkenden Mann wirklich nicht gerechnet hat, ist die Offenheit, mit der er ihr gerade seine Beweggründe für seinen Wechsel von Essen nach Hamburg geschildert hat. Das enge Verhältnis zu seinem Vater und die Sorge um den alternden Mann. Plathe hat sich offenbar bemüht, dabei unbekümmert zu wirken, doch sie hat gespürt, dass ihm der langsame, aber sich deutlich abzeichnende Verfall seines Vaters sehr nahe geht. Da ist eine Wärme in seiner Stimme gewesen, die sie so zuvor noch nicht wahrgenommen hat.

Und die der Rechtsmediziner von einem Augenblick zum anderen wie einen Schalter ausgeknipst hat, als er wieder auf die getötete Schwedin mit dem amputierten Unterschenkel zu sprechen gekommen ist. Es sind interessante Hinweise auf ein weiteres Opfer, denen sie unbedingt nachgehen müssen.

Emma Claasen hält in ihrem Smartphone ein paar Stichpunkte über diese neuen Aspekte fest. Sie hat bereits eine Anfrage beim Bundeskriminalamt laufen: Es soll nach Fällen von Leichenzerstückelung gesucht werden, bei denen einzelne Körperteile fehlen. Jetzt hat sie zumindest einen Namen – und einen neuen Ermittlungsansatz. Die Kommissarin weiß, dass es zu kurz gegriffen wäre, wenn sie sich bei ihrer Suche auf Tote mit fehlenden Unterschenkeln und Fingern beschränken würden. Raptor scheint ein Mörder mit vielen Varianten und einem weiten Spektrum zu sein. Gut möglich, dass er ihnen noch weitere Körperteile als die beiden bis jetzt gefundenen zuspielen wird. Bei ihm müssen sie auf alles gefasst sein.

**KAPITEL 21**

Fünf Stockwerke, und das ohne Fahrstuhl. Achim Bauer flucht innerlich, wischt sich mit dem Handrücken über die schweißfeuchte Stirn und versucht, seine Atmung in ruhigere Bahnen zu lenken. Seine Kondition lässt zu wünschen übrig, das sieht er jetzt ein, als er auf dem Weg von der dritten in die vierte Etage des Altonaer Mietblocks auf halbem Treppenabsatz pausieren muss. Er muss sich dringend in Form bringen. Schon damals, bei seiner Einstellungsprüfung zum Mittleren Dienst der Polizei, ist er an der Sporteinheit mit Dauerlauf und Situps beinahe gescheitert. Und da ist er noch fünfzehn Jahre jünger und zwölf Kilo leichter gewesen. Gelegentlich mal ein paar Gewichte anzuheben, reicht eben nicht. Zumal das lediglich die Mülltüten sind, die er auf dem Weg nach unten ein bisschen in die Waagerechte hievt und wieder zurück. Wenn er tatsächlich mal den Abfall runterbringt. Und wenn ihm dabei keiner zusieht. Also so gut wie nie.

Gleich morgen also wird er mit dem Joggen anfangen, um besser in Form zu kommen. Ach nein, morgen ist ja der große Brunch bei seinen Schwiegereltern, die ihren dreißigsten Hochzeitstag feiern wollen. Bauer leckt sich die Lippen angesichts der Köstlichkeiten, die ihn da erwarten. Helga, seine Schwiegermutter, ist eine sensationelle Köchin und backt einfach himmlische Kuchen. Also muss er den Beginn seines neuen Lebens, in dem Sport eine wichtige Rolle spielen soll, auf übermorgen verschieben. Dann aber ganz bestimmt.

Bauer nimmt die nächsten Stufen und stellt sich dabei vor, er meistere den berühmten Hillary-Step am Mount Everest, steile Abgründe, extrem dünne Luft und noch rund sechzig Höhenmeter bis zum Ziel. Zähne zusammenbeißen, ein letzter Kraftakt und ... Der Vierunddreißigjährige schüttelt den Kopf und schimpft mit sich selbst. Was ist er nur für ein Weichei! Kein Wunder, dass seine Frau Simone ihn immer öfter kritisch beäugt und ihn zunehmend löchert, wann sich endlich sein lang versprochener Karriereschub einstellen wird, das höhere Gehalt? An diesem Morgen hat er ihr noch vorgeschwärmt: Mordermittlung! Und er kann etwas dazu beitragen! An der Peripherie wahrscheinlich nur, das ist ihm durchaus bewusst. Trotzdem hat es nach etwas Großem, Überwältigendem geklungen, das seine Laufbahn bei der Polizei auf Trab bringen kann. Denn auch eine Nachbarschaftsbefragung, wie er sie gerade durchführt, kann wertvolle Hinweise ergeben und sich später, zusammen mit den anderen Puzzleteilen einer Ermittlung, zu einem vollständigen Bild zusammensetzen, das den Täter zeigt.

Selbstverständlich ist Bauer mit System vorgegangen. Hat sich in dem Mehrfamilienhaus von unten nach oben vorgearbeitet, drei Wohnungen pro Stockwerk. In den ersten drei Etagen ist wenig zu holen gewesen. Natürlich, da ist Matthias Fraker, der Mann, der die Ermittlungen überhaupt erst angestoßen hat. Aber diesen aufmerksamen Lehrer hat die Polizei bereits ausgiebig befragt. Andere Bewohner sagen, sie hätten die Familie Krüger überhaupt nicht gekannt beziehungsweise nichts Bemerkenswertes im Haus wahrgenommen. Und bei vier Mietern hat Polizist Bauer vergeblich geklingelt. Ob die außer Haus sind, beim Einkaufen oder bei der Arbeit oder ihm schlicht nicht öffnen, weil sie grundsätzlich misstrauisch sind, weiß er nicht. Er wird es auf dem Rückweg noch mal versuchen.

Jetzt steht der Beamte vor einer Wohnung, in der laut Klingelschild eine Lisbeth Wenkelmann wohnt und aus der ein eifriges Stimmengewirr zu ihm dringt. Hier ist wenigstens jemand zu Hause. Auf sein Läuten hin hört Bauer das Scheppern einer Tasse und das Ruckeln eines Stuhls oder eines Sessels, dann Schritte. Jemand öffnet die Wohnungstür mit Verve, und Bauer sieht einen jungen Mann, der ihn aus wachen, neugierigen Augen anblickt. Das dichte, dunkle, fast schulterlange Haar des etwa Fünfundzwanzigjährigen hätte dringend einen tüchtigen Friseur gebraucht, findet der Polizist. Und seine Jeans hängt so tief auf den schmalen Hüften, dass Bauer dem Mann gern mit einem Gürtel ausgeholfen hätte. Doch er ist schließlich nicht hier, um über Mode zu diskutieren. „Ich würde gern Frau Wenkelmann sprechen", bringt er sein Anliegen hervor. Überflüssig zu erwähnen, dass er von der Polizei kommt. Seine Uniform sollte Hinweis genug sein. „Mama, für dich. Die Polizei", ruft der Schlaks in Richtung eines Raumes, der vermutlich das Wohnzimmer ist.

„Die Polizei?", hört Bauer eine helle Frauenstimme, bevor die Mittfünfzigerin, zu der sie gehört, in den Flur tritt und ihn fragend mustert. „Was führt Sie zu mir?" Dann bedeutet sie ihm mit einer Geste, ihr in das Wohnzimmer zu folgen. Der Beamte tritt hinter der Frau, die dezentes Make-up und ihr Haar in einem schulterlangen Bob trägt, in den zentralen Raum der Wohnung. Dort sitzen an einem mit schlichtem weißem Porzellan gedeckten Kaffeetisch bereits drei Damen, von denen Bauer eine ebenso wie Lisbeth Wenkelmann auf fünfzig bis sechzig Jahre schätzt. Die beiden anderen wirken etwa zehn bis fünfzehn Jahre jünger. Das bis vor wenigen Augenblicken so angeregte Gespräch der Frauen ist verstummt, neugierig wird der Polizist nun von den Damen und von dem jungen Mann betrachtet.

„Ich komme wegen Ihrer Nachbarin aus dem zweiten Stock, Frau Krüger", erklärt er, kramt Block und Stift aus der Brusttasche seiner Uniformjacke und gibt sich dabei Mühe, nicht allzu gierig auf die äußerst appetitanregend aussehenden Schokoladenkekse und den Kuchen zu starren, die auf dem Tisch drapiert sind. Und er versucht tapfer, den angenehmen Kaffeeduft, der durch das Zimmer wabert, zu ignorieren.

„Darf ich Ihnen etwas zu trinken anbieten und etwas Gebäck?" Die Gastgeberin des Kaffeekränzchens deutet auf die Schale mit den Keksen und nickt aufmunternd. Bauer fühlt sich ertappt. Entweder haben ihn seine hungrigen Blicke doch verraten, oder die Hausherrin ist von Natur aus höflich. Er nimmt das Angebot dankbar an. „Ein Kaffee wäre wunderbar!"

Ehe der Polizist sich versieht, hat Lisbeth Wenkelmann einen weiteren Stuhl an ihren Tisch herangeschoben und ihm eine Tasse eingeschenkt. „Anna Krüger", sagt sie dann nachdenklich. „Eigentlich hätte sie jetzt gerade hier bei uns sitzen sollen. Ich hatte sie eingeladen, sich mal unserer Mädelsgruppe anzuschließen. Recht späte Mädels, ich weiß", fügt sie mit einem verschmitzten Lächeln hinzu und deutet mit einer lässigen Geste auf die Krähenfüße, die die Region um ihre Augen besiedeln. „Wir kommen jeden Donnerstag zusammen, zum Klönen und Doppelkopfspielen, und sie hatte für heute zugesagt. Aber sie ist leider nicht aufgetaucht. Überhaupt hat keine von uns sie in letzter Zeit gesehen. Wir haben uns schon gefragt, ob Frau Krüger etwas zugestoßen ist."

„Ja, wir sind alle mehr oder weniger Nachbarn", schaltet sich eine der anderen Damen ein. Die etwas füllige Blondine lehnt sich vor, um sich noch einen Keks zu nehmen, und eröffnet Bauer damit tiefe Einblicke in ihr nicht mehr ganz taufrisches Dekolleté, auf die er gern verzichtet hätte. Irgendwie erinnert sie den Polizisten an eine um einiges ältere und molligere Britney Spears.

Er räuspert sich. „Anna Krüger ist verstorben. Und wir gehen davon aus, dass sie Opfer eines Gewaltverbrechens geworden ist", klärt er die Frauen auf. Die dem Anschein nach Jüngste aus dem Quartett, eine zierliche Dunkelhaarige mit großen Ohrhängern und einer Bluse im selben Korallenrot wie ihr Lippenstift, fingert nervös an ihrer Serviette. Und Britney Spears stockt beim Umrühren ihres Kaffees mitten in der Bewegung.

„Irgendwie habe ich es befürchtet", sagt sie langsam, als würde sie jedes Wort vorsichtig abwägen. „Ich wohne direkt unter der Familie, und es wurde öfter laut bei ihnen. Vor allem in der Küche gab es oft Streit zwischen dem Ehepaar." Achim Bauer hebt zu einer Frage an, doch die Frau kommt ihm zuvor. „Das Haus ist sehr hellhörig. Und die Wohnungen hier haben alle den gleichen Grundriss. Deshalb weiß man sehr genau, wo über einem sich etwas abspielt. War es ihr Ehemann? Ich meine, hat er sie getötet?" Britney Spears schaut den Polizisten mit großen Augen an, in denen er Neugier aufglimmen sieht, aber auch Mitgefühl.

„Ich darf dazu nichts sagen, Sie verstehen", wiegelt er ab.

„Ich halte ihn für einen groben, brutalen Kerl", schaltet sich Lisbeth Wenkelmann ein. „Ich habe den Mann oft brüllen gehört. Und wenn Anna dann im Halbdunkel mit einer Sonnenbrille rumgelaufen ist, hat man sich ja denken können, dass er zugelangt hat." Die Gastgeberin deutet einen schwungvollen Faustschlag an. „Aber wenn ich Anna darauf ansprach, hatte sie immer eine Ausrede", fährt Lisbeth Wenkelmann fort. „Sie wissen schon. Dass sie die Treppe runtergefallen sei oder sich an einem Küchenschrank gestoßen hat. Solche Geschichten. Ich habe ihr keine davon abgenommen. Wir wollten sie gern unter andere Menschen bringen, in der Hoffnung, dass sie sich uns öffnet und uns ihre Sorgen anvertraut."

Sie stutzt. Mit einem Mal sieht sie erschrocken aus, nein, bestürzt. „Was ist denn mit ihrem Sohn, um Himmels willen? Was wird aus ihm? Das arme Kind!"

„Patrick ist in guten Händen. Das kann ich Ihnen versichern." Bauer versucht, in seiner Stimme einen beruhigenden und zugleich bestimmten Ton mitschwingen zu lassen, der jede Nachfrage nach dem Jungen im Keim ersticken soll. „Ich möchte gern wissen, ob Ihnen am 25. Oktober etwas Ungewöhnliches aufgefallen ist."

Britney Spears schaltet als Erste. „Ist das der Tag, an dem Anna umgekommen ist?" Sie langt in ihre Handtasche, die über ihrer Stuhllehne hängt, angelt ihr Smartphone heraus und checkt kurz den Kalender. „Das war ein Donnerstag, unser Doppelkopftag. Da haben wir jedenfalls nachmittags zusammengesessen, bei mir in der Wohnung."

„Es ging etwa bis 22 Uhr", ergreift die Dunkelhaarige mit den großen Ohrringen erstmals das Wort. „Ich wohne in dem Haus schräg gegenüber. Mein Name ist Kathrin Schmidt-Staack." Ihre Stimme klingt nach einer Schachtel Zigaretten täglich, mindestens. „Als ich ging und noch einmal vom Bürgersteig den anderen Mädels im Haus zuwinkte, habe ich einen Mann gesehen, der offenbar am Haus von Anna Krüger klingelte. Könnte das jemand gewesen sein, den Sie suchen?"

Die Frau dreht nervös abwechselnd an fünf oder sechs Ringen, die sie an der linken Hand trägt. Die genaue Anzahl kann Bauer nicht erkennen. Er verscheucht den irritierenden Gedanken, dass ihn der üppige Schmuck in seiner Anordnung an einen Schlagring erinnert.

„Sagen Sie mir bitte genau, an was Sie sich erinnern", fordert er Kathrin Schmidt-Staack auf. „Er könnte zum Beispiel ein wichtiger Zeuge sein."

Als der Polizist zwanzig Minuten später die Wohnung verlässt, nach einer weiteren Tasse Kaffee und nachdem er sich nur sehr halbherzig und entsprechend erfolglos gegen das Angebot von zwei Schokoladenkeksen gewehrt hat, hat er in seinem Notizblock eine wenig erhellende Beschreibung über einen Mann notiert – im doppelten Sinn. Denn die Zeugin hat im diffusen Schein einer Straßenlaterne nicht viel von dem Unbekannten erkennen können. Etwa 1,80 bis 1,85 Meter groß, nach hinten gekämmte oder gegelte Haare, Skijacke, breite Schultern, vermutlich Bartträger, vielleicht auch eine Brille.

Aufschlussreicher ist da die Beobachtung ihrer Freundin Britney Spears, die tatsächlich Marianne Steinmetz heißt, wie

Bauer inzwischen weiß. Sie hat, nachdem sie ihre Freundinnen verabschiedet hat, noch am Fenster gestanden und gesehen, wie die Blinker eines Wagens auf der gegenüberliegenden Straßenseite kurz aufleuchteten. Das kurze Aufblitzen, wenn jemand sein Auto per Funksignal verschließt. „Das war ein schwarzer SUV", sagt sie mit Nachdruck. „Ein Audi. Da bin ich mir sicher. Mein Ex fährt so einen." Sie verdreht genervt die Augen, wobei sich Bauer nicht sicher ist, ob ihre Missbilligung dem Wagen oder eher ihrem Verflossenen gilt. „Ich konnte von dem Wagen nicht viel erkennen. Aber eins ist mir aufgefallen. Das Lenkrad war nicht dunkel, sondern hatte einen sehr hellen Bezug, genauso wie die Kopfstützen. Ein Stilbruch, wenn Sie mich fragen. Hilft Ihnen das weiter?"

Bauer kommentiert das nicht. Durchaus möglich, denkt er im Stillen. Und: Läuft bei mir.

## KAPITEL 22

Zwei Jahre zuvor, im August

Dieses flammend rote Haar. Er stellt sich vor, wie er in diese lange, wallende Mähne hineingreift, die Seidigkeit einzelner Strähnen spürt, sie durch seine Finger gleiten lässt. Er kann den Blick kaum von der Frau abwenden, deren reiches Haar ihr schmales Gesicht umrahmt, ein reizvoller Kontrast zu ihren dunklen Augen und der hellen Haut. Wirklich zu schade, dass sie am Nachbartisch sitzt und nicht neben ihm, wo es ihm ein Leichtes gewesen wäre, sie in ein Gespräch zu verwickeln. Und dann in noch viel mehr.

Er hat Schlag bei den Frauen, jetzt, als kreativer Selfmade-Millionär sowieso. Aber auch vorher schon, als er noch Student und ein armer Schlucker war. Die Ladys mögen sein selbstbewusstes Auftreten, seine Eloquenz, seine Schlagfertigkeit. Die dichten, dunklen Wimpern, die seinen tiefliegenden braunen Augen einen offenbar geheimnisvollen Glanz geben, wie ihm schon mehrfach versichert worden ist. Und nicht wenige haben seine intensive Ausstrahlung gelobt. Er weiß selber, dass von ihm eine herbe Männlichkeit ausgeht, insbesondere wenn er ein leicht schiefes Grinsen aufsetzt, das manche gewinnend und fast alle überaus selbstbewusst nennen. Und seine athletische Figur kommt sowieso gut an.

Es hat ihn nie viel Mühe gekostet, eine ansehnliche Muskulatur aufzubauen. Es ist wohl die harte Arbeit auf dem Bauernhof gewesen, die ihn schon früh gestählt und seinen Körper aufs angenehmste geformt hat. Wenigstens in dieser Hinsicht sind seine Kindheit und Jugend positiv gewesen. Zu irgendetwas musste die Plackerei auf dem Feld und in den Ställen ja nützlich gewesen sein. Sie hat ihm ein breites Kreuz, kräftige Beine und einen respektablen Bizeps beschert, was er gern durch figurbetonte Kleidung unterstreicht. Außerdem hat er jeden Cent von dem Hungerlohn, den die Mutter oder der Vater für seine Mithilfe auf dem Bauernhof haben springen lassen, eisern gespart, um aus dem verhassten Elternhaus ausziehen zu können, sobald er achtzehn geworden ist. Ihm ist früh klar geworden, dass finanzielle Unabhängigkeit der Schlüssel zur Freiheit ist und dass es sich lohnen würde, eine vernünftige Ausbildung und einen guten Job zu bekommen. All das hat er sich hart erarbeitet. Erst hat er eine Ausbildung zum Bauzeichner absolviert, dann an der Abendschule das Abitur gemacht, später Architektur studiert, ein Beruf, der ihm über die Jahre Ansehen verschafft hat und ein sehr ordentliches Einkommen.

Es läuft richtig gut bei ihm. Die Zeiten, in denen er sich um Kunden hat bemühen müssen, sind lange vorbei. Mittlerweile wird seine Firma mit Aufträgen beinahe zugeschüttet. Es ist sein Privileg, sich die spannendsten und lukrativsten Projekte auszusuchen. Gute, kreative, zuverlässige Arbeit zahlt sich wirklich aus.

Und die richtigen Kontakte. Früher ist es seine Frau Katja gewesen, die für ihn als Türöffner in die bessere Hamburger Gesellschaft fungiert hat. Als Tochter eines hervorragend vernetzten Unternehmers hat sie ihm die ersten profitablen Aufträge vermittelt. Und sie ist auch sonst eine gute Partnerin gewesen, durchaus intelligent und darüber hinaus sehr ansehnlich mit ihrer schlanken Taille, den langen dunklen Locken und den leicht schräg stehenden, veilchenfarbenen Augen. Doch mit jedem Kilo, das sie seit ihrer Heirat vor neunzehn Jahren zugenommen hat, ist sein Interesse an Intimität mit seiner Frau weiter erlahmt. Nicht, dass er generell keine Lust mehr hat. Im Gegenteil. Sein Verlangen nach Sex ist unersättlich wie eh und je. Nur eben schon lange nicht mehr mit der Gattin. Auch wenn sie ihm beruflich immer noch von großem Nutzen ist: Es ist nur konsequent gewesen, sich eine eigene Wohnung zu nehmen, in der er seine Vorlieben nach Herzenslust ausleben kann. Vor allem die ganz speziellen.

Raptor beugt sich ein wenig vor, um einen besseren Blick auf die rothaarige Frau am Nebentisch zu haben – und ihr bessere Sicht auf ihn zu ermöglichen. Ihm kommt es so vor, als würde sie immer wieder zu ihm herüberschauen. Wie gut, dass er sich entschieden hat, allein auf diese Norwegen-Kreuzfahrt zu gehen. Er hat gehofft, dass er interessante Bekanntschaften machen würde. Und nun ist da diese Schönheit in einem smaragdgrünen, tief ausgeschnittenen Kleid, die jedenfalls nicht mit einem Partner auf dem riesigen Hotelschiff zu sein scheint. Alle anderen an ihrem Achtertisch sind ebenfalls Frauen. Vielleicht handelt es sich um die gemeinsame Tour eines Yogakurses oder eines Bridgeclubs. Ihr angeregtes Gespräch übertönt die dezente Hintergrundmusik, die aus den Lautsprechern des Restaurants perlt, beinahe völlig. Sein Blick fährt den schlanken, aber weiblich geformten Oberkörper der Rothaarigen entlang, von den trainierten Oberarmen über die Brüste, die er auf Körbchengröße 75 D taxiert. Er hat Erfahrung mit diesen Werten, meistens liegt er mit seiner Einschätzung richtig. Und das hier ist genau seine Kragenweite. Er schmunzelt in sich hinein. Kragenweite! Körbchengröße! Er liebt Alliterationen, und wenn sie amüsant und anzüglich zugleich sind, gefällt ihm das besonders.

So wie die Frau ihm besonders gut gefällt. Und umgekehrt ist es offenbar genauso. Er kennt die Signale: Wie sie eine Strähne ihres Haars um ihre Finger dreht, wie sie die Beine langsam übereinander schlägt, die tiefen Blicke, die sie ihm zuwirft. Nun steht sie auf und geht an die Bar, für ihn ein eindeutiges Zeichen, dass er ihr folgen soll. Während er auf sie zusteuert, sieht er ihr tief in die Augen, die bei dem gedämmten Licht beinahe schwarz wirken.

„Bevor Sie sich hier einen Drink bestellen: Ich weiß etwas Besseres", raunt er ihr mit tiefer, rauchiger Stimme zu. „Auf meiner Kabine habe ich eine Flasche hervorragenden Champagner – und ein paar Ideen, wie wir uns bestens amüsieren können. Verraten Sie mir Ihre Zimmernummer, dann hole ich das gute Stück und komme bei Ihnen vorbei."

Der Blick, mit dem sie seinem Körper schmeichelt, ist eindeutig eine Ermunterung. Er legt ihr sanft einen Arm um die Taille und geleitet sie aus dem Restaurant. Er benetzt erwartungsfroh seine Lippen. Es wird ein erfüllender Abend werden.

Dieses vielversprechende Vorspiel ist nun drei Stunden her. Jetzt sind ihre Gläser leer, die Laken des Doppelbettes in ihrer Kabine zerwühlt, und in der Luft hängt der Duft ihrer schweißfeuchten Körper. Der Sex mit Jasmin ist nicht ganz so gut gewesen, wie er sich das ausgemalt hat. Doch der eigentliche Höhepunkt des Abends steht ja noch bevor. „Ich schenke uns noch mal nach", flüstert er und sieht ihr tief in die Augen. Er angelt nach dem Veuve Clicquot und füllt beide Gläser auf. Dabei achtet er darauf, dass sie nicht sehen kann, wie er ihrem Champagner eine klare Flüssigkeit aus einer Ampulle hinzufügt. Mit Wohlwollen beobachtet er, wie sie ihre Champagnerflöte mit einem Zug leert.

Die Wirkung des Schlafmittels wird nicht lange auf sich warten lassen. Dann kann er ihr das Gift applizieren, das er von seiner letzten Südamerikareise mitgebracht hat. Die tödliche Ingredienz aus einem Sekret der Pfeilgiftfrösche wird Jasmin lähmen, sie wird ihm vollkommen ausgeliefert sein. So mag er Frauen am liebsten, als perfekte Opfer. Wehrlos, hilflos. Und schließlich atemlos.

Er legt sich wieder neben sie. Er hat Zeit. Er mag diese Phase der Ruhe und der Erwartung, in der seine Fantasie Messer und Äxte aufblitzen lässt sowie Bilder der Zerstörung, die er damit anrichten wird. Es wird unglaublich geil werden! Er betrachtet Jasmin einige Minuten lang mit einem Blick, den sie vermutlich als selige Befriedigung missinterpretieren wird. Aber die wirkliche Verzückung kommt erst noch. „Du bist schön wie ein Engel", raunt er ihr zu. „Und als Leiche wirst du noch viel, viel schöner sein."

Er registriert, wie seine Worte sich den Weg in ihr Bewusstsein bahnen, aber durch das immer stärker wirkende Schlafmittel verzögert und erheblich gedämpft. In Jasmins Blick glimmen Entsetzen und zunehmend auch Panik auf, als sie begreift, was er mit ihr vorhat. Plötzlich scheint sie sogar anders zu riechen. Raptor grinst ein Wolfsgrinsen, als ihm klar wird, dass es das Aroma von Angst ist. Das gefällt ihm. Sie bemüht sich aufzustehen und zu fliehen, gegen ihn anzukämpfen, ihm die Augen auszukratzen. Irgendetwas! Doch ihr ganzer Körper scheint zunehmend von einer lähmenden Schläfrigkeit stillgelegt. Sie will um Hilfe schreien und öffnet den Mund. Aber ihre Kehle bringt nur einen Laut hervor, der wie ein Gurgeln oder Krächzen klingt. Zugleich werden ihre Lider immer schwerer. Verzweifelt versucht sie, dagegen anzukämpfen, dass ihr die Augen zufallen. Sie hebt eine Hand in Richtung Gesicht, als wolle sie mit den Fingern nachhelfen, doch es gelingen ihr nur wenige Zentimeter, dann fällt ihr Arm kraftlos zurück auf die Bettdecke.

Raptor beobachtet ihre immer starrer werdende Mimik mit einer Faszination, als inspiziere er eine seltene Spezies. Ja, jetzt ist sie so weit außer Gefecht gesetzt, dass er das Gift einsetzen kann. Er erhebt sich vom Bett, klaubt seine Boxershorts, seine Jeans und sein Hemd vom Boden auf, die dort verstreut neben Jasmins Kleid und ihren schwarzen Dessous liegen. Er streift seine Kleidung über, dann geht er zu einem Sessel, über dessen Lehne er sein Jackett gelegt hat. Er fingert eine in einen Lederlappen gewickelte Rasierklinge aus der Innentasche seines Sakkos sowie eine kleine Ampulle, in der etwas Flüssigkeit wabert. Scheinbar wenig – aber mehr als genug, um einen Menschen zu töten.

Am besten entfaltet das Pfeilgiftfrosch-Toxin seine Wirkung, wenn es über eine Wunde in den Körper gelangt. Er geht zurück zum Bett, greift ihre linke Hand, haucht einen Kuss auf ihren Daumen, dann setzt er das Rasiermesser an und streicht dessen scharfe Klinge mit einer Sanftheit über die empfindliche Haut von Jasmins Fingerkuppe, als wolle er sie streicheln. Sofort quillt Blut aus dem Schnitt. Nun öffnet er die Ampulle und träufelt einen Tropfen der Flüssigkeit in die Wunde. Zwanzig Minuten wird es nun dauern, maximal, bis der Tod eintritt, zwanzig Minuten, die Raptor als Vorspiel empfinden wird.

Er legt sich erneut neben sie, schiebt sich zwei der Kissen unter seinen Kopf, in denen noch ein Hauch von ihrem schweren Parfum hängt, und sieht genussvoll, wie langsam das Leben aus Jasmins Körper heraussickert. Es wäre ein schmerzhafter Tod, begleitet von quälenden Krämpfen, wenn er ihr nicht vorher das potente Schlafmittel verabreicht hätte. So aber zuckt Jasmins Körper nur, ihre Lider flackern, ihr Atem geht stoßweise, der Brustkorb hebt und senkt sich heftig, dann wird die Atembewegung immer flacher, bis sie schließlich ganz erstirbt. Raptor tastet mit dem Finger nach der Schlagader an Jasmins Hals, um sich zu vergewissern, dass kein Blut mehr pulsiert. Wie er es gehofft hat. Perfekt.

Er federt aus dem Bett, durchmisst mit kraftvollen Schritten die Strecke bis zur Tür, steckt die Codekarte für Jasmins Kabine ein und geht nun zu seinem eigenen Raum, der zwei Etagen höher liegt. Dort holt er aus einem Fach im Schrank, verborgen hinter Socken und Sweatshirts, das Werkzeug, das er jetzt braucht. Eigentlich ist er es gewohnt, in erster Linie mit Axt und Säge zu arbeiten, doch es ist ihm zu riskant erschienen, beides mit auf das Kreuzfahrtschiff zu schmuggeln. Was, wenn beim Durchleuchten des Gepäcks jemand vom Zoll oder vom Bordpersonal darauf aufmerksam geworden wäre? Nein, er hat sich lieber neulich nachts in eine der Schiffsküchen geschlichen und zwar gezielt in jene, die dem Sushi-Restaurant am nächsten liegt. Er hat ein Santoku-Messer ausgewählt mit einer etwa zwanzig Zentimeter langen Klinge aus Damaszenerstahl. Sie wird mühelos durch Knorpel und Sehnen dringen, wie geschaffen für sein Vorhaben.

Aus einem anderen Schrankfach entnimmt er eine Flasche achtzehn Jahre alten Macallan. Er liebt den weichen, runden Geschmack dieses Single Malt Whiskys, von dem er für besondere Anlässe stets eine Flasche auf Reisen dabeihat. Natürlich ist es ein Stilbruch, dieses edle Getränk aus einem schnöden, wohl ziemlich billigen Weinglas nippen zu müssen, das zur Kabineneinrichtung gehört. Aber dieses Detail soll den Zauber dieses Abends jetzt nicht weiter stören.

Raptor tritt auf den Balkon seiner Schiffskabine, das Glas in der Hand, und blickt zum Himmel, an dem sich das Mondlicht immer wieder durch Lücken in der Wolkendecke kämpft.

Kleine Fetzen des hellen Scheins vervielfältigen sich tausendfach auf der Meeresoberfläche, von den Wellen zu bizarren Mustern gebrochen. Von irgendeinem Schiffsdeck dringt Barmusik zu ihm und das Gelächter sich amüsierender Menschen. Schön für sie. Er freut sich auf seine eigene, ganz besondere Feier. Aber eine halbe Stunde mindestens will er warten, bis er zu Jasmin zurückkehrt. Dann wird die Gefahr gebannt sein, dass bei seinem Schnitzwerk das Blut in Fontänen aus ihren Adern schießen könnte. Er darf nicht riskieren, sich selber zu besudeln. Ein leichtes Sickern auf ihre Bettdecke gehört allerdings zum Spiel. Das mag er.

Wieder zurück in Jasmins Zimmer wirft Raptor vom Türrahmen aus einen Blick auf die leblose Gestalt auf dem Bett. Auch im Tod sieht die Neunundzwanzigjährige schön aus, für ihn sogar noch verheißungsvoller als vorher. Er streift ein Paar Latexschuhe über, dann tritt er an das Bett heran und greift nach ihrer linken Hand, die sich schon kühl und starr anfühlt. Er spreizt ihren rot manikürten Ringfinger ab und setzt das Messer an. Fasziniert registriert er, wie die Klinge durch Haut, Muskulatur, Sehnen und Gelenkkapseln gleitet, als handle es sich um ein Stück weiche Butter.

Als Nächstes nimmt er sich Jasmins herrliche Brüste vor, jede bestimmt mit einem Gewicht von einem Pfund, wie er feststellt. Nun noch die rechte Hand. Er spürt, wie die Handwurzelknochen mehr Widerstand leisten, als er an ihnen entlangschneidet. Doch nach zähen ein oder zwei Minuten, begleitet von einem schmatzenden Laut, als sich die Knochen aus den Gelenken lösen, ist auch das erledigt.

Wie gut, dass sich auf einem Kreuzfahrtschiff stets ausreichend Handtücher auf den Kabinen befinden! Seine Trophäen wickelt Raptor in die weichen Frotteetücher ein, dann verstaut er die unterschiedlich großen Päckchen in einem Hermes-Bordcase, das zu Jasmins umfangreichem Gepäck gehört hat. Was er von ihrem Körper nicht als Andenken gebrauchen kann, den Rumpf mit den nicht mehr ganz vollständigen Armen sowie den Beinen, zieht er an den Füßen zur Balkontür, von dort nach draußen und wuchtet den teilweise tranchierten Leib über das Geländer. Mit einem satten, platschenden Geräusch trifft der Rest von Jasmin etwa dreißig Meter tiefer auf der Wasseroberfläche auf und versinkt augenblicklich im Meer. Das Santoku-Messer wirft er gleich hinterher.

Einen Moment noch verharrt Raptor auf dem Balkon, lauscht dem Rauschen der Wellen, dann reißt er sich von dem Anblick des tiefen Dunkels los. Jetzt muss er schnell mit dem Koffer und seinen menschlichen Souvenirs in die eigene Kabine, dann morgen in Hamburg von Bord. So herrliche Trophäen hat er schon lange nicht mehr von einer Reise mit nach Hause gebracht.

## KAPITEL 23

Müde Gesichter, wen Emma auch anschaut. Abgekämpft sehen die Kollegen in ihrem Ermittlerteam aus, erschöpft. Kenan Arslan hat zum ersten Mal, seit die Kommissarin ihn kennt, sein dichtes, welliges Haar nicht mit Gel gebändigt, sodass es wie die Mähne eines jungen Löwen seinen Kopf umrahmt. Selbst Bianca Martinek hat das Styling ihres fast hüftlangen honigblonden Haars vernachlässigt und es nur zu einem lockeren Knoten zusammengerafft, was sie einige Jahre älter aussehen lässt. Und ihre Bluse ist schief geknöpft. Wahrscheinlich hat sie sich morgens in aller Eile ihre Kleidung übergeworfen, weil sie verschlafen hat, was ihr unter normalen Umständen niemals passieren würde. Aber es sind ja wirklich keine gewöhnlichen Umstände, für keinen von ihnen.

Trotzdem spürt Emma den Druck von allen im Team vermutlich am meisten. Schließlich ist sie die Leiterin der Ermittlungsgruppe. Der erschöpfte Gesichtsausdruck der anderen Kommissare ähnelt in etwa dem blassen, wenig vorteilhaften Oval mit bläulichen Ringen unter den Augen, das Emma heute Morgen aus dem Spiegel angestarrt hat. Kein Wunder, nachdem sie alle in den vergangenen Tagen so gut wie keinen Schlaf bekommen haben. Der „Fall Raptor", wie sie ihn intern nennen, fordert von ihnen das Äußerste an Engagement, an Können, an Einfallsreichtum.

Sie müssen diesen Kerl stellen, und das möglichst schnell. Serienmörder steigern üblicherweise den Takt, in dem sie töten. Das Verlangen nach dem Rausch und dem Kick wird stärker, die Abstände zwischen den Verbrechen daher immer kürzer. Und in diesem Fall wissen die Ermittler immer noch nicht, wie viele Opfer es überhaupt gibt und wie lange die Taten zurückliegen. Sie können nur mit ziemlicher Bestimmtheit sagen, dass der Mann wieder zuschlagen wird, wenn sie ihn nicht stoppen. Er könnte schon morgen wieder töten. Oder sogar noch heute.

Immerhin haben sie jetzt sowohl bei dem Unterschenkel als auch bei dem Finger die Information, zu welchen Opfern sie gehören. Der Hinweis von Plathe und seinem Kollegen Alexander Gehler auf die Schwedin Kristina Lundén hat sich bestätigt. Und dank der DNA aus dem abgetrennten Ringfinger haben sie gezielt beim BKA nachfragen können. Der Finger gehört zu einer Lübeckerin namens Jasmin Stranger, die vor zwei Jahren bei einer Reise auf einem Kreuzfahrtschiff als vermisst gemeldet worden ist. Damit hat sich ihr Fall seinerzeit eingereiht in jene mysteriösen Fälle auf hoher See, bei denen der Begriff „Untertauchen" eine sinistre Doppelbedeutung bekommt. Jedes Jahr, besagt eine Studie, verschwinden weltweit im Schnitt zwanzig Menschen von diesen schwimmenden Hotelriesen. Und gibt es nicht tatsächlich Leute, die das Kreuzfahrtgeschäft als „Eldorado für Mordgetriebene" bezeichnen?

Ein Gewaltverbrechen ist damals bei den Ermittlungen in Strangers Fall deshalb für möglich gehalten worden, weil in ihrer Kabine vereinzelte Blutspuren gefunden wurden. Aber ein Suizid der Neunundzwanzigjährigen schien seinerzeit ebenfalls nicht ausgeschlossen, weil die Balkontür ihrer Kabine offen vorgefunden wurde. Die Theorie, die junge Lehrerin könnte sich ins Meer gestürzt haben, war also nicht vollständig von der Hand zu weisen.

Wie furchtbar für die Angehörigen! Emma weiß, welch Albtraum es für die Familie und die Freunde von Vermissten ist, keine Gewissheit über das Schicksal ihrer Liebsten zu bekommen. Natürlich klammern sie sich an jeden noch so kleinen Funken Hoffnung, dass ihre Tochter, der Vater, die Freundin irgendwo doch noch lebt und wohlauf ist. Niemand würde sich leichtfertig mit dem Gedanken abfinden, dass ein Familienmitglied tot ist, ohne dass das Schicksal geklärt ist und Fragen beantwortet sind. Und wenn die Möglichkeit eines Suizids im Raum steht, plagen die Angehörigen neben Entsetzen und Trauer vielleicht auch noch Selbstvorwürfe, sie hätten womöglich nicht alles für ihre Liebsten getan. Nicht genau genug hingehört, sich nicht ausreichend gekümmert, nicht so intensiv wie möglich gezeigt, wie wertvoll und einzigartig sie sind und wie schön das Leben doch sei kann.

Emma weiß wegen des traurigen Schicksals ihrer Zwillingsschwester und ihrer eigenen Verzweiflung und ihrem Schmerz nur zu genau, wie qualvoll so eine menschliche Katastrophe sein kann.

Nichts ist so verhängnisvoll wie die Ungewissheit. Wer annimmt, keine Nachricht sei eine gute Nachricht, weiß nicht, wovon er redet. In Wahrheit schleppen sich die Angehörigen von Tag zu Tag, von einer schlaflosen Nacht zu einer nächsten, in der sie Albträume martern, das Gemüt leckgeschlagen, das Leben in Schieflage. Die monate- oder gar jahrelange Undurchsichtigkeit über das Schicksal ihrer Liebsten ist zerstörerisch wie ein Krebsgeschwür. Nur dass es nicht tötet, sondern die Seele aushöhlt.

Sie müssen sich schnellstmöglich mit den Eltern und Geschwistern der jungen Frau in Verbindung setzen und ihnen mitteilen, was sie über den seit zwei Jahren schwelenden Vermisstenfall in Erfahrung gebracht haben. Dass nun höchstwahrscheinlich von Mord auszugehen ist. Sie werden den Angehörigen auf möglichst schonende Weise erzählen müssen, warum sie zu dieser Überzeugung gelangt sind. Für die Ermittler ist es ein bedeutsames Indiz, den abgetrennten Finger gefunden zu haben – für die Eltern bedeutet es eine brutale Zerstörung ihrer Hoffnungen. Sie werden den Angehörigen von Jasmin Stranger nichts davon erzählen, dass die Mordkommission gute Gründe zu der Annahme hat, dass der Körper der jungen Frau noch weit mehr geschändet worden ist. Durchaus möglich, dass sie irgendwann noch weitere Leichenteile der Neunundzwanzigjährigen in Hamburg finden werden.

Die Kommissarin beschließt, selber so bald wie möglich nach Lübeck zu fahren, um mit den Eltern sowie der besten Freundin des Opfers zu sprechen. Sie muss Vita, Beruf, Umfeld von Jasmin Stranger ausloten und mögliche Berührungspunkte mit ihrem Mörder ermitteln. Parallel müssen ihre Kollegen die zuständigen Behörden in Stockholm kontaktieren und möglichst viel über das andere Opfer, die Schwedin Kristina Lundén, in Erfahrung bringen. Emma nimmt sich vor, dass sie Bianca Martinek bitten will, sich darum zu kümmern.

Neben der Identifizierung der bis vor Kurzem noch unbekannten Toten könnten sich zwei weitere Spuren als vielversprechend herausstellen. Unter dem Fingernagel des Opfers hat Plathe weitere DNA gefunden, die sie ebenfalls haben analysieren können. Emma staunt immer wieder, was alles an Informationen aus dem Erbgut abzuleiten ist, auch wenn kein Vergleichsmaterial zur Verfügung steht. Alter, Geschlecht, Haarfarbe, regionale Zuordnung: So können die Ermittler den Unbekannten, nach dem sie suchen, schon grob eingrenzen. Sie haben erfahren, dass die Person, die die nur unter dem Mikroskop sichtbaren Rückstände unter dem Fingernagel hinterlassen hat, männlich ist, dunkle Haare und braune Augen hat, vierzig bis fünfzig Jahre alt ist und Mitteleuropäer. Also alles Details, die vermutlich auf Raptor zutreffen.

Und die einzelne Faser, die Plathe an den Wundrändern des abgetrennten Fingerglieds gesichert hat, scheint keine Massenware zu sein, wie die Chemiker beim LKA herausgefunden haben. Es ist ein winziger Faden Rohseide, dessen Struktur sie noch entschlüsseln müssen. Vielleicht ergibt sich ja daraus ein Hinweis, der sie dem Täter ein Stück näher bringen wird.

Emma reibt sich die Augen. In der vergangenen Nacht hat sie keine Ruhe mehr gefunden, nachdem ein Albtraum sie gegen drei Uhr aus dem Schlaf gerissen hat. Sie sah Laura, die sich verzweifelt bemühte, in ihrem Rollstuhl vor einem riesigen Dinosaurier zu flüchten. Emma nimmt an, dass es ein stark überdimensionierter Velociraptor war. Dabei schrie ihre Schwester immer wieder in Panik nach Hilfe. Doch Emma selber lag gefesselt auf einem Bett und konnte Laura nicht retten. Mit wachsendem Entsetzen musste sie zusehen, wie der gierige Saurier immer näher zu Laura aufschloss und versuchte, nach ihr zu beißen ...

Emma ist schweißgebadet und mit keuchendem Atem aufgewacht – und hat in das Gesicht ihres Katers Sherlock geblickt, der auf Höhe ihres Halses in ihrem Bett gelegen und sich nun erhoben und gereckt hat, um sich noch enger an sie anzuschmiegen. Sein dichtes, flauschiges Fell hat ihre Haut gekitzelt. Watson hat seinen Platz am Fußende ihres Bettes eingenommen. Beide Katzen haben sie gelassen aus ihren gelbgrünen Augen angesehen und zu schnurren begonnen. In diesem Augenblick ist das die beste Medizin gewesen, die Emma sich hat vorstellen können, vollkommen rezeptfrei und ohne Nebenwirkungen. Sie hat mal gelesen, dass das Schnurren von Katzen sogar blutdrucksenkend wirken soll. Da kann es sicher auch positiv auf den Puls einwirken.

Trotzdem hat es eine ganze Weile gedauert, bis sich ihr Herzschlag nach dem Albtraum nicht mehr wie ein rasender Trommelwirbel angefühlt hat. Die Bilder des Horrors sind allerdings noch Stunden vor ihrem geistigen Auge haften geblieben, leicht verschwommen und in unregelmäßigem Rhythmus, als wären sie mit einem fehlerhaften, stottrigen Stroboskop ausgeleuchtet. Doch das macht die Erinnerungen nicht minder verstörend. Und dazwischen hat sich immer wieder das sanfte Gesicht ihrer Schwester geschoben. Laura, ihre liebe, kluge, geduldige und warmherzige Laura. Sie fehlt ihr so unsagbar!

„Und was hältst du von den Erkenntnissen?" Die sonore Stimme ihres Kollegen Max Vollertsen dringt in Emmas Bewusstsein, begleitet von der Erkenntnis, dass die letzten Augenblicke ihrer Besprechung wie eine leise und darüber hinaus verzerrte Lautsprecheransage an ihr vorbeigerauscht sind. Emma strafft die Schultern, greift nach ihrem Becher Ingwertee und rührt langsam einen Löffel Honig hinein. So zu tun, als wüsste sie, was Vollertsen gemeint hat, würde nicht funktionieren. Max würde sie durchschauen, ganz der gewiefte Ermittler und nebenbei der vertraute Kollege, der er inzwischen ist. Emma zuckt entschuldigend die Schultern, was Vollertsen mit einer amüsiert hochgezogenen Augenbraue quittiert, bevor er wieder ernst wird. „Ich erzählte gerade", sagt der Polizist, „dass Kenan und ich bei der Befragung des Umfeldes von Steffen Krüger ein paar interessante Ansätze erfahren haben, die uns vielleicht weiterbringen." Emma beugt sich vor und bedeutet Vollertsen mit einem aufmunternden Blick, fortzufahren.

„Also, Steffen Krüger hat eine vier Jahre jüngere Schwester, die allerdings in Vancouver lebt", berichtet der Kriminaloberkommissar. „Wir haben Kontakt zu den kanadischen Behörden aufgenommen, die zugesagt haben, sie aufzusuchen und zu befragen. Ich hoffe, dass wir bald Ergebnisse bekommen, trotz der Zeitverschiebung. Wir wissen ja von Krüger, dass er seinen Kumpel Raptor schon sehr lange kennt. Vielleicht reicht ihre Freundschaft bis in die Schulzeit zurück. Dann wäre es immerhin möglich, dass seine Schwester Susanne Everson, wie sie seit ihrer Heirat heißt, sich an etwas Brauchbares erinnert. Vielleicht an einen Kumpel von Krüger aus der Jugend, der ihr schon immer suspekt vorkam."

„Außerdem haben wir mit Krügers Chef gesprochen", übernimmt jetzt Kenan Arslan. Emma fällt wieder mal auf, was für eine tiefe Stimme, überzuckert mit einem erotischen Timbre, ihr Kollege hat. Da müssten die Frauen dem Neunundzwanzigjährigen eigentlich zu Füßen liegen, zumal er mit einem Aussehen gesegnet ist, das an den jungen Hugh Jackman erinnert. „Und wir konnten schon ein paar von Krügers Kollegen erreichen, mit denen er offenbar eng zusammengearbeitet hat", fährt Kenan fort. „Aus seinen Telefonverbindungen auf dem Handy ergaben sich weitere Personen, zu denen er häufiger Kontakt hatte. Aber nichts, was irgendwie verdächtig erscheint. Mit zweien traf er sich regelmäßig sonnabends zum Fußballgucken, mit drei weiteren ging er zweimal im Monat kegeln." Emma setzt zu einer Frage an, doch Arslan hebt abwehrend die Hand. „Nein, keiner von denen ähnelt unserem Phantombild von Raptor", versetzt er. „Aber wenn ich das richtig verstanden habe, wird Patrick ja noch mal zu uns kommen, um die Details zu verfeinern?"

Ja, das ist zumindest der Plan. Aber sie müssen auf das Okay der Pflegemutter und der Kinderpsychologin warten, bevor sie ihm erneut diese Aufgabe zumuten können. Im Moment, so haben Patricks engste Bezugspersonen deutlich gemacht, brauche der Junge vor allem Ruhe. Vielleicht können sie morgen weitermachen.

„Ist es denkbar, dass Raptor sich bei der Schlachtaktion in Steffen Krügers Wohnung maskiert hat?" Bianca Martinek blickt fragend in die Ruhe. „Er könnte davon gewusst haben, dass Krügers Sohn dabei sein wird, und sich darauf vorbereitet haben. Ein Bart ist schnell angeklebt, und die Brille könnte Gläser ohne Schliff haben, die er normalerweise nicht trägt."

„Immerhin hat er sein Käppi ja die ganze Zeit aufbehalten", fällt Oliver Neumann dazu ein. Er reibt sich nachdenklich die Nasenwurzel, als würde dort ein zu enger Zwicker sitzen, von dem er Entspannung braucht. „Dass er das Cap außerdem gern tief ins Gesicht zieht, zeigt ja schon, dass er möglichst einen Teil seines Gesichts verbergen wollte. Genau so wie auf dem Überwachungsvideo."

„Wir sollten bei dem Phantombild, wenn es mit Patricks Hilfe überarbeitet ist, auch Veränderungen simulieren", wirft Bianca ein. „Mit Vollbart, mit Schnauzer, mit Brille und ohne, ein paar Variationen sind sicher sinnvoll." Emma nickt. Das sollten sie unbedingt tun. Wie so oft in letzter Zeit freut sie sich, dass sie die junge, hoch motivierte, aufgeweckte und scharfsinnige Kollegin in ihrem Team hat.

„Was ist denn mit dem Chef und den Kollegen von Steffen Krüger und seinen Fußballbekanntschaften", fragt Emma. „Gibt es da jemanden, dem wir näher auf den Zahn fühlen sollten? Zum Beispiel weil einer strafrechtlich vorbelastet ist oder die Automarke passt? Wir haben ja aufgrund der Beobachtung der Nachbarin und wegen der Informationen, die Oliver aus dem Video gewonnen hat, Hinweise darauf, dass Raptor Audi fährt."

„Das könnte natürlich ein Leihwagen gewesen sein", gibt Max Vollertsen zu bedenken. „Dieser Raptor ist ja clever. Aber du hast recht. Steffen Krügers Chef besitzt einen SUV von Audi. Und einer seiner Kumpel fährt einen entsprechenden Kombi."

Kenan Arslan wiegt zweifelnd mit dem Kopf. „Der erste Eindruck, den ich von beiden hatte, war eher unverdächtig."

Unverdächtig? In diesem Stadium der Ermittlungen können sie niemanden ausschließen. Emma ballt die rechte Faust so fest, dass ihre Fingernägel die Haut ihrer Handinnenflächen fast verletzen. Sie müssen jeden intensiv überprüfen und so dicht an ihnen dranbleiben, dass keiner von ihnen sich unbeobachtet fühlt. Raptor darf auf keinen Fall wieder morden.

## KAPITEL 24

„Na, komm schon! Sei kein Feigling!" Carola knufft ihre Freundin Jacqueline freundschaftlich in die Seite und lächelt sie herausfordernd an. Doch die macht ein Gesicht, als hätte man ihr ohne Betäubung einen Weisheitszahn gezogen. Sie wird doch jetzt nicht allen Ernstes den Spielverderber geben und vor der Geisterbahn kneifen?

Schon seit Längerem haben die Studentinnen sich vorgenommen, gemeinsam auf den Dom zu gehen und möglichst viele der Angebote auszukosten, auch wenn es natürlich teuer werden wird. Aber Spaß muss sein, nachdem sie jetzt wochenlang nur über ihre Bücher gebeugt dagesessen und für ihre BWL-Klausuren gebüffelt haben. Da kommt der Winterdom gerade recht: Es locken Riesenrad, die Krake und all die anderen Attraktionen und natürlich der Liebesapfel und Zuckerwatte. Ohne Kalorien zu zählen, ohne schlechtes Gewissen.

Außerdem hat Carola sich vorgenommen, ein ganz spezielles Lebkuchenherz zu erstehen. Es soll ein giftig-vielsagendes Mitbringsel werden für ihren Ex, der so bescheuert war, sie mit einem One-Night-Stand zu betrügen. Mit irgend so einer Tusse, die vor ihm an der Fleischtheke im Supermarkt angestanden und die er dann abgeschleppt hat. An der Fleischtheke! Carola kocht heute noch vor Wut, wenn sie nur daran denkt. Vor allem, weil der Kerl doch allen Ernstes geglaubt hat, ein Dutzend langstielige rote Rosen, überreicht mit einem schuldbewussten Dackelblick, würde alles wieder gutmachen. Da hat er sich gehörig geschnitten. Ein spießiges Lebkuchenherz mit der Aufschrift „Ich-such-mir-was-Besseres" aus Zuckerguss wird wohl selbst dem begriffsstutzigsten Ex-Lover Klarheit verschaffen. Es ist aus, für alle Zeiten.

Innerhalb von zwanzig Minuten haben Jacqueline und sie ihren Bedarf an Kalorien in Form von Zucker gefühlt um das Dreitausendfache übererfüllt. Der Duft nach Lebkuchen und Liebesapfel klebt förmlich an ihnen, und die unterschiedlichen Sounds der Fahrgeschäfte dröhnen in ihren Ohren. Und nun, nachdem sie sich mit dem City Sky Liner in schwindelnde Höhen katapultiert und vor Vergnügen kreischend die Achterbahn und Jekyll und Hyde und andere stählerne rotierende Monster bezwungen haben, macht Jaqueline bei der Geisterbahn plötzlich auf Spaßbremse. Das kann doch wohl nicht wahr sein!

„Ne, wirklich. Sorry." Jacqueline winkt ab und sieht ihre Freundin Carola traurig an. „Du weißt doch, dass es mich schon beim sonntäglichen ,Tatort' gruselt", sagt die Zweiundzwanzigjährige. „Du hast bestimmt keinen Spaß daran, wenn ich neben dir sitze und nonstop kreische."

Carola legt ihrer Freundin den Arm um die Schulter, dreht ihr Gesicht so, dass sie sie ansehen muss. Fast möchte sie amüsiert losprusten bei der ängstlichen Miene von Jacqueline. Doch sie reißt sich zusammen und lächelt ihr aufmunternd zu. „Ich bin ja bei dir. Du kannst dich an mir festhalten. Versprochen. Gib dir einen Ruck!"

Wenig später denkt Jacqueline, sie hätte sich nicht so anstellen sollen. Einfach kindisch! Was soll denn schon dabei sein. Ein paar mit Fake-Blutspritzern bemalte Pappkameraden, die sich ihr in den Weg schieben, vielleicht ein Skelett, das aus einer Nische schnellt. Nichts, wovor sie sich fürchten müsste. Oder?

Die Gondel, in die sie steigen, erinnert an einen mittelalterlichen Käfig, mit dicken, metallfarbenen Streben längs und quer. Ist es der Geruch von Rost, der Jacqueline in die Nase steigt? Sie kann das fremde Aroma nicht wirklich einordnen. Langsam geht die Fahrt in eine tiefe Schwärze, wie ein Tunnel ohne Ausgang. In unregelmäßigen Abständen wird das Dunkel von Lichtkegeln durchschnitten, die Gondeln, Geister und andere Requisiten als bizarre Schatten an die Wände projizieren. Die Schienen, auf denen die Gondel von Carola und Jacqueline vorwärtsruckelt, beschreiben eine leichte Rechtskurve, die Wände des Tunnels wirken wie mit dunklen Eierkartons ausgekleidet, voller Beulen und Dellen. Von links schreit ihnen jemand ins Ohr, im Augenwinkel erkennt Jacqueline ein mit einem Laken verkleidetes Gespenst mit funkelnden onyxfarbenen Augen, das von einer roten Lampe angeleuchtet wird. Von vorn schnellt eine knöcherne Hand auf sie zu und patscht ihr ins Gesicht. Ein Gefühl von leichter Übelkeit wallt in der Studentin auf. Dieser stickige Geruch in der Geisterbahn, der eine immer fauligere Note bekommt und an Intensität zunimmt, setzt ihr zu.

Hätte sie sich nur nie auf diese idiotische Tour eingelassen! Ein Zombie mit leeren Augenhöhlen und fuchtelnden, skelettartigen Armen schleppt sich von vorne auf ihre Gondel zu und beugt den mit Fetzen behängten Oberkörper fast bis zu ihnen herab. Jacqueline kann nur mit Mühe einen Schrei unterdrücken. Ihre linke Hand krampft sich in die Streben der Gondel, mit der rechten hält sie sich die Nase zu, um sich von dem immer stärker werdenden Gestank abzuschotten. Auch Carola, die bisher von den Bemühungen der Geisterstaffage eher amüsiert als verängstigt gewirkt hat, verzieht jetzt angewidert ihr Gesicht. „Puh, ist das penetrant", schimpft sie. „Auf den ekligen Geruch hätten die wirklich verzichten können!"

Sie rollen mit ihrer Gondel auf eine diffus beleuchtete Nische zu, in der ein menschlicher Körper zu kauern scheint, mit gräulicher Haut, voller Blutspritzer, kopflos. Und offenbar auch ohne Beine. Jacqueline bemerkt, dass ihr rechter Fuß sich in den Boden der Gondel stemmt, im vergeblichen Bemühen, die Fahrt abzubremsen. Erbarmungslos sickert die Erkenntnis in ihr Bewusstsein, dass dieses Etwas hier vor ihnen kein künstliches Konstrukt ist. Es ist ein menschlicher Torso. Sie beginnt zu schreien.

## KAPITEL 25

Es gibt wenig, was Sven Jürgensen aus der Ruhe bringen kann. Als seine Frau vor zwölf Jahren die Zwillinge erwartete und am frühen Morgen des Nikolaustags die Wehen losgingen, ja, da war er nervös, aber so richtig. Und ebenfalls damals, bei der mündlichen Abiprüfung, die ja schon eine Ewigkeit her war. Oder als er im Herbsturlaub vergangenes Jahr auf Lanzarote einen Gleitschirmflug wagte und ihm beim Aufstieg auf den Risco de Famara bewusst wurde, auf welch waghalsiges Abenteuer er sich da eingelassen hatte. Alles gute und nachvollziehbare Gründe, um aufgewühlt zu sein.

Auch jetzt ist Jürgensen zumindest angespannt. Dabei steht bei keiner Frau, die ihm nahesteht, eine Geburt bevor, und er hat nichts geplant, das lebensgefährlich werden könnte. Aber

als Abteilungsleiter für die Delikte der Kapitalverbrechen hat er eine hohe Verantwortung, er ist für nicht weniger als die Sicherheit der Menschen in der Stadt zuständig. Und die ist bedroht. Ein Serienkiller ist unterwegs, und wenn sein Team die Morde richtig deutet, sind in erster Linie junge Frauen in Gefahr. Vielleicht ist deren Haarfarbe die Gemeinsamkeit, auf die es dem Mörder ankommt. Sie wissen es nicht. Sie haben zwar etliche Erkenntnisse über den Täter, aber noch nichts, was nur ansatzweise das Prädikat „heiße Spur" verdient hätte. Jürgensen steht nun die schwirige Aufgabe bevor, bei einer Pressekonferenz in jeder Hinsicht bei der Wahrheit zu bleiben – und dabei möglichst wenig zu sagen. Die Botschaft für die Bevölkerung soll lauten: Ja, wir haben ein Problem. Seien Sie bitte wachsam. Und nein: Es besteht kein Grund zur Panik.
Der Chefpolizist wirft einen Seitenblick auf Emma Claasen, die als Ermittlungsführerin zu seiner Rechten Platz genommen hat, und schaut anschließend nach links, wo sein Pressesprecher Frank Heinsohn sitzt. Jürgensen überragt beide um gut einen Kopf, sein graumeliertes Haar ist tadellos geschnitten wie immer. Das anthrazitfarbene Sakko wirkt eine Idee zu eng für seine breiten Schultern, die er sich durch jahrzehntelanges Rudertraining erarbeitet hat. Training! Ein gutes Stichwort. Für eine Situation wie diese kann man trotz aller Erfahrung kaum ausreichend vorbereitet sein – zumal ein Journalistenpulk als Ansammlung von sehr selbstbewussten Individualisten weniger berechenbar ist als ein gegnerisches Team beim Sport.

Jürgensen kann sich gerade noch zusammenreißen, um nicht nervös mit den Fingern auf den Tisch zu trommeln. Das hätte noch gefehlt, dass die Reporter seine Anspannung so offensichtlich präsentiert bekommen. Schlimm genug, dass er spürt, wie er unter seinem Sakko zu schwitzen beginnt. Nun, er und die beiden Kollegen neben ihm werden diese Situation meistern, wie sie schon immer ähnliche Termine gut hinbekommen haben. Und natürlich haben sie sich alle drei ausführlich briefen lassen.

Jürgensen lässt seinen Blick über die Menschen gleiten, die ihnen gegenüber sitzen und sie erwartungsvoll anschauen. Obwohl die Mitteilung, dass es eine Pressekonferenz geben wird, erst vor zwei Stunden rausgegangen ist, sind offenbar alle Medien der Stadt in dem Raum vertreten, von den Nachrichtenagenturen bis zum Boulevard. Kein Wunder: Sie alle haben längst Witterung aufgenommen, dass hier eine Story lauert, wie sie auch in einer lebhaften und naturgemäß nicht ausschließlich von friedlichen Zeitgenossen bewohnten Großstadt wie Hamburg nur selten vorkommt. Vor den Polizisten sind neun Mikrofone von unterschiedlichen Radio- und Fernsehsendern auf dem Tisch so eng gruppiert, als konkurrierten sie um den besten Platz. Nun ja, im Grunde tun sie genau das. Genauso wie die Kameraleute in einem Pulk stehen, damit sie die besten Bilder von dem verantwortlichen Polizei-Trio bekommen.

Den Stuhl in der Mitte der ersten Reihe hat Thorsten Olbermann quasi als seinen Stammplatz für sich beansprucht, der Polizeireporter von der größten deutschen Boulevardzeitung, den sie von etlichen anderen Terminen her kennen. Der schläfrig träge Blick, den der eher kräftig gebaute Olbermann gern zur Schau trägt, darf nicht über den scharfen Verstand hinwegtäuschen, mit dem der Zweiundfünfzigjährige ausgestattet ist. Vor allem gehört zu seiner Ausrüstung neben der ewigen und schon deutlich abgenutzten Lederjacke, die er sommers wie winters trägt, ein Handy mit unfassbar vielen Kontaktdaten. Es hat Emma schon öfters in den Fingern gejuckt, ihm einfach mal das Smartphone zu entreißen und einen Blick in die dort gespeicherte Telefonliste zu werfen. Selbstredend würde sie das nie wirklich tun. Aber zweifellos stehen da einige ihrer Kollegen drin, die eigentlich überhaupt keinen Kontakt zur Presse haben dürften. So gut, wie Olbermann fast immer über Polizeiinterna und die neuesten brisanten Fälle informiert ist, muss er einen äußerst engen Draht vermutlich sogar in hohe Kreise haben. Ähnlich verhält es sich wohl bei Gül Turan vom regionalen Konkurrenzblatt. Sie ist ebenfalls eine Journalistin, die fast immer sehr zeitig an einem Tatort aufkreuzt. So früh, dass es einem fast schon unheimlich vorkommt.

Emma, Jürgensen und Pressesprecher Heinsohn müssen also auf der Hut sein und sich vorsichtig an den Fall Raptor herantasten, weil es sehr wahrscheinlich ist, dass Olbermann,

Turan und vielleicht noch mehr Journalisten schon ziemlich gut über Details im Bilde sind. Die Einschätzung als „Einzelfall" würde ihnen wohl niemand mehr abkaufen.

Der Abteilungsleiter beugt sich zu den Mikrofonen vor und will zu sprechen beginnen, doch eine Rückkopplung kreischt durch den Raum. Jürgensen wartet einen Augenblick, bis der schrille, nervige Ton verebbt ist, dann räuspert er sich kurz und begrüßt die Reporter. Er stimmt sie auf einen „ungewöhnlichen Fall" ein, wie er es nennt.

„Ich darf jetzt weitergeben an meine Kollegin, Kriminalhauptkommissarin Claasen, die die Ermittlungen leitet", ist das Stichwort für Emma, zu übernehmen. Sie sind sich im Vorfeld einig gewesen, dass Patricks Name nicht erwähnt werden darf – ebenso wenig wie die Tatsache, dass es überhaupt einen Jungen gibt, der ein wichtiger Zeuge ist. Das Kind zu schützen hat Priorität. Und dass sie den Mörder intern „Raptor" nennen, soll vorerst unter Verschluss bleiben. Die Assoziationen, die die Presse bei diesem Namen zweifellos herstellen würde, wollen sie unbedingt vermeiden. Doch einiges müssen sie preisgeben.

„Wir haben es mit einem Kapitalverbrechen zu tun, dem eine einundvierzig Jahre alte Frau zum Opfer gefallen ist", beginnt Emma und sieht nacheinander den vier Reportern in der ersten Reihe des Presseraums fest in die Augen, bevor sie ihren Blick über die weiteren Journalisten gleiten lässt. „Dringend der Tat verdächtig ist ein Mann aus ihrem nächsten Umfeld, der in Untersuchungshaft genommen wurde", fährt die Ermittlerin fort. „Und wir haben Grund zu der Annahme, dass dieser Mann einen Helfer hatte, den wir allerdings noch nicht ermitteln konnten. Der Leichnam der Frau wurde geschändet. Einzelne Körperteile haben wir an unterschiedlichen Orten der Stadt sichergestellt."

Emma registriert, dass die Journalisten ihr aufmerksam zuhören. Bei der Stille im Raum würde man eine Stecknadel fallen hören. Nur dass heute offenbar kaum ein Reporter mehr Block und Stift benutzt, sondern die meisten die Pressekonferenz mit ihren Handys aufzeichnen.

„Unseren Ermittlungen zufolge ist der Mittäter ein etwa fünfundvierzig Jahre alter Mann von mittlerer Größe und mit dunklem Haar. Wir gehen davon aus, dass er in Hamburg lebt und sich in der Stadt gut auskennt. Und wir haben diverse Spuren, denen wir weiter nachgehen. Seien Sie versichert: Wir sind dem Täter auf den Fersen."

Gül Turan hebt die Hand. Auch Olbermann signalisiert, dass er Fragen hat. „Meine Quellen sagen, dass es nicht nur ein Todesopfer gibt", stellt Turan fest.

„Ja, das ist korrekt", räumt Emma ein. Dies zu leugnen, wenn die Reporterin offenbar gut informiert ist, wäre fatal. „Wir sind durch die Ermittlungen auf ein weiteres Tötungsdelikt gestoßen, mit dem es offenbar einen Zusammenhang gibt." Emma rückt ein paar Zentimeter näher an die Mikrofone heran. „Dieser Fall liegt bereits einige Jahre zurück und konnte bisher nicht aufgeklärt werden. Jetzt haben wir wertvolle Spuren, die hoffentlich bald zu einem Ergebnis führen." Alles korrekt.

Mehrere Arme gehen in die Höhe. Das ist zu erwarten gewesen. „Macht ein Serienmörder die Stadt unsicher?" Die Frage kommt von einem jungen Journalisten, den Emma bisher noch nie gesehen hat. Der Schlaks wirkt geradezu atemlos. Welcher Verlag hat einen Neuling zu diesem Termin geschickt? Sie wundert sich.

„Unsere Stadt ist weiterhin sicher", ergreift Jürgensen wieder das Wort. Seine rauchige Stimme dröhnt durch den Raum. „Alle verfügbaren Polizeikräfte arbeiten an dem Fall. Sie können weiter beruhigt auf die Straße gehen. Der Täter ist nach unseren Erkenntnissen keiner, der hinter einem Gebüsch lauert und aus dem Hinterhalt Menschen überfällt."

„Was wissen Sie über die Todesursache bei den Opfern?"

„Dazu werden wir aus ermittlungstaktischen Gründen noch nichts sagen." Nun ist es an Pressesprecher Heinsohn, diesen bei solchen Terminen häufig bemühten Allgemeinplatz zu äußern. Ermittlungstaktische Gründe, das klingt wichtig und danach, dass ein Ergebnis zum Greifen nah scheint, auch wenn das oft nicht der Fall ist. Auch andere Fragen von Journalisten werden mit einer ähnlichen Wortwahl pariert. Die Reporter haben ohnehin genug zu schreiben, das sieht Emma jetzt schon. Sie würde sich nicht wundern, wenn ihr morgen aus den Schlagzeilen die Begriffe „Serientäter" und „Stückelmord" entgegenspringen.

„Wenn Sie dann keine Fragen mehr haben ..." Heinsohn will die Pressekonferenz auflösen und hat sich schon halb von seinem Stuhl erhoben, als Thorsten Olbermann sich meldet. „Es gab vor zwei Tagen eine Pressemitteilung, dass sich jemand im Untersuchungsgefängnis das Leben genommen hat", setzt der Polizeireporter an. Emma ahnt, was jetzt kommt. Sie wirft einen Seitenblick auf ihren Abteilungsleiter, der Olbermann mit ruhigem Blick taxiert. „Ich habe die Information, dass es sich bei diesem Untersuchungshäftling um einen der Verdächtigen im Fall der getöteten Einundvierzigjährigen handeln soll. Was sagen Sie dazu? Ist das korrekt?"

Die Stimme des Polizeireporters wird schneidender. „Wie kann es sein, dass so ein Mann nicht besser bewacht wird? Haben Sie damit nicht eine wichtige Spur verloren – von einem Menschenleben, das in der Verantwortung der Stadt lag, ganz zu schweigen?" Emma beobachtet, wie die Journalisten die drei Polizisten gebannt fixieren.

„Ich darf Sie bitten, sich mit diesen Fragen an die Justizbehörde zu wenden, die dafür zuständig ist." Jürgensen wendet sich mit diesem Satz demonstrativ von der Mikrofonreihe ab und richtet sich auf. Emma und Frank Heinsohn erheben sich ebenfalls. Wenn der Chef die Pressekonferenz auf diese Weise beendet, müssen sie schließlich mitziehen. Klar, dass damit keine Ruhe einkehren wird. Im Gegenteil. Heute Nachmittag werden noch mehrere Telefondrähte heiß laufen. Jetzt hat Hamburg auch noch einen Justizskandal.

## KAPITEL 26

Der dumpfe Schrei einer Eule tönt über die Wiesen. Irgendwo raschelt es im Gebüsch. Emma schaut von ihrem Laptop hoch, in den sie an ihrem Küchentisch vertieft gewesen ist, und lauscht angestrengt. Doch was auch immer da vor ihrem Fenster zwischen Kirschlorbeer und Fliederhecke Zuflucht gesucht hat, verharrt jetzt lautlos in seinem Versteck. Es könnte ein Igel sein oder sogar ein Dachs. Emma hat im Umfeld ihrer Bauernwohnung, wo Wiesen und Hecken und vereinzelte Bäume die

Landschaft prägen, schon häufiger Wildtiere erlebt und sich an die Geräusche gewohnt. Hier, auf den kaum verstellten Flächen, wirkt jedes Wispern leicht verstärkt. Der Schrei eines Bussards kann fast bedrohlich klingen, und das Gebrüll einer Kuh gleicht beinahe einem Donnergrollen.

Seit Emma hier im ländlichen Sülldorf wohnt, ist sie noch viel empfänglicher für die Feinheiten der Natur geworden, das Rauschen der Blätter im Wind, das Glitzern wie von schimmernden Perlen, wenn sich Tau auf die Grashalme der Wiese legt. Das Schnauben eines Pferdes, das Summen der Bienen. Die reichen Gaben der Natur wissen auch Sherlock und Watson zu schätzen. Den Katern geht es allerdings mehr um die vielen Mäuse, denen es nachzustellen gilt, was sie erheblich aktiver hat werden lassen. Die vermehrte Bewegung tut den beiden gut – jetzt passen sie viel geschmeidiger durch die Katzenklappe.

Der Nachteil ist allerdings, dass sie nun ihre oft nicht mehr lebendige Beute mit ins Haus bringen. Watson ist geschickter darin, das selbst gefangene Fressen nahezu rückstandslos zu verspeisen. Sherlock scheint immer viel mehr vom Spiel mit den flinken Mäusen fasziniert als vom schnöden Verzehr frischer Nahrung. Mit Forschermiene beäugt er die kleinen Nager, wenn sie einen verzweifelten Fluchtversuch starten, holt sie mit einem geschmeidigen Satz wieder ein und stupst sie mit der Pfote ein wenig an, als wolle er sie zu einem letzten Kraftakt motivieren. Mindestens einer Maus ist es schon gelungen, sich unter die antike Anrichte zu retten, die Emma vor Jahren auf einem Flohmarkt ergattert hat und auf der jetzt mehrere Fotos von ihr und ihrer Zwillingsschwester arrangiert sind. Wenn beide Katzen vor ihrem Lieblingsmöbel Position beziehen und gebannt auf dessen untere hölzerne Strukturen starren, als verfolgten sie einen spannenden Krimi, weiß Emma: Hierhin hat sich eine Maus geflüchtet.

Wie gut, dass ich keine Angst vor diesen kleinen Tieren habe, hat sie schon oft überlegt. Tatsächlich hat Emma einmal erlebt, wie eine Frau beim Anblick eines solchen Nagers panisch auf einen Tisch geklettert ist und gekreischt hat. Emma hätte um ein Haar lauthals gelacht. Nur ein warnender Blick des Ehemanns der ängstlichen Frau hat sie davon abhalten können, loszuprusten. Dabei ist sie weit davon entfernt, herablassend erscheinen zu wollen. Jeder Mensch hat Ängste, das ist ihr selber nur zu bewusst. Vorm Fliegen, vor Spinnen, vor Gewitter, vor Spritzen. Emma selber leidet an Klaustrophobie. Einen Fahrstuhl besteigen zu müssen, verursacht ihr Herzrasen und Schweißausbrüche. Wie gut, dass es fit hält, stets die Treppe zu nehmen. Dieses kostenlose Training kann sie überall ausüben, manchmal sogar mehr, als ihr lieb ist.

Noch lieber geht sie allerdings reiten oder tobt sich beim Joggen oder am besten beim Parkour aus. Vor einigen Monaten haben Emma und Bianca Martinek festgestellt, dass sie die Leidenschaft für diesen Sport teilen. Seitdem versuchen sie, mindestens einmal die Woche gemeinsam zum Training in die Sporthalle zu gehen, die nicht weit entfernt von Biancas Wohnung in Eimsbüttel liegt. Emma muss neidlos anerkennen, dass Bianca leichtfüßiger die Hindernisse überwindet als sie selbst. Manchmal scheint sie geradezu mühelos über Barrieren zu flanken oder die Wände hochzurennen. Wenn sie danach noch gemeinsam einen Wein trinken gehen und reden, über den Job oder über Gott und die Welt, ist das stets ein angenehmer Abend.

In den vergangenen zwei Wochen haben diese Treffen ausfallen müssen. Zu angespannt sind sie beide, wie das gesamte Team, seit sie einen Serienmörder jagen, von dem die Ermittler auch nach Tagen intensiver und anstrengender Arbeit noch nicht viel wissen. Sie brauchen dringend Fortschritte!

Zumal dieser Mordfall mit dem Fund eines weiteren Leichenteils gerade heute noch einmal richtig eskaliert ist. Emma würde am liebsten nicht über die Umstände nachdenken, wie und vor allem wo diese Hinterlassenschaft, die sie sehr wahrscheinlich wieder Raptor zuschreiben müssen, entdeckt worden ist: im Hamburger Rathaus. Und dort im Kaisersaal, also geradezu im Allerheiligsten! Die Ermittlerin kann sich nicht wirklich vorstellen, wie sich die Putzfrau gefühlt haben mag, als sie beim Wischen einer Nische neben einer Marmorsäule auf einen zunächst harmlos aussehenden Stoffbeutel gestoßen ist. Eine dieser Taschen, die man heute in jedem Supermarkt als Tragetasche bekommt und von der die Raumpflegerin gedacht hat, dass jemand vielleicht ein Lunchpaket vergessen hat. Nur dass der Inhalt nicht mehr allzu vertrauenserweckend gerochen hat, sodass die Mittfünfzigerin einen Blick in den Beutel geworfen hat, um zu entscheiden, ob er besser in den Müll gehört.

Der Entsetzensschrei, den die bedauernswerte Frau ausgestoßen hat, ist angeblich noch ein Stockwerk tiefer zu hören gewesen. Bemerkenswert bei den dicken Wänden und den soliden Decken, wie sie beim Rathausbau Ende des 19. Jahrhunderts noch selbstverständlich waren. Irgendjemand hat behauptet, sogar der Bürgermeister selbst habe das Kreischen noch vernommen. Doch das ist vermutlich nur ein Gerücht, das dem Skandal noch zusätzliche Würze geben soll. Als ob es da noch eine Steigerung braucht.

Jedenfalls hat jemand sofort Alarm ausgelöst und die 110 gewählt. Drei Streifenwagen sind mit Blaulicht und Martinshorn herangerast, was natürlich reichlich Schaulustige angelockt hat. Gut, dass zu der Zeit kein Publikumsverkehr mehr im Gebäude geherrscht hat, nur einige Damen und Herren aus der Bürgerschaft haben noch in ihren Abgeordnetenbüros zu tun gehabt. So hat sich blitzschnell herumgesprochen, was den Aufruhr ausgelöst hat. Selbstredend sind die örtlichen Polizeireporter nebst Kamerateams sofort vor Ort eingetroffen. Ein Leichenteil im Rathaus: klar, dass so eine Story für alle Zeitungen, für Radio- und Fernsehsender ein gefundenes Fressen ist.

Emma ahnt, dass sich deshalb morgen ein Unwetter über Hamburg entladen wird, oder besser gesagt: ein medialer Orkan. Bisher ist es den Ermittlern um Emma in Zusammenarbeit mit der Polizeipressestelle gelungen, dass in den Medien nicht allzu viel Wirbel um die gefundenen Leichenteile gemacht worden ist. Natürlich haben die Reporter über den Fund des abgeschnittenen Kopfes im Museumshafen berichtet. Der obere Teil des Torsos, der als schauriges Exponat in der Geisterbahn auf dem Dom drapiert gewesen ist, hat ebenfalls mittlerweile zu Aufmachern in den Zeitungen und Spitzenmeldungen in den Radionachrichten geführt. Selbstverständlich sind die Reporter auf Zack gewesen und haben die Leichenteilfunde in Zusammenhang gebracht. „Stückelmord?" hat eine Headline in fetten Lettern ihre Leser geradezu angebrüllt.

Und nun also ein abgetrennter Fuß im Rathaus. Kai Plathe will ihn spätestens morgen Vormittag untersuchen und ihr dann die Erkenntnisse dazu mitteilen. Emma muss sich noch mal mit der Pressestelle in Verbindung setzen, ob es sinnvoll ist, gleich morgen eine weitere Pressekonferenz abzuhalten. Was können beziehungsweise müssen sie dann preisgeben? Sie können wirklich nur hoffen, dass vorerst nichts über den abgetrennten Finger und den Unterschenkel bekannt wird, ein Mord mit zerstückelter Leiche ist schon schlimm genug. Aber was, wenn bekannt wird, dass sie es mit einem Serientäter zu tun haben? Und zwar mit einem, von dem sie bisher so gut wie nichts wissen?

Ein Blick durch die Fenster auf die Wiesen und zu den wenigen Bäumen, die sich wie tapfere Vogelscheuchen gegen den Wind stemmen, lässt Emma frösteln. Die niedrigeren Temperaturen und die tief hängenden Wolken am Novemberhimmel, die alles in Grau tauchen, passen zu ihrer unbehaglichen Stimmung. Emma holt sich eine warme Strickjacke, die sie vor Jahren bei einer Islandreise erstanden hat, und streift sie über. Doch sie ahnt, dass gegen die Kälte, die tief in ihrem Innern sitzt, auch ein paar Schichten Stoff oder ein heißer Tee nichts ausrichten können. Wie eine eisige Hand hat sich der Mordfall Raptor um ihr Herz und ihr Gemüt gelegt. Sie weiß, dass sie bei allem Engagement professionell bleiben muss und sich nicht zu sehr emotional belasten darf. Doch es ist das unfassbar traurige Schicksal des Jungen, des kleinen Patrick, das sie stark berührt.

Morgen soll ein neuer Versuch gestartet werden, mit dem Neunjährigen weiter an dem Phantombild zu arbeiten. Die Kinderpsychologin hat zugestimmt, unter der Voraussetzung, dass der Junge bis dahin nicht von einem neuen Albtraum heimgesucht wird. Dann würden sie alles abblasen.

Emma hofft, dass es klappt. Sie nimmt sich eine neue Seite der Vernehmungsprotokolle vor, die Max Vollertsen und Kenan Arslan zusammengetragen haben, als es an der Tür klingelt. Sie geht zum Eingang, blickt durch den Spion und sieht durch das Fischauge das leicht in die Breite gezogene Konterfei ihres Vermieters. „Hans, wie nett, dich zu sehen", ruft sie, noch bevor sie ihre Tür ganz geöffnet hat.

Hans Baumgardt lächelt sie mit seinem typischen, leicht schiefen Grinsen an, bei dem seine Augenwinkel von Krähenfüßen wie mit einem Spinnennetz überzogen werden, und reicht ihr ein Päckchen von der Größe eines Schuhkartons. „Ich habe leider gar keine Zeit", versetzt er. „Ich wollte dir nur kurz vorbeibringen, was der Postbote bei uns für dich abgegeben hat. Eine Eilsendung. Passt irgendwie zu dir, so dynamisch, wie du immer unterwegs bist. Hast du dir neue Joggingschuhe geleistet?"

Emma ist irritiert. Sie schätzt es ohnehin nicht, übers Internet zu bestellen, und erst recht nicht Kleidung. Schon seit Monaten hat sie sich nichts Neues mehr zum Anziehen gekauft. Auch Ebay ist bisher unbeachtet an ihr vorübergegangen. Wer also könnte ihr etwas geschickt haben? Neugierig inspiziert sie die mit etwas ungelenken Buchstaben geschriebene Adresse und den Absender. Die Schrift kommt ihr gänzlich unbekannt vor, und der Name ist schwer zu entziffern. Mit etwas Wohlwollen könnte man es als Schmidt oder Schulze deuten, aber genau so gut auch anders.

Emma trägt das Päckchen in die Küche zur Arbeitsplatte, schlitzt es mit einem Obstmesser an der Seite auf, räumt etwas Zeitungspapier und Folie beiseite. Dann muss sie eine zugetackerte Plastiktüte aufschneiden, bis sie den Inhalt freigelegt hat. Es riecht penetrant nach verwestem Fleisch, und so sieht es auch aus. Entsetzt prallt sie zurück, kann einen leisen Aufschrei gerade noch unterdrücken.

Jemand hat ihr ein herausgetrenntes Herz und eine abgetrennte Brust geschickt! Natürlich muss die Sendung von Raptor kommen. Woher zum Teufel hat er ihre Adresse? Jetzt wird es also persönlich. Was führt dieser Schlächter im Schilde? Seine gruselige Eigenart, Hinweise zu streuen, zeugt von Hochmut, von Narzissmus. „Er will unsere Aufmerksamkeit."

Emmas Stimme, mit der sie halblaut zu sich selber geredet hat, hat eine ungewöhnliche Schärfe angenommen. „Aufmerksamkeit? Allerdings. Raptor hat meine ganze Aufmerksamkeit. Darauf kann er Gift nehmen!"

## KAPITEL 27

Ein Kopf, ein Rumpf, ein Herz, eine Brust, ein Unterschenkel, ein Fuß, ein Finger. Gedankenverloren hat Kai Plathe eine Art unvollständiges Strichmännchen auf die Rückseite eines DIN-A-4-Blattes gezeichnet, das er aus dem Papierkorb unter seinem Büroschreibtisch gefischt hat. Der Rechtsmediziner betrachtet sein Werk und schüttelt leicht den Kopf. In künstlerischen Dingen ist er schon immer vollkommen talentfrei gewesen, und dieses Werk übertrifft bei Weitem jeden Dilettantismus, den er bisher irgendwo zu Papier gebracht hat.

Doch natürlich kommt es in diesem Fall nicht auf ästhetische Qualitäten an und ebenso wenig auf anatomisch korrekte Details. Sondern auf die Botschaft. Und dafür reicht Kais ungelenke Strichzeichnung, die verdeutlicht, was Raptor offenbar als seine Mission ansieht: Womöglich will er ein komplettes Ensemble aus Leichenteilen fertigen.

Ein Totenpuzzle.

Plathe erinnert sich daran, dass ihm ein ähnlicher Gedanke schon vor einigen Tagen durch den Kopf geschossen ist. Da hat er noch an eine Schnitzeljagd gedacht, mit der der Serienmörder anscheinend die Polizei auf Trab halten will. Und nun also das Bild von einem Totenpuzzle. Wie viele Partien braucht er dazu noch, wie viele Einzelteile? Und, das Wichtigste: Wie viele Opfer? Wenn Kai daran denkt, was ihnen noch bevorstehen könnte, schaudert es ihn. Sie wissen ja noch nicht einmal, wie viele Kapitalverbrechen bereits auf Raptors Konto gehen. Mindestens drei. Aber man wacht nicht einfach eines Morgens auf und wird zum Mörder. Es steht eine Entwicklung dahinter, oft mit Demütigungen, Gewalterfahrungen, mit sich steigernden Aggressionen, die in Sadismus umschlagen und irgendwann nicht mehr beherrschbar sind. Und die gut belegte Erkenntnis, dass viele Mörder in ihrer Jugend Tierquälereien begangen haben, wird vermutlich auch auf Raptor zutreffen, da ist Plathe überzeugt. Vermutlich hat ihr Serientäter früher schon an Fröschen, Katzen oder anderen kleinen Geschöpfen mit Messer und Beil grausame Verstümmelungen und Tötungen praktiziert.

Beharrlich trommelt der Novemberregen an die Scheiben von Plathes Büro, ein penetrantes Stakkato. Düstere Wolken haben den Himmel verdunkelt, der Wind hat aufgefrischt und zerdrückt die Rinnsale, die der Regen an die Fenster gezeichnet hat, zu wirren Schlieren. Eine Katze huscht über den Parkplatz und sucht vor dem heftigen Niederschlag unter einem Gebüsch Schutz. Plathe betrachtet noch einen Augenblick das trübe Szenario, dann wendet er sich wieder seinem unvollkommenen Strichmännchen auf dem Blatt Papier zu.

Er trinkt seinen Kaffee aus, die sechste Tasse heute, dabei ist es noch nicht mal zwölf Uhr. Er sollte wirklich die Koffeinmenge reduzieren. Ab morgen vielleicht. Oder übermorgen. Mit dynamischen Schritten macht er sich auf den Weg in den Keller, streift sich Kittel und Handschuhe über und geht in den langgestreckten Raum mit den zwölf identischen Pforten, hinter denen sich die Kühlfächer für die Toten befinden. Mit kräftigem Ruck zieht er an der dritten Tür von links an dem Hebel und schwenkt sie auf. Drei Paar Beine sind zu sehen, jeweils etwa das untere Drittel von ihnen und jeweils mit einem Zettel an einem großen Zeh, auf dem die wichtigsten Daten der Toten dokumentiert sind. Doch Plathe geht es im Moment um keinen der drei Leichname, die ordentlich auf ausfahrbaren Liegen übereinander gebettet sind. Er zieht die unterste Schiene heraus, auf der eine stählerne Wanne, etwa groß wie eine Schreibtischschublade, liegt, darin der Fuß der unbekannten Toten. Jener Fuß, der am Vortag im Rathaus gefunden worden ist.

Auch dieses Leichenteil hat im Institut eine eigene Nummer bekommen, festgehalten auf einem Registrierzettel, der an der Großzehe festgeknotet ist. Ordnung muss sein. Und die aktuelle Zählung hat die 3333 ergeben. Wie makaber: Eine Schnapszahl passt hier überhaupt nicht.

Das Leichenteil gehört ganz offensichtlich zu einer jüngeren Frau. Es könnte der noch fehlende Fuß von Kristina Lundén sein, aber den Gerichtsmediziner beschleicht so eine Ahnung, dass sie es hier mit einem weiteren Opfer zu tun haben.

Dafür sprechen das Herz und die abgetrennte Brust, die Emma Claasen per Post zugeschickt worden sind. Unmittelbar nachdem die Kriminalkommissarin ihn angerufen und über die makabre Sendung informiert hat, ist Plathe gestern Abend zu ihr nach Sülldorf gefahren und hat das gruselige Paket mit den Leichenteilen in einer luftdichten Box mitgenommen. Natürlich ist Raptor der Absender gewesen, davon gehen sie beide aus. Schon auf den ersten Blick ist dem forensischen Experten klar gewesen, dass es sich um ein menschliches Herz handelt, und zwar um das eines Erwachsenen. Da sie sowohl von Anna Krüger als auch von Kristina Lundén die Oberkörper inklusive Herzen, Lungen, Leber und Magen haben, bliebe noch das zentrale Organ von Jasmin Stranger, um das es sich handeln könnte. Falls die DNA jedoch nicht zu der Lübeckerin passt – haben sie ein Herz zu viel.

Plathe hat Prof. Jens Degenberg, einen der Oberärzte des Instituts, gebeten, das Organ sowie die offenbar mit einem sehr scharfen Schneidegerät abgetrennte Brust zu untersuchen und die Proben für eine DNA-Analyse zu sichern. Er soll ordentlich Druck machen, damit sie alle Ergebnisse möglichst schnell bekommen. Jeder Tag, vielleicht sogar jede Stunde, mit der sie Raptor früher identifizieren und hinter Schloss und Riegel bringen, kann unter Umständen einen weiteren Mord verhindern. Die Zeit drängt.

Deshalb muss sich Plathe mit der Untersuchung des Fußes sputen. Der Fuß hat Schuhgröße 39, was zu einer Frau von etwa 1,75 Meter Körperlänge passen würde. Kai hat bereits am vergangenen Abend eine computertomografische Untersuchung vorgenommen und dabei zwar keine Frakturen entdeckt, aber dafür leichte Verformungen an den Knochen des großen Zehs. Er wird anhand einer detaillierten Analyse feststellen, ob dafür womöglich Calzium- oder Vitamin-D-Mangel die Ursache ist. Aber Kai tippt eher auf ein Phänomen, von dem Orthopäden immer häufiger berichten: Schäden durch häufiges Tragen von High Heels, wobei das ganze Körpergewicht nach vorn auf die Knochen am Grundgelenk des großen Zehs geschoben wird – eine Belastung, die zu Deformationen führen kann.

Im Gegensatz dazu sind alle Knochen des Fußgelenks noch intakt. Plathe registriert die Präzision, mit der der Täter den Schnitt direkt oberhalb des Talus, des obersten Fußwurzelknochens, gesetzt und dort den Fuß abgetrennt hat. Hier war keine Axt und kein Beil im Einsatz, sondern ein sehr scharfes Schneidegerät, vermutlich ein hochwertiges Küchenmesser, auf jeden

Fall eins mit glatter Klinge. Da kaum Blut an der Schnittfläche zu finden ist, spricht alles dafür, dass der Fuß post mortem amputiert worden ist. Auffällig ist darüber hinaus, dass das Gewebe kaum Zeichen von Zersetzung aufweist. Entweder ist die Frau, zu der er gehört, erst vor maximal zwei Tagen gestorben. Oder der Fuß ist eine Zeit lang eingefroren gewesen, wie sie es bereits bei dem Unterschenkel von Kristina Lundén gesehen haben.

Plathe stellt zufrieden fest, dass genug von den Blutgefäßen, Sehnen und Muskeln erhalten ist, damit er eine mikroskopische Strukturanalyse vornehmen kann. Sie werden bald Genaueres wissen. Ebenso hoffentlich über die Identität der Frau, zu der der Fuß gehört. Mit einem Skalpell schabt Kai ein wenig Haut und Muskulatur ab, um es in das Labor für eine DNA-Untersuchung zu schicken. Aber was ist das? An der Schnittstelle entdeckt er hier und da winzige Partikel, die sich wie feinste Staubkörner als hellere Punkte von dem rötlich-braunen Sammelsurium aus Muskulatur und Blutgefäßen abheben.

Plathe greift nach einer Lupe und betrachtet dieses beige-gräuliche Gesprengel in der Vergrößerung. Auf Anhieb kann er sich keinen Reim darauf machen, was er da entdeckt hat. Ablagerungen von irgendwelchen Insekten? Eher nicht. Es scheint etwas Anorganisches zu sein. Er holt einen Objektträger und schabt vorsichtig mit einem Spachtel Proben dieser winzigen Partikel ab und streicht sie auf das dünne, durchsichtige Rechteck. Er ist gespannt, was die Spezialisten beim LKA aus diesen Spuren lesen.

Nun widmet sich Kai der Tätowierung am Fußrücken. Er hat keine Statistik darüber geführt, aber er schätzt, dass etwa ein Fünftel der Toten, die er bisher untersucht hat, mindestens ein Tattoo aufweisen – an den unterschiedlichsten Körperteilen, mit allen erdenklichen Motiven und künstlerisch von sehr unterschiedlicher Qualität. Das Ungewöhnlichste, was er bisher auf dem Sektionstisch gehabt hat, war ein Mann, der sich einen Toaster auf die Brust hatte tätowieren lassen, wobei eine der Brustwarzen gleichsam das Zentrum des Steckers dargestellt hatte. Jedem, wie es ihm beliebt.

Dies hier am Fuß scheint auch ein interessantes Motiv zu sein. Plathe betrachtet mit einer Lupe die ungewöhnliche

Kombination aus Rosenknospe und Schwert. Eine hervorragend gefertigte Arbeit. Kai fotografiert die Tätowierung aus mehreren Perspektiven, später wird er die Bilder an Emma mailen. Vielleicht kann die Polizei den kreativen und fähigen Künstler ermitteln, der diese Tätowierung geschaffen hat. Und eventuell erinnert der sich an die Frau, die sich auf diese Weise ihren Fuß hat verzieren lassen. Womöglich sogar an einen Begleiter, der für das Tattoo im Idealfall mit EC- oder Kreditkarte bezahlt hat? Das könnte eine Spur sein, die sie weiterbringt.

## KAPITEL 28

„Schwarz, ohne Zucker? Oder lieber süß und mit viel Milch?" Emma hebt nacheinander ihre beiden Hände, in denen sie je einen großen Becher mit einem vielversprechend dampfenden und angenehm duftenden Getränk hält, und sieht Kai Plathe fragend an. „Ich wusste nicht, welcher Kaffeetyp Sie sind."

Kai lächelt und räumt schnell einen Besucherstuhl leer, auf dem sich Akten türmen, damit Emma sich setzen kann. „Ich bin ziemlich pflegeleicht", antwortet er mit einem Schmunzeln. „Zumindest, was Kaffee betrifft. Hauptsache heiß und stark. Aber falls ich wirklich die Wahl habe, gern mit Milch und Zucker. Da kann ich mich eher der Illusion hingeben, dass es sich um etwas halbwegs Nahrhaftes handelt."

Kai legt den Kopf ein wenig schief. „Ich hatte heute leider noch keine Zeit zu frühstücken."

Dann haben wir ja etwas gemeinsam, denkt Emma im Stillen. Und vielleicht ist ein Defizit an Kohlenhydraten ja nicht das Einzige, was Kai Plathe und sie verbindet. Er gefällt Emma, sie weiß nur nicht, wie sehr. Sie kann diesen Mann, der zugleich dynamisch und feinsinnig wirkt, von manchmal verstörender Direktheit ist und dabei empathisch, der in einem Moment einschüchternd erscheint und im nächsten Augenblick sensibel, noch nicht richtig einschätzen.

Das irritiert sie, weil sie üblicherweise schnell ein sicheres Gespür für andere Menschen bekommt. Doch Kai Plathe ist ihr weiterhin ein Rätsel. Ja, er hat ihr neulich anvertraut, welch enges Verhältnis er zu seinem Vater hat und dass Plathe Senior einer der Gründe gewesen ist, weshalb der Rechtsmediziner von Essen nach Hamburg gezogen ist. Aber darüber hinaus ist es nicht viel, was sie so nebenbei an Informationen über ihn hat aufschnappen können: verheiratet, zwei Söhne, beruflich brillant und hoch geschätzt, begeisterter Sportler, Volvo-Fahrer, Skandinavienfan. Das lässt noch nicht besonders tief blicken. Sie versucht sich vorzustellen, wie er mit seinen Kindern im Park bolzt oder Tennis spielt, ob er gern kocht, welche Literatur er schätzt, ob er wie sie gern asiatisch Essen geht. Vielleicht könnten sie ja bei Gelegenheit mal gemeinsam in ein Restaurant …

Sie räuspert sich, um diesen unprofessionellen Gedanken zu verscheuchen. Sie ist schließlich nicht für einen Plausch oder gar einen Flirt in das Dienstzimmer des Direktors des Instituts für Rechtsmedizin gekommen. Sondern um sich über den Fall Raptor auszutauschen. Vielleicht können sie neue Ansatzpunkte und Ideen entwickeln, wie sie diesen brutalen Serienmörder fassen und unschädlich machen können.

Emma blickt sich in dem etwa vierzig Quadratmeter großen Raum um. Irgendwie wirkt er kleiner als zu der Zeit, als Plathes Vorgänger Prof. Reinhard Steinberg hier residierte. Damals hatte es eine repräsentative, lederne Sitzecke gegeben und einen mächtigen Schreibtisch, auf dem außer Familienfotos des Institutsdirektors und einem Laptop gähnende Leere geherrscht hatte. Gegenüber der Fensterfront ein breites Bücherregal mit rechtsmedizinischer Fachliteratur und an den beiden anderen Wänden große gerahmte Poster, die jeweils Berglandschaften zeigten. „Dieser Anblick inspiriert mich", hatte Steinberg stets gesagt. Zweifellos. Die Frage war bloß: Wozu? Jedenfalls hatte sich Steinberg zumindest in seinen letzten drei oder vier Dienstjahren nicht mehr unbedingt überschlagen. Er hatte sich im Wesentlichen darauf beschränkt, Kongresse zu besuchen und seinen beruflichen Nachlass zu ordnen. Und vermutlich ist er in Gedanken viele Stunden auf seinen Lieblingswanderwegen in den Bergen gelustwandelt.

Auch Plathe hat sein Büro, das mit zwei mit Akten nahezu überladenen Schreibtischen und sechs nur mäßig bequem wirkenden Stühlen eher spartanisch eingerichtet ist, mit Bildern dekoriert. Allerdings ist zwischen den mächtigen Bücherregalen, die zweieinhalb der drei verfügbaren Wandstellflächen einnehmen und auf denen sich Bücher und meterweise Aktenordner drängen, gerade mal Platz für zwei etwa DIN-A-3-formatige Poster geblieben. Emma ist wirklich keine Kunstexpertin, aber diese beiden Bilder kennt sie gut und liebt sie. Das eine ist Leonardo da Vincis „Vitruvianischer Mensch", das die idealisierten humanen Proportionen darstellt. Und das andere zeigt „Die Anatomie des Dr. Tulp" von Rembrandt, bei dem sich Herren in steifer Garderobe um einen Leichnam scharen, der gerade obduziert wird.

Sie will gerade dazu ansetzen, die Posterauswahl zu kommentieren, als Kai ihr zuvorkommt. „Diese Kunstwerke haben mein Leben begleitet, lange bevor ich mich für meinen Beruf entschieden habe", erklärt er mit seiner leicht heiseren Stimme und streicht sich über seinen Dreitagebart. „Mein Vater liebt die Malerei und hat mich früh in Ausstellungen mitgenommen. Mitgeschleppt, sollte ich vielleicht über die ersten Besuche sagen, denn für Andy Warhol oder speziell ‚Der Schrei' von Edvard Munch konnte ich mich nun wirklich nicht erwärmen. Aber dann wurde mit den wundervollen Impressionisten und den nordischen Malern wie Anders Zorn und Peder Severin Krøyer meine Begeisterung für die Kunst entflammt. Und bevor Sie fragen: Nein, ich bin selber hoffnungslos unbegabt. Bei mir reicht es gerade mal für Strichmännchen." Kai lächelt. „Wenn überhaupt."

Er nimmt einen großen Schluck Kaffee und deutet auf diverse Umzugskisten, die sich an mehreren Stellen auf dem Fußboden stapeln und um die Emma auf dem Weg zum Besucherstuhl einen Slalom hat laufen müssen. „Ich hatte noch keine Zeit, mich fertig einzurichten", erklärt er. „Und ich fürchte, auch wenn ich irgendwann das Auspacken beendet habe, wird in diesem Büro eine sehr spezielle Ordnung herrschen. Oder besser gesagt ein kreatives Chaos. Meine früheren Mitarbeiter haben mich damit aufgezogen, dass ich angeblich immer viel zu viel aufbewahre. Ein akademischer Messie … Aber die Erfahrung hat mir gezeigt, dass Akten über Fälle, die jahrelang zurückliegen, manchmal noch sehr nützlich sein können."

Emma schaut auf die Uhr. Sie hat nur etwas mehr als eine halbe Stunde Zeit, bevor sie zu einer Besprechung bei ihrem Abteilungsleiter antanzen muss, eine Pflichtübung, auf die sie gern verzichten würde.

Unterhaltungen auf Augenhöhe wie hier schätzt sie viel mehr. „Ich finde es stets spannend zu erfahren, wie Lebensentwürfe entstanden sind." Die Ermittlerin scheint einen Moment ihren Gedanken nachzuhängen, bevor sie weiterredet. „Eine Berufskrankheit, fürchte ich. Mögen Sie mir erzählen, was Sie zur Rechtsmedizin gebracht hat? Man wacht ja nicht gerade als Grundschüler eines Morgens auf und beschließt, dass man später einen Großteil seines Berufslebens mit Toten verbringen möchte."

„Da ist was dran." Kai schmunzelt. „Ich hatte mir tatsächlich ursprünglich einen vitaleren Bereich der Medizin ausgeguckt. Ich wollte meine Leidenschaft für den Sport, insbesondere für meine Lieblingsdisziplinen Tischtennis und Handball, mit der ärztlichen Kunst verbinden. Mein Ziel war es, Sportmediziner zu werden. Aber dann hat die rechtsmedizinische Vorlesung eines begnadeten Dozenten meine Pläne über den Haufen geworfen. Glücklicherweise, muss ich sagen. Denn kein anderes Fach ist so lebendig wie die Rechtsmedizin. Und so vielschichtig. Sie ist dynamisch und abwechslungsreich. Jeden Tag habe ich mit neuen, spannenden Fällen zu tun."

Emma beobachtet, wie Kais Augen geradezu sprühen vor Begeisterung. Seine Gestik ist raumgreifender geworden, seine ausdrucksstarke Mimik noch lebhafter. Und seine Stimme hat einen besonderen, warmen, intensiven Klang bekommen. Sie kann sich vorstellen, dass er als Dozent seine Studenten in den Bann zieht.

„Aber so erfreulich ein facettenreicher Beruf ist: Mir geht es vor allem darum, mit meiner Arbeit den Opfern eine Stimme zu geben." Kai beugt sich vor und fixiert Emma mit seinen mokkafarbenen Augen. „Ich sehe mich als Anwalt der Vernachlässigten, der Geschundenen, der Misshandelten, der Toten. Die Verstorbenen können uns von ihrem Leid nicht mehr erzählen, aber ich entziffere anhand ihrer Verletzungen, was ihnen geschehen ist. Ein Leichnam vermag es, einem kundigen Experten sehr beredt zu schildern, was ihm angetan wurde. Manchmal springt mich die Information, die mir ein Körper geben kann, geradezu an wie die großen Lettern der Titelseite einer Zeitung. Und dann wieder ist es nur eine winzig kleine, verschlüsselte Randnotiz, die ich dechiffrieren soll. Ich lese in dem Körper wie in einem Buch."

Plathe greift wieder zu seinem Kaffeebecher, den er vor seinem Monolog auf dem Schreibtisch abgestellt hat. Besser so, findet Emma. So wie er gestikuliert hat, hätte er das Getränk sicher verschüttet. Bei all der Euphorie des Rechtsmediziners hat Emma auch eine Nachdenklichkeit und Empathie herausgehört, die sie schon vorher bei ihm erahnt hat. Sie ist überzeugt, dass er mit seinen wertvollen rechtsmedizinischen Befunden weitere Impulse zu ihren Ermittlungen liefern kann.

„Der Vergleich mit dem Buch gefällt mir." Die Kommissarin sucht nach einem passenden Begriff. „Um im Bild zu bleiben: Was lesen Sie denn aus der Tetralogie, die Raptor bisher zu Papier gebracht hat? Ich meine, gern abseits der echten, puren Wissenschaft Ihres Faches. Haben Sie bereits ein Gespür für unseren Serienmörder?"

Einen Augenblick bleibt Plathe ganz regungslos. Nur die Falte zwischen seinen buschigen Augenbrauen wird etwas ausgeprägter, er scheint tiefer in den Bauch hineinzuatmen. Verstohlen beobachtet Emma ihn, wie er in sich hineinzuhorchen scheint, wie er sich offenbar alles in Erinnerung ruft, was er bei den Untersuchungen der Leichenteile von Anna Krüger, Jasmin Stranger, Kristina Lundén und der noch unbekannten Toten festgestellt hat.

„Ich sehe darin keine Tetralogie, sondern eher eine Trilogie, und ein weiteres Verbrechen, das nicht dazu zu passen scheint", antwortet Plathe schließlich langsam. „Der Fall Anna Krüger sticht aus der Serie heraus. Und das nicht nur, weil hier zwei Täter am Werk waren. Es ist der einzige Fall, bei dem wir einen – zugegebenermaßen vagen – Hinweis auf eine Todesursache haben, nämlich das viele Blut am Tatort. Ich gehe deshalb von einem Messerstich in ein großes Blutgefäß aus, vielleicht die Halsschlagader. Oder beispielsweise in die Achsel oder die Leiste, wo sehr stark ausgebildete Arterien verlaufen, deren Verletzung ein Verbluten nach außen zur Folge haben kann.

Nehmen Sie dagegen die Ermordung von Jasmin Stranger. Die Ermittler am Tatort auf dem Kreuzfahrtschiff haben nur sehr wenig Blutspuren gefunden. Ich tippe als Todesursache eher auf stumpfe Gewalt oder vielleicht Vergiften oder Strangulieren. Ich hoffe, dass wir das irgendwann herausfinden können. Auch bei Kristina Lundén, von der ja abgesehen vom Unterschenkel seinerzeit der ganze Leichnam entdeckt und obduziert wurde, spricht nichts für eine Ermordung im Affekt."

Plathe lehnt sich in seinem Stuhl weiter vor, bevor er langsam fortfährt. „Vor allem aber unterscheiden sich die anderen Tötungen von der Anna Krügers durch die Art der Leichenzerstückelung. Während letztere mit offenbar unkontrollierten Hieben vornehmlich mit Axt und Beil erfolgte, ging der Täter bei den anderen Opfern bei den Abtrennungen von Gliedmaßen oder anderen Körperteilen sorgsam und präzise vor. Ich habe durchweg gerade Schnittlegungen gefunden, die für den Einsatz von besonders scharfen Messern sprechen. Da hat sich jemand Zeit genommen, da gab es keine Raserei. Er wählt sorgfältig aus, welche Körperteile er wie abtrennt, und er hat sie für einen späteren Zweck irgendwo gekühlt aufbewahrt und nicht so wie bei Anna Krüger eher achtlos entsorgt. Wenn ich weiter außerhalb meines Fachgebiets sprechen darf …"

Kai sieht Emma fragend an, die zustimmend nickt. „Ich bitte darum!"

Wieder zögert Plathe und nimmt gedankenverloren einen weiteren Schluck Kaffee, der längst kalt geworden sein dürfte. Seine Stimme kommt Emma jetzt noch ein wenig heiserer vor. „Mein Eindruck ist, dass Anna Krüger für Raptor keine persönliche Bedeutung hat, weshalb er sich bei ihr sozusagen hemmungslos austobt. Ich könnte mir vorstellen, dass er sie, wenn überhaupt, nur flüchtig gekannt hat. Vielleicht hat er sie sogar gar nicht zu Gesicht bekommen, solange sie gelebt hat. Bei den anderen Opfern allerdings ist eine gewisse emotionale Bindung dabei, in welcher Form auch immer. Leidenschaft, Wut, Rachsucht, etwas in diese Richtung. Die Frauen haben für ihn irgendeinen sehr speziellen Zweck erfüllt, weshalb er von ihnen sozusagen Trophäen zurückbehält. Und mir ist noch ein Gedanke gekommen."

Plathe schnappt sich ein Blatt Papier von seinem Schreibtisch, bei dem es sich offenbar um eine ausgedruckte E-Mail handelt, soweit Emma das erkennen kann. Er dreht das Blatt um und zeichnet mit einem Kugelschreiber auf der Rückseite herum. „Ja, hier haben Sie den Beweis, wie schlecht es um meine künstlerischen Fähigkeiten bestellt ist", sagt er nach wenigen Augenblicken und zeigt Emma, was er da zu Papier gebracht hat: ein unvollständiges Strichmännchen.

Die Ermittlerin runzelt die Stirn.

„Vor allem aber", fährt Kai fort, „vereinigt die sehr dürftig gezeichnete Figur alle Körperteile, die Raptor uns schon bewusst – um nicht zu sagen genüsslich – präsentiert hat. Sie sehen selber, dass da noch einiges fehlt, wenn man einen kompletten Körper haben will."

Kai sieht Emma mit durchdringendem Blick an. Sie erkennt darin eine Warnung. „Ich habe die Sorge ...", sagt der Rechtsmediziner, und Emma vollendet den Satz: „... dass Raptor nicht aufhört, bis er uns alle fehlenden Teile hat zukommen lassen."

Die Kommissarin muss schlucken. „Ich fürchte, Sie haben recht. Und die Frage ist, wie viele Frauen er dafür töten wird."

## KAPITEL 29

Acht Monate zuvor

Diese Zicke! Raptor könnte das Kotzen kriegen, wenn er nur an den triumphierenden Blick denkt, mit dem diese Schnepfe ihn bestimmt noch zusätzlich demütigen wollte. Nicht genug, dass sie einen Architekturpreis eingeheimst hat, der eigentlich ganz klar ihm zugestanden hätte. Dieser Entwurf von ihr soll wohl originell sein? Dabei ist er einfach nur peinlich. Dieses in Wellen geschwungene Dach könnte sich am Meer ganz passabel machen, zugegeben. Aber in Berlin? Eine Veranstaltungshalle in Bahnhofsnähe müsste klare Linien haben und vor allem einen repräsentativen Eingang. Und nicht so ein Gemurkse. Eine Zumutung!

Aber er hat schon in dem Augenblick, als diese Tussi unter dem warmen Applaus der Anwesenden ihre Urkunde und den ersten Preis entgegengenommen und ihn dabei so herablassend gemustert hat, gewusst, dass er ihr das heimzahlen würde. Niemand verhöhnt oder erniedrigt ihn ungestraft. Schon lange nicht mehr.

Jetzt ist die Zicke hier. Endlich wird abgerechnet.

Und sie hat nicht den leisesten Schimmer, dass das gemeinsame Abendessen ihre Henkersmahlzeit wird.

Es ist fast schon lächerlich, wie einfach es gewesen ist, sie in seine Fänge zu bekommen. Neulich die Glückwünsche zu ihrer Auszeichnung, die er so richtig überzeugend rübergebracht hat, obwohl es ihm dabei im Halse gewürgt hat. Dann ein paar Schmeicheleien, ein Drink an der Hotelbar, Wodka-Martini für ihn, Kir Royal für sie. Schließlich ein scheinbar zufällig eingestreuter Hinweis, dass er in Hamburg den Zuschlag für ein interessantes Architekturprojekt erwartet und eventuell noch qualifizierte kollegiale Hilfe brauchen könnte. Und zuletzt eine Einladung zum Essen bei Kerzenschein, das Versprechen, dass es ein besonderer Abend werden wird. Schon ist sie weich geworden. Wachs in seinen Händen.

Raptor weiß es zu schätzen, dass sie sich für dieses Rendezvous in Schale geworfen hat. Nicht mehr Kostüm und diese geschäftsmäßige Hochsteckfrisur wie bei der Preisverleihung in Berlin, sondern ein appetitliches Dekolleté und fuchsrote Locken, die ihr bis über die Schultern fallen. Fuchsrot! Als hätte sie ihr ehemals brünettes Haar nach ihrer ersten Begegnung extra für ihn gefärbt. Wenn das nicht willkommen ist. Seine Lieblingshaarfarbe. Er wird eine dicke, lange Strähne als kleinen Bonus zurückbehalten, zusammen mit seiner eigentlichen Trophäe. Das gut geschärfte Messer liegt längst bereit.

Er hat sich ein spezielles Menü für sie beide ausgedacht. Als Aperitif Sex, danach ein exotischer Hauptgang. Und zum Dessert die Schlachtorgie.

Der Aperitif war mäßig prickelnd, auf dem Lammfell vor dem Kamin eine schnelle Nummer, beides ohne Feuer. Und dann schaut sie ihn erwartungsfroh an. Der Geruch ihres viel zu süßlichen Parfüms wird glücklicherweise gemildert von einer leicht erhitzten Note ihrer verschwitzten Haut. Und dann dieses Gequengel von ihr. „Bevor wir uns deinem interessanten beruflichen Projekt zuwenden: Nun sag schon. Was gibt es denn nun Spannendes zu essen?" Ihm ist vorher gar nicht aufgefallen, wie schrill ihre Stimme ist, eine halbe Oktave zu hoch und damit eine Beleidigung für sein empfindliches Gehör. „Oh, Sushi! Ich liebe asiatische Küche!" Und er erst. Ganz besonders, wenn es für einen tödlich ausgeht. Ihm läuft schon das Wasser im Mund zusammen. Ein leckeres Mahl – und für sie ein allerletztes Mal.

Er hat gewusst, dass er die kostbare und delikate Fracht, die er von seinem letzten Businesstrip nach Ostasien mitgebracht hat, eines Tages wirkungsvoll einsetzen kann: Kugelfisch, gut gekühlt, bis heute. Er hat wirklich tief in die Tasche greifen müssen, damit er am Hinterausgang einer Restaurantküche zwei Prachtexemplare überlassen bekam. Die Japaner mögen Kugelfisch zum Sterben gern. Er mag ihn zum Töten.

Und nun gibt es also für seine fuchsrote Eroberung Dorothee und ihn die große Platte gemischtes Sushi. Sein Lieblingsasiate hat ganze Arbeit geleistet, der Lieferservice ist zuverlässig gewesen, und es sieht köstlich aus. Seine beiden speziellen Kugelfisch-Maki, handgemacht, die er in der Küche heimlich dazu geschmuggelt hat, sind so makellos gelungen, dass sie gar nicht weiter auffallen – nur dass er sie jeweils mit einem Blättchen glatte Petersilie dekoriert hat. Und er kann überzeugend sein, wenn er über seine Abneigung gegen Grünzeug spricht. Perfekt.

Es ist ihm eine Freude zu sehen, wie beherzt Dorothee zugreift. Wie sie geübt mit den Stäbchen hantiert und dann mit ihrer schmalen Hand mit den türkis lackierten Fingernägeln ihr Sushi zum Mund führt und genüsslich verspeist. Mit Genugtuung beobachtet er, wie sie ebenfalls die beiden tödlichen Maki verzehrt. Jetzt kann es nicht mehr lange dauern.

Er hat zwei Wochen auf diesen Moment gewartet, um sich für die Demütigung, die sie ihm bei der Preisverleihung bereitet hat, zu rächen. Da wird er die letzte halbe Stunde bis zu dem großen Moment noch geduldig durchstehen. Er gießt ihnen von dem kühlen Chardonnay nach und beobachtet genau jede ihrer Gesten, ihre Mimik und hört scheinbar fasziniert ihrem belanglosen Geschwätz zu. Dabei achtet er nur darauf, wann ihre Sprache verwaschen wird. Er weiß, es ist nicht der Wirkung des Weißweins geschuldet, sondern dem tödlichen Nervengift, das sie intus hat. Zwei ordentliche Happen Kugelfischleber im Makigewand. Es scheint ihr gemundet zu haben. Schön für sie.

Nach zehn Minuten geht es endlich ganz in seinem Sinne los. „Meine Zunge fühlt sich plötzlich so taub an! Ich habe auch ein ganz merkwürdig prickelndes Gefühl an Lippe und Rachen." Diese Sätze sind Musik in seinen Ohren. Es ist die Ouvertüre seiner ganz eigenen Komposition. Ihr Blick ist gleichermaßen verständnislos, leer und verschwommen. Erst kommt gleichsam das Adagio, wenn die Bewegungen ihrer Hände und dann des ganzen Körpers langsamer werden, dann das Allegretto, wenn sie verzweifelt und zuckend gegen die zunehmende Lähmung anzukämpfen versucht. „Ich spüre meine Arme und Beine nicht mehr. Mir ist heiß und übel", bringt sie gerade noch schleppend hervor. Und schließlich das Presto, als ihr Herz rast, bis zur finalen Erschöpfung und der tödlichen Atemlähmung. Ein paarmal öffnet sich noch ihr Mund, ohne dass sie Luft einsaugt, wie ein Fisch auf dem Trockenen. Die Apotheose erlebt nur noch er allein. Sein ganz persönlicher Höhepunkt. Das ist geiler als Sex. Und tausendmal geiler als das lahme Gevögel mit dieser Schnepfe.

Sie hat schon besser ausgesehen. Der Schaum vor dem Mund, das totenbleiche Gesicht, die verkrampfte Mimik – gar nicht schön. Wie gut, dass ihre Hände nicht gelitten haben. Schmal, mit diesen langen schlanken Fingern, die vorhin noch so anmutig die Stäbchen gehalten haben. Pianistinnenhände. Die machen sich gut in seiner Sammlung. Er muss noch eine Weile warten, damit es nicht so stark blutet. Und er wird beim Amputieren sorgfältig arbeiten. Es soll ein Kunstwerk werden.

Der Wurzelholzgriff seines Santoku-Messers fühlt sich gut und vertraut an. Er setzt die Klinge eine Winzigkeit oberhalb ihres rechten Handgelenks an, dort, wo die Speiche mit den Handwurzelknochen in Verbindung steht. Er weiß, dass die Gelenklinie etwas geschwungen ist, deshalb braucht er einen gefühlvollen Messerschwung, wie im Slalom durch das Handgelenk an den Knorpelüberzügen der Knochen entlang. Das klappt einwandfrei. Nun hat er ein neues fabelhaftes Stück für seine Kollektion. Jetzt, wo er seine Beute in ihrer ganzen Vollkommenheit betrachten kann, ist er gar nicht mehr so verärgert, dass nicht er den Architekturpreis gewonnen hat – sondern diese Frau hier. Man muss auch gönnen können.

## KAPITEL 30

Die guten Nachrichten sind zugleich die schlechten. Es ist ein Dilemma, das Emma schon immer an ihrem Beruf gestört hat. Sobald in einem Fall etwas aufgeklärt wird, ist dies manchmal verknüpft mit negativen Enthüllungen, vielleicht sogar mit Dramen an anderer Stelle. Mit dem Zerstören von Hoffnungen. So wie jetzt, da die Kriminalhauptkommissarin auf dem Weg nach Lübeck zu Jasmin Strangers Eltern ist. Zwei Jahre lang hat niemand dem Ehepaar Klarheit über das Schicksal ihrer Tochter geben können, die auf einem Kreuzfahrtschiff spurlos verschwunden ist. Das ist jetzt vorbei. Und ihr, Emma, fällt die Rolle der Überbringerin der Nachrichten zu. Der ansatzweise guten, dass die Eltern jetzt endlich Gewissheit haben können. Und der entsetzlichen, dass die Tochter niemals wieder zu ihnen zurückkehren wird. Emma hat schon vielen Menschen todtraurige Botschaften überbringen müssen. Sie weiß, dass das Leben mit dem Verlust unglaublich schmerzlich ist, zerbrechlich sogar. Es würde noch lange dauern, bis sich etwas einstellt, das auch nur entfernt einem Alltag gleicht.

Mord oder Suizid? Was damals für die Ermittler nicht aufzuklären gewesen ist, weil es keinen Leichnam von Jasmin Stranger gab, steht für Emma nun eindeutig fest. Es war ein Kapitalverbrechen. Das wissen sie wegen der gruseligen Beigabe im Kopf von Anna Krüger sowie der Brust, die sie anhand des DNA-Abgleichs ebenfalls der vermissten jungen Lehrerin zuordnen konnten. Den genauen Hergang und die Hintergründe des Mordes zu ermitteln, ist jetzt ihre Aufgabe. Sie wissen noch nicht einmal, wie die Frau getötet wurde. Die damals mit dem Fall auf dem Schiff beschäftigten Polizisten sind wegen der Gesamtumstände davon ausgegangen, dass Erschießen sehr wahrscheinlich ausfällt. Nicht nur weil die Spurensicherung in der Kabine zwar einige Blutspuren, aber weder ein Projektil noch Schmauchspuren gefunden hat. Sondern weil niemand auf dem Luxusliner einen Schuss oder auch nur einen dumpfen Knall gehört hat. Selbst wenn der Mörder eine Waffe mit Schalldämpfer benutzt hätte, hätte es einen ungewöhnlichen, dumpfklackenden Laut geben müssen. Aber niemand hat etwas Entsprechendes wahrgenommen.

Das muss einen nicht weiter wundern. Schließlich herrscht auf einem Kreuzfahrtschiff überall mehr oder weniger Trubel. Darin vermischen sich auch andere, unter anderen Umständen störende Geräusche wie lautes Husten, das schrille Kreischen von Möwen – und möglicherweise sogar ein Schuss.

Etwas anderes findet Emma allerdings irritierend: Offenbar hat keine der Freundinnen von Jasmin Stranger jenen Mann vernünftig beschreiben können, mit dem die junge Frau auf ihrer Kabine verschwunden ist. Die anderen Damen am Tisch im Buffet-Restaurant sind wohl so vertieft in ihr Gespräch gewesen, dass sie kaum wahrgenommen haben, wie die Lehrerin ihren Platz verlassen hat, um zur Bar zu gehen und sich dort ein Getränk zu holen. Wo sie offenbar ihrem Mörder begegnet ist.

Der Barkeeper hat niemanden erkannt, als die Polizei ihm seinerzeit Fotos von den männlichen Passagieren gezeigt hat. Bei der Fülle von Gästen auf so einer Reise ist das nicht sonderlich verwunderlich; an manchen Abenden gleicht eine Bar oder ein Restaurant einem Bienenstock. Bei dem ausgebuchten Schiff mit mehr als 3.000 Gästen, davon fast die Hälfte Männer im Alter zwischen fünfundzwanzig und fünfundsiebzig, haben die Ermittler theoretisch genau 1.453 Verdächtige. Ziehen sie diejenigen über sechzig ab, weil Raptor sehr wahrscheinlich ein Mann mittleren Alters ist, bleiben immer noch 943. Und es steht noch nicht einmal fest, dass einer der Passagiere der Mörder sein muss. Auch von der Crew könnte jemand die Tat begangen haben, wenn das auch sehr viel weniger wahrscheinlich ist.

Was die Ermittlungen damals noch erschwert hat: Dass sie verschwunden war, hat sich erst langsam bei ihren Freundinnen herumgesprochen. Zwei von ihnen haben kurzerhand jemanden vom Bordpersonal gekapert und gebeten, ihnen die

Tür zur Kabine der Vermissten aufzuschließen. Dann sind sie zu viert oder fünft durch den Raum getapert, stets flankiert von den Crew-Mitgliedern, um herauszufinden, was mit Jasmin geschehen sein könnte und ob sie irgendeine Nachricht hinterlassen hat. Das gut gemeinte Bemühen ist aus ermittlerischer Sicht verhängnisvoll gewesen, weil jede Menge Spuren gelegt und mögliche andere zerstört worden sein können. Haare, Fasern, Fingerspuren – das reinste Chaos. Und schließlich ist das Verschwinden der Neunundzwanzigjährigen erst den Verantwortlichen auf dem Schiff und dann der Polizei mitgeteilt worden, als die meisten der Reisegäste in Hamburg bereits das Schiff verlassen hatten und auf dem Weg in ihre Heimatorte gewesen waren. Also hat die Polizei die Passagierlisten dahingehend durchforstet, ob einer der Männer schon mal polizeilich bekannt geworden ist. Wieder Fehlanzeige.

Eine Überwachungskamera, die vor den Fahrstühlen des Schiffes installiert ist, hat für die fragliche Zeit, als Jasmin und ihr Mörder vermutlich das Restaurant verlassen haben, vor dem Lift ein dicht nebeneinander stehendes, wartendes Paar gezeigt, eine Frau mit langer Mähne, der Mann in Sakko und mit zurück gegeltem Haar. Doch leider sind beide nur schräg von hinten zu sehen.

Also sind sie auf andere Hinweise angewiesen. Hat Jasmin Stranger den Mann, der sie getötet hat, vielleicht schon vorher gekannt? Gibt es Telefonverbindungen, Fotos, Spuren, die auf einen Täter hindeuten können? Oder weiß eine ihrer Freundinnen etwas? Ihr Bruder? Vielleicht ihre Eltern, ohne dass ihnen bewusst ist, dass sie über eine wichtige Information verfügen? Es besteht immerhin die Möglichkeit, dass die Neunundzwanzigjährige nach der ersten Begegnung mit Raptor jemandem mitgeteilt hat, dass sie einen interessanten Mann kennengelernt hat.

Die Sonne hat sich während Emma Claasens Fahrt nach Lübeck zum ersten Mal seit Tagen durch die Wolkendecke kämpfen können, ein fahler Schein nur, aber immerhin. Emma beschließt, das als gutes Omen zu werten. Vielleicht bekommen sie ja allmählich Licht in das Dunkel ihres Falls, in seine Schwärze. Sie setzt in ihrem Dienstwagen, einem Skoda, den Blinker, nimmt die nächste Autobahnabfahrt und fährt von dort die knapp sieben Kilometer zu dem Reihenhaus, in dem die Eltern von Jasmin Stranger leben. Der Vorgarten ist mit Rhododendron, Heidekraut und zu adretten Kugeln gestutzten Buchsbäumen bepflanzt, die Beete sorgfältig vom Herbstlaub befreit. Doch ein Maulwurf hat das handtuchgroße Stückchen Rasen erobert und herrscht nun über ein Reich mit sieben Hügeln. In einem Fenster, das vermutlich zur Küche gehört, hängen dezent gestreifte Gardinen. Der Kies knirscht unter Emmas Schritten, als sie sich der dunkelgrün lackierten Haustür nähert. Ein selbstgetöpfertes Türschild weist die Namen Karsten, Frieda und Bruno Stranger aus. Bruno? Emma stutzt. Sie meint sich zu erinnern, dass der jüngere Bruder ihres Mordopfers Anton heißt.

Sie hat sich nicht angekündigt für diesen Besuch am Sonnabendmorgen. Als Emma an der Tür klingelt, hört sie sofort Hundegebell. Wenig später öffnet ein hagerer, hoch aufgeschossener Mann um die sechzig die Tür, um seine Füße wuselt ein Beagle und kann von dem Hausherrn gerade daran gehindert werden, freudig an Emmas Beinen hochzuspringen. Aus der Küche weht Kaffeeduft durch den Flur, für die Polizistin ein Zeichen, dass sie das Ehepaar gerade beim Frühstück stört. Doch eine kalt gewordene Tasse Kaffee wird gleich das geringste Problem für sie sein. Emma holt ihre Polizeimarke hervor und erklärt, dass sie von der Hamburger Mordkommission kommt. Mehr braucht sie nicht zu sagen. Karsten Stranger wird bleich, seine linke Hand tastet nach Halt am Garderobenständer. Er versucht, den Namen seiner Frau zu rufen, doch seiner Kehle entweicht nur ein hilfloses Krächzen.

Fünf Minuten später sitzt Emma in einem Sessel im mit dänischen Möbeln eingerichteten Wohnzimmer und fixiert mit mitfühlender Miene das Paar, das ihr gegenüber auf dem hellgrünen Sofa Platz genommen hat. Beider Gesichter sind aschfahl, sie halten einander an den Händen. Während der Mutter, einer zierlichen Frau mit schulterlangem, grauem Haar, stille Tränen über die Wangen laufen, stammelt der Vater immer wieder kraftlos dieselben Worte. „Warum? Warum Jasmin?"

„Ja, Ihre Tochter ist tot", erklärt Emma. „Ich möchte Ihnen mein aufrichtiges Beileid aussprechen." Und als die Eltern weiter mit leeren Blicken vor sich hinstarren, ergänzt sie: „Wir haben sichere Anhaltspunkte, dass Ihre Tochter ermordet wurde. Und wir wollen alles tun, um diesen Verbrecher zu finden, damit er vor Gericht gestellt werden kann. Dafür brauche ich Ihre Hilfe."

Noch wissen sie nicht, ob Jasmin Stranger wirklich ein Zufallsopfer von Raptor gewesen ist oder ob es vielleicht vorher schon Kontakt zwischen ihr und ihrem späteren Peiniger gegeben hat. Eine Auswertung des Handys der jungen Frau hat keine Hinweise ergeben. Keine Anrufe, Fotos oder Nachrichten über Messengerdienste, die nicht der Familie oder ihrem üblichen Freundes-, Bekannten- oder Kollegenkreis zugeordnet werden konnten. Emma holt sich von den Eltern das Einverständnis, den Computer der Ermordeten mitnehmen und auswerten zu dürfen. Aber es bleiben noch andere offene Fragen. „Hat Ihre Tochter vielleicht im Zusammenhang mit dieser Kreuzfahrt erzählt, dass sie jemanden kennengelernt hat? Einen Mann, den sie interessant findet? Oder von jemandem, dem sie an Bord begegnet ist und der ihr unheimlich ist? Gibt es irgendetwas, das uns weiterhelfen könnte?"

„Wie ist sie gestorben? Hat sie sehr leiden müssen?" Frieda Stranger wischt sich mit dem rechten Ärmel ihrer Bluse über ihre verweinten Augen und bemerkt nicht, dass ihre zerlaufene Wimperntusche eine schwarze Spur auf dem orange-roten Baumwollstoff hinterlässt.

Emma beugt sich vor, sieht der trauernden Frau lange in die Augen. „Wir können noch nichts Sicheres über die Todesursache sagen", antwortet sie mit Bedacht. „Das muss noch näher untersucht werden." Nicht ganz aufrichtig, aber nah an der Wahrheit, sagt sie sich im Stillen. „Wie ist es", hakt sie nach. „Hat es jemanden im Leben von Jasmin gegeben, von dem sie erzählt hat, der sie interessiert, der sie bedroht, der ihr nicht ganz geheuer ist? Alles könnte wichtig sein."

„Wir haben uns die ganzen zwei Jahre, seit Jasmin weg ist, das Hirn zermartert, ob unsere Tochter vielleicht mal eine Andeutung in die Richtung gemacht hat", antwortet Frieda Stranger langsam, als müsse sich jedes Wort erst umständlich den Weg über ihre Stimmbänder freikämpfen. „Wir haben uns gefragt, ob wir irgendetwas übersehen, nicht bemerkt haben.

Doch wie wir damals schon der Polizei gesagt haben: Wir können uns auf den Grund ihres Verschwindens keinen Reim machen. Nur dass Jasmin Suizid begangen haben könnte, wie Ihre Kollegen das in den Raum gestellt haben, das haben wir immer für ausgeschlossen gehalten. Sie ist stets so optimistisch, so positiv gewesen. Sie hat ihre Familie geliebt, ihren Beruf, ihre Freunde, ihren Hund Bruno. Sie hätte das alles nicht einfach hingeworfen. Niemals!"

Der dritte Name auf dem Türschild: Das ist also der Beagle, denkt Emma, wird aber sofort wieder von Frieda Stranger mit deren eigentümlicher, wie eingerostet klingender Stimme in das Wohnzimmer der Familie zurückgeholt. „Sie haben bestimmt keine Vorstellung, wie die letzten zwei Jahre für uns gewesen sind", klagt die Mutter. „Ach was, zwei Jahre, was rede ich? Siebenundzwanzig Monate, zwei Wochen und fünf Tage. Nicht zu wissen, was ist. Nicht zu wissen, ob Jasmin lebt, ob sie leidet. Wir haben uns in dieser Zeit nie weiter als einige wenige Kilometer und nie länger als zwei oder drei Stunden vom Haus wegbewegt, weil wir auf keinen Fall verpassen wollten, falls sie doch noch nach Hause findet."

Die linke Hand von Frieda Stranger, die nicht in der ihres Mannes ruht, hält ein Taschentuch umschlossen, so fest, dass ihre Knöchel ganz weiß sind. „Jedes Klingeln an der Tür, jeder Anruf war wie ein elektrischer Schlag, weil wir dachten, es könnte vielleicht eine Nachricht von ihr sein. Um dann doch wieder jedes Mal unsere Hoffnungen zerschellen zu sehen. Und all die Menschen, die in echter, aufrichtiger Anteilnahme nach ihr fragen – und doch mit jedem Wort die Wunden bei uns erneut aufreißen."

Frieda Stranger scheint nicht zu registrieren, dass ihre Stimme immer leiser geworden ist, als würde sie hinter ihrer tiefen Trauer verschwinden. Ihre nächsten Worte sind nicht mehr als ein Flüstern, Emma kann sie jetzt nur noch mit Mühe verstehen. „Wir haben jeden Tag die Nachrichten durchforstet. Und wenn es hieß, irgendwo an der Nordsee sei eine Leiche gefunden worden, haben wir Panik bekommen, ob das jetzt unsere Tochter ist. Sie können sich das nicht vorstellen, wie es ist, ständig in Angst zu leben, in Alarmbereitschaft. In Wartestellung."

„Es hat seitdem keine Freude mehr für uns gegeben", ergreift nun ihr Mann wieder das Wort. „Kein unbeschwertes Lachen. Wir schlafen schlecht, uns plagen Albträume, in denen wir Jasmin in einem dunklen Verlies sehen oder in der Tiefe des Meeres. Wir sind seitdem zwischen Angst und Trauer gependelt. Und immer wieder war da trotzdem ein Fünkchen Hoffnung. Dass wir unsere Tochter vielleicht doch noch wiederbekommen." Karsten Stranger holt tief Luft und sieht Emma mit bekümmerter Miene an. Ein gebrochener Mann. Ohne die Sofalehne im Rücken und die antrainierte Disziplin würde er wohl auch physisch wegknicken. „Aber dieses letzte kleine bisschen Hoffnung, das können wir jetzt auch begraben."

„Ein Begräbnis! Sie, Frau Claasen, haben uns Gewissheit gegeben, was geschehen ist. Jetzt können wir unsere Jasmin wenigstens würdig unter die Erde bringen und an ihrem Grab trauern." Frieda Stranger hat ihre Hand aus der ihres Mannes gewunden und ist vom Sofa aufgestanden. Sie bedeutet Emma, ihr zu folgen.

Sie steigen eine Wendeltreppe in das Obergeschoss hinauf, dicht gefolgt von Bruno. Die zweite Tür führt in ein geräumiges Zimmer, überwiegend in Weiß möbliert. In einer Ecke lehnt ein Cello, auf dem Bett liegt eine rot-blau gemusterte Tagesdecke, deren Farben sich in anderen Accessoires wie den Kissen auf dem Sofa wiederfinden. Und in den Bilderrahmen, die überwiegend großformatige Fotos einer Küstenlandschaft zeigen. Die schwedischen Schären, erkennt Emma. Auch sie liebt diese herrlich malerische, ungezähmte, wild-romantische Region. „Jasmins Zimmer, nicht wahr", wendet sich die Kommissarin an die Mutter der Toten. Es hat wie eine Frage klingen sollen, doch Emma weiß die Antwort schon.

Frieda Stranger seufzt. „Ja, wir haben es immer für sie bereit gehalten, obwohl sie schon vor sechs Jahren von zu Hause ausgezogen ist und mit einer Freundin zusammengelebt hat. Wir haben hier nichts verändert. Nur ein Detail." Sie deutet auf ein schmal geschnittenes, elfenbeinfarbenes Kleid, das in einer durchsichtigen Folie auf einem Bügel am Schrank hängt. „Das war immer ihr Lieblingskleid. Wir haben es so ausgestellt, weil wir dachten, sie möchte es vielleicht gern anziehen, wenn sie endlich wiederkommt." Die Frau schluckt schwer, atmet tief durch. „Albern, oder? Aber jetzt wird sie das Kleid auf ihrem letzten Weg tragen. Im Sarg."

Mit ihren großen, tränenverhangenen Augen fixiert Frieda Stranger die Kommissarin und ergreift deren Hand. Der feste Druck passt nicht zu der Traurigkeit und der Müdigkeit in ihrem Gesicht. Eher zu jemandem, der sich verzweifelt an jemanden klammert. „Wann werden wir unsere Tochter beerdigen können?"

Diese Frage hat die Polizistin befürchtet. Es ist nachvollziehbar, dass Angehörige, die vom Tod ihrer Liebsten erfahren, das wissen wollen. „Wir müssen noch weitere Untersuchungen abschließen", weicht sie aus. „Es wird noch eine Weile dauern."

Frieda Stranger reißt entsetzt die Augen auf, ihr Teint wird, was kaum möglich scheint, noch fahler. „Die Leichenteile!", stößt sie hervor und schlägt eine Hand vor den Mund. „Die Zeitungen haben davon berichtet, dass in Hamburg Leichenteile gefunden wurden. Ist das etwa meine Tochter?"

Emma schweigt einen Moment und blickt zu Boden. Dann holt sie tief Luft. „Wir können dazu im Augenblick noch nichts sagen."

Das ist für die Mutter Antwort genug. Sie stößt einen Schrei aus und lässt sich auf das sorgfältig gemachte Bett ihrer Tochter fallen. Ihre Schultern beben im Rhythmus der heftigen Schluchzer, die ihren Körper durchschütteln. Emma hört den Ehemann die Treppe heraufhasten. Besorgt ruft er den Namen seiner Frau.

Emma holt ihr Handy aus ihrer Umhängetasche und wählt die Nummer des Lübecker Kriseninterventionsteams. Sie hat schon am Morgen dafür gesorgt, dass Mitarbeiter dieser fähigen Truppe vom K1 in Lübeck vor die Haustür der Familie Stranger geschickt worden sind. Kaum hat Emma ihren Anruf getätigt, hört sie schon Autotüren schlagen und Schritte auf dem Kies im Garten. An der Haustür klingelt es. Die geschulte Hilfe kommt keine Sekunde zu früh. Denn hier sind eine Frau und ihr Mann, deren mühsam aufrecht gehaltene Welt nun endgültig aus den Angeln gehoben ist.

Ein verzweifeltes, unglückliches, zutiefst erschüttertes Paar, das das Liebste in seinem Leben verloren hat. Es ist ein Gefühl, als stürzten die beiden in einen endlosen Abgrund. Immer tiefer, immer weiter in die Schwärze. Es wird sehr lange dauern, bis sie wieder einen kleinen Streifen Licht wahrnehmen können. Falls das überhaupt jemals gelingt.

## KAPITEL 31

Die Schultern gestrafft, der Rücken gerade: Patrick ist bemüht, Haltung zu zeigen. Auch wenn Emma gut zehn Meter von dem Jungen entfernt steht, ist für sie deutlich zu erkennen, wie viel Kraft es den Neunjährigen kostet, so aufrecht zu bleiben. Ein zartes Gewächs, das einem emotionalen Taifun zu trotzen versucht. Das schwarze Jackett, das Patrick über einem warmen anthrazitfarbenen Rollkragenpullover trägt, schlackert um seine mageren Schultern. Sein Blick verliert sich irgendwo in der Ferne, in seinen Augen schimmern Tränen. Und in den Händen hält er eine weiße Rose, deren Stiel er so fest umklammert, dass sich seine Finger verkrampfen.

Hinter Patrick steht eine Frau, die bemüht ist, ihm eine Stütze zu sein. Für diesen schwierigen Tag ist die Schwester seiner Mutter aus Plön angereist, seine Tante Sandra Korittge, die Patrick zwar immer sehr nett gefunden, allerdings bisher vielleicht gerade zwei Dutzend Mal in seinem Leben getroffen hat. Gelegentlich zu Weihnachten, am Geburtstag, oder mal zu Ostern. Aber immerhin. Für einen solchen schweren Gang wie heute braucht Patrick so viel Halt, wie es nur eben geht. Irgendwann später einmal, hofft Emma, wird er mit seinem Schicksal umgehen können.

Als klar gewesen ist, dass der Leichnam von Anna Krüger von der Staatsanwaltschaft für die Beerdigung freigegeben wird, hat Emma die Kinderpsychologin benachrichtigt, damit sie Patrick behutsam auf dieses Ereignis vorbereiten kann. Mit Feingefühl hat die Expertin versucht herauszufinden, ob der Junge religiös ist. Ob es angebracht ist, ihm von einer Wolke und von Engeln zu erzählen, vom Himmel, in den seine Mutter jetzt wohl kommt. Oder ob sie besser sachlich bleiben und schlicht das Prozedere bei der Trauerfeier und auf dem Friedhof schildern soll.

Emma wird schwer ums Herz, wenn sie daran denkt, wie Patrick auf das vorsichtige Herantasten und die Erläuterungen der Psychologin reagiert hat. Mit unglaublicher Trauer, natürlich. Seine wundgescheuerte Seele hat eine weitere Verletzung ertragen müssen. Aber was Emma noch mehr erschüttert, ist die Logik, um nicht zu sagen Abgeklärtheit, mit der der Junge mit dieser Nachricht umgegangen ist. „Papa ist in der Hölle. Das weiß ich", hat er erklärt und unverwandt die Medizinerin fixiert. „Und Mama soll in den Himmel kommen. Da gehört sie hin, zu den Engeln. Aber wie soll das funktionieren? Sie ist doch nicht mehr ganz!" Greta Gärtner hat Patrick erklärt, dass es auf das Herz und die Seele eines Menschen ankommt und Anna Krüger in der Erinnerung und durch die Liebe ihres Sohnes immer vollständig bei ihm bleibt. Sie hofft, dass sie dem Jungen damit etwas Trost hat spenden können.

Das Team um Emma haben neben den Gedanken an Patrick ganz profane ermittlungstaktische Fragen beschäftigt. Es hat längere Diskussionen gegeben, ob es sinnvoll oder eher kontraproduktiv ist, den Termin von Anna Krügers Beerdigung öffentlich zu machen. Die Argumente dagegen haben auf der Hand gelegen. Natürlich würden sich die Journalisten auf die Gelegenheit stürzen, bei dem Begräbnis ein paar Fotos zu schießen, die ein menschliches Drama dokumentieren: Ein kleiner Junge steht ohne Eltern da. Die Mutter hat er durch ein Gewaltverbrechen verloren, den Vater durch Suizid. Und nun trauert er am Grab seiner Mutter. Solche Eindrücke verkaufen sich bestimmt gut. Und deshalb sollte man so eine öffentliche Veranstaltung tunlichst vermeiden. Um Patricks willen.

Andererseits hat ein wichtiger Punkt dafür gesprochen, den Beerdigungstermin zu publizieren. Die These, dass ein Mörder an den Ort des Verbrechens – oder hier: den Ort, wo sein Verbrechensopfer begraben wird – zurückkehrt, ist oft genug gestützt worden. Und da Raptor offenbar ein Serienmörder ist, der gern provoziert und sich in der Aufmerksamkeit sonnt, stehen die Chancen nicht schlecht, dass er zumindest aus der Ferne zuschauen will. Gleichsam als der Regisseur, der hinter der Bühne durch einen Spalt im Vorhang sein geneigtes Publikum beobachtet. Es würde zu ihm passen, dass er diese

Gelegenheit wahrnimmt, so von sich selbst hingerissen, wie er nun mal zu sein scheint. Der Polizei steht das Phantombild von Raptor zur Verfügung, das mit Patricks Hilfe erstellt worden ist und das er bei einem zweiten Termin leicht verfeinert hat. Und die Ermittler haben die Beschreibung von Nachbarn des Opfers, die Raptor vielleicht ebenfalls gesehen haben. Es wäre unprofessionell, eine möglicherweise vielversprechende Spur zu ihrem Mörder erkalten zu lassen.

Emma hat also beschlossen, Zeit und Ort der Trauerfeier wie aus Versehen an die Medien durchsickern zu lassen. Und nun steht sie hier im Nieselregen auf dem Friedhof, wie viele andere mit einer Kapuze über dem Kopf, und fixiert von der Peripherie aus jeden Einzelnen der Trauergemeinde. Sie erblickt zwei Männer, die etwas abseits stehen und zumindest vom Alter her zu ihrem Bild von Raptor zu passen scheinen. Es könnten aber ebenso gut einfach Schaulustige sein oder Medienvertreter.

Ein Stück entfernt, auf der anderen Seite der Grabstätte, ist Bianca Martinek auf dem Posten. Sie beobachtet ebenso aufmerksam die Menschen und fotografiert wie zufällig in die Menge, als sei sie eine Verwandte, die ein paar Aufnahmen für ein Erinnerungsalbum schießen wolle. Doch selbstverständlich geht es darum zu dokumentieren, wer alles auf den Friedhof gekommen ist. Etwa zwanzig Meter weiter weg, halb verborgen hinter drei mächtigen Linden, hat sich ein weiterer Kollege mit einem ordentlichen Zoom-Objektiv postiert, um möglichst viele der Menschen am Grab und in dessen weiterem Umfeld fotografieren zu können. Ihr Verdächtiger könnte ja weiter entfernt lauern, vielleicht im Schutz eines Gebüschs die Szenerie beobachten – und sich vermutlich daran ergötzen. Die Polizei wird die Fotos von der Beerdigung später auswerten. Hoffentlich ist etwas Brauchbares für die Ermittlungen dabei. Auch die Funknetzauswertung haben sie bereits per Gerichtsbeschluss in die Wege geleitet.

Die Trauerrede des Pastors zuvor in der Friedhofskapelle ist eher kurz gewesen. Auch Anna Krügers Schwester, die außer dem Geistlichen als Einzige das Wort ergriffen hat, hat lediglich etwa vier Minuten gesprochen. Vermutlich ist sie es gewesen, die dafür gesorgt hat, dass neben dem schlichten Sarg aus

Kiefernholz ein Foto der Verstorbenen gestanden hat. Es zeigt eine verhalten lächelnde Frau mit hohen Wangenknochen und schüchternem Blick. Auf Emma wirkt das Bild, als sei es Anna Krüger eher unangenehm gewesen, fotografiert zu werden. Als handle es sich um eine Person, die lieber im Hintergrund bleibt, unauffällig. Bloß keine Aufmerksamkeit auf sich ziehen, nicht anecken, nur ja niemandem zur Last fallen.

Ein Leben nahe der Unsichtbarkeit, wie auf Zehenspitzen? Vermutlich ist diese Strategie dem unberechenbaren Wesen ihres Partners geschuldet gewesen. Wer mit einem Mann verheiratet ist, der jeden Augenblick aus der Haut fahren und gewalttätig werden kann, bemüht sich, nicht in die Schusslinie zu geraten. Die Beobachtungen der Nachbarn, die sehr wohl das verhuschte Verhalten von Anna Krüger und die Zeichen von häuslicher Gewalt in der Beziehung wahrgenommen haben, sprechen Bände. Und doch hat es diesen einen Moment gegeben, in dem die Überlebenstaktik der Frau nicht mehr aufgegangen ist. Die Polizei wird wohl nie in Erfahrung bringen können, was der entscheidende Funke gewesen ist, der Steffen Krüger hat explodieren lassen. So wie Emma ihn einschätzt, kann eine Geste ausgereicht haben, ein Blick oder ein Wort. Eins zu viel – oder eins zu wenig. Es gibt Typen, die lauern geradezu auf einen Anlass, um mit Gewalt antworten zu können.

Das traurige Schicksal der Frau, die viel zu früh hat sterben müssen, scheint viele zu berühren. Emma schätzt, dass außer Patrick, seiner Tante, der Pflegemutter, bei der der Junge seit zwei Wochen wohnt, sowie der Kinderpsychologin ungefähr achtzig Menschen zu der Trauerfeier gekommen sind. Natürlich sind einige Journalisten vor Ort. Ein paar der anderen Besucher scheinen Kollegen von Anna Krüger aus dem Supermarkt zu sein, in dem sie gearbeitet hat. Mehrere Nachbarn sind dabei, darüber hinaus Lehrer aus Patricks Schule, wo die Mutter für das letzte Sommerfest vor den Ferien noch das Buffet mit organisiert hat.

An diesem Novembertag trägt sogar der Himmel Trauer. Der Wind treibt den beständigen Nieselregen über die Gräber auf dem Altonaer Friedhof, und die Wolken hängen schwer und so tief, als wollten sie die Bäume zubetten. Das Heidekraut, mit dem viele der Begräbnisstätten bepflanzt sind, trotzt dem Grau unverdrossen als rosa und hellviolette Farbtupfer. Irgendwo hämmert ein Specht gegen einen Stamm, und von fern weht als leises Brummen der Verkehrslärm auf das Areal. Das flackernde Licht der vier Grablaternen, die Patricks Tante mitgebracht hat, ist wie von einem nebligen Schleier umwoben. All das scheint der Junge nicht wahrzunehmen. Seine Lippen bewegen sich. Vielleicht spricht er ein Gebet oder summt eine Melodie, die seine Mutter ihm immer als Gute-Nacht-Lied vorgesungen hat.

Wie soll man es ertragen, so früh als Kind die wichtigste Bezugsperson zu verlieren? Und jetzt am Grab mit anzusehen, wie die Reste eines Lebens in einem Sarg in die Tiefe gesenkt werden? Patrick ist so tapfer gewesen in den vergangenen Tagen, bei all dem Leid, das das Schicksal ihm aufgebürdet hat. Nein, nicht das Schicksal, korrigiert sich Emma. Der eigene, gefühllose, brutale Vater. Und dessen noch blutrünstigerer Kumpel.

Selbstverständlich hat die Polizei das Umfeld der Familie befragt, und einige der Personen bei der Trauerfeier erkennt Emma wieder. So zum Beispiel den Nachbarn Matthias Fraker, der die Vermisstenmeldung bei der Polizei erstattet hat. Wie gut, dass der Mann so aufmerksam gewesen ist. Wer weiß, inwieweit es Steffen Krüger sonst gelungen wäre, das Verbrechen an seiner Frau zu verheimlichen und zu vertuschen? Im Leben hat es offenbar nicht viele gegeben, die sich intensiv um die Frau gekümmert haben. An den meisten ist ihr Verschwinden unbemerkt vorbeigerauscht. Jetzt, am Grab, will das vielleicht der eine oder andere wieder gutmachen. Eine illusorische Vorstellung. Natürlich kann das nicht funktionieren, jedenfalls nicht mehr für Anna Krüger. Aber Patrick kann jede Hilfe und Unterstützung gebrauchen. Es wird noch lange dauern, bis er den Tod seiner Mutter auch nur halbwegs verkraftet. Wenn er es überhaupt jemals schaffen wird.

Immer wieder schaut der eine oder andere Trauergast zu dem Jungen hinüber, ein verstohlener Blick, wie um abzuschätzen, ob Patrick doch noch zusammenklappen wird. Keine drei Meter von ihm entfernt gähnt die Öffnung, in die der mit einem Kranz aus rosa Nelken und weißen Gerbera geschmückte Sarg gleich hinabgelassen werden soll. An dem hölzernen Behältnis lehnt noch eine Giraffe aus Stoff. Patrick hat darauf bestanden, dass sie mit in das Grab gegeben werden soll, weil die eleganten, scheuen Geschöpfe die Lieblingstiere seiner Mutter gewesen sind, wie er erzählt hat. Gerade hat der Pastor einen Segen für die Verstorbene gesprochen und den Sargträgern zugenickt, damit sie die Tote in ihr Grab betten sollen, da schrillt plötzlich ein Handy.

Emma traut ihren Ohren kaum. Hat da allen Ernstes jemand „Highway to Hell" von AC/DC als Klingelton? Und hat dieser Jemand etwa vergessen, für die Dauer der Beerdigung sein Mobiltelefon auszumachen oder wenigstens stumm zu schalten? Die Ermittlerin versucht zu orten, aus welcher Ecke der Trauergemeinde die Störung kommt. Auch andere am Grab schauen von einem zum anderen, um den Verursacher dieses Zwischenfalls auszumachen. Dann aber wenden immer mehr aus der Runde ihren Blick zu dem geöffneten Grab. Fassungslosigkeit macht sich breit. Das Läuten kommt aus keiner Manteltasche und aus keinem Rucksack: Es dringt aus dem Sarg, eindeutig. Und die Lautstärke scheint noch anzuschwellen. Nun klingt es wie eine Sirene, schrill. Alarmierend.

„Stopp! Polizei! Alle bitte zurücktreten!" Bianca Martinek stürmt heran, mit entschlossenem Gesichtsausdruck, mit wehendem schwarzem Mantel und ausgebreiteten Armen, um die Menge vom Grab wegzuscheuchen. Der Pastor, die Augen schreckensweit, scheint auf seinem Platz wie festgefroren. Patrick hat sich die Stoffgiraffe geschnappt und drückt sie so fest an sich, als könne er bei dem Tier Halt finden. Langsam, wie in Zeitlupe, weicht der Junge rückwärts vom Sarg zurück, den Blick weiter auf das Grab gerichtet. Er scheint kaum zu bemerken, dass seine Tante seine Hand erfasst hat, um ihn wegzuziehen. Weg von dem Unheil, das nun für alle erkennbar wird. Als „Highway to Hell" zu Ende gespielt hat, nach den gesamten, scheinbar endlosen drei Minuten und achtundzwanzig Sekunden, senkt sich Stille über den Platz. Doch sie hat nichts Beruhigendes. Es ist eine sinistre Stille, bedrohlich und verhängnisvoll.

Keine Viertelstunde später haben Polizeibeamte, die Emma alarmiert hat, ein Absperrband in großer Distanz um die Grabstelle gezogen. Die meisten aus der Trauergemeinde harren weiter im notwendigen Mindestabstand aus, viele mit versteinerter Miene. In anderen Gesichtern spiegelt sich unverhohlene Neugier. Der Bestatter ist herangerufen worden, damit er die Verschlüsse des Sargs öffnet. Ein wenig umständlich hantiert er herum, dann wendet er sich ab und macht Platz. Emma und Bianca treten heran, und auf ein Kopfnicken ihrer Chefin hebt Bianca den Sargdeckel an. Gebannt blicken die beiden Ermittler in das Behältnis, in dem unter einer weißen Decke die Überreste von Anna Krüger liegen sollten. Auf den ersten Blick scheint alles in Ordnung zu sein, doch als Emma das Tuch anhebt, sieht sie das Smartphone, das in einer abgetrennten Hand ruht. Daneben, wie in Reih und Glied, sind zwei weitere Hände drapiert.

Insgesamt eindeutig eine zu viel. Also wieder ein fremdes Leichenteil. Emmas Gedanken überschlagen sich. Wie hat es geschehen können, dass jemand Zugang zu dem Sarg hatte? Hängt der Bestatter irgendwie in der Verbrechensserie mit drin? Wie weit will Raptor noch gehen? Und was will er mit dieser an Geschmacklosigkeit und Zynismus nicht zu überbietenden Geste sagen?

Emma streift sich Einmalhandschuhe über, bückt sich und löst das Mobiltelefon aus der amputierten Hand. Ein Symbol im Display sagt ihr, dass eine WhatsApp eingegangen ist. Die Kommissarin öffnet die Nachricht. Sie umfasst gerade mal fünf Worte und zeigt ein Emoji, das Tränen lacht: „Beste Grüße aus der Hölle!"

**KAPITEL 32**

Das milde Licht tut Johannes Plathe gut. Von seinem Platz gegenüber am Restauranttisch schaut Kai forschend in das Gesicht seines Vaters und lächelt. Der Senior sieht entspannt und rundum zufrieden aus, ein eher seltener Anblick in letzter Zeit. Vielleicht hat der warme Schimmer aus den an Schiffslaternen erinnernden Lampen in dem Raum wie ein Weichzeichner die Falten von Johannes kaschiert. Und die gemütliche Atmosphäre wirkt beruhigend auf Stimmung und Gemüt.

Es ist sehr schön, mal wieder im Dübelsbrücker Kajüt einzukehren, überlegt Kai. Der Rechtsmediziner hat das maritime Flair mit den Schiffsmotiven an den Wänden, den Steuerrädern als Dekoration und den Fenstern in Form von Bullaugen in seiner Zeit in Essen wirklich vermisst. Ganz zu schweigen von dem fantastischen Pannfisch. Wirklich gute Küche in diesem Restaurant, zu reellen Preisen, dazu die wohlige Einrichtung, urgemütlich, mit einem dezenten Geruch von Möbelpolitur und Meer. Schon Kais Eltern sind früher so etwas wie Stammkunden in diesem Restaurant nahe Teufelsbrück gewesen. Mit Kai und seiner Schwester Inga sind sie zudem oft zu viert hier eingekehrt. Für seinen Vater Johannes ist es vielleicht sogar ein bisschen wie ein zweites Wohnzimmer. Gut so, denn mit seiner – glücklicherweise nur sehr langsam fortschreitenden – Demenz sind vertraute Orte und wohltuende Erinnerungen Balsam für die Seele. Sie sind so wichtig wie regelmäßige Bewegung an der frischen Luft. Nun ist es Zeit für einen ausgedehnten Spaziergang entlang des Elbufers.

Kai hat nie begriffen, was so viele Menschen am November stört. Für ihn hat jede Jahreszeit und jeder Monat seinen Reiz. Und nachdem die Natur zu Beginn des Herbstes noch so wunderbar verschwenderisch mit Rot, Grün, Gelb und Orange umgegangen ist, fasziniert ihn der November mit seiner Stille, mit den blassen Farben durch die frühe Dämmerung, durch Nässe und Nebel. Ihm schießt ein Gedicht von Christian Morgenstern durch den Kopf. Auch wenn die Leute darin lieber zu Hause bleiben und nicht wie er sogar bei niedrigen Temperaturen oder Regen spazieren gehen mögen. „Nebel hängt wie Rauch ums Haus, drängt die Welt nach innen; ohne Not geht niemand aus; alles fällt in Sinnen", lauten einige Verse. „Leiser wird die Hand, der Mund, stiller die Gebärde. Heimlich, wie auf Meeresgrund, träumen Mensch und Erde." Leiser und stiller: Diese Lyrik fängt die Stimmung, die Kai am Spätherbst schätzt, wunderbar ein. Er hat das kleine Gedicht immer gemocht. Und wann sonst außer im November hat man den Spazierweg direkt an der Elbe zwischen Teufelsbrück und dem Museumshafen Oevelgönne nahezu für sich allein?

Kai und Johannes Plathe haben, als sie aus der Tür der Dübelsbrücker Kajüt ins Freie getreten sind, jeder ihren Schal eng gebunden und die Kragen ihrer gefütterten Jacken hochgeschlagen. Sechs Grad Celsius so dicht am Wasser fühlen sich eher an wie Temperaturen um den Gefrierpunkt. Ein Grund mehr, kräftig auszuschreiten, damit sich die Wärme, die sie aus dem gut geheizten Restaurant noch in ihrer Kleidung gespeichert haben, nicht zu schnell verflüchtigt. Genauso wenig wie die Nachwirkungen der offenbar inspirierenden Umgebung. Lag es an der vertrauten Räumlichkeit und der heimeligen Stimmung, dass von Johannes' sanft fortschreitender Vergesslichkeit vorhin kaum etwas zu spüren gewesen ist? Kai hat den wachen Blick seines Vaters registriert, der beinahe so forschend gewesen ist wie in alten Zeiten.

Sie laufen von Teufelsbrück aus in Richtung Museumshafen Oevelgönne, leichter Nebel zieht über die Elbe und taucht die Gegend in unterschiedliche Schattierungen von Grau, Grün und Blau. Enten paddeln gegen die Strömung an, eine Barkasse, spärlich besetzt, röhrt vorbei, mit Kurs auf Blankenese. Auf der anderen Seite des Flusses schiebt sich ein riesiges Containerschiff vorüber.

Etwa eine halbe Stunde lang spazieren Kai und Johannes schweigend nebeneinanderher. Es ist schön, sich so gut zu verstehen, ohne reden zu müssen. Dass sein Vater sich noch so dynamisch bewegt, mit geradem Rücken und beinahe federndem Schritt, registriert Kai mit Freude. Da macht sich bemerkbar, dass sie immer viel Sport getrieben haben, wenn auch viel zu selten gemeinsam. Während Johannes früher Basketball gespielt und sich in den vergangenen Jahren immer mehr für Golf begeistert hat, war Kai in jüngeren Jahren ein Fan von Handball und Tischtennis. Vor allem Letzteres war seine Leidenschaft, bevor er kurz vor seinem vierzigsten Geburtstag aufs Rennrad umgestiegen ist. Er liebt es, wenn der Fahrtwind seinen Kopf freipustet, ebenso wie jetzt die frische, zunehmende Brise an der Elbe.

„Ich habe dir ja vorhin in groben Zügen von unserem Fall erzählt", nimmt der Rechtsmediziner den Gesprächsfaden mit seinem Vater wieder auf. „Was sagst du als Kriminalpsychologe dazu? Ist dir in deiner Zeit damals beim Hamburger LKA mal etwas Vergleichbares untergekommen?"

Johannes bleibt stehen, blickt gedankenverloren über das aufgewühlte Wasser des Stroms. „Leichenzerstückelungen erleben wir öfter, als man landläufig denkt", antwortet er bedächtig. „Das erfährst du in deiner Profession ja noch viel intensiver als ich. Bei den öffentlichen Gerichtsprozessen nach Tötungsdelikten wird das nur am Rande als Störung der Totenruhe mit abgehandelt. Die eigentliche Tötungshandlung steht im Zentrum."

Kai nickt bedächtig. Ja, so hat er das oft erlebt. „Aber hier sehe ich eine ganz besondere Handschrift des Mörders", fährt sein Vater fort. „Der Täter verfolgt spezielle Ziele, deren Realisierung ihm Befriedigung verschafft. Er geht ganz offensichtlich nicht mit Axt und Messer ans Werk, weil sich seine Opfer so besser verbergen lassen. Im Gegenteil. Um es im Fachjargon der Kriminalisten und von euch Rechtsmedizinern zu sagen: Hier ist eindeutig nicht von einer defensiven, sondern von einer offensiven Leichenzerstückelung auszugehen. Das Zerlegen scheint ihm Lust und Befriedigung zu verschaffen, als lebe er damit einen Fetisch aus."

Johannes vergräbt die Hände in den Manteltaschen. Offenbar ist ihm kalt geworden. „Wahrscheinlich hat dieser Kerl schon von Kind an gemerkt, dass er anders ist, andere Bedürfnisse hat als seine Klassenkameraden. Vermutlich hat er kein intaktes Elternhaus gehabt, jedenfalls kein liebevolles. Ich tippe darauf, dass er Demütigungen erlebt hat, womöglich auch körperliche Gewalt. Er hat schon in seiner Jugend Fantasien entwickelt, die mit Kontrolle, Dominanz und dem Zufügen von Schmerzen zu tun haben. Irgendwann hat er ein Ventil gebraucht. Ihr habt es sehr wahrscheinlich mit jemandem zu tun, der schon vor dem Erwachsenwerden angefangen hat, diese Fantasien auszuleben, wahrscheinlich an Tieren."

Kai lauscht aufmerksam, ermuntert seinen Vater mit einem Nicken, fortzufahren.

„Ich könnte mir aber vorstellen, dass er nicht vorbestraft ist. Die Art, wie er die Polizei mit Hinweisen auf weitere Leichen geradezu am Nasenring von Opfer zu Opfer zu führen scheint, weist auf ein unerschütterliches Selbstbewusstsein hin, die Überzeugung, die Ermittlungsbehörden locker austricksen zu können. Wahrscheinlich sucht ihr nach einem sehr intelligenten, beruflich erfolgreichen Menschen, vermutlich einem mit ausgeprägt narzisstischen Zügen. Er scheint ein Faible für jüngere Frauen zu haben. Er ist vermutlich eigenständig, dynamisch, ohne familiäre Bindung. Ich tippe auf einen Mann in den besten Jahren."

Johannes schmunzelt und sieht seinem Sohn fest in die Augen. „Etwa in dem Alter wie du. Da fällt mir ein: Wie geht es meiner Schwiegertochter und meinen Enkeln?"

Kai zuckt innerlich zusammen. Er hat heute noch nicht eine Sekunde an seine Familie gedacht, obwohl er versprochen hat, sie spätestens am Vormittag anzurufen. Schließlich ist Samstag, und Dominik, der jüngere seiner Söhne, hat heute ein Tischtennis-Punktspiel. Eigentlich müsste Kai in der Sporthalle sein und ihn unterstützen. Schwierig, wenn die Familie rund vierhundert Kilometer entfernt lebt. Er muss zusehen, dass er sie nächstes Wochenende besuchen kann, oder Corinna und die Jungen kommen nach Hamburg. Es wird Zeit, dass er das Reihenhaus, das er in Niendorf gemietet hat, bald halbwegs in Schuss bringt.

Kai ist bisher kaum dazu gekommen, auch nur die wichtigsten Umzugskisten auszupacken. Und daran, mehr als nur ein paar Möbel zu kaufen, ist schon gar nicht zu denken gewesen. Je ein Schlafsofa für die Kinderzimmer, ansonsten ein Doppelbett, Kleiderschrank, für den Wohn-Essbereich eine Couch mit niedrigem Tisch, der Esstisch und vier Stühle – diese spärliche Einrichtung muss erst mal reichen. Das Wichtigste ist sowieso, dass er seinen geliebten ledernen Lesesessel an das riesige Fenster im Wohnzimmer platzieren konnte, mit Blick auf die beiden stattlichen Birken und den Rhododendron im Garten. Und immerhin ist die Einbauküche bestens ausgestattet, zumindest da wird Corinna nichts zu meckern haben. Obwohl, wenn er es sich recht überlegt, hat seine Frau in den vergangenen Monaten eigentlich immer an allem etwas auszusetzen gehabt. Er ist es ja gewöhnt, dass sie für seinen Beruf wenig Begeisterung zeigt. Aber seit er beschlossen hat, den Ruf nach Hamburg anzunehmen, wirkt sie nahezu dauerhaft säuerlich. Dabei haben sie, als sie einen möglichen Umzug nach Hamburg im Familienrat diskutiert haben, alle dafür gestimmt. Sie sind sich einig gewesen, dass er sich diese Chance,

Chef eines so renommierten Zentrums für Rechtsmedizin zu werden, nicht entgehen lassen durfte.

Kai spürt den Druck einer kräftigen Hand auf der Schulter, der ihn aus seinen Gedanken reißt. „Fährst du mich jetzt nach Hause?" Johannes sieht mittlerweile richtig durchgefroren aus, und die Falten um Mund und Augen wirken tiefer als noch vor einer Stunde. Kai hakt seinen Vater unter und will mit ihm den Weg, den sie spaziert sind, wieder zurückgehen.

Nach wenigen Schritten vibriert sein Handy in der Manteltasche. Emma Claasen. Sie würde bestimmt nicht anrufen, wenn es nicht wichtig wäre. Kai nimmt den Anruf entgegen. „Raptor hat uns auf seine ganz spezielle Art eine weitere Botschaft zukommen lassen", sagt die Kriminalkommissarin mit gepresster Stimme. „Wir brauchen Ihre Expertise. Wie schnell können Sie im Institut sein?"

Es wird also nichts daraus, dass Plathe seinen Vater nach Hause bringt. Er muss für ihn ein Taxi rufen. Das wird kein Problem sein, sein Vater hat immer Verständnis für seine unorthodoxen Arbeitszeiten und überraschende dringende Einsätze gehabt.

„Ich komme", spricht Plathe in sein Handy. „Geben Sie mir fünfzehn Minuten."

## KAPITEL 33

Entweder ist Raptor jetzt tatsächlich leichtsinnig geworden, oder er will mit diesem Manöver zeigen, wie clever, ja geradezu unantastbar er ist. Eine kurze Recherche von Oliver Neumann hat ergeben, zu wem die Handynummer gehört, von der aus die WhatsApp an das Telefon in Anna Krügers Sarg geschickt worden ist. Auf jeden Fall muss diese Person eine Verbindung zu ihrem Mörder haben. Sie werden herausfinden, welcher Art dieser Kontakt ist. Bei dem Anrufer handelt es sich um einen gewissen Marcus Grosskirchler, zweiunddreißig Jahre alt, wohnhaft in den Hamburger Elbvororten, einer schicken Gegend also.

Natürlich ist die abgetrennte Hand ein weiteres Teil des Rätsels, das Raptor ihnen aufgibt. Es liegt an ihnen, ob sie sich dadurch verwirren lassen – oder ob sie das Ganze als Fingerzeig nutzen können, im wahrsten Sinne des Wortes. Das Leichenteil ist mittlerweile von einem Rechtsmediziner aus Plathes Team abgeholt worden, um es zu untersuchen. Mit etwas Glück haben sie schon morgen die DNA für die Hand. Sehr wahrscheinlich gehört sie nicht zu Jasmin Stranger, deren abgeschnittenen Finger sie in Anna Krügers Rachen gefunden hatten. Nicht nur, dass die Fingernägel unterschiedlich maniküiert sind, bei dem einzelnen Finger der Lübeckerin lang und tiefrot und mit einem Muster, das ein chinesisches Schriftzeichen darstellen könnte. An der vollständigen Hand sind die Nägel in einem leuchtenden Türkis gehalten, ohne irgendwelche dekorativen Ornamente.

Die Farbvariante ist natürlich kein wirklicher Beweis dafür, dass es sich um unterschiedliche Tote handelt. Emma, selber keine Freundin von Nagellack, kennt Frauen, die jeden ihrer Finger in einem anderen Style manikürten. Doch eine erste Untersuchung durch Kai Plathe hat ergeben, dass die Hand zwar ebenfalls eine Weile tiefgekühlt aufbewahrt worden ist. Aber vermutlich nur einige Monate und nicht mehrere Jahre wie der Finger. Nein, die niederschmetternde Wahrheit ist, dass es wohl einen fünften Leichnam gibt. Noch eine Tote, die zerstückelt wurde und von der sie keinen Namen haben, keine Identität. Noch nicht.

Sie müssen erneut die Vermisstenmeldungen durchgehen, bundesweit, vielleicht sogar international. Wie kann es sein, dass Menschen einfach verschwinden, ohne dass an vielen Stellen sofort Alarmglocken angehen? Eine junge Frau, mit der sie es hier vermutlich wieder zu tun haben, lebt doch nicht im luftleeren Raum, ohne Familie, ohne Freunde oder Kollegen. Die Suchanfrage, die Bianca Martinek herausgegeben hat, wird hoffentlich bald Ergebnisse bringen. Denn so viele weibliche Todesopfer, bei denen eine rechte Hand fehlt, wird es ja wohl nicht geben.

Die Zeit drängt. Dann hätten sie jedenfalls einen Ansatz, um weiter ermitteln zu können. Außerdem wird es Zeit, die Spezialisten von der Operativen Fallanalyse einzubinden. Diese Profis können helfen, ein Täterprofil zu erstellen, das ihnen beim Einkreisen des Verdächtigen helfen kann. Sie brauchen weitere Ansätze.

Zunächst einmal müssen sie allerdings diesem ominösen Marcus Grosskirchler auf den Zahn fühlen. Emma hat Max Vollertsen mit Bianca Martinek losgeschickt und sie angewiesen, zwei weitere Kollegen vom LKA hinzuzuziehen. Man weiß nie, was einen erwartet. Womöglich sogar Raptor selbst? Nein. Das kann Emma sich nicht wirklich vorstellen. Nicht nur, dass das Alter von Grosskirchler nicht zu dem passt, was sie über ihren Serienmörder wissen. Der müsste mindestens zehn Jahre älter sein. Darüber hinaus gibt es zu viele weitere Unterschiede zu dem Mann, den sie suchen. Emma meint allmählich ein Gespür dafür entwickelt zu haben, wie ihr Serienmörder tickt.

Er will nicht gefasst werden.

Er will sie an der Nase herumführen. Er will mit ihnen spielen.

## KAPITEL 34

„Unvergessen". „Wir vermissen dich". „Du bleibst immer in unseren Herzen". Emmas Blick gleitet über die Schriftzüge, die die unterschiedlichen Urnen zieren. In Reih und Glied sind die Behältnisse auf einem Teakholzregal drapiert. Sie schimmern in allen erdenklichen Farben, manche uni, manche beispielsweise mit einer Blumenwiese als Motiv, mit einem Lebensbaum, einem Engel – oder einem Fußballspieler.

Ein Fußballspieler? Die Kommissarin wiegt nachdenklich den Kopf. Besonders sinnig kommt ihr das nicht vor und schon gar nicht tiefsinnig. Aber es soll ja nicht wenige Leute geben, für die dieser Sport mehr ist als die schönste Nebensache der Welt. Elf Freunde sollt ihr sein. Und nun also in Treue fest vereint bis ins Grab? Auch eine Art, einem Verstorbenen ein Denkmal zu setzen. Emma beschließt, Max Vollertsen nach seiner Meinung zu fragen. Immerhin hat er eine Dauerkarte für die Spiele des FC St. Pauli. Und die haben ja bekanntlich einen Totenkopf in ihrem Vereinsemblem.

Womit wir wieder beim Thema wären, denkt Emma grimmig. Sie ist schließlich nicht hergekommen, um über Fußball zu philosophieren, sondern um mit dem Bestattungsunternehmer Frank Schlüter, der die Beerdigung von Anna Krüger ausrichten sollte, über die gruselige Grabbeigabe zu sprechen. So etwas kann eigentlich kaum ohne Wissen des Verantwortlichen geschehen. Oder etwa doch?

„Damit Sie in Frieden zur Ruhe kommen können: Wir begleiten Sie kompetent auf Ihrem letzten Weg." Der Chef des Unternehmens, der die Altonaer Firma in dritter Generation führt, hat den Leitspruch beibehalten, den sich damals sein Großvater erdacht hatte. Die Firma wirkt gediegen, seriös, mit einem Empfangsbereich, der in gedeckten, warmen Farben gehalten ist, mit viel Holz und dunkelgrünen Gardinen. In einem Raum, durch dessen weit geöffnete Tür Emma blicken kann, sieht sie eine Ausstellung unterschiedlicher Sargmodelle, manche eher schlicht im Stil und aus Hölzern, wie man sie wahrscheinlich auch im Baumarkt finden kann. Nicht jede Familie kann sich eine Beerdigung leisten, die so viel kostet wie ein Auto der unteren Mittelklasse. Andere Särge sind aus poliertem Nussbaum oder Mahagoni und mit goldschimmernden Applikationen veredelt. Aber egal, wie günstig oder prächtig diese letzten Ruhestätten sind, sie haben eins gemeinsam: Es gibt innen keine Griffe. Emma hat dies immer ein bisschen als Symbol für die Unumkehrbarkeit des Todes verstanden. Wer im Sarg zu liegen kommt, der bleibt. Bis er wieder zu Erde wird, und darüber hinaus.

Auf dem schiefergrauen Vinylboden im Ausstellungsraum und im Eingangsbereich stehen mehrere wadendicke Kerzen, deren Lichtschein vermutlich nicht von einer echten Flamme kommt, sondern von einer Glühbirne. Emma hat solche Leuchten schon in Einrichtungshäusern gesehen. Sie gefallen ihr nur mäßig. Das authentische, warme Flackern einer Kerze können sie niemals ersetzen.

„Wie kann ich Ihnen helfen?"

Aus einem Büro, dessen Tür einen Spalt offen gestanden hat, ist ein Mann ins Foyer getreten und betrachtet Emma mit einem offenen, warmen Blick, der zugleich Beflissenheit und Empathie widerspiegelt. Bestimmt ist das sein Berufsgesicht, mit dem er alle Eintretenden in seinem Laden bedenkt. Schließlich sind es in erster Linie solche Menschen, die alt oder schwer krank oder beides sind und die nun sein Metier in Anspruch nehmen wollen, um alles für ein bald anstehendes Begräbnis zu regeln. Oder es sind Trauernde, die gerade einen lieben Menschen verloren haben und neben einem professionellen Dienstleister ein paar mitfühlende Worte gebrauchen können.

Und dann gibt es noch die anderen, wie Emma nur zu gut weiß. Jene, die keineswegs vom Kummer gebeugt, sondern insgeheim erleichtert oder sogar froh sind, wenn ein ihnen lästig gewordener Verwandter endlich nicht mehr da ist. Vielleicht haben sie ja sogar nachgeholfen. Emma kennt die erschreckenden Zahlen über nicht erkannte Morde, die unter Rechtsmedizinern kursieren. Demnach bleibt etwa jeder zweite Fall, bei dem jemand eines nicht natürlichen Todes stirbt, unentdeckt. Unter anderem deshalb, weil die Angehörigen, die gar nicht so selten bei dem Tod ihre Finger im Spiel hatten, mehr oder weniger überzeugend den Trauerkloß mimen.

Der Mitarbeiter des Beerdigungsinstituts ist mittlerweile hinter den Empfangstresen getreten, hat seine Brille zurechtgerückt und die ohnehin tadellos sitzenden Sakkoärmel glattgestrichen. Er ist irgendwo jenseits der vierzig, hoch aufgeschossen, mit Brille, hoher Stirn und etwas schlaffen und ziemlich blassen Wangen. Zu viel Solariumbräune, überlegt Emma, wäre in seinem Gewerbe wohl etwas fehl am Platz. Er beugt sich leicht vor und räuspert sich. „Frank Schlüter. Was kann ich für Sie tun?"

Die Kommissarin kramt ihren Polizeiausweis aus ihrer Jackentasche und registriert, wie sich die Gesichtszüge des Bestatters verfinstern. Verständlich. Niemand hat gern die Mordkommission im Haus. Dabei muss ihr Besuch gar nicht so furchtbar überraschend kommen. Schließlich dürfte dem Fachmann nicht entgangen sein, dass der Leichnam von Anna Krüger nicht im üblichen Zustand zu Grabe getragen worden ist, sondern ... Emma sucht in Gedanken nach einem passenden Wort. Sondern eher als Stückelwerk.

„Sie haben jüngst die Beerdigung einer Frau ausgerichtet, deren Todesumstände Gegenstand polizeilicher Ermittlungen sind", erklärt sie. „Es geht um Anna Krüger."

Ihr Gegenüber nickt bedächtig. Er steuert auf eine Sitzgruppe im Foyer zu und bedeutet der Kommissarin, Platz zu nehmen, bevor er seine zwei Meter Körperlänge in einen der anderen Cocktailsessel faltet. „Ja, eine furchtbare Sache", sagt Frank Schlüter mit belegter Stimme. „Ich weiß nicht genau, was dahinter steckt, aber die Optik der Toten war sogar für einen erfahrenen Bestatter wie mich ungewöhnlich und geradezu erschütternd. Und selbstverständlich lese ich Zeitung und kann mir einiges aus dem, was in den vergangenen Tagen berichtet worden ist, zusammenreimen. Außerdem hat mir mein Mitarbeiter berichtet, dass er den Sarg wegen eines absonderlichen Zwischenfalls bei der Beerdigung hat öffnen sollen – was natürlich ebenfalls sehr ungewöhnlich ist. Trotzdem wüsste ich nicht, wie ich Ihnen bei den Ermittlungen weiterhelfen könnte."

Emma erklärt es ihm. Natürlich kann sie keine Details nennen, weder über die abgetrennte fremde Hand berichten noch über den Wortlaut der Nachricht auf dem Handy. „Es hat Unregelmäßigkeiten gegeben, die darauf schließen lassen, dass jemand Zugang zu dem Sarg hatte, als er bei Ihnen in Verwahrung war. Wir haben ein Mobiltelefon darin gefunden, das da bestimmt nicht hingehört und das eine wichtige Spur sein könnte."

Diese Information ist vage genug und zugleich ausreichend konkret. Frank Schlüter blickt überrascht drein, geradezu bestürzt. Entweder zeigt er ehrliches Entsetzen, oder er ist ein begnadeter Schauspieler. „Ich lege für jeden meiner Mitarbeiter meine Hand ins Feuer."

Gedankenverloren nimmt er die Brille ab und putzt sie mit einem Tuch, das er aus der Brusttasche seines Jacketts gefingert hat. „Ich kann Ihnen versichern, dass ich mich höchstpersönlich um den Leichnam von Anna Krüger oder das, was von ihr übrig war, gekümmert habe. Und natürlich würde es mir auffallen und ich würde es nicht dulden, dass beispielsweise ein Handy mit im Sarg liegen würde. So etwas wäre kein schlechter Scherz. Das wäre Störung der Totenruhe. In meinem Betrieb läuft so etwas überhaupt nicht. So etwas wäre unverzeihlich."

Für Emma ist es indes offensichtlich, dass es Raptor gelungen sein muss, seine Höllenbotschaft heimlich unterzubringen. „Ich gehe davon aus, dass Sie die Särge ordentlich verschrauben und dass Ihr Betrieb zuverlässig gesichert ist, sodass ein Außenstehender hier nicht ohne Weiteres hereinkommt?"

Emma deutet mit der Hand in den Ausstellungsraum. „Wann haben Sie das Herrichten der Toten erledigt? Haben Sie vielleicht kurz mal das Bestattungsinstitut verlassen, sodass der noch nicht versiegelte Sarg für einen Fremden zugänglich war?"

Frank Schlüter überlegt und scheint dabei nicht zu bemerken, dass er immer noch an seiner längst blitzblanken Brille herumpoliert. Dann wird sein Gesicht noch eine Spur fahler. „Jetzt, wo Sie es sagen: Sie haben recht. Zu der Zeit, als ich mich mit – ähm ..." Er räuspert sich umständlich. „... mit Frau Krüger beschäftigt habe, rief mich ein Mitarbeiter ins Büro, weil offenbar sämtliche Computer unseres Unternehmens abgestürzt waren. Sie können sich vorstellen, dass ich mich unverzüglich darum kümmern musste. Sensible Daten, die gesichert werden müssen, die ganze Buchhaltung ... Zeitweise standen wir zu fünft um die Rechner herum und berieten, was jetzt am dringendsten zu tun ist, um die Geräte wieder zum Laufen zu bringen."

Das muss der entscheidende Moment gewesen sein, ist sich Emma sicher. Der Augenblick, in dem Raptor oder ein Gehilfe in den Kühlraum geschlichen ist und sich am Sarg von Anna Krüger zu schaffen gemacht hat.

Sie inspiziert die Eingangstür des Ladens. Nein, dort wäre niemand unbemerkt hereingekommen, selbst wenn die Mitarbeiter noch so abgelenkt gewesen wären. Es gibt aber noch einen Seiteneingang, der direkt in den Flur zu den hinteren Räumen führt, wo die eigentlichen Arbeiten an den Särgen und an den Toten vorgenommen werden, Tätigkeiten wie Einbalsamieren oder Einkleiden, die im Verborgenen geschehen. Hier liegt der Kühlraum des Bestattungsunternehmens.

Diesen Weg muss Raptor genommen haben. Gegenüber der Seitentür im Flur entdeckt Emma eine Videokamera. Sie deutet auf das Gerät. „Ich brauche sämtliche Aufnahmen, die Sie von dem besagten Tag haben", ordnet sie an.

Schlüter nickt beflissen. „Natürlich. Ich werde Ihnen alles zur Verfügung stellen."

Vielleicht ist das ja der Durchbruch. Vielleicht bekommt Raptor jetzt endlich ein Gesicht.

## KAPITEL 35

„Wow! Gar nicht so übel, wie die hier wohnen!" Kriminalkommissarin Bianca Martinek hält mitten in der Bewegung inne. Gerade hat sie die Fahrertür ihres VW Passat zuschlagen wollen, in dem sie zusammen mit Max Vollertsen zu Marcus Grosskirchler gefahren ist. Doch der Anblick, der sich ihr hier bietet, hat sie für einen Augenblick aus dem Tritt gebracht. Die Elbe liegt wie ein breites schimmerndes Band im Licht der Morgensonne, deren Schein sich in den sanften Wellen zu gelblichen Tupfern bricht. Am Himmel schweben Wolken wie riesige Schafe, die dringend geschoren werden müssten. Als stählerne Ungetüme ragen die Kräne der Blohm + Voss-Werft an der gegenüberliegenden Flussseite in die Luft. Aus Richtung Elbmündung tuckert eine Baggerschute heran. Und einige Möwen stieben tollkühn über den Himmel, wie wirbelnde Drachen, denen man zu viel Schnur gelassen hat.

Bianca wendet sich mit einem sehnsüchtigen Blick an Max Vollertsen, der übertrieben gespielt wirken soll, aber tatsächlich ihrem tiefsten Innern entspringt, wie sie erstaunt feststellt. „Gib mir bitte eine Minute, bevor wir uns wieder in das trübe wahre Leben zurückbeamen und uns diesen Grosskirchler vorknöpfen."

Sie holt tief Luft und breitet die Arme aus, ihre Gedanken preschen zwischen ihrer eigenen Zweieinhalbzimmerwohnung und dieser idyllischen Gegend hin und her. Ja, sie fühlt sich wohl im dicht besiedelten, quirligen, jungen Eimsbüttel. Sie mag es lebhaft, sie mag es bunt. Aber die optische Weite hier an der Elbe und der Geruch des Flusses hat definitiv etwas Berauschendes. „Das ist doch mal eine Aussicht!"

Vollertsen bleibt einen Moment stehen. Er ist öfter in der Gegend, um die Mutter seiner verstorbenen Frau zu besuchen, die hier in der Nähe lebt. „Das nennt man den Winter-Elbblick. Es hat eben auch seine Vorteile, wenn Bäume und Gebüsch kahl sind." Was sonst das dichte Laub abschirmt, kommt jetzt ebenfalls auf der vom Wasser abgewandten Seite der Elbchaussee zur Geltung: die freie Sicht auf den Strom, dem Hamburg seine Hafenwirtschaft und seinen Wohlstand zu verdanken hat. Vom Frühjahr, wenn das Laub zu sprießen beginnt, bis zum Spätherbst ist der Elbblick den privilegierten Adressen an der Wasserseite, manchmal die „nasse Seite" genannt, vorbehalten. Im Winter kommen auch die anderen in den Genuss dieser Pracht.

So wie jetzt Bianca und Max, die eigentlich ein ganz sachlicher Grund hierher führt. Sie müssen einen Mann unter die Lupe nehmen, von dessen Handy aus „Beste Grüße aus der Hölle!" verschickt wurden. Die beiden Kommissare und ihre zwei Kollegen, die sie zu dieser Befragung begleiten, gehen die wenigen Schritte von der Elbchaussee in die Nebenstraße hinein, in der Grosskirchler in einer der sechs Wohnungen lebt, die in einer mächtigen, hellgrau verputzten Villa geschaffen wurden. Der Zweiunddreißigjährige, ein Werbetexter, lebt im zweiten Stock. „Wartet bitte hier unten", hält Bianca die Kollegen zurück. „Wenn es brenzlig wird, alarmieren wir euch. Aber ich habe nicht das Gefühl, dass wir hier unsere eigentliche Zielperson höchstpersönlich antreffen."

Wenige Augenblicke später stehen sie im lindgrün gestrichenen Flur der Wohnung von Marcus Grosskirchler, der sie verdattert ansieht. Er trägt T-Shirt, Jogginghose und ist barfuß, das schwedenblonde Haar noch nass. Vermutlich ist er gerade aus der Dusche gestiegen, wahrscheinlich nach einer ausgiebigen Trainingseinheit, so athletisch, wie er gebaut ist.

„Kriminalpolizei? Haben Sie Nachrichten von Annett? Wo ist sie?" Bianca und Max tauschen einen irritierten Blick. „Können wir uns irgendwo setzen und in Ruhe reden?"

Vollertsen deutet vage den Flur entlang, von dem rechts und links je zwei Türen abgehen und an dessen Ende der Polizist ein Wohnzimmer vermutet. Grosskirchler geht voraus, lässt sich dort auf ein Sofa plumpsen und signalisiert mit einer angespannt wirkenden Geste, dass sie ihm gegenüber in zwei Sesseln Platz nehmen mögen.

„Wer ist bitte Annett?" Bianca sieht den jungen Mann forschend an.

„Meine Mitbewohnerin", antwortet der. „Oder besser gesagt Untermieterin. Sie heißt Annett Michelsen und hat hier vor knapp zwei Jahren zwei Zimmer bezogen. Allein kann ich mir die Wohnung nicht leisten. Aber jetzt ist Annett seit mehr als sechs Monaten nicht mehr aufgetaucht. Vorher hat sie noch mein Handy mitgenommen, ich nehme an, aus Versehen. Wir haben beide ein Samsung Galaxy S10, sodass sie es wohl einfach verwechselt hat."

Grosskirchler rubbelt sich in einer nachdenklichen Geste durchs Haar. „Erst war ich deswegen einfach total genervt. Schließlich sind da ja jede Menge Daten drauf, von denen ich aber glücklicherweise regelmäßig auf meinem Computer ein Backup speichere. Inzwischen aber mache ich mir vor allen Dingen Sorgen um Annett. Ich fürchte, sie ist in argen Schwierigkeiten."

Vollertsen beugt sich vor. „Seit Monaten haben Sie nicht mehr von ihr gehört, sagen Sie? Haben Sie ein Foto von der Dame? Und was können Sie uns über sie erzählen?"

Die Kommissare können Grosskirchler ansehen, dass bei ihm allmählich der Groschen fällt. Echte Bestürzung spiegelt sich in seinem Gesicht, seine Gesten werden fahrig, und es macht ihm sichtlich Mühe, seine Gedanken zu sortieren. Schließlich beginnt er langsam und stockend zu erzählen.

„Ich fürchte, wir haben jetzt konkrete Hinweise auf ein weiteres Mordopfer von Raptor", fasst Max zusammen, als er und Bianca Martinek eine halbe Stunde später wieder auf die Straße treten. Von Grosskirchler haben sie erfahren, dass die vermisste Annett Michelsen einunddreißig Jahre alt ist, Kunsthistorikerin, alleinstehend, keine Kinder. Seit vier Jahren lebte sie in Hamburg, die letzten zwei Jahre zusammen in der Wohnung mit dem Werbetexter. Bianca hat so eine Ahnung, dass er gern eine innigere Beziehung zu seiner Mitbewohnerin gehabt hätte. Sie schließt das aus seiner Stimme, die etwas Weiches bekommen hat, als er von ihr erzählte, und aus dem Blick, mit dem er das Foto der Frau ansah, bevor er es den Kommissaren überlassen hat. Es wäre kein Wunder, wenn er sich in sie verliebt hätte: eine außergewöhnlich schöne Frau mit großen grünen Augen, dezenten Sommersprossen, kupferrotem Haar – und einem bezaubernden Grübchen in der Wange. Doch offenbar hat sie kein weitergehendes Interesse an ihm gehabt. „Sie hat immer gesagt, dass sie nur mit ihrem Beruf verheiratet ist", hat Grosskirchler erzählt. „Aber das habe ich ihr nicht ganz abgenommen. Ich habe immer vermutet, dass sie mit irgendjemandem ein Verhältnis hat, aber nicht darüber reden möchte." Und dann sei sie schließlich seit Ende April nicht mehr in die Wohnung zurückgekehrt, und mit ihrem Verschwinden bemerkte er, dass sein Handy fehlte. „Das Handy war dann immer abgeschaltet, wenn ich mal versucht habe, auf meiner Nummer anzurufen. Ich habe den Verlust irgendwann bei meinem Anbieter gemeldet", hat er geschildert. Dann hat er exakt das Modell beschrieben, das die Ermittler im Sarg gefunden haben. Bingo.

Eine Vermisstenmeldung hat Grosskirchler nicht erstattet. Das habe er lieber ihren Eltern überlassen, hat er erzählt. „Sie wollten sich sofort drum kümmern, als ich sie angerufen und erzählt habe, dass Annett seit Tagen nicht zu Hause war." Tatsächlich gibt es einen einsprechenden Eintrag in den polizeilichen Datenbanken, wie Bianca sofort gecheckt hat – allerdings nicht unter Annett, sondern Margarete. „Das ist ihr eigentlicher Name, aber sie hasst es, so genannt zu werden", hat Grosskirchler erklärt. „Deshalb hat sie immer ihren zweiten Vornamen als Rufnamen gebraucht." Extrem beunruhigt und verstört hat der Mann zuletzt gewirkt, regelrecht kläglich, mit hängenden Schultern und verzweifeltem Blick.

Es ist Bianca gewesen, die ihm im Versuch, ein wenig Trost zu geben, die Hand vorsichtig auf den Arm gelegt hat. Vollertsen bewundert immer wieder, wie einfühlsam die Kollegin mit den Menschen umgehen kann, ohne dabei anbiedernd oder aufdringlich zu wirken. Es ist einfach eine Geste, die sagt: Wir verstehen Sie.

Und doch haben die Ermittler nichts tun können, das Grosskirchlers Sorgen vertreiben würde. Sie haben sich schließlich mit der üblichen Begründung herausgewunden, dass sie „wegen laufender Ermittlungen" nichts weiter sagen dürfen.

„Ich sehe Annett nie wieder, oder?" Mit flehender Miene hat der junge Mann sie angesehen, der innige Wunsch, sie sollten ihm doch noch Hoffnung geben, ist nur zu offensichtlich.

Bianca und Max haben seine Frage nicht beantwortet. Doch als sie wieder unter sich sind, reicht ein kurzer Blick, um sich zu verständigen. Ja, auch wenn eine Identifizierung noch aussteht: Annett Michelsen ist ganz bestimmt ein Opfer von Raptor geworden. Sie wissen nur noch nicht, wann und wie.

## KAPITEL 36

So leicht legt man ihn nicht rein. Es braucht schon mehr als ein paar mäßig begabte Polizisten, zwei Fotoapparate mit Teleobjektiven und ein bisschen Glück, um jemanden wie ihn zu stellen. Haben diese Stümper von der Kripo allen Ernstes geglaubt, er würde für sie beim Begräbnis in die Kameras lächeln und sich outen? Blödsinn!

Selbstverständlich ist er auf dem Friedhof gewesen. Er hat sich sogar einen Spaß daraus gemacht, von seinen drei Wagen ausgerechnet den Ford Raptor für diesen kleinen Ausflug zu nehmen. Es ist als Provokation gedacht gewesen, in Anlehnung an den Kampfnamen, den er sich schon vor Jahren selbst gegeben hat.

Was war das für eine Wonne, als Ford dann ein Modell herausgebracht hat, das ausgerechnet genau wie dieser Saurier heißt! Natürlich hat er sich sofort so einen SUV gekauft. Es ist ihm ein Bedürfnis gewesen, auch wenn er diese amüsante Namensgleichheit besser für sich behalten hat. Offensichtlich ist die Polizei noch nicht darauf gestoßen, wie er sich insgeheim nennt. Oder sie wissen mittlerweile, dass er als Raptor sein Unwesen treibt – sind aber zu verpeilt, als dass sie sein unweit vom Friedhof geparktes Auto ihm zuordnen könnten. Was sind das bloß für Schnarchnasen!

Selbstverständlich hat er sich bei der Beerdigung in der Nähe der Grabstelle von Anna Krüger umgesehen. Und er hat sich richtig einen gefeixt, als er die aufgescheuchte Gemeinde beobachtet hat, während „Highway to Hell" losging. Wie dumm alle aus der Wäsche geguckt haben. Einfach köstlich! Nur schade, dass er seinen gut getarnten Beobachtungsplatz hinter einem mächtigen Rhododendron verlassen musste, als die feierliche Stunde abrupt abgebrochen und das Gebiet mit Polizeiband abgesperrt worden ist. Er hätte sich gern noch weiter an dem Aufruhr geweidet. Aber auch so kann er sich lebhaft vorstellen, wie der Schock und das Entsetzen die Anwesenden gelähmt haben. Er kann mit dem Grinsen kaum aufhören, wenn er nur daran denkt.

Sein gut geplanter Virusangriff auf das Bestattungsinstitut von Anna Krüger hat sich voll ausgezahlt. Es ist ein Risiko gewesen, dort einzubrechen und sich an dem Sarg der Unglückseligen zu schaffen zu machen. Aber es war die Sache wert. Er würde es jederzeit wieder tun. Ebenso wie die Annäherung an diese Polizeizicke, diese Emma Claasen. Durchaus attraktiv, die Frau. Wenn die Gegebenheiten andere wären, würde er sich vielleicht sogar um ein Date mit ihr bemühen. Aber die Umstände sind nun mal so, wie sie sind: er als der clevere, der ganzen Polizeibagage haushoch überlegene Held – und sie die miese Bitch, die ihn in den Knast bringen will. Da muss es bei einer gut abgesicherten Kontaktaufnahme bleiben, aus einer wohl dosierten Distanz. So wie neulich, als er ihr das Herz und die Brust nach Hause geschickt hat. Jetzt weiß sie, dass er sie auf dem Schirm hat. Hoffentlich geht ihr ordentlich die Düse!

Er hat den Entschluss, sie mit einer Auswahl seiner Trophäen zu bedenken, gar nicht lange überdenken müssen. Er hat ihn in dem Augenblick gefasst, als er im Internet ein Foto von der Pressekonferenz gesehen hat, das die Ermittlerin zusammen mit ihrem Abteilungsleiter und diesem Langweiler von Polizeipressesprecher gezeigt hat. „Emma Claasen, die verantwortliche Kommissarin in einem mysteriösen Mordfall" hat die Bildunterschrift gelautet. Auf dem Bild hat er nicht genau erkennen können, welche Augenfarbe sie hat, und ihre Körperstatur hat ebenfalls Fragen offen gelassen. Er hätte es gern gewusst. Aber er würde ihr schon noch mal begegnen, und vermutlich würde einer von ihnen beiden dabei Handfesseln tragen. Am besten sie. Er hat schon reichlich kreative Ideen, was er dann alles mit ihr anstellen könnte.

Jetzt gilt es, die Schnitzeljagd weiter zu verfolgen, noch mehr Spuren zu legen und die Ermittler noch gründlicher an der Nase herumzuführen. Sollen sie ruhig denken, dass sie seine Fährte aufgenommen haben und ihn bald stellen können. Von wegen! Es ist eher umgekehrt. Nicht nur, dass er über Emma Claasen schon fleißig Informationen gesammelt hat. Er hat zudem viel Energie darauf verwendet, diese junge Kollegin der Chefin auszuspionieren. Jene Frau, die sich eifrig bemüht hat, auf dem Friedhof möglichst viele Besucher vor die Linse zu bekommen. Stattdessen hat er genug Zeit gehabt, sich von seinem Versteck aus ein Bild von ihr zu machen: lange blonde Mähne, lange Beine. Lange Leitung? Jedenfalls hat sie nicht gemerkt, dass er ihr neulich vorsichtig gefolgt ist, als sie vom Polizeipräsidium aus den Bus Richtung Eimsbüttel und nach Hause genommen hat. Nachdem dann im dritten Stock des Altbaus, in dem sie offenbar lebt, die Lichter angegangen sind, hat er sich auf dem dazugehörigen Klingelschild ihren Namen notiert. Bianca Martinek. Die wichtigsten Daten hat er also jetzt. Und die sozialen Netzwerke sind ja bekanntermaßen eine wahre Schatzkiste, um viele weitere reizvolle Dinge herauszufinden.

Raptor reibt sich frohlockend die Hände. Er weiß, dass die Polizei ihn in eine Falle locken will. Aber wie heißt es so schön? Wer anderen eine Grube gräbt … Und er hat eine sehr präzise Idee, für wen seine Grube sein soll.

## KAPITEL 37

„Papa, der guckt aber ganz böse!" Entrüstet und zugleich etwas furchtsam ist Philipp gewesen. Kai Plathe hat seinerzeit darüber schmunzeln müssen, was seinem älteren Sohn durch den Kopf gegangen ist, als er den Jungen erstmals mit zu seinem Arbeitsplatz ins Rechtsmedizinische Institut genommen hat. In einer Vitrine mit anthropologischen Funden hat ein historischer Schädel gestanden und aus dunklen, leeren Augenhöhlen scheinbar unheilvoll und bedrohlich sein Gegenüber angesehen. So hat Philipp es damals, als Siebenjähriger, empfunden. Und mit diesem mulmig-misstrauischen Gefühl ist der Junge wahrlich nicht allein. Wenn von einem Menschen nur noch der knöcherne Kopf übrigbleibt, kann das auf andere finster wirken, beängstigend gar.

Für Kai allerdings ist es vor allem eine Herausforderung. Er findet es ausgesprochen spannend, alten Knochen ihre Geheimnisse zu entlocken.

Üblicherweise zumindest.

Doch dieses Mal ist es anders. Jetzt geht auch für den Rechtsmediziner von einem historischen Schädel etwas Dunkles aus, etwas zutiefst Erschreckendes. Denn in der rechten Augenhöhle des knöchernen Kopfes hat ein USB-Stick gesteckt, mit einem Zettel und einer unheilvollen Botschaft versehen. „Ein Ohrenschmaus", steht dort. Und: „Raptor lässt grüßen."

Was zum Teufel …! Jetzt ist der Serienmörder sogar ins Institut für Rechtsmedizin eingedrungen! Kai reibt sich fassungslos die Stirn. Mit einer Pinzette hat er den kleinen Datenträger aus dem Inneren des Schädels gezupft, sorgsam darauf bedacht, keine Spuren zu zerstören oder selber zu legen. Er versenkt ihn in eine Papiertüte, die er sorgfältig verschließt. Eine neue Spur. Physisch, und sicherlich psychisch. Was auch immer auf dem Stick ist, wird den Ermittlern wichtige Schlüsse ermöglichen, vielleicht neue Abgründe offenbaren. Über den angeblichen „Ohrenschmaus" macht Kai sich keine Illusionen. Immer wieder hat Raptor es darauf angelegt zu verstören, zu ängstigen, zu schockieren. Der Mörder wird mit seiner Botschaft kaum einen Wohlklang für die Sinne gemeint haben, keine Symphonie von Mozart oder einen Song von Adele. Kai rechnet viel eher mit Geräuschen, die dem Zuhörer Entsetzensschauer über die Haut jagen. Klagelaute, Hilferufe oder Schmerzensschreie.

Kai muss Emma Claasen informieren. Aber zuerst will er checken, wie Raptor hier in die Anthropologie des Instituts gelangt sein kann. Der Rechtsmediziner sieht sich in dem Kellerraum um, in dem wohl Hunderte Knochen älteren Datums gelagert sind, von Fingern zum Beispiel, Oberschenkeln, Rippen und anderen Körperteilen. Die ganze menschliche Anatomie von Kopf bis Fuß, also eben auch Schädel. Es ist ein wahrer Fundus an Informationen und durchaus spannenden Geschichten, die manchmal bis in den Zweiten Weltkrieg zurückreichen, andere sogar noch weiter.

Deshalb ist die Tür, wenn hier gerade niemand arbeitet, immer sorgfältig zugesperrt. Kai inspiziert das Schloss. Es wirkt unversehrt, die Fenster gegenüber ebenso. Plathe erkundigt sich bei dem Mitarbeiter am Empfang, ob irgendwo Einbruchsspuren bemerkt worden oder anderen Unregelmäßigkeiten bekannt geworden sind? Da ist man überrascht. „Aber Chef! Sie sagen doch selbst immer: Das ist hier beinahe so sicher wie Fort Knox!"

Vielleicht nicht ganz. Schließlich horten sie hier nicht tonnenweise Gold. Aber so wie Kai es versteht, gehört es sich, sich jedem Toten mit ganz besonderer Aufmerksamkeit zu widmen. Weil auch nach dem Sterben die Würde des Menschen geachtet werden muss und weil es dazugehört, herauszufinden, woran jemand gestorben ist. Und vor allem: Weil von den Toten mithilfe der Rechtsmedizin wichtige Erkenntnisse für das Leben gewonnen werden. Erkenntnisse, die auf lange Sicht anderen helfen, ein vorzeitiges Sterben zu verhindern – also unschätzbar wertvolle Erkenntnisse, kostbarer als Gold.

Natürlich wird hier im Institut aus vielerlei Gründen genau darauf geachtet, dass keine Unbefugten irgendwo herumschnüffeln können. Zugleich gibt es immer wieder angemeldete Besuchergruppen, Studenten oder Polizisten beispielsweise. Gestern Abend fand die Lesung eines Autors statt, der einen Krimi über einen Rechtsmediziner geschrieben hat. Für Kais Geschmack ist der Roman überladen mit Superhelden-Schnickschnack, einfach zu viele Kampf- und Actionszenen, die der Protagonist natürlich alle bravourös für sich entscheidet. Hätte nur noch gefehlt, dass dem Rechtsmediziner sogar Flügel wachsen. So ein Humbug!

Doch offenbar hat die Autorenlesung viele Hamburger interessiert. Und wenn Raptor sich nun unter die Besucher gemischt hat? Unter seinem wahren Namen oder einem fiktiven? Außerdem werden beaufsichtigte Führungen durch das Institut angeboten, wo Gäste beispielsweise die Kinderambulanz sehen können, die Toxikologie und das Allerheiligste: den Keller mit den Kühlfächern, in denen die Toten gelagert werden, sowie die Obduktionsräume. Und die Anthropologie. Wenn Raptor es geschickt anstellt – und das trauen sie ihm alle zu –, konnte er dabei unbemerkt den Stick in dem Schädel deponieren.

Ja, so muss es gewesen sein. Höchste Zeit, dass Plathe die Chefermittlerin informiert. „Ich habe schlechte Nachrichten. Es gibt eine neue Botschaft von Raptor." Kai hält sich wie üblich nicht mit Begrüßungsfloskeln auf, als Emma Claasen seinen Anruf annimmt. „Dieser Mistkerl war hier", brummt er aufgebracht. „Bei mir im Institut."

Emma braucht eine halbe Sekunde, um die Neuigkeit zu begreifen. „Ist er bei Ihnen eingebrochen? Was ist passiert?" Kai erklärt ihr, was er gefunden hat, und seine Überlegungen dazu, wie der Mann ins Haus gelangt ist. „Ich schicke sofort die Spurensicherung", verspricht Emma. „Bianca Martinek wird mitkommen, sich die Gästeliste für die Lesung ansehen und mögliche Zeugen befragen. Und ich komme selber, um mich in der Anthropologie umzusehen. Vor allem will ich mir schnellstmöglich anhören und ansehen, was auf dem USB-Stick ist." Emma schnaubt ärgerlich. „Was auch immer Raptor da für Sie oder für uns aufgenommen hat: Es wird uns mit Sicherheit überhaupt nicht gefallen."

Eine knappe Stunde später sitzen der Rechtsmediziner und die Kommissarin in Plathes Büro. Emma streift sich Latexhandschuhe über, fischt den Datenträger aus der Papiertüte, schiebt ihn in den Anschluss von Kais Laptop und startet das Abspielen der Aufnahme. Für einige Sekunden erklingt gedämpfte Hintergrundmusik, irgendetwas Klassisches. Sollte Raptor sie genarrt haben, sich schlicht einen Spaß daraus gemacht, sie aufzuscheuchen?

Dann aber ist plötzlich eine Frau zu vernehmen, deren Stimme sie nicht zuordnen können, die aber ganz offensichtlich verletzt und misshandelt wird. Sie hören, wie die Fremde „Aua" schreit, wie sie um Hilfe ruft, wie ihre Stimme leiser und schwächer wird. Im Hintergrund mischt sich irgendwo wie aus der Ferne ein merkwürdiges Tuten oder leises Dröhnen in die Aufnahme, wird dann aber wieder übertönt von dem Röcheln und Japsen der leidenden Frau.

„Um Himmels willen, sie stirbt!" Emma sieht Kai entgeistert an. Der starrt mit einer Eindringlichkeit auf den USB-Stick, als könne er allein durch seinen fordernden und zugleich mitfühlenden Blick das Martyrium der gefolterten Frau mildern. Immer gequälter klingt das Keuchen und Röcheln auf dem Band, wird leiser. Dann erstirbt es ganz.

„Die Frau windet sich im Todeskampf. Und Raptor sitzt vermutlich seelenruhig daneben und geilt sich daran auf."

Plathe hat gar nicht gemerkt, wie er die Fäuste ballt. „Ich fasse es nicht!"

Emma wirkt wie erstarrt. Sie hat die Augen geschlossen, der ganze Körper ist angespannt. Nach ein paar Sekunden springt sie von ihrem Stuhl auf, voller Wut und Empörung. „Damit kommt der Kerl nicht durch! Wir werden ihn kriegen." Ihre Augen funkeln. „Wenn der Stick von der Spurensicherung untersucht wurde, gebe ich ihn unseren Technikern. Hoffentlich können die irgendwelche Geräusche isolieren, die uns weiterhelfen. Die Musik und dieses merkwürdige Dröhnen: Vielleicht können wir herausfinden, was und wo das ist."

Emma beugt sich vor, um die Aufnahme zu stoppen und den Stick aus dem Computer herauszuziehen. In diesem Moment hören sie dumpfes Poltern, als wenn ein großer Gegenstand zu Boden fällt. Die Kommissarin und Kai sehen sich an. Die Laute kommen nicht etwa aus einem Nebenraum, sondern aus dem Lautsprecher des Laptops. Die Aufnahme ist noch nicht zu Ende!

„Was zum Henker ...", entfährt es Plathe. „Was macht der da?" Sie lauschen angestrengt. Da ist ein Schaben, ein Rascheln, eine Männerstimme, die ein gedämpftes Fluchen ausstößt. Schließlich ein grässliches Schleifgeräusch. Metall auf Metall? Oder Metall auf Stein?

„Das erinnert mich an etwas." Emma reguliert die Lautstärke nach oben, das Reiben wird deutlicher. Sie wird blass. „So hört sich das an, wenn meine Mutter beim Kochen vor dem Fleischschneiden ihre Messer schärft. Raptor wird doch wohl nicht ..." Wenn die Laute wirklich das sind, was Emma zu erkennen glaubt, dann wetzt der Serienmörder ausgiebig und mit Hingabe irgendwelche Klingen. Kai hat versäumt, auf die Uhr zu sehen und zu verfolgen, wie lange das Schleifen andauert. Es müssen etliche Minuten sein. Emma wirkt vollkommen entgeistert. Sie zuckt zusammen, als plötzlich Worte zu verstehen sind. „So, meine Süße." Es ist nicht mehr als ein Flüstern, doch es klingt eigentümlich erwartungsfroh, geradezu heiter. „Jetzt ist es an der Zeit für mein Kunstwerk."

Sie hören ein dumpfes Schlagen, einen Moment lang herrscht Stille, dann ein Geräusch wie von reißendem Stoff und ein Kratzen, das von einer Säge stammen kann. Dazu summt Raptor vor sich hin. Die Melodie ist unverwechselbar: „Spiel mir das Lied vom Tod."


## KAPITEL 38

Ein Windstoß, und die Arbeit von zwei Stunden wäre hinüber. Emma betrachtet das Durcheinander aus gelben, orangefarbenen und grünen Zetteln auf ihrem Schreibtisch und lehnt sich zurück. Wahrscheinlich wirkt diese Ansammlung von Notizen auf andere wie ein Chaos, doch für die Kommissarin hat diese scheinbare Unordnung Struktur. Sie hilft ihr, ihre Gedanken zu sortieren.

Wenn sie einen so komplexen Fall wie den um Raptor zu lösen hat, braucht Emma das Brainstorming im Team genauso wie die stillen Momente allein im Büro. Die eine Längswand ihres Zimmers ist vollkommen kahl, an der anderen gegenüber hängt eine Weltkarte etwa von der Größe einer halben Schultafel. Dreiundvierzig Fähnchen sind an unterschiedlichen Stellen in die Kontinente gepiekt, eins für jedes Land, das sie schon bereist hat. In gut einem Drittel davon ist sie mit ihren Eltern und ihrer Schwester gewesen. Als sie noch in der Grundschule waren, haben ihre Eltern vorwiegend Ziele innerhalb Europas ausgesucht, die Mittelmeerländer, Skandinavien, Irland und Polen, wo die Mädchen wunderbare Reiturlaube verbracht haben.

Als Laura dann an den Rollstuhl gefesselt war, haben Mutter und Vater viel Organisationstalent und Energie darauf verwandt, Reisen zu ermöglichen, die auf den ersten Blick unmachbar schienen für jemanden, der nicht laufen kann. Doch Angelika und Malte Claasen wollten ihren Töchtern unbedingt die teils liebliche, teils ungezähmte Pracht Neuseelands zeigen und die wilde, bizarre Schönheit der amerikanischen Canyons. Und tatsächlich konnten sich Laura und Emma nicht sattsehen an dem Zauber vom anderen Ende der Welt und an den magischen Schluchten in den USA.

Nachdem ihre Zwillingsschwester sich dann aus dem Leben stahl, schien es so, als habe ihre Lähmung posthum die ganze Familie infiziert und nahezu bewegungsunfähig werden lassen. Ihre Eltern und Emma waren über lange Zeit wie betäubt. Ihr Alltag wurde unberechenbar und sie sich selbst ein stückweit fremd. Wenn schon der Gang zum Briefkasten unendlich mühsam schien, wie hätte da Reisen ein Thema sein können? Erst nach dem Abitur zog es Emma wieder in die Ferne, unter anderem nach Island, nach Südafrika, Israel, Kanada und Vietnam. Und in Kroatien, Österreich und im schwedischen Bohuslän hat sie vor allen Dingen Kletterurlaube gemacht. In den vergangenen Jahren aber ist sie wieder ruhiger geworden, wenn auch nicht wirklich sesshaft. Dazu würde mehr gehören als ein schönes Zuhause im Grünen und zwei Katzen, hat Emma längst für sich erkannt. Um tatsächlich irgendwo Wurzeln schlagen zu wollen, hätte sie gern Familie. Doch ein solches Glück ist unendlich schwerer zu finden als ein weiterer Lieblingsplatz irgendwo in der Ferne.

Vor allem, wenn es in ihrem Leben immer wieder Phasen bei der Arbeit gibt, in denen sie nur sporadisch zu Hause sein kann. So wie jetzt. Sie muss einen Serienmörder hinter Gitter bringen, zumal einen Schwerverbrecher, der weiß, wo sie wohnt und ihr Post zukommen lässt. Das verändert selbstverständlich ihren Blick auf ihr Zuhause. Seit Emma das gruselige Päckchen erhalten hat, fährt etwa einmal pro Stunde eine Polizeistreife an ihrem Haus vorbei, um nach dem Rechten zu sehen. Ihr Chef hat auf dieser Sicherheitsmaßnahme bestanden.

Eigentlich mag Emma diese von oben verordnete Bewachung gar nicht. Aber vermutlich ist sie vernünftig. Denn dieser Täter ist anders als viele andere. Er ist unberechenbar. Er ist ein Mörder von jener eher seltenen Spezies, die in vollem Bewusstsein, geplant und kalt lächelnd töten. Sie muss mit diesem Wissen arbeiten und leben. Aber sie muss sich nicht daran gewöhnen. Sie will das auch gar nicht. Sie braucht eine gewisse Härte für den Beruf, aber sie braucht ebenso Empfindsamkeit – und Empathie.

Es ist ihr tiefes Gerechtigkeitsempfinden, das Emma immer wieder antreibt, und ein Verantwortungsgefühl gegenüber den Opfern. Die unmittelbaren Opfer und die, die in das Unheil mit hineingezogen werden. Wie die Eltern von Jasmin Stranger zum Beispiel. Und wie Patrick.

Die Kommissarin blickt auf die Zettelwirtschaft auf ihrem Schreibtisch. Sie hat diese Methode, wichtige Informationen sowie zu erledigende Aufgaben auf einzelne Blätter zu notieren und dann in eine möglichst plausible Ordnung zu bringen, schon in der Schule praktiziert. Es hat ihr immer geholfen, ihre Gedanken zu sortieren. Im besten Fall ergeben all diese Notizen am Ende ein stimmiges Ganzes, wie eine Vielzahl von Mosaiksteinen, die schließlich zu einem Bild verschmelzen.

Sie wissen aus den winzigen DNA-Spuren, die Plathe unter dem Fingernagel von Jasmin Stranger hat sichern können, dass ihr Täter Mitteleuropäer ist, dunkle Haare und braune Augen hat und vierzig bis fünfzig Jahre alt ist. Sie haben ein Phantombild, von dem sie allerdings nicht sicher sein können, wie weit es zutrifft. Patrick hat sich alle erdenkliche Mühe gegeben, das war dem Jungen anzusehen. Doch Emma weiß aus ihrer langjährigen Erfahrung, wie sich die Erinnerung von Zeugen trüben kann. Das Gedächtnis spielt uns öfter einen Streich, als uns das bewusst ist. Das Bild, das wir von jemandem in unserem Gehirn abgespeichert geglaubt haben, ist vielleicht eine Überlagerung von vielen Erinnerungen – und somit nicht viel mehr als eine verschwommene Vision, als betrachte man eine Spiegelung auf einer bewegten Wasseroberfläche. Trotzdem: Sie haben zumindest eine Orientierung, wie ihr Täter wahrscheinlich aussieht. Das hilft ihnen weiter. Und die Aufnahme, die ihre Techniker aus der Videokamera des Bestattungsinstituts herausfiltern konnten, lässt zwar an Qualität zu wünschen übrig, zeigt aber immerhin: Das durch eine Baseballkappe halb beschattete Gesicht weist deutliche Parallelen zu dem Phantombild auf. Der Nebel, der Raptors Aussehen bisher verschleiert hat, lichtet sich allmählich.

Sie haben zudem in Erfahrung gebracht, dass sie einen Mann etwa im Alter von Steffen Krüger suchen, also ungefähr Mitte vierzig. Laut der Beschreibung der Zeuginnen aus dem Wohnhaus der Familie Krüger ist ihr Täter zwischen 1,80 und 1,85 Meter groß. Raptors Wohnung oder irgendein Versteck, zu dem er Zugang hat, liegt sehr wahrscheinlich an der Elbe. Die Techniker, die den in dem Totenschädel versteckten USB-Stick analysiert haben, haben ganze Art geleistet. Das dröhnende Geräusch im Hintergrund hat sich als das Tuten eines Schiffshorns herausgestellt. „Keine Barkasse, das muss was deutlich Größeres sein", ist sich der Techniker sicher gewesen. „Wahrscheinlich ein Frachter oder so etwas." Und die fahren in Hamburg bekanntlich nur auf dem großen Strom.

Raptor ist sehr wahrscheinlich zudem Audi-Fahrer. Das Lenkrad seines Fahrzeugs hat einen ungewöhnlichen, hellen Bezug. Und sie haben die Ergebnisse der Videoaufzeichnung aus der Nacht, als Raptor mit Steffen Krüger und Patrick in Altona unterwegs war. Emma hat gehofft, dass diese Information sie entscheidend weiterbringt. Es war die Aufgabe von Bianca Martinek, die Passagierliste des Kreuzfahrtschiffs dahingehend zu überprüfen, welcher der männlichen Gäste Audi fährt. Emma hat insgeheim geflucht, als sie das Ergebnis erfahren hat. Es sind siebenunddreißig gewesen! Selbst wenn sie ihre Ermittlungen auf jene Männer beschränken, deren Alter zwischen vierzig und fünfzig liegt, haben sie immer noch zweiundzwanzig Verdächtige. Und der Mord liegt bereits zwei Jahre zurück. Sie müssen also frühere Register berücksichtigen. Vor ihnen liegt noch ein Haufen Arbeit.

Und es gibt noch mehr Hinweise, denen sie nachgehen müssen. Sie sollten zum Beispiel den Urheber der ungewöhnlichen Tätowierung an Annett Michelsens Fuß finden. Die Analyse der Faser, die Plathe an dem amputierten Finger von Jasmin Stranger gesichert hat, ist ebenfalls noch nicht abgeschlossen. Eine weitere interessante Spur hat sich durch die Befragung von Susanne Everson aufgetan, der in Kanada lebenden jüngeren Schwester von Steffen Krüger. Bianca Martinek, die von ihnen am besten Englisch spricht, hat über Skype mit den Kollegen in Vancouver Kontakt aufgenommen, die die Frau befragt haben. Weil Patricks Vater vor seinem Suizid erzählt hat, dass er Raptor schon „sehr lange" kenne, haben sie seine Schwester gefragt, ob sie sich an Freunde ihres Bruders aus der Kindheit und Jugend erinnern könne? Vielleicht insbesondere solche, die ihr irgendwie „merkwürdig" vorgekommen sind?

Susanne Everson, Patricks Tante väterlicherseits, die der Neunjährige noch nie zu Gesicht bekommen hat, hat erzählt, dass ihre Familie in ihrer Kindheit öfter Ferien auf einem Bauernhof im nördlichen Niedersachsen gemacht hat. Den genauen Ort oder die Adresse kennt sie nicht, dazu war sie damals wohl zu klein. Aber sie erinnert sich tatsächlich an einen Jungen, vor dem sie sich damals „richtig ein bisschen geängstigt" hat, wie sie erzählt. „Der war irgendwie fies. Ich hatte immer den Eindruck, dass er Tiere nicht leiden kann. Und manche Menschen auch nicht." Die Vierzigjährige hat versprochen, alte Fotoalben zu wälzen in der Hoffnung, dass von dem Bauernhof, einer Ortschaft in der Nähe und vielleicht sogar von dem merkwürdigen Jungen noch Bilder existieren, die ihnen weiterhelfen können. Der Instinkt und die Erfahrung sagen Emma, dass sie bei Raptor weit in die Vergangenheit zurückgehen müssen, um seine Handlungen von heute zu entschlüsseln. Emma wird ihren Chef bitten müssen, ihr weitere Kollegen zuzuteilen, damit sie die sich ausweitenden Ermittlungen bewältigen können.

Ihre jüngste und vielleicht wichtigste Information hat sich allerdings aus dem Staub ergeben, den Kai Plathe bei der Untersuchung des Fußes von Annett Michelsen entdeckt hat. Die Experten vom LKA haben herausgefunden, dass es sich bei den winzigen Partikeln um sehr fein gemahlenen Travertin handelt. Emma hat zunächst mit diesem Begriff nichts anfangen können. Eine kurze Aufklärung durch die Kollegen und eine Recherche im Internet haben sie mittlerweile fast zu einer Expertin für diesen speziellen Kalkstein gemacht, der aus Süßwasserquellen als Quellkalk chemisch ausgefällt wird und überwiegend aus Calciumcarbonat besteht. Er ist mehr oder weniger porös und eignet sich wegen seiner besonderen Beschaffenheit gut zum Schleifen und Polieren – und damit als Baustein, für Fliesen oder zur Dekoration beispielsweise für Fensterumrahmungen.

Sie können also davon ausgehen, dass der Täter kurz vorher auf einer Baustelle gewesen ist, wo er mit frisch geschnittenem Travertin in Berührung gekommen ist. Raptor könnte im weitesten Sinne im Baugewerbe tätig sein, als Unternehmer, Handwerker oder Architekt. Das grenzt den Kreis der Verdächtigen weiter ein – auch wenn sie nicht den Fehler machen dürfen, ausschließlich in diese Richtung zu ermitteln. Aber es gibt einen gewissen Kurs vor, bei dem sie konkreter ansetzen können.

Emma studiert ein weiteres Mal ihre bunten Zettel, vergewissert sich, dass sie nichts vergessen und sich alle Informationen eingeprägt hat. Dann klaubt sie die Notizen zusammen und versenkt sie in ihrem Papierkorb.

Es bleibt noch die Frage nach Raptors spezifischer Handschrift. Ein typisches, immer wiederkehrendes Verhalten, das ihn charakterisiert, auf das er immer wieder zurückgreift. Hat dieser Serienmörder so etwas überhaupt? Die Antwort ist ermutigend und niederschmetternd zugleich. Wenn hier eine Handschrift zu erkennen ist, dann allenfalls eine krakelige, mit wild durcheinander gewürfelten Groß- und Kleinbuchstaben. Kontinuität hat sein Faible für rote Haare. Eine Konstanz ist zudem in der Leichenzerstückelung zu sehen, auch wenn diese sehr unterschiedlich erfolgt und sich im Ausmaß ändert. Die Herkunft der Frauen ähnelt sich allerdings nicht, ihr soziales Umfeld weist große Unterschiede auf, ebenso wie die Orte, an denen er die Körper deponiert. Er könnte sich stets einen abgelegenen Strand suchen oder eine Mülldeponie. Aber nein, er variiert.

Vielleicht liegt gerade in den Unterschieden das Muster? Müssen sie nicht nach einer Verbindung der Ablageorte suchen, weil Raptor sich seiner Opfer immer gerade dort entledigt hat, wo sich ihm eine gute Gelegenheit bot? Können sie daraus Schlüsse ziehen?

Die Körperteile von Anna Krüger hat Raptor in abgelegenen Ecken Altonas verteilt, ihren Kopf im Museumshafen und den Rumpf in der Geisterbahn. Aber sie sind sich einig, dass dieser Fall getrennt von den anderen Morden und Zerstückelungen betrachtet werden muss, allgemeine Schlüsse sollten nur mit größter Vorsicht daraus gezogen werden. Von Annett Michelsen haben sie bisher nur das Herz sowie den Fuß, der im Rathaus gefunden wurde. Von den anderen Opfern hat Raptor Jasmin Stranger offenbar vom Kreuzfahrtschiff aus ins Meer geworfen, und die Schwedin Kristina Lundén hat er vor vier Jahren in einer Baugrube versenkt. Vermutlich, weil sich ihm das gerade anbot.

Eine Baugrube. Wer hat dazu Zugang, und wann? Sie haben sich noch gar nicht darum gekümmert, um was für ein Vorhaben es sich dabei handelte und welche Firmen daran beteilgt waren. Natürlich könnte sich auch ein Fremder nachts Zugang zu der Baustelle verschafft haben. Vielleicht ist es trotzdem den Versuch wert, dort noch mal zu graben – aber zunächst nur im übertragenen Sinne.

Emma nimmt sich vor, Bianca mit den Recherchen zu beauftragen. Raptor hat weitere Spuren hinterlassen, da ist sie sich sicher. Solche, die er nicht einkalkuliert hat. Jemand, der so von sich überzeugt ist, macht Fehler. Und wenn er sich so überlegen fühlt, dass er glaubt, der Polizei auf der Nase herumtanzen zu können, ist er erst recht angreifbar. Sie müssen die Fährten nur richtig lesen. Höchste Zeit, dass sich ihre Ermittlungen zu einem stimmigen Bild fügen.

Höchste Zeit ist es allerdings jetzt ebenfalls für sie, wenigstens für ein paar Stunden nach Hause zu fahren. Sie hat Hunger. Und wie sie Sherlock und Watson kennt, warten die beiden Kater schon voller Ungeduld, dass ihre Näpfe gefüllt werden. Auch Esmeralda, ihr Gecko, braucht wieder Futter. Emma fährt ihren Computer herunter und schaut kurz nebenan im Büro von Max Vollertsen vorbei. Typisch, dass er noch am Rechner sitzt. Kenan und Bianca haben für heute bereits Feierabend gemacht. Und der Drückeberger Oliver Neumann ist vermutlich schon seit Stunden zu Hause. Okay, sie müssen alle mal durchatmen.

Emma läuft die Treppen des Polizeipräsidiums hinunter zum Ausgang und dann drei Straßen weiter, wo sie ihren Renault Twingo geparkt hat. Für die rund sechzehn Kilometer zu sich nach Sülldorf braucht sie zu dieser nachtschlafenden Zeit keine dreißig Minuten.

Zu Hause stellt sie ihren Wagen im Carport ab und begrüßt Watson, der offenbar den Motor gehört hat und ihr um die Beine streicht, sobald sie aus dem Auto gestiegen ist. Gemeinsam gehen sie die paar Schritte zu ihrer Haustür. Doch Emma stutzt. Als sie den Bewegungsmelder wenige Meter vor ihrem Eingang passiert hat, ist das Licht nicht wie sonst aufgeflammt. Etwas unheimlich wirkt das schon, diese Dunkelheit hier draußen in der Stille. Sie muss dran denken, ihren Vermietern Bescheid zu sagen, damit das in Ordnung gebracht wird. Sogar der Schrei des Käuzchens, den sie normalerweise liebt, klingt jetzt im Düsteren eher gespenstisch.

Als Emma aufgeschlossen hat und in ihre Wohnung eintreten will, stößt ihr rechter Fuß direkt vor der Tür gegen einen Gegenstand, den sie offenbar ein paar Zentimeter weitergeschoben hat. Sie schaltet das Licht in ihrem Windfang ein und entdeckt ein Behältnis. Wieder die Größe eines Schuhkartons! Erneut eine Botschaft von Raptor? Die Kommissarin sieht, dass die Sendung nicht frankiert ist, es steht noch nicht einmal eine Adresse drauf. Emma spürt, wie sich Gänsehaut auf ihren Armen ausbreitet. Was ist mit der Polizeistreife? Wann ist die zuletzt bei ihrer Wohnung vorbeigefahren? War der Mörder etwa trotzdem hier, vor ihrer Haustür? Dann ist der Ausfall der Beleuchtung wohl kein technischer Fehler, sondern von ihm initiiert. Wie dicht will er noch an sie herankommen? Braucht sie vielleicht doch Personenschutz?

Bevor sie falsche Schlüsse zieht, muss sie erst einmal herausfinden, von wem die Sendung ist und was sie beinhaltet. Emma zieht vorsichtshalber Einweghandschuhe über, dann hebt sie den Karton auf und schüttelt ihn vorsichtig. Irgendetwas rutscht darin herum. Sie sollte die Kriminaltechniker rufen, immerhin könnte eine Bombe oder etwas anderes Gefährliches darin liegen.

Nein. Emma schüttelt den Kopf. Das passt nicht zu Raptor. Er hantiert nicht mit Sprengstoff, sondern mit Messer, Beil und Axt. Und er möchte sich am Entsetzen weiden. An der Angst. Er will schockieren. „Nicht mit mir", murmelt die Ermittlerin vor sich hin. Sie ignoriert ihre Katzen, die neben dem Esstisch sitzen, sie mit stummem Vorwurf anzusehen scheinen und ihr Futter einfordern. Aber das Paket hat Vorrang.

Emma stellt es auf den Tisch, zerschneidet die Schnüre, reißt das Packpapier auf und öffnet die Schachtel. Darin liegt, in Schaumstoff eingepackt, eine Barbie-Puppe – zerschnitten in Einzelteile. Wie unter Schock fingert Emma die einzelnen Stücke heraus, es sind sechzehn. Zuletzt findet sie den Kopf. Er hat nicht das typische makellose Puppengesicht. Auf dem Antlitz dieser Barbie klebt ein Foto. Ein Foto von Emma.

## KAPITEL 39

Der Teddy ist verschwunden, ebenso die liebste Kuscheldecke. Und vor allem Patrick selber hat sich seit Stunden nicht blicken lassen. Der Junge hat sich wieder verdrückt, genauso, wie er nach seiner ersten Ankunft in seinem neuen Zuhause auf Zeit zunächst Zuflucht gesucht hat. Er hat sich jetzt wieder in die Dunkelheit und Einsamkeit des Wohnzimmerschrankes zurückgezogen – und in sich selbst.

Karin Schnittger kennt sich aus mit traumatisierten Kindern. Seit vierzehn Jahren ist die diplomierte Sozialpädagogin für das Jugendamt tätig, und oft genug hat sie in ihrem Haus Jungen oder Mädchen mit wunden Seelen für einige Wochen zunächst selbst eine Zuflucht geboten, bis diese entweder in ihre Familien zurück konnten oder bis für sie ein neues Zuhause in einer Pflegefamilie gefunden werden konnte. Es ist jedes Mal herzzerreißend zu erleben, wie diese jungen Geschöpfe tapfer mit ihrem traurigen Los umzugehen versuchen, als Entwurzelte, als Verstoßene, als Unbehauste. Und noch viel mehr geht der Achtunddreißigjährigen nahe, wenn die größte Kraftanstrengung, die die Kinder aufbringen, nicht ausreicht für eine Stabilisierung. Es gibt Schicksale, die einfach zu niederdrückend sind, um sie meistern zu können.

Deshalb hat Karin Schnittger den Jungen zunächst in Ruhe gelassen, nachdem er sich seinen geliebten, vom vielen Rumschleppen schon arg ramponierten Teddy geschnappt hat, außerdem seine Kuscheldecke, eine Taschenlampe und einen alten Kassettenrekorder. Dann ist er Richtung Schrank getrottet und hat sich dort in seiner Höhle verkrochen. Er wirkt noch kläglicher als in den vergangenen Tagen, entmutigter, trauriger.

All das Leid, das ihm widerfahren ist, wäre für jeden niederschmetternd. Und vor allem für ein Kind. Binnen weniger Tage Mutter und Vater zu verlieren, die furchtbare Fahrt mit der Polizei an die düsteren Stellen, wo er zuvor mit Raptor gewesen ist, und schließlich das gescheiterte Begräbnis: Kein Wunder, dass es Patrick jetzt noch schlechter geht. Das kleine bisschen Halt, das er um sich herum aufgebaut hat, ist wieder zerbröckelt.

Seit die Beisetzung so makaber unterbrochen worden ist, hat der Junge zu niemandem mehr ein Wort gesagt. Karin Schnittger hat noch vor Augen, wie er nur noch dagestanden hat, die Arme um seinen frierenden Leib geschlungen, zitternd, mit feuchten Augen. Er hat wie erstarrt ausgesehen. Die Verkrampfung hat sich fortgesetzt, als er sich an der Hand seiner Tante zu einem Taxi geschleppt hat, wie eine batteriegetriebene Spielzeugpuppe, der der Saft ausgeht. In seinem Zuhause auf Zeit hat er sich seitdem verkrochen, erst in seinem Zimmer, später dann im Schrank. Karin Schnittger ahnt, dass dieser Rückfall nichts Gutes verheißt. Ganz offensichtlich steht Patrick unter einem schweren Schock.

Durch den Spalt der angelehnten Schranktür hört die Sozialpädagogin den Jungen flüstern. Wenigstens ist er nicht mehr stumm. Wahrscheinlich spricht er mit seinem Teddy. Sie stellt sich vor, wie Patrick in die Ecke gekauert dasitzt und sein Stofftier und die Kuscheldecke umklammert hält. Sie fragt sich, wofür er den Kassettenrekorder mitgenommen hat. Musik ist nicht zu vernehmen, auch nichts, was nach den Karl-May-Hörspielen klingt, die sie neulich aus einer alten Spielzeugkiste für ihn herausgesucht hat.

Karin Schnittger tritt ein paar Schritte dichter an den Schrank heran und lauscht angestrengt. Keine Worte sind mehr zu hören, stattdessen ein herzzerreißendes Schluchzen.

Vorsichtig zieht sie die Tür ein wenig weiter auf, sieht den Jungen auf dem Boden ausgestreckt, das Gesicht in seine Decke vergraben. Sein Körper zittert und bebt. Vorsichtig berührt sie ihn am Rücken, streicht sanft über die Schultern, seinen Nacken, den Kopf. „Es ist okay", sagt sie leise. Ihre Stimme ist heiser vor Anspannung und Mitleid. „Ich kann verstehen, dass du furchtbar traurig bist. Du musst dich nicht verstecken, wenn du weinst."

Patrick hebt seinen Kopf, im Licht der Taschenlampe kann sie erkennen, dass sein Gesicht nass von Tränen glänzt. Seine Lippen bewegen sich, doch das, was seinem Mund entweicht, sind keine Worte, sondern nur ein verstörendes, kraftloses Krächzen. Langsam, unendlich mühsam erhebt sich Patrick, stößt die Schranktür vollständig auf und steigt aus dem wuchtigen Möbel heraus. Während er sich an Karin Schnittger vorbeischiebt, drückt er ihr den Kassettenrekorder in die Hand, der im Schrank neben ihm auf dem Boden gelegen hat. Ohne ein Wort tappt er in Richtung seines Zimmers, mutlos, kraftlos. Als müsse er zum Schafott, schießt es ihr durch den Kopf.

Einen Moment steht die Pädagogin da und sieht dem Jungen hinterher, dann betrachtet sie den Kassettenrekorder in ihren Händen. Zögerlich drückt sie die „Play"-Taste. Was sie hört, jagt ihr einen Schauder durch die Adern. Es ist keine Musik und kein Abenteuerhörspiel, sondern nur Patricks leise, heisere Stimme. Wie in einer Endlosschleife sagt er immer wieder denselben verstörenden Satz: „Ich habe Angst, dass Raptor mich holt. Ich habe Angst, dass Raptor mich holt. Ich habe Angst ..."

## KAPITEL 40

Diese großen Augen. Emma fühlt deren Blick direkt auf sich gerichtet. Er scheint sich unmittelbar in ihr Gehirn und ihr Herz zu bohren. Doch das bildet sie sich bestimmt nur ein. Es liegt an der frontalen Perspektive, in der Patrick auf diesem Foto aufgenommen wurde, gerade von vorn. Wenn dann derjenige, der abgelichtet wird, darüber hinaus stramm in die Kamera schaut, dann wirkt es unweigerlich so, als fixiere er unverwandt den Betrachter. Also ist diese flehende Beschwörung, die Emma im Blick des Jungen spürt, in Wahrheit nicht seiner nachdenklichen, erschütterten Gemütslage geschuldet, sondern lediglich den Gesetzen der Optik.

Was die Sache für die Ermittlerin nicht besser macht. Wenn sie das Foto von Patrick betrachtet, das wie mehrere andere aus dem Fall ans Whiteboard geheftet ist, empfindet sie die Verantwortung für das Wohl des Kindes als noch schwerer als ohnehin schon. Sie lastet tonnenschwer auf ihren Schultern.

Was hat sie sich bloß dabei gedacht, das Begräbnis von Anna Krüger mehr oder weniger öffentlich zu machen – und damit Patrick quasi der Presse zum Fraß vorzuwerfen. Ganz zu schweigen von der Gefahr, der sie den Jungen ausgesetzt hat. Okay, dass ein Kind dort sein würde, hat niemand vorher bekannt gegeben und erst recht nicht, wer der Schüler ist.

Aber um nicht zu begreifen, dass der Junge am Grab der Sohn der Getöteten ist, müsste man blind und taub sein. Und natürlich trifft das bestimmt nicht auf die Journalisten zu. Die meisten sind clever, sie sind gut vernetzt, sie haben ein Gespür für eine „geile" Story. Oder zumindest das, was sie dafür halten.

Diesen Effekt unterschätzt zu haben, muss Emma sich vorwerfen, ganz klar. Sie hat zwar erreichen können, dass jeder der Journalisten ihr fest zugesagt hat, kein Foto von dem Jungen zu veröffentlichen, um ihn nicht zu gefährden und womöglich erst recht zur Zielscheibe von Raptor zu machen. Und die Erfahrung mit den örtlichen Polizeireportern hat gezeigt, dass man sich in einer kritischen Situation auf sie verlassen kann. Aber sie hätte dieses Risiko erst gar nicht eingehen dürfen, nur aufgrund der vagen Hoffnung, dass sich ihr Täter blicken lassen würde. Ob er das getan hat, wissen sie noch nicht; die Fotos, die Bianca Martinek und der andere Kollege so diskret wie möglich aufgenommen haben, sind noch nicht ausgewertet. Aber unabhängig davon hat die Sicherheit des Kindes Priorität!

Seine körperliche Unversehrtheit ebenso wie die psychische. Patrick hat so viel durchmachen müssen, dass er unter keinen Umständen einer weiteren Belastung hätte ausgesetzt werden dürfen. Sie hat es gut gemeint, als sie in Absprache mit seiner Psychologin und der Dame vom Jugendamt entschieden hat, dass er bei der Beerdigung seiner Mutter anwesend sein kann. „Vielleicht kann es ihm sogar helfen", hat die Therapeutin überlegt. „Sich von einer so entscheidenden Bezugsperson wie der Mutter bei einer so würdigen Zeremonie verabschieden zu können, ist immer enorm wichtig."

Würdig! Kaum ein Attribut könnte auf das Begräbnis weniger zutreffen, denkt Emma grimmig. Stattdessen ist es nur grausam gewesen, ein Debakel. Selbstverständlich hat niemand ahnen können, welch bösen Zwischenfall es bei der Beerdigung geben würde. Emma kann sich nicht vorstellen, dass etwas Ähnliches schon jemals bei Ermittlungen vorgekommen ist. Aber auch das Unwahrscheinliche muss sie ins Kalkül mit einfließen lassen. Das war nicht professionell, schimpft die Kommissarin in Gedanken mit sich selbst. Das war stümperhaft. Fahrlässig.

Sie muss Patrick aus der Schusslinie bringen, am besten weg von Hamburg, in eine Umgebung, die Ruhe vermittelt, Geborgenheit. Und Sicherheit vor Raptor.

Angesichts der neuesten Botschaft des Serienmörders, der die zerhackte Barbie-Puppe mit ihrem Konterfei versehen hat, wird es ihr bestimmt ebenfalls guttun, sagt sich Emma, selber für ein oder zwei Tage aus Hamburg zu verschwinden. Aktuell sind die dringendsten Ermittlungsaufgaben im Team verteilt. Sie warten auf Ergebnisse, um wiederum neue Schritte zu unternehmen.

Ja, die Verantwortung für Patrick hat im Moment definitiv Vorrang. Emma hat schon eine Vorstellung, wo sie den Jungen hinbringen könnte. Vor ihrem geistigen Auge breitet sich ein Strand aus und das glitzernde Meer. Ein verlockender Gedanke.

## KAPITEL 41

„Wir haben einen Treffer!" Oliver Neumann sieht mit einem Blick, der für seine Verhältnisse geradezu enthusiastisch ist, in die Runde seiner Ermittlerkollegen. Die Hand, die in den Sarg geschmuggelt worden ist, gehört zu einer dreiunddreißigjährigen Berlinerin, deren Leichnam sieben Monate zuvor auf einem Schuttplatz außerhalb der Hauptstadt entdeckt wurde, hat Neumann gerade von den Kollegen übermittelt bekommen. Dorothee Kastmann, Todesursache ungeklärt. Doch es galt von vornherein als wahrscheinlich, dass sie keines natürlichen Todes gestorben ist. Wer würde sich auf diese Art einer Leiche entledigen, wenn die Person friedlich im Bett oder im Krankenhaus dahingeschieden wäre? Nein, das entspricht viel eher dem Vorgehen eines Mörders. Sehr wahrscheinlich Raptor.

Aber etwas vermuten und es beweisen zu können, liegt himmelweit auseinander. Die Informationen, die sie von den zuständigen Berliner Kollegen bekommen haben, sind bislang weder vollständig noch besonders aufschlussreich. Sie wissen, dass die Frau, eine ledige Architektin, am 2. März von ihrem Lebensgefährten als vermisst gemeldet worden ist. Eine Überprüfung ihrer Kontobewegungen hat seinerzeit ergeben, dass sie für den 28. Februar eine Bahnfahrkarte nach Hamburg gekauft hat, Rückreise offen. Eine Hotelbuchung lag nicht vor. Ihr Lebensgefährte hat der Polizei erzählt, Dorothee Kastmann habe zu einer Fortbildung in die Hansestadt fahren wollen. Doch ihr Arbeitgeber, ein renommiertes Architekturbüro in der Hauptstadt, hatte nichts dergleichen für sie organisiert, und eine Veranstaltung in Hamburg, die dazu gepasst hätte, ließ sich nicht finden.

Natürlich haben die Berliner Kollegen den Lebensgefährten „abgeklopft". Ein Partner, und mag er noch so ehrlich besorgt wirken, gehört erst mal zum Kreis der Verdächtigen, wenn jemand spurlos verschwindet. Doch es hat nichts in seiner Biografie oder in seinem Verhalten gegeben, das die Ermittler hätte aufhorchen lassen. Vielversprechender ist ein anderer Hinweis gewesen: Ihrer besten Freundin gegenüber hat die Architektin Andeutungen gemacht, sie habe „jemanden kennengelernt". Klar, dass sie das nicht sofort ihrem Partner auftischen wollte. Also ein diskretes Rendezvous – womöglich mit ihrem späteren Mörder? Die weiteren Ermittlungen der Berliner Polizei sind im Sande verlaufen. Das Handy der Vermissten hat sich nicht orten lassen, es war entweder seit dem 28. Februar ausgeschaltet oder entsorgt worden. Und die Auswertung ihres Computers hat nichts Auffälliges ergeben. Keine ungewöhnlichen Kontakte, keine Fotos, die eine verfolgbare Spur nahelegen. Eine Sackgasse.

Gut vier Wochen später hat es dann den grausigen Fund auf dem Schuttplatz gegeben. Dem Fahrer eines Radladers ist die undankbare Rolle zugefallen, die Leiche der jungen Frau zu entdecken. Er hatte für Bauarbeiten einen Schuttberg abtragen sollen – und einen furchtbaren Schreck bekommen, als ein bleiches Bein aus der Schaufel seines Arbeitsgeräts ragte. Der Leichnam, den die Polizei wenig später sicherte und zur Obduktion ins Berliner Institut für Rechtsmedizin in der Charité brachte, war schlimm entstellt: von Ratten und anderen Nagern. Den Bissspuren nach zu urteilen, hatten vermutlich auch streunende Hunde der Toten zugesetzt. Eine Hand fehlte ganz. Polizei und Rechtsmediziner hatten wegen der Spuren, die die Tierzähne am Stumpf hinterlassen hatten, angenommen, sie wäre insgesamt schlicht abgekaut worden und im Magen eines Tieres gelandet.

Bis jetzt. Mit dem Fund dieses bisher verschollenen Körperteils von Dorothee Kastmann im Sarg von Anna Krüger hat der Fall eine neue Wendung bekommen. Emma ist sicher: Die Berlinerin ist ebenfalls ein Opfer von Raptor, ein Opfer, dessen Ermordung er damals zu verschleiern wusste. Die Art, wie er sich der Toten entledigt hat, deutet nach Einschätzung der Kommissarin auf eine Tat aus Verachtung hin. Er hat sie wie Müll entsorgt. Ähnlich wie er den Leichnam von Jasmin Stranger ins Meer geworfen hat. Da steckt nicht nur Effizienz dahinter, sondern ebenso ein Statement. Diese Frauen sind für ihn nur noch Ballast, wahrscheinlicher jedoch: Abfall.

Sie müssen nun das nachholen, was damals zwar begonnen, aber nicht zu Ende geführt worden ist. Sie müssen das Umfeld der Toten präzise ausleuchten und den Leichnam gründlich untersuchen. Eine klärende Nachfrage bei den Angehörigen hat ergeben, dass Dorothee Kastmann tatsächlich nicht kremiert, sondern erdbestattet worden ist. Sie würden den Körper beziehungsweise das, was davon übrig ist, exhumieren können. Sie brauchen jeden Hinweis, den sie kriegen können.

## KAPITEL 42

Gleißend helles Licht, weiße Kacheln, viel Edelstahl. Ob man sich nun in Hamburg, Essen, München oder einer anderen Stadt im Keller der jeweiligen Institute für Rechtsmedizin aufhält: Überall sieht es ähnlich steril aus. Ein Gang, in dem die Türen der Kühlfächer für die Toten in poppigen Farben lackiert sind oder ein bunt eingerichteter Obduktionsraum, womöglich noch mit einem Anteil Blutrot, hätte sicher unpassend gewirkt. Also das übliche hellsilbrige Einerlei.

Kai Plathe hätte natürlich die Kollegen in der Berliner Charité bitten können, den Leichnam von Dorothee Kastmann zu exhumieren, erneut zu obduzieren, eine umfassende toxikologische Untersuchung vorzunehmen und ihm die Ergebnisse zu übermitteln. Doch es juckt ihn in den Fingern, das selbst zu übernehmen. Die Berliner Kollegen sind damals zwar mit dem Fall befasst gewesen. Aber die Information, dass die Abtrennung der Hand der Toten offenbar nicht das Ergebnis von Tierfraß ist, sondern sorgfältig mit einem Schneidewerkzeug vorgenommen wurde, wie sie nach der rechtsmedizinischen Untersuchung wissen, ergibt einen neuen Ansatz. Und vor allem möchte Kai nach der Exhumierung einen neuerlichen Versuch unternehmen, die Todesursache bei Dorothee Kastmann festzustellen. Es alarmiert ihn, dass bisher bei keinem der Opfer von Raptor herauszufinden gewesen ist, woran die Frauen gestorben sind. Er hat allerdings inzwischen eine Ahnung, in welche Richtung er noch genauer forschen wird.

Und deshalb ist jetzt alles ganz schnell gegangen. Emma Claasen hat über ihre Berliner Kollegen arrangieren lassen, dass Kai Plathe der Charité einen Besuch abstattet für die Exhumierung und Nachsektion von Dorothee Kastmann. Plathe hat ein gewisses Gespür für Raptor entwickelt, er glaubt, dass dieser Kerl viel zu eitel und viel zu sehr von sich überzeugt ist, um eine konventionelle Mordmethode zu wählen. Der Verbrecher will demonstrieren, dass er cleverer ist als andere. Dass er die Ermittler nach Belieben vorführen und ihnen auf der Nase herumtanzen kann. Dass Raptor damit am Ende scheitert, hat sich Plathe fest vorgenommen.

An der Tür zum größten der vier Obduktionssäle der Berliner Rechtsmedizin am Turmweg hält Plathe inne und wartet darauf, von dem dortigen Institutsdirektor abgeholt zu werden. Selbstredend hat er den genauen Zeitpunkt seines Eintreffens mit den Berliner Kollegen abgesprochen, schließlich gehört es sich nicht, unangemeldet in anderen Revieren zu wildern. Plathe hat den Berliner Chef schon öfter bei Kongressen getroffen und ihn als äußerst fähigen und zugleich überaus selbstbewussten Kollegen wahrgenommen, der öffentlichkeitswirksame Auftritte durchaus zelebriert. Es wird getuschelt, dass Prof. Dr. Martin Treuther vor Terminen, bei denen ein Fotograf oder ein Kamerateam dabei ist, sogar einen Make-up-Artist ans Werk lässt, um möglichst vorteilhaft auszusehen – aus der eigenen Schatulle finanziert. Aber vermutlich spricht bei diesen Gerüchten nur der Neid aus den Kollegen.

„Falls Sie auf den Chef warten: Der musste überraschend weg zu einem Termin." Plathe wirbelt herum und sieht in das ernste Gesicht einer Frau von etwa Mitte dreißig. Die grauen Augen hinter ihrer modischen Brille wirken müde, als habe sie einen langen Tag hinter sich. Ihre Mundpartie bebt, als sie ein Gähnen unterdrückt. Dabei ist es erst neun Uhr. Vielleicht hat sie die Nacht hindurch obduzieren müssen.

„Mein Name ist Dr. Johannsen. Weil Prof. Treuther verhindert ist, werde ich Sie zur Exhumierung begleiten", kündigt sie an. „Ein Wagen steht schon für uns bereit."

Die Fahrt zum Friedhof dauert etwa fünfzig Minuten. Um den Weg vom Parkplatz zum richtigen Grab zu finden, kann Plathe sich am lauten, windgeplagten Rascheln der grauen Planen orientieren, die die Polizei um die entsprechende Begräbnisstätte gespannt hat. Diese Geräusche weisen den Weg, noch bevor er den Sichtschutz hinter einigen hochgewachsenen Hecken überhaupt wahrnehmen kann.

Der Sichtschutz wird von weiteren heftigen Böen durchgerüttelt, als habe man sie extra für diese Exhumierung zur Steigerung der Dramatik bestellt. Das Heidekraut, das die Familie von Dorothee Kastmann auf ihrem Grab hat pflanzen lassen, liegt jetzt in ungeordneten Büscheln auf dem Rasen nebenan. Der kleine Bagger, mit dem die ersten groben Ausgrabungsarbeiten getätigt worden sind, wirkt im Dunst wie ein eigenartiges, klobiges Gebilde. Plathe betrachtet den Grabstein, der ein paar Meter zur Seite gehievt worden ist. Schwedischer Granit, wenn er sich nicht irrt. In die ungeglättete Front ist der Name der Toten eingraviert, dazu das Geburtsdatum, aber kein Sterbetag. Ob da eine Symbolik dahintersteckt? Dass die Frau in der Erinnerung ihrer Liebsten unsterblich ist? Der Gedanke gefällt Plathe.

Aber er ist natürlich nicht zum Sinnieren hergekommen. Der Rechtsmediziner blickt zu den beiden am Grab bereitstehenden Helfern, jeder von ihnen bewaffnet mit einer Schaufel, und nickt ihnen zu. Schweigend, mit schwungvollen, aber vorsichtigen Bewegungen beginnen sie, sich in das Erdreich vorzuarbeiten. Etwa zwanzig Minuten graben sie, bis ein schabendes Geräusch anzeigt, dass sie zum Sarg vorgedrungen sind. Plathe steigt vorsichtig in die Grube und inspiziert das hölzerne Behältnis, das an einigen Stellen gesplittert oder eingedrückt ist. Und im oberen Drittel der eichenen Strukturen klafft ein Loch von etwa acht Zentimetern Durchmesser, etwa auf der Höhe, wo der Kopf eines Toten zu liegen kommt. Kai kann durch die Öffnung in die Tiefe des Sarges blicken, doch das diffuse Dunkel bietet wenig Aufschluss. Genaueres wird er später bei der Obduktion erkennen können.

Dorothee Kastmanns Hand, die er am Vorabend noch rechtsmedizinisch untersucht hat, hat für Plathe eine weitere Facette von Raptor offenbart – falls es sich wirklich um das Werk ihres Täters handelt, woran keiner der Ermittler ernsthafte Zweifel hat. Nach der Schnittlegung an dem Gelenk zu urteilen, hat der Täter sich hier besonders viel Zeit genommen und ist ausgesprochen sorgfältig vorgegangen. Man könnte fast sagen: kunstgerecht, als hätte er medizinische Fachbücher studiert oder sich im Internet genau über die Feinheiten der Anatomie schlau gemacht. Der feine Schwung direkt an den Handwurzelknochen entlang wäre glatt eines Chirurgen würdig. Plathe wundert sich, dass ihm dieser Gedanke zuvor noch nicht gekommen ist: dass Raptor vertiefte anatomische Kenntnisse haben könnte? Der Grund liegt darin, dass bisher noch nichts an den Leichenteilen, die er ihnen präsentiert hat, Rückschlüsse in diese Richtung zugelassen hat. Bisher haben die Amputationen laienhaft gewirkt, die Schnitte waren oft eher grob gesetzt, wie durch einen Schub Adrenalin gepusht. Hier aber war ein anderes Temperament am Werk. Sogar ein anderer Täter?

Plathe ruft sich zur Ordnung. Jetzt keine falschen Schlüsse ziehen. Der Schnitt, mit dem die Hand amputiert wurde, legt nahe, dass er von einem Rechtshänder gesetzt wurde. Und das Werkzeug, das zum Einsatz kam, ist sehr ähnlich wie das, mit dem Raptor zwei Jahre zuvor auf dem Kreuzfahrtschiff gearbeitet hat. Es muss sich um ein qualitativ sehr hochwertiges, extrem scharfes Messer gehandelt haben. Und die Abtrennung als solche, die monatelange Lagerung bei Tiefkühltemperaturen, die Plathe eindeutig an den mikroskopischen Feinstrukturen der Hand feststellen konnte, die „Beigabe" des Körperteils zu einem anderen Leichnam: Das alles ist Raptors Modus operandi. Seine Handschrift.

Nein. Plathe bleibt bei seiner Überzeugung: Hier hat sich kein zweiter Täter versucht, sondern Raptor hat seine Techniken verfeinert. Trotzdem würde er Emma darauf hinweisen, dass sie es vielleicht mit einem Mann mit medizinischer Vorbildung zu tun haben, möglicherweise mit einem Krankenpfleger oder sogar einem Arzt. Zumindest aber mit einem Menschen, der sich für seine abnorme Leidenschaft weitergebildet hat, also einem intelligenten Täter. Damit scheint sich die Einschätzung zu bestätigen, die Plathes Vater neulich wie nebenbei formuliert hat. Dumm ist Raptor ganz bestimmt nicht. Im Gegenteil.

Jetzt gilt es, aus den anderen 98 Prozent des Leichnams von Dorothee Kastmann, die von einem Sektionsassistenten in einen der Obduktionssäle im Institut der Charité gebracht und gesäubert worden sind, möglichst viele Schlüsse zu ziehen. Plathe reibt sich über das Stückchen Stirn, das zwischen seiner Kopfhaube und der medizinischen Maske herausschaut, die er wie stets bei einer Obduktion trägt. Und doch unterscheidet sich diese von einer üblichen Sektion. Alle Strukturen wurden schon einmal von den Berliner Kollegen präpariert. Entschlossen tritt Plathe an den Tisch heran, auf dem der nackte Körper der jungen Frau ausgestreckt daliegt, und greift zu den Instrumenten.

Knapp vier Stunden später legt der Mediziner Pinzette und Messer beiseite. Er hat mit dem Skalpell die Nähte geöffnet, die nach der ersten Sektion gelegt wurden. Und er hat Organgewebe und Knochen inspiziert. Nachdem der Körper schon Monate unter der Erde gewesen ist, ist hier allerdings naturgemäß von Blut und anderen Körperflüssigkeiten ebenso wenig übrig wie von elastischer Muskulatur oder den feinen Strukturen bei Lunge, Herz und Leber, die ihn sonst immer wieder von Neuem faszinieren. Bis heute ergreift Plathe die Ehrfurcht vor der Natur, die scheinbar mühelos das Wunderwerk des menschlichen Körpers erschafft. Eine perfekte Konstruktion mit einem Gehirn, das intellektuelle und kreative Höchstleistungen beispielsweise in Wissenschaft und Musik vollbringt. Eine vollkommene Schöpfung, die Hitze und Kälte zu trotzen gelernt hat, die ein Alarmsystem bei Gefahren entwickelt hat, die hohen Belastungen standhält.

Doch bei aller Bravour ist der menschliche Körper eben wie eine äußerst fein justierte Maschinerie, deren filigranes Räderwerk schon von einem kleinen Sandkorn blockiert werden kann, auch anfällig. Und dann offenbaren sich auf dem Obduktionstisch wuchernde Gebilde oder kraterartige Zerstörungen, die etwa Krebszellen in Organe oder Knochen gefressen haben. Oder er sieht Zertrümmerungen, die von einem Messer oder einem Projektil verursacht wurden.

Hier aber, bei dem exhumierten Leichnam von Dorothee Kastmann, kann Plathe auch nach Überprüfung jeder vorhandenen Körperpartie, jedes Knochens, aller verfügbaren Organreste, jedes Stückes Haut und Gewebe nichts finden, das auf eine erkennbare Todesursache hindeutet. Es gibt keine Schuss- oder Stichwunde, keinerlei innere Verletzung. Und die Kollegen haben bei der Erstobduktion ganz Arbeit geleistet. Sie haben keinen Schritt ausgelassen. Falls die Frau allerdings erstickt worden ist, wird er das jetzt nicht mehr herausfinden können. Dann bleibt es wie bei den anderen Opfern, die sie Raptor zuordnen: Bei keiner der vier Frauen sind sie der Todesursache bislang auf die Spur gekommen.

Aber Plathe hat ohnehin einen anderen Verdacht. Wahrscheinlich müssen sie nach etwas Speziellem, fast Unsichtbarem suchen. Nach einem Mordwerkzeug, das sich nur sehr schwer nachweisen lässt.

Er überprüft die luftdicht verschließbaren Kunststoffbehältnisse, in die er unterschiedliche Knochen- und Gewebestücke des Leichnams von Dorothee Kastmann gelegt hat. Einen Teil der Proben wird Plathe mit nach Hamburg nehmen, um sie dort in der Toxikologie nach allen gängigen Giften untersuchen zu lassen, wie er das schon bei den Proben der anderen drei Opfer hat erledigen lassen. Die anderen Asservate wird er, ebenso wie feinste Überreste und Rückstellproben der weiteren Frauenleichen, in ein Spezialabor nach Frankfurt schicken, wo sehr seltene Toxine nachgewiesen werden können.

Den Rechtsmediziner erfüllt so eine Ahnung, dass Raptor hier etwas Unkonventionelles ausgesucht hat, vielleicht ein seltenes Pflanzengift wie Rizin. Plathe ist immer wieder fasziniert, was die Natur an tödlichen Mitteln hervorbringt, und dann so kleidsam verpackt wie beispielsweise das Gift des Wunderbaums oder der Christuspalme, wie man das Gewächs auch nennt. Die Pflanze kommt optisch zauberhaft daher mit ihren magentafarbenen Blüten, aber tatsächlich ist ihre Schönheit geradezu teuflisch. Wer ahnungslos von dem Samen des Wunderbaums nascht, sollte sein Testament aufgesetzt und die Trauerfeier an seinem Grab schon organisiert haben. Es gibt zudem eine Reihe extrem wirksamer Toxine wie Schlangengifte und lebensgefährliche Sekrete anderer Tiere, gegen die es zwar Gegenmittel gibt, aber nur, wenn sie binnen kürzester Zeit verabreicht werden können. Und diese Chance, so viel wissen sie mittlerweile über Raptor, gibt er keinem seiner Opfer. Er scheint das Töten perfektioniert zu haben. Nein, Plathe korrigiert sich. Nicht nur das Töten. Es geht Raptor um das Zerstören, das Vernichten. Und er will sich am Todeskampf seiner Opfer weiden, genauso wie am Abscheu anderer Menschen, wenn er die Leichenteile präsentiert.

Plathe schält sich aus Handschuhen, Maske und Kittel, entsorgt Maske und die Handschuhe in die Abfallbehälter und den Kittel in den entsprechenden Korb für die Wäsche. Mit langen, dynamischen Schritten nimmt er die Treppe und die Gänge im Institut am Turmweg und wählt, noch bevor er die Ausgangstür des Gebäudes erreicht hat, auf seinem Handy die Nummer des Frankfurter Professorenkollegen Gerhard Mechtermann, eines ausgewiesenen Fachmanns für seltene Gifte.

Auch kein Fan von Smalltalk oder gar Tratsch. Plathe findet es immer wieder wohltuend, wie der Kollege ohne Umschweife zur Sache kommt. „Was kann ich für Sie tun?" Der tiefe Bass des Toxikologieexperten dröhnt in der Leitung. Kai schildert in wenigen Worten seinen Verdacht, dass mindestens vier Frauen von einem Serienmörder mithilfe exotischer Gifte getötet worden sein könnten. Ob Mechtermann Zeit hätte, entsprechende Proben zu analysieren?

Der brummt zustimmend. „Selten, exotisch, Gift und Mord ist eine Kombination, der meine wissenschaftliche Neugier nie widerstehen kann", meint Mechtermann. „Schicken Sie mir die Proben, als Eilsendung mit Tiefkühlung. Ich kümmere mich sofort darum. In zwei, spätestens drei Tagen dürften wir erste Ergebnisse haben. Ich rufe Sie dann umgehend an."

Plathe beißt sich auf die Lippen, um nicht seine Ungeduld zu verraten. Zwei oder drei Tage? Natürlich ist ihm bewusst, dass solche aufwendigen, hochspezialisierten Untersuchungen ihre Zeit brauchen. Am liebsten aber wäre es ihm, wenn sie schon in zwei Stunden Ergebnisse hätten. Oder noch besser vorgestern. Sie haben wirklich keine Zeit zu verlieren. Nicht in diesem Fall.

## KAPITEL 43

Anna Krüger, Jasmin Stranger, Kristina Lundén, Annett Michelsen, Dorothee Kastmann: Nun haben sie die Namen von fünf Opfern, von denen sie vier vermutlich allein Raptor zuschreiben können. Anna Krüger, da ist sich das Team einig, sollten sie nur bedingt als Teil der Mordserie sehen; vielleicht war es eher eine zufällige Gelegenheit, die der Verbrecher für das Ausleben seiner Passion weidlich ausgenutzt hat. Max Vollertsen fixiert die Fotos der anderen getöteten Frauen sowie die Aufnahme, die das Hamburger Opfer Annett Michelsen zeigt. Die Bilder hängen am Whiteboard im Konferenzraum, und man muss kein geübter Ermittler sein, um bei Raptor ein bestimmtes Beuteschema zu erkennen.

Alle Opfer sind um die dreißig. Und alle sind rothaarig.

Natürlich könnte es ein merkwürdiger Zufall sein. Aber Vollertsens Bauchgefühl sagt ihm, dass da System dahintersteckt, eine gewisse Fixierung. Vielleicht fühlt Raptor sich einfach zu rothaarigen Frauen extrem hingezogen. Oder sie sind ihm ganz besonders verhasst. Vielleicht auch beides.

Vollertsen muss an einen Film denken, der ihn massiv beeindruckt und sehr wahrscheinlich sogar maßgeblich bei seiner Entscheidung beeinflusst hat, zur Mordkommission gehen zu wollen: „Das Schweigen der Lämmer" mit Anthony Hopkins und Jodie Foster. Es ist die zutiefst unheimliche Story über den kannibalischen Massenmörder Hannibal Lecter, der von einer FBI-Agentin aufgesucht wird, weil sie von ihm Hinweise bei der Jagd auf einen Serienkiller erhalten möchte. Vollertsen hat den Thriller bestimmt schon ein dutzend Mal gesehen, manche Dialoge könnte er sogar im Schlaf herbeten. Zum Beispiel jenen, als die Agentin den gefährlichen, aber brillanten Mörder im Hochsicherheitstrakt aufsucht, wo er seit Jahren eingesperrt ist. „Wie beginnen wir zu begehren, Clarice?", fragt Lecter, der die Antwort natürlich parat hat. „Wir beginnen, das zu begehren, was wir jeden Tag sehen!"

Vollertsens Blick, der sich bei seiner Erinnerung an diese starke Filmszene irgendwo im Nichts verloren hat, fixiert sich wieder auf die Fotos am Whiteboard. Schon immer ist der Ermittler der Überzeugung gewesen, dass „Das Schweigen der Lämmer" bei all seinen Gruseleffekten und seiner fast unerträglichen Spannung eine psychologische Tiefe hat, eine beinahe beängstigende Wahrheit.

„Wir beginnen, das zu begehren, was wir jeden Tag sehen." Vielleicht trifft diese Feststellung von Hannibal Lecter ja auf ihren Mörder zu. Vermutlich gibt es eine Frau mit rotem Schopf im Leben dieses gefährlichen Mannes, die ihn auf intensive Weise geprägt hat. Seine erste Liebe vielleicht. Eine Frau, die er unbedingt haben wollte, die ihn aber abgewiesen hat. Oder sie hat ihn nach mehrjähriger Beziehung verlassen, was er nie verwinden konnte. Womöglich ist es ein Familienmitglied, seine Schwester vielleicht oder seine Mutter. Wie können sie diese Überlegung für ihre Ermittlungen nutzen? Ganz sicher müssen sie alle ungeklärten Todesfälle der vergangenen zwanzig Jahre danach durchforsten, ob rothaarige Frauen zu Opfern wurden und wer als potentieller Täter ins Auge gefasst wurde. Und sie müssen frühere Verdächtige daraufhin unter die Lupe nehmen, ob in ihrem Leben solche Frauen eine entscheidende Rolle gespielt haben.

Vollertsen ist so in Gedanken versunken, dass er den Mann, der sich mit federnden Schritten von hinten nähert, erst hört, als dieser nur noch drei Meter von ihm entfernt ist. Kenan Arslan, sein junger, sportlicher, dynamischer und ehrgeiziger Kollege. Seine Art zu gehen wirkt immer beneidenswert pantherhaft, auf seine Weise unverwechselbar. Als Arslan auf Vollertsens Höhe ist, stoppt er mitten in der Bewegung, als sei er mit einer unsichtbaren Wand kollidiert. Vollertsen registriert, wie sich die Gesichtszüge des Kollegen verhärten und seine Augen wie magisch angezogen die Fotos am Whiteboard fixieren. „Ja, das sind alles Raptors Opfer. Es sieht so aus, als stehe unser Serienmörder auf Rothaarige", fasst der ältere Polizist zusammen. Arslan stiert weiter die Bilder an, er wirkt wie erstarrt. Oder schockiert?

„Maike", stammelt er jetzt. „Meine Verlobte. Ihre Mähne sieht genauso aus wie die von Jasmin Stranger. Ich muss sofort nach Hause und sie warnen!"

## KAPITEL 44

Wie sie es satthat! Schon wieder so ein Jungspund von der Polizei, der sie fragt, wo sie ihre schwarze Sonnenbrille gelassen hat. Und wo eigentlich ihre Waffe ist? Carla Schiffbauer verdreht nur noch genervt die Augen, wenn ihr jemand mit solchen Fragen kommt. Immerhin ist dieser Auszubildende noch einigermaßen höflich geblieben. Nicht etwa spöttisch, sondern vermutlich nur neugierig.

Es hat sich im Polizeipräsidium offenbar doch herumgesprochen, dass es einen aktuellen Fall mit einem Serienmörder gibt, bei dem die Operative Fallanalyse hinzugezogen worden ist. Und da denkt mancher ans FBI, an die geheimnisvollen „Profiler" – und damit oft an tiefdunkle Sonnenbrillen und Schusswaffen, so wie der Polizeischüler, der offenbar von dieser Hamburger Einheit gehört und sie dann gegoogelt hat und dem sie gerade im Fahrstuhl begegnet ist.

Dabei hat Carla Schiffbauer noch nie im Leben eine Pistole getragen, geschweige denn benutzt. Sie ist keine Ermittlerin, sondern eine überaus erfahrene Kriminalpsychologin und eben Leiterin der Abteilung Operative Fallanalyse, kurz OFA, die beim Landeskriminalamt in der Abteilung IV angesiedelt ist. Entwickelt wurden diese Methoden maßgeblich durch das FBI. Die Ausbildung zum polizeilichen Fallermittler, wofür sich die Bezeichnung Fallanalytiker durchgesetzt hat, dauert mehrere Jahre.

Carla Schiffbauer ist zur Stelle, wenn es brennt, im übertragenen Sinne selbstverständlich. Doch irgendwie mag die

Zweiundfünfzigjährige den Vergleich, eine Art Feuerwehr zu sein, für hoch lodernde Flammen ebenso wie für verborgene Glutnester, die vor sich hin schwelen und jederzeit entfacht werden können. Die Feuersbrunst kann durchaus als Bild für den Serienmörder stehen, die Glutnester als Parallele für seine Lust am Töten.

So wie es sich offenbar bei diesem Täter verhält, der die Hamburger Polizei in Atem hält. Eine profunde Analyse ist eine anspruchsvolle, hoch komplexe Angelegenheit und nimmt zumeist drei bis fünf Tage in Anspruch. Emma Claasen hat schon vor einigen Tagen erste Gespräche mit Carla Schiffbauer geführt, die sie beruflich sowie persönlich gut kennt und schätzt. So lebhaft und quirlig die passionierte Italienurlauberin im privaten Austausch ist: In ihrem Beruf ist sie vorsichtig und zurückhaltend und stets auf präzises Analysieren bedacht. Carla geht äußerst systematisch vor und lässt sich auch durch dynamische Entwicklungen bei den Ermittlungen nicht aus ihrem Konzept bringen. Sie bleibt bei ihrer Einschätzung immer einer wissenschaftlichen Denkweise verpflichtet.

Bewusst hat sie diesmal eine rechtsmedizinische Fachärztin in die OFA berufen, die sie aus mehreren früheren Fällen kennt. Wichtig ist für die Kriminalpsychologin gewesen, dass diese Rechtsmedizinerin an den bisherigen Sektionen in dem Fall nicht beteiligt gewesen ist und somit unabhängig und unbeeinflusst Stellung nehmen kann. Kai Plathe hingegen hat Carla Schiffbauer zu den vorliegenden Untersuchungsergebnissen bis ins letzte Detail ausgequetscht.

Jetzt wartet Plathe mit Spannung darauf, sich den Abschlussbericht der OFA mit anzuhören. Mittlerweile kommt es ihm so vor, als sei Raptor mit jeder Untersuchung etwas weiter aus einem dichten Nebel herausgetreten. Er nimmt immer mehr Konturen an, das Bild verdichtet sich.

Das Team um Carla Schiffbauer hat immerhin fünf Tage lang einen großen Besprechungsraum in einem abgetrennten Trakt des Polizeipräsidiums belagert. Es hat konzentriert und mit allen möglichen technischen Hilfsmitteln gearbeitet wie Bandaufzeichnung, Video, Bildaufnahmen von Drohnen, 3-D-Rekonstruktionen und topografischen Darstellungen. Daneben gibt es eine ganze Phalanx von Flip-Charts und unterschiedlich gefärbten Memo-Zetteln. All dies ist noch im Präsentationsraum aufgestellt und auf Tischen drapiert. Neben Carla Schiffbauer ist eine weitere Kriminalpsychologin im Team, darüber hinaus die unabhängige Rechtsmedizinerin sowie zwei speziell für die OFA geschulte erfahrene Kriminalbeamte, die früher einmal die Stationen bei der Mordkommission durchlaufen haben.

„Das ist heute eine große Ausnahme, dass wir euch einen ersten Zwischenbericht geben, bevor wir alles eingetütet und schriftlich festgehalten haben." Carla Schiffbauer fixiert mit einem durchdringenden Blick aus ihren eisblauen Augen nacheinander alle im Raum. Sie nimmt auf einem Tisch Platz, sodass sie etwas höher als die anderen sitzt, schlägt die Beine übereinander und wirft dann einen kurzen Blick auf ihr Tablet, bevor sie fortfährt. „Aber ich glaube, wir haben ein Profil erarbeitet, das der Realität recht nahe kommen dürfte. Immerhin hatten wir ja eine Menge Informationen über diverse Geschehnisse aus sehr verschiedenen Quellen und unter ganz unterschiedlichen Gesichtspunkten zur Verfügung. Zunächst zum Täterprofil: Das dürfte ein Mann im mittleren Lebensalter sein. Vermutlich so um die vierzig Jahre alt, vielleicht etwas älter. Er ist sehr intelligent, klug, gebildet. Er hat gewisse medizinische Grundkenntnisse. Zumindest kennt er sich in der Anatomie gut aus." Plathe nickt zustimmend. Den Eindruck hat er auch gewonnen.

„Raptor, ich nenne ihn einstweilen weiterhin so …, also die unverkennbar sadistischen Neigungen von Raptor dürften durch sehr negative Erinnerungen an eigene traumatische Erlebnisse in der Kindheit erklärlich sein", berichtet Carla weiter und streicht eine blonde Strähne, die ihr in die Stirn gefallen ist, zur Seite. „Ich könnte mir vorstellen, dass dieser Täter schon als Kind und als Jugendlicher Erfahrungen mit Gewalt einerseits erlitten und andererseits selbst ausgestaltet hat. Sehr wahrscheinlich ist er von jemandem aus seinem nahen Umfeld, vielleicht sogar einem Elternteil, misshandelt worden, psychisch und körperlich. Vielleicht ist er, durch welche Umstände auch immer, in der Familie in eine Außenseiterposition geraten, die er mit besonderen Fantasien zu kompensieren versucht hat. Das könnte eine Phase sein, in der er selber dann Gewalt ausübte, wahrscheinlich durch das Quälen von Tieren.

Wir wissen leider noch nicht, wo er aufgewachsen ist. Aber dass er mittlerweile in der Großstadt Hamburg lebt, muss nicht bedeuten, dass er nicht in einer Kleinstadt oder sogar auf dem Land großgeworden sein kann. Spätestens wegen seines Berufs ist er dann in die Hansestadt gekommen. Vermutlich ist er beruflich weit in der Welt herumgekommen und hat sich als erfolgreicher Geschäftsmann weiterentwickelt."

„Sehr schön! Das unterstützt alles, was wir bisher ermittelt haben!" Emma Claasen hat ihre Kollegin gar nicht unterbrechen wollen. Es ist ihr nur so rausgerutscht. Es fühlt sich gut für sie an, die Ermittlungen aus einer anderen Perspektive bestätigt zu bekommen. „Wir denken, dass er ein international agierender Geschäftsmann ist. Außerdem muss er sehr fähig in Naturwissenschaften sein. Und er hat ein Faible für rothaarige Frauen. Sie scheinen ihn gleichzeitig anzuziehen und abzustoßen. Denn alle seine Opfer haben rotes Haar. Möglich, dass das sogar sein Trigger ist …"

Carla Schiffbauer lässt sich nicht aus der Ruhe bringen. „Das ist in der Tat sehr gut möglich. Aber es ist nicht sonderlich wahrscheinlich, dass die Farbe allein als Trigger ausreicht. Um ihn zu reizen, vielleicht. Um dann auch zu töten? Wahrscheinlich muss noch ein zweiter Aspekt hinzukommen. Eine Provokation, eine Herausforderung, eine Demütigung vielleicht. Bemerkenswert ist jedenfalls, dass er offenbar erst im mittleren Mannesalter angefangen hat zu morden. Vermutlich hat er im Erwachsenenalter eine Stabilisierung erfahren, durch seinen Beruf, in dem er erfolgreich ist, eine Ehe, Kinder vielleicht, die ihn haben solide und gesetzestreu werden lassen. Irgendwann aber ist eines dieser stützenden Elemente weggefallen, weshalb er sich ein Ventil für seine Aggressionen gesucht hat. Oder …" Die Kriminalpsychologin holt tief Luft, bevor sie fortfährt. „Oder es hat schon frühere Morde gegeben, die entweder nicht als Kapitalverbrechen erkannt worden sind oder bei denen er jedenfalls nicht zum Kreis der Verdächtigen gehört hat. Ja, das müssen wir ebenso in Betracht ziehen."

Carla Schiffbauer schaut erneut auf ihre Memo-Zettel, auf denen sie alles Wesentliche in Stichpunkten zusammengefasst hat. „Ablageorte" steht da noch. „Aus der Art, wie sich ein Mörder seiner Opfer entledigt, können wir üblicherweise Schlüsse ziehen", erklärt Schiffbauer weiter. „Hier aber hat der Täter offenbar kein System. Er scheint vielmehr Gelegenheiten zu nutzen. Er legt die Leichname dort ab, wo es sich gerade ergibt. Die Toten haben ihren Zweck erfüllt. Da ist offenbar keine Leidenschaft dabei, keine wilden Gefühle, eher noch Verachtung."

Jetzt hat sie alles gesagt. Ihre Stimme wird noch geschäftsmäßiger. „Ich schreibe jetzt einfach alles Weitere in meinen Bericht, ganz unabhängig von euren neuen Erkenntnissen. So gilt das prinzipiell für unsere OFA-Arbeit."

Carla beginnt, ihre Notizen zusammenzusammeln, dreht sich dann aber noch mal zu Emma um. „Vielleicht noch etwas zur Täterpersönlichkeit und zum Aspekt der Gefährlichkeit dieses Mannes. Das sollte euch ebenfalls interessieren. Er will stets bei allem die Kontrolle behalten. Und es ist kein Rambo-Typ. Keiner, der mit der Waffe kämpft. Er kämpft nicht mit dem Körper, sondern mit dem Intellekt. Er wird vermutlich keine Waffe bei sich haben, kein Kampfmesser, keine Schusswaffe. Er bevorzugt das Florett, nicht die Maschinenpistole. Das meine ich natürlich im übertragenen Sinn. Was ich sagen will: Er kämpft mit sehr feinen Waffen, vermutlich mit Drogen und Gift, und vor allem auf der Basis seiner Intelligenz. Er glaubt, dass er alle durchschaut und alles im Griff hat. Das ist eure Chance. Er denkt, er macht keine Fehler und hinterlässt keine Spuren."

Mit Vorliebe allerdings Leichenteile, denkt Emma verdrossen. Doch Carla Schiffbauer erzählt schon weiter. „Seid also einfach noch ein bisschen schlauer als er. Und lasst es euch nicht gleich anmerken. Vor allem denkt daran, wenn ihr ihn einsperrt und später anklagt: Man muss ständig vor ihm auf der Hut sein. Er ist hoch manipulativ. Und er wird alles daran setzen, die Polizei und die Justiz zu täuschen und euch zu entkommen. Dafür sucht und findet er alle Tricks und ist mit allen Wassern gewaschen."

Emma Claasen und Kai Plathe sehen sich an. Das klingt alles vollkommen plausibel, ist aber Zukunftsmusik. Über die Zeit nach der Festnahme machen sie sich noch keinen heißen Kopf.

## KAPITEL 45

Der kräftige Westwind wühlt die Nordsee auf und lässt weiße Schaumkronen auf den Wellen tanzen. Am Himmel türmen sich mächtige Wolken und werfen dunkle, unruhige Schatten auf die Wasseroberfläche. Ein paar Möwen haben sich zu ihnen gesellt und verfolgen ihre Fähre aus der Luft mit durchdringendem Geschrei. An die Reling gelehnt, beobachtet Emma das wilde Schauspiel und fröstelt. Sie spürt die Böen, die an ihren Haaren und an ihrem Mantel zerren und ihr mit eisiger Hand verdeutlichen, dass sie sich wärmere Kleidung hätte anziehen sollen. Sich ohne Schal, Mütze und gefütterte Jacke bei den kühlen Novembertemperaturen auf den Weg nach Juist zu machen, war keine Glanzleistung.

Aber geschenkt. Sobald sie Patrick ansieht und miterleben kann, wie er mit leuchtenden Augen und entspanntem Lächeln aufs Wasser starrt, wird Emma warm ums Herz. Sie weiß noch nicht, welchen Erfolg die Reise auf die Nordseeinsel für den traumatisierten Jungen haben wird. Sie hofft, dass er etwas zur Ruhe kommen wird. Dass ihn bald keine Albträume mehr plagen. Aber ganz gleich, wie diese Tage auf Juist auf ihn wirken werden: Allein die Überfahrt mit dem Schiff scheint wie Balsam für seine Seele zu sein. Für den Moment jedenfalls ist der tieftraurige Ausdruck in seinen Augen wie weggewischt. Als hätte das Meer sie blank geputzt und zum Strahlen gebracht.

Es hat einige Stunden gedauert, allein hierher zu kommen, und noch sind sie nicht am Ziel. Für die Fahrt hat sich Emma einen Wagen aus dem Fuhrpark der Kriminalbereitschaft reserviert. Der VW Tiguan ist nicht gerade das schickste Modell, aber darauf kommt es gar nicht an. Es geht ihr vielmehr darum, kein Aufhebens zu machen, wenn sie mit dem Jungen unterwegs ist. Niemand soll auf die Idee kommen, ihnen zu folgen. Keine Journalisten. Und vor allem kein Raptor.

Sie sind zu dritt unterwegs: Emma, Patrick und Greta Gärtner, die Kriminalpsychologin, die Patrick schon während der letzten Zeit bei seiner Pflegefamilie betreut hat. Nun ist geplant, dass die Psychologin einige Tage auf Juist bleiben wird, bis sich der Neunjährige in seinem nächsten Zuhause auf Zeit eingewöhnt hat. Emma dagegen möchte möglichst schnell nach Hamburg zurück. Sie steht unter Druck, die Ermittlungen müssen in dieser entscheidenden Phase intensiv vorangetrieben werden.

Auf der langen Autofahrt hat Emma sich alle Mühe gegeben, Patrick etwas abzulenken. Doch Erzählungen über die Insel, die sie von einem früheren Kurzurlaub ganz gut kennt, über deren Schönheit, die langen Strände, das Wattenmeer und die Tierwelt sind kaum zu ihm durchgedrungen. Patrick hat nur still und zusammengekauert auf der Rückbank des Wagens gesessen, in die Landschaft hinausgestarrt und gelegentlich gefragt: „Wann sind wir da?" Ein dürftiges Echo für ihre Bemühungen. Aber immerhin redet er wieder, nachdem er nach dem Begräbnis für Tage verstummt ist.

Womit kann Emma einen Grundschüler fesseln? Sie hat in ihrem Gedächtnis gekramt, was Freundinnen, die Kinder in dem Alter haben, erzählt haben. Autos, Lego, Fußball, Computer? Alles nicht gerade ihre Fachgebiete. Etwas Gruseliges? Damit kennt sie sich sehr viel besser aus. Natürlich kann sie den Jungen nicht mit irgendwelchen Todesfällen unterhalten. Es sei denn, sie liegen Tausende Jahre zurück ... „In einem Museum nicht weit von hier gibt es eine interessante Moorleichensammlung. Total spannend. Und etwas schaurig."

Emma hat befürchtet, dass ihre Bestrebungen, dem Jungen auf diese Weise die Zeit zu vertreiben, etwas holprig sind. Sie hat auch den besorgten Blick der Psychologin wahrgenommen. Doch im Rückspiegel hat sie erkennen können, wie Patrick sich aufgerichtet und sie interessiert angesehen hat. Sie hat das als kleinen Erfolg und als Ermunterung gewertet weiterzumachen.

„Besonders faszinierend finde ich die Geschichte des Jungen von Kayhausen. Der war damals, also vor ungefähr zweitausend Jahren, etwa so alt wie du jetzt. Bei Arbeiten im Moor haben zwei Torfstecher den Leichnam entdeckt. Der war noch total gut erhalten, obwohl er schon so lange tief unten im Moor gelegen hat. Das liegt daran, dass die Moorsäuren den Körper konservieren. Das war ein richtiger Krimi. Der Junge ist kürzlich noch einmal von den Hamburger Rechtsmedizinern untersucht worden, und die haben viele neue Sachen herausgefunden. Und dann gab es ja noch den Fall der Moorleiche Moora. Da dachte man erst, die sei seit ungefähr dreißig Jahren tot. Und dann hat sich herausgestellt, dass es in Wirklichkeit fast dreitausend Jahre waren! Das ist echt interessant, finde ich. Hast du eigentlich schon einmal eine Moorleiche im Museum gesehen?"

Patrick hat eifrig genickt, und seine Stimme hat nun nicht mehr schleppend geklungen, sondern wach. „Ich war mit meiner Mutter einmal in Schloss Gottorf. Ich kann mich noch an das Mädchen von Windeby erinnern. Das ist so eine Mumie wie die, von der Sie gerade erzählt haben. Die Wissenschaftler haben ihr Gesicht nachgebildet. Echt komisch. Unser Lehrer hat einmal im Unterricht erzählt, dass man jetzt festgestellt hat, dass es gar kein Mädchen war, sondern ein Junge. Verrückt, was die alles nach so langer Zeit noch herausfinden. Das Thema Moorleichen kriegen wir später noch mal in Bio."

Emma hat die Gelegenheit beim Schopf ergriffen. Schule, das ist immerhin ein Thema, bei dem sie sich auf einigermaßen sicherem Terrain bewegt. Sie hat Patrick nach seinen Lieblingsfächern und seinem Hobby Basketball gefragt. Auf diese Weise hat sie ihn weiter beschäftigen und hoffentlich von seinen trüben Gedanken ablenken können, die ihn sicher weiterhin martern. Alles ist willkommen, um dem Jungen ein bisschen Fröhlichkeit zu schenken. Normalität. Aber was ist in seinem Leben schon ausgewogen und beständig? Immer wieder hat Emma während der Fahrt prüfende Blicke in den Rückspiegel geworfen, um möglichst jede kleine Schwingung in Patricks Stimmung aufzuspüren. Sie hat beobachtet, wie er seine beiden Kuscheltiere im Arm hält, den Elefanten, den sie schon von früher kennt, und einen flauschigen Fuchs. Kein deprimierter, verkrampfter Klammergriff, wie sie zufrieden festgestellt hat, eher ein nachdenkliches Streicheln. Wenn der Junge Tiere gern hat, wird er in dem Kinderheim, das für die nächsten Wochen auf Juist sein Zuhause sein soll, alle Hände voll zu tun haben. Emma hat von der Psychologin erfahren, dass zu dem Konzept der Unterbringung gehört, die Kinder in die Versorgung der zahlreichen Kaninchen und Katzen einzubinden. Das klingt nach einer vielversprechenden Therapie. Emma hat immer wieder fasziniert festgestellt, wie positiv Tiere die Stimmung von

Menschen beeinflussen können. Die Kater Sherlock und Watson bei ihr zu Hause sind dafür die besten Beispiele.

Und nun, auf der Überfahrt zur Insel, kann Emma zufrieden feststellen, dass auch das Meer eine therapeutisch beruhigende Wirkung auf Patrick zu haben scheint. Die Fähre hat pünktlich auf dem Festland abgelegt und sich leicht stampfend in Bewegung gesetzt. Obwohl das Wetter wenig einladend ist, hat Patrick zunächst nicht unter Deck gehen wollen. Stattdessen haben sie zu dritt die Ausfahrt des Schiffes vom Aussichtsdeck verfolgt. Dicht an die Reling gelehnt, schaut der Junge nun mit großen, neugierigen Augen auf die unruhige Wasseroberfläche, lauscht aufmerksam dem Gurgeln der Wellen und dem Gekreische der Möwen. Eine gefiederte, durch die Luft gleitende Eskorte.

Das Wattenmeer liegt wie ein riesiger grauer Teppich vor ihnen. Ebenso liegt die Insel Juist, deren Konturen sich allmählich aus dem Dunst lösen, unter einem trüben Schleier, obwohl es mitten am Tag ist. Die Ankunft ist für 15 Uhr geplant. Immerhin haben sie jetzt einen guten Blick auf das siebzehn Meter hohe neue Wahrzeichen der Insel. Das Seezeichen hat die Form einer treibenden Boje. Andere erinnert es vielleicht an das Burj al Arab, jenes Luxushotel, das sich wie ein Segel im Wind über den Persischen Golf bei Dubai wölbt.

Als sie an diesem ungewöhnlichen Seezeichen vorbeischippern, erzählt Emma ein bisschen über Wolkenkratzer und über das bis vor kurzem höchste Gebäude der Welt. Sie registriert zufrieden, wie Patrick ihr dabei aufmerksam zuhört. Oder ist da noch mehr in seinem Gesicht zu lesen als freundliches Interesse? Die Ermittlerin kennt diesen Blick aus Vernehmungen von Zeugen, wenn diese eine vage Erinnerung durchzuckt, der sie nachzuspüren scheinen, die sie aber noch nicht richtig greifen können. Geht es Patrick so ähnlich? Löst irgendein aktueller Eindruck etwas bei ihm aus? Sie beobachtet, wie der Junge den Kopf in den Nacken legt und dabei nachzudenken scheint.

„Kann ich dir helfen? Was …", setzt sie sanft an, doch bevor sie ihre Frage beenden kann, werden sie von der Ansage des Kapitäns unterbrochen, der sie auffordert, sich jetzt an Land zu begeben.

Die Insel begrüßt sie mit verhaltenem Charme. Der Wind bläst jetzt wieder etwas stärker und lässt Emma unter ihrer dünnen Jacke zittern. Patrick streift sich seine Mütze über und zieht seinen Schal enger zusammen, während er die ersten Eindrücke aufzusaugen scheint. Seine Blicke wandern in Richtung des breiten, von Dünen und Grasbewuchs durchbrochenen Strandes. Der bei sonnigem Wetter fast golden schimmernde Sand wirkt jetzt beige-grau, die Wolken hängen tief und beschatten die Landschaft.

Emma hat Patrick unterwegs schon erzählt, dass es auf Juist keine Autos gibt. Genauso gut hätte sie ihm sagen können, dass sie dort Marsmenschen begegnen würden: Der Junge hat sie staunend angesehen. Für jemanden, der in seinem Leben praktisch nicht aus Hamburg herausgekommen ist, muss eine Region ohne Kraftverkehr, ohne Motorengeräusche, Hupen und Abgase wie eine fremde Welt wirken. Eine Welt, die Patrick aber mit offenem Blick und erstaunlich festem Schritt zu erobern gewillt ist. Seinen Rollkoffer hinter sich herzerrend, strebt er entschlossen auf eine der Pferdekutschen zu, die die Fahrgäste zu ihren Unterkünften bringen.

„Ist das hier unser Taxi?", fragt er Emma und Greta Gärtner. „Ein Taxi mit zwei PS? Finde ich cool." Erwartungsvoll blickt er zu dem Kutscher auf und fragt, ob er die beiden kräftigen, schwarzbraunen Kaltblüter streicheln darf und wie sie heißen. Der Mann auf dem Bock, ein knorriger Typ mit wettergegerbtem Gesicht, hat den Wink verstanden. „Das sind Bella und Molly. Möchtest du bei mir vorne sitzen?" Er zieht die Mütze vom nahezu kahlen Schädel und deutet eine Verbeugung an. „Zu deinen Diensten!" Er hilft dem Jungen auf den Sitz, wartet, bis Emma und Greta Gärtner mitsamt Gepäck in der Kutsche Platz gefunden haben, und fährt los.

Ihr Ziel ist zunächst ein schmuckes größeres Bauernhaus in der Dünenstraße des Ostdorfes. Es ist die Idee von Kai Plathe gewesen, dass Emma den Jungen für die ersten Tage dort einquartieren soll. „Ein Onkel von mir, ein pensionierter Kinderarzt, hat sich dort niedergelassen", hat er Emma erzählt. „Er kann sich zunächst zusammen mit der Kinderpsychologin um Patrick kümmern. Ich arrangiere das, wenn Sie möchten."

Emma hat dem Vorschlag nach kurzer Überlegung gern

zugestimmt. Geplant ist, dass die Psychologin mindestens eine Woche mit dem Jungen auf Juist bleiben soll, um ihn bei der Eingewöhnung zu unterstützen: weit entfernt von Hamburg. Abgeschottet, und vor allem unauffindbar für Raptor.

Plathes Onkel hat schon Kontakt zu einem nahe gelegenen Kinderheim aufgenommen. Falls es Patrick gefällt, kann er hier für sechs Wochen unterkommen, eine Art Verschickung für eine Genesung an Leib und Seele im rauen Meeresklima. Hoffentlich würde er hier etwas zur Ruhe kommen, Abstand gewinnen. Durchatmen in der frischen Nordseeluft. Mit einem strukturierten Tagesablauf einerseits, sowie vielen interessanten und positiven Eindrücken andererseits.

Bevor sie sich von dem Jungen verabschiedet, erzählt Emma ihm noch von der faszinierenden Wasserklangschale, die es auf einem Pfad zu bestaunen gibt. Die soll er unbedingt zum Vibrieren bringen, um die geheimnisvollen singenden Geräusche zu hören und die feinsten Bläschenperlen zu sehen. Patrick kann sich das natürlich überhaupt nicht richtig vorstellen. Schade, dass sie keine Zeit hat, selbst ein wenig auf der Insel mit ihm herumzustromern.

An diesem Tag fährt keine Fähre mehr zurück nach Norddeich, weswegen Emma ein Zimmer in einem Hotel im Ortskern von Juist für sich reserviert hat. Als sie sich von Patrick verabschiedet, klopft sie ihm noch einmal ermunternd auf die Schulter. „Mach's gut. Ich hoffe, du hast hier eine gute Zeit und Spaß. Richtig schön ist das Meerwasserschwimmbad. Und der Strand ist ganz toll, sogar im Winter. Im Kinderheim wirst du Jungen und Mädchen in deinem Alter treffen. Die haben einen eigenen Abenteuerspielplatz. Und es gibt dort Lehrer. Ich werde ab und zu mal anrufen und mich erkundigen, wie es dir geht. Wenn es etwas Besonderes gibt, kannst du gerne bei mir anrufen. Meine Handynummer findest du auf der Visitenkarte in der Seitentasche deines Rucksacks."

Patrick zögert einen Moment. Dann streckt er seine Hand aus und zeigt in Richtung Hafen. „Mir ist noch etwas eingefallen. Das war irgendwie weg. Die Erinnerung ist jetzt aber plötzlich wieder da, als Sie mir bei der Einfahrt in den Hafen etwas über das Seezeichen erzählt haben, das so aussieht wie in einem Zukunftsfilm. So, wie Sie das Hochhaus in Arabien beschrieben haben." Patrick scheint noch mal in sich hineinzuhorchen, bevor er weitererzählt. „Als der Kapuzenmann bei uns war und zusammen mit meinem Vater die Mama …" Er hält inne und holt tief Luft, bevor er erneut ansetzt. „Also, als der Raptor bei uns war, da hat er unserem Papa etwas von fremden Ländern erzählt. Und von verrückten Hochhäusern, die er baut. Er hat gefragt, ob er Papa auf seine nächste Reise mitnehmen soll, nach Brasilien. Ich habe mir das Land gemerkt, weil die so eine super Fußballmannschaft haben. Raptor hat gesagt, Papa könnte ja hier weggehen und dann für ihn in Brasilien arbeiten."

Emma stutzt. Sie ist elektrisiert. „Hat er noch irgendetwas anderes über seinen Beruf oder sein Geschäft erzählt? Das ist sehr wichtig. Wenn du dich noch an etwas anderes erinnerst, können wir Raptor eventuell schneller finden. Hat er irgendeinen Namen oder Ort genannt? Außer Brasilien? Irgendetwas, was uns vielleicht zu ihm führt?"

Patrick schüttelt den Kopf. „Ich habe die ganze Zeit überlegt, seit wir hier angekommen sind. Aber mehr weiß ich nicht. Nur, dass dieser Mann Wolkenkratzer baut. In einem fremden Land."

In Emmas Gehirn beginnen die Gedanken zu rasen. Eine weitere, offenbar sehr wichtige Spur. Es ist dieser Moment, auf den sie bei jeder Ermittlung hinarbeitet: wenn einige ihrer vielen Mosaiksteine sich zu ordnen beginnen, wenn sie ein Bild erahnen kann, das mit der Zeit immer stimmiger wird. Hat Raptor vielleicht ein international agierendes Architekturbüro? Das würde vieles erklären. Dann ist er vermutlich wohlhabend und kann sich ohne Weiteres aufwendige Reisen leisten. Und er ist unabhängig und häufig auf Geschäftsreisen. Daher offenbar die regional verteilten Tatorte. Er hat internationale Kontakte. Hier liegt womöglich auch der Bezug zu Kristina Lundén.

Vielleicht ergibt sich hieraus zudem ein Hinweis auf die Tatbegehung. Darüber muss sie unbedingt mit Plathe sprechen. Eigentlich müsste sie ihn jetzt sofort anrufen. Sie verwirft den Gedanken aber wieder. Zunächst einmal will sie jetzt ihre Gedanken ordnen. Und am nächsten Tag hat sie die Autofahrt vor sich, danach steht ihr die Besprechungsrunde im

Polizeipräsidium bevor. Es wird darum gehen, die Faktenlage noch einmal unter allen Gesichtspunkten zu besprechen: im Hinblick auf die bisherigen Aktivitäten der Mordkommission, in Bezug auf die Erkenntnisse der Operativen Fallanalyse und vor allem alle Untersuchungsergebnisse der Rechtsmedizin betreffend. Plathe wird viel zu berichten haben. Außerdem geht es darum, die vorliegenden Ergebnisse der Funknetzortung zu erfahren. Bei dem strammen Programm tut es ihr gut, sich mit einem Glas Rotwein auf ihr Hotelzimmer zurückzuziehen und früh schlafen zu gehen.

Irgendwie hat sie sich auf diesen ruhigen Abend auf Juist gefreut – aus Nostalgie. Schließlich ist sie nicht das erste Mal auf dieser Ferieninsel. Während ihrer Zeit auf der Hochschule der Polizei im Bramkamp hat Emma eine kurze Affäre mit einem Lufthansa-Piloten gehabt, der ebenso gern privat in der Luft unterwegs gewesen ist. Er hat sie einmal für ein Wochenende nach Juist eingeladen. Sie erinnert sich an den Flug an einem sonnigen Sommertag über Elbe, Weser, Jadebusen und Wattenmeer mit den hier aufgereihten ostfriesischen Inseln. Sie hatten seinerzeit ein ausgesprochen schönes Zimmer mit Meerblick im Strandhotel gemietet. Für ihr damals sehr schmales Gehalt war die luxuriöse Unterkunft eigentlich völlig überdimensioniert, aber ihr Freund konnte es sich offenbar leisten. Sie hatten ausgiebige Fahrradtouren unternommen und waren kilometerweit am Strand entlanggewandert.

Emma seufzt, als sie an die Zeit zurückdenkt – scheinbar Lichtjahre entfernt von diesem dunklen Novemberabend, der sich trüb in ihr Gemüt einzugraben droht. Wie gut, dass es dank der neuen Erkenntnisse in ihren Ermittlungen einen Silberstreifen am Horizont gibt. Mit diesem Gedanken fällt sie in einen traumlosen Schlaf.

Am nächsten Morgen stellt Emma fest, dass sich das Wetter über Nacht schlagartig geändert hat. Es ist noch kälter geworden, zugleich hat der Wind die Wolken fortgepustet, und nun wölbt sich der Himmel in einem schieren Blau über das Wattenmeer. Beste Sicht, so weit das Auge reicht. Vom Hafen aus hat sie einen perfekten Ausblick auf die kleine Nachbarinsel Memmert, ein Naturschutzgebiet im streng geschützten Bereich des Nationalparks Niedersächsisches Wattenmeer. Gute

Idee, wunderbares Konzept, aber angesichts von Tourismus, Offshore-Industrie und Umweltverschmutzung schwer zu realisieren, findet Emma. Sie weiß, dass hier Theorie und Praxis auseinanderdriften. Aber sie zwingt sich, diese Gedanken nicht weiterzuspinnen. Dazu ist jetzt nicht die Zeit. Sie muss schnell zurück nach Hamburg und dort ihren Job machen. Irgendwie hat sie das Gefühl, sie könnten Raptor jetzt erwischen. Dabei zählt sie unter anderem auf Plathe und auf die moderne Kriminaltechnik. Die Hinweise auf die Identität von Raptor häufen sich. Langsam zieht sich die Schlinge zu. Sie sind nah dran an ihm. Hoffentlich kann sie ihn zur Strecke bringen, bevor er erneut seinen grausigen Neigungen nachgeht.

### KAPITEL 46

Noch so einer. Schon wieder so ein Typ, der so gar nicht in das Klischee passen will. Ermittler Kenan Arslan kann sich nicht entscheiden, ob er enttäuscht oder angenehm überrascht sein soll. Das ist jetzt das siebte Tattoo-Studio, das er aufsucht, damit er etwas über das ungewöhnliche Schwert-und-Rosen-Tattoo am Fuß des einen Opfers von Raptor herausfindet – und das vierte Mal, dass er einen Kerl antrifft, der nicht im mindesten so aussieht, wie er das nach Kenans Vorstellung tun müsste. Er hat sich semi-finstere Gestalten in nur schummrig ausgeleuchteten Räumen ausgemalt, Kraftprotze in zerfledderten Jeans oder noch eher in Leder, mit aufgerollten Ärmeln, sodass die mit Tattoos übersäten muskulösen Arme gut zur Geltung kommen. Weitere Tintenbilder mindestens am Hals, wenn nicht gar im Gesicht, nicht zu reden von noch mehr Tattoos an anderen Körperteilen, über die Kenan lieber gar nicht erst nachdenken möchte.

Und nun steht da ein Mann in tadellos gebügeltem Hemd und Anzugjacke, und das, was von der Haut des Typen zu sehen ist, die Hände, der Hals und das Gesicht, ist vollkommen schier. Bei dem schnieken Aussehen und vor allem dem tadellosen Gebiss, mit dem der Mann gesegnet ist, könnte er sofort einen Werbespot für Zahnpasta oder Duschgel drehen. „Was kann ich für Sie tun?" Die Stimme ist ebenfalls nicht so, wie Kenan es erwartet hätte, kein Hamburger Slang, sondern süddeutsch angehaucht. Oder nein, eher ein bisschen Wiener Schmäh. Ein Fremdkörper auf der Reeperbahn, aber warum nicht?

Der Kommissar ruft sich gedanklich zur Ordnung. Er sollte mal an seinen Vorurteilen arbeiten. Dabei weiß Kenan doch selber nur zu genau, wie es sich anfühlt, wenn andere einen immer gleich in eine Schublade stecken wollen. Seine Eltern sind vor fast fünfzig Jahren nach Deutschland gekommen, er wurde in Hamburg geboren, hat hier Abitur gemacht und an der Polizeiakademie studiert. Und trotzdem gibt es immer mal wieder Zeitgenossen, die es nicht fassen können, dass er bei der Kripo ist, sie sehen in ihm nur „den Türken". Wie ihn das nervt!

Genauso, wie es diesem Typen im Tattoo-Studio vermutlich immer höllisch auf den Zeiger geht, wenn er auf seinen österreichischen Dialekt angesprochen wird. „Sind Sie Frank Hofmann?" Als der Mann hinter dem Bedientresen nickt, zückt Kenan mit der einen Hand seine Polizeimarke und mit der anderen sein Handy. „Ich wüsste gern, ob Ihnen das hier bekannt vorkommt", sagt er und scrollt zu dem Foto, das das Rosen-und-Schwert-Tattoo an einem weiblichen Fuß zeigt – mittlerweile wissen sie durch eine DNA-Analyse definitiv, dass er zu der vermissten Annett Michelsen gehört. „Einer Ihrer Kollegen aus einem anderen Studio hier auf dem Kiez meinte, das könnte Ihr Werk sein."

Das Zahnpasta-Lächeln ist dem jungen Mann vergangen. Er hat sofort geschaltet, dass das hier nicht die Stunde für Werbesprüche oder Smalltalk ist. Er greift in eine Schublade, holt eine kleine Taschenlampe hervor, mit der er das Foto besser ausleuchtet, und nimmt sich einen Moment Zeit, bevor er antwortet. „In der Tat. Das dürfte von mir sein. Ich habe da so meine besonderen Techniken. Betriebsgeheimnis", schiebt er hinterher.

„Ich wüsste gern, ob Sie sich an die Kundin erinnern, bei der Sie das Tattoo gestochen haben." Kenan blickt Frank Hofmann forschend an. Sie haben bei der Polizei oft genug mit Menschen zu tun, die sich ahnungslos stellen, weil sie Ärger befürchten. Doch Hofmann ist offenbar von einem anderen Schlag.

„Ich weiß das sogar noch ziemlich genau, weil ich an dem Tag Geburtstag hatte, als sie hier in den Laden kam, am 6. April. Und so eine Frau kann man schwerlich vergessen. Wunderhübsch, tolle rötliche Mähne fast bis zum Hintern. Und was ich während meiner Arbeit von ihren Beinen sehen konnte, sah ebenfalls sehr vielversprechend aus. Das fand ihre Begleitung offenbar auch. Der Typ schien sehr fasziniert von ihr gewesen zu sein, hatte allerdings etwas unangenehm Besitzergreifendes und Dominantes an sich. Irgendwie richtig unsympathisch. Jedenfalls hatte er präzise Vorstellungen, wie das Tattoo aussehen sollte. Und sie schien sich zu fügen. Obwohl ja sie damit den Rest ihres Lebens herumläuft, nicht er. So ein Tattoo hält ewig, eine Beziehung nicht unbedingt."

Hofmann bittet den Kommissar, das Handyfoto etwas größer zu ziehen. „Er wollte nicht irgendein Schwert, sondern unbedingt ein Samuraischwert. Das war ihm wichtig. Er hatte sogar ein Foto dabei, an dem ich mich orientieren sollte. Ich kenne mich damit nicht aus, aber ich erinnere mich, dass er im Zusammenhang mit der Waffe von der ‚Seele des Kriegers' sprach. Er schien ein Japan-Kenner oder zumindest ein Japan-Fan zu sein. Hier, sehen Sie!" Hofmann deutet auf ein Detail des Tattoos. „Diese schmale, leicht gebogene Klinge, der rautenförmig gewickelte Griff, das ist ganz typisch für diese Schwerter, meinte der Kunde. Ich habe mich sehr bemüht, die Feinheiten herauszuarbeiten. Es war eine Herausforderung. Aber am Ende schienen beide ganz zufrieden zu sein."

Auf Kenans Frage beschreibt der Tätowierer den Kunden. Statur, Frisur, ungefähres Alter – alles scheint auf den von ihnen gesuchten Mann zu passen. Der Ermittler scrollt zu einem anderen Foto auf seinem Handy und zeigt Hofmann das Phantombild von Raptor.

„Ja, das könnte er sein." Hofmann nickt. „Aber der Mann hatte keinen so prägnanten Bart, mehr so ein Drei- oder Fünf-Tage-Gewächs, wenn ich mich richtig entsinne."

„Hat das Paar mit Kreditkarte oder EC-Karte bezahlt? Sie haben nicht zufällig noch einen Beleg?" Kenan Arslan sieht den Tätowierer gespannt an.

„Nein, der Mann hat bar gezahlt, mit einem üppigen Trinkgeld, das weiß ich noch." Das wäre wirklich zu schön gewesen, um wahr zu sein. Der Kommissar ist bemüht, sich seine Enttäuschung nicht ansehen zu lassen. „Fällt Ihnen noch irgendetwas zu dem Paar ein? Es geht uns vor allem um den Mann. Alles könnte wichtig sein."

Hofmann streicht sich gedankenverloren über das Kinn, dann sagt er bedächtig: „Ich glaube, die Frau hat ihn Lukas genannt. Es kann aber auch Lars oder Lasse gewesen sein, da bin ich mir nicht mehr vollkommen sicher. Jedenfalls war es einer dieser drei Namen, ein kurzes Wort mit L am Anfang. Ich erinnere mich deshalb genau, weil ich sofort die Assoziation zu einem Leguan hatte. L wie Leguan, diese eher fies aussehenden Echsen. Denn dieser Typ, der mit der schönen Lady hier war, wirkte auf mich echt total unsympathisch."

Der Mann scheint gute Menschenkenntnisse zu haben, überlegt Kenan. Er bedankt sich für die Information und schreibt, kaum dass er aus dem Tattoo-Studio raus ist, Emma eine kurze Nachricht, in der er ihr die neuen Erkenntnisse mitteilt: Der Gesuchte ist ein Japan-Fan, Vorname sehr wahrscheinlich Lukas, Lasse oder Lars.

Sie sind Raptor ein gutes Stück näher gekommen.

## KAPITEL 47

Haben sie eigentlich irgendwo im Polizeipräsidium eine Leiter? Max Vollertsen hätte jetzt gern den Blick aus der Vogelperspektive, und eine Leiter wäre da wirklich hilfreich. Vielleicht im Keller? Gibt es den hier überhaupt? Es ist schon verrückt. Seit Ewigkeiten arbeitet er bei der Polizei, mehr als ein Jahrzehnt in diesem Gebäude. Und noch nie hat er sich darüber Gedanken gemacht.

Bis jetzt. Seit Vollertsen die Ausdrucke von allen Fotos, die seine Kollegin Bianca Martinek und der andere Beamte auf der so grandios gescheiterten Beerdigung von Anna Krüger gemacht haben, auf dem Boden des Konferenzraums ausgelegt hat. Sein Büro wäre dafür nicht infrage gekommen; es sind schlicht zu viele Bilder. Die Fläche in diesem Gemeinschaftszimmer aber reicht aus – nur dass es jetzt mit dem Überblick schwierig wird. Kurz entschlossen wuchtet Max einen Bürostuhl auf den Konferenztisch und klettert hinauf. Die Höhe sollte reichen, und hoffentlich auch die Stabilität seines provisorischen Beobachtungspostens.

Es sind grob geschätzt vierhundert Bilder, die seine Kollegen bei dem Begräbnis gemacht haben. Etliche hat er schon vorher aussortieren können, wenn ihnen ein Polizist vor die Linse gekommen ist, ein Reporter oder beispielsweise Patricks Tante. Überhaupt haben sie alle Fotos ausgemustert, auf denen Frauen zu sehen sind. Jetzt sind noch achtundsiebzig Fotos übrig, die teilweise dieselben Personen zeigen, aber aus unterschiedlichen Perspektiven. Max zählt noch einmal durch. Es stimmt. Sie haben neunundzwanzig Männer abgelichtet, die sie noch identifizieren müssen. Und genau genommen wissen sie nicht einmal, ob sich die Mühe lohnen wird. Dass Raptor sich wirklich auf der Beerdigung hat blicken lassen, ist nur eine Theorie, nicht mehr. Nur eine Hoffnung.

In Augenblicken wie diesen, wenn der Frust ihn zu übermannen droht, würde Vollertsen sich am liebsten eine Zigarette anstecken. Natürlich wird er nicht wirklich schwach. Einen Rückfall in seine Jugendsünden hat er noch nicht einmal vor zwei Jahren erlebt. Es war die Zeit, als seine Frau langsam und quälend vom Krebs zerfressen wurde, als er ihrem Leiden hilflos zusehen musste und neben ihr und zusammen mit ihr fast zugrunde gegangen ist. Nicht einmal da hat er sein früheres Laster wieder aufgenommen, obwohl er wirklich bodenlos verzweifelt gewesen ist und allen Grund gehabt hätte, irgendwo und irgendwie Halt zu suchen. Schlimmstenfalls an einer schnöden Zigarette.

Er erinnert sich, wie die tiefen Züge, die er als Jugendlicher und später mit Anfang zwanzig inhaliert hat, seine Nervenenden zu glätten schienen und ihm den Eindruck vermittelten, entspannen zu können. Natürlich ist das alles Quatsch und gefährlich dazu. Eine Zigarette ist keine Stütze und kein Balsam und bietet keine Zuflucht. Sie macht bloß krank. Und manchmal tötet sie sogar.

Vollertsen schüttelt über sich selber den Kopf, verscheucht die irritierenden Gedanken und widmet sich wieder den Beerdigungsfotos. Er steigt von seinem Aussichtsturm herunter und stakst bedächtig wie ein Storch zwischen den Fotos herum. Eigentlich könnte er von den Männern, über denen noch ein Fragezeichen liegt, weitere fünfzehn aussortieren, weil sie offenbar entweder deutlich unter vierzig oder einiges über sechzig sind. Doch Raptor könnte sich getarnt haben, er könnte durch einen veränderten Haarschnitt jünger oder mit Make-up künstlich gealtert wirken. Also bleiben die Aufnahmen zur Sicherheit in der Auswahl. Ein paar der Fotografierten wirken besonders verdächtig, weil es so scheint, als drehten sie sich bewusst von der Kamera weg. Das könnte natürlich unbeabsichtigt sein. Aber die langjährige Erfahrung hat Max gelehrt, dass eine Ansammlung von scheinbaren Zufällen eher ein Indiz für Planung ist.

Um die Männer zuordnen zu können, müssen sie unter anderem das Kollegium von Patricks Schule durchgehen, ebenso Nachbarn oder Zeitungsreporter. Eine Aufnahme, die total missglückt scheint, will Vollertsen gleich zur Seite legen. Da muss Bianca ein Fehler unterlaufen sein, als sie lediglich einen anthrazitfarbenen Mantelärmel und ein Stück Schulterpartie fotografiert hat, noch dazu von einer offenbar weiblichen Person. Aber was ist das? Max kneift die Augen zusammen. Es kommt ihm so vor, als laure hinter dem Gebüsch, das im Zentrum des Fotos zu sehen ist, eine Person. Der Ermittler läuft hinüber in sein Büro und holt eine Lupe. Tatsächlich, er hat sich nicht getäuscht. Das ist kein Zufall. Da versteckt sich jemand. Details sind auf dieser Aufnahme jedoch nicht zu erkennen, da müssen die Spezialisten aus der Technik ran.

Keine zehn Minuten später starrt Vollertsen im Büro eines Kollegen auf einen Computerbildschirm und lässt besagtes Foto heraussuchen. „Gib alles, Jörn. Wir wollen ein schönes klares Bild von dem Gesicht dieses Typen hier", knurrt er und deutet auf einen Bildausschnitt, der bis jetzt nicht viel mehr als ein helles Oval mit einigen dunkleren Partien zeigt, das Ganze vermutlich unter einer Kapuze. Jörn Moldenhauer ist ein versierter Computertechniker, und so gewinnt der Kopf mit jeder neuen Einstellung von Farbfilter, verstärkten Kontrasten und Schärfe an Konturen. Heraus schält sich ein Mann mit kräftigem Kinn, breitem Mund, geradem Haaransatz mit offenbar nach hinten gekämmtem Schopf und buschigen Augenbrauen, die in der Mitte fast zusammenstoßen. Um die Form der Nase und die Farbe der Augen der halb hinter einem Rhododendron verborgenen Person erkennen zu können, reicht die Qualität des Fotos nicht aus. Und doch erkennt Max Vollertsen die Ähnlichkeit zu dem vorliegenden Phantombild. Er lässt Jörn Moldenhauer das Bild ausdrucken und macht selber einen Screenshot von dem Mann.

Raptor. Er bekommt ein Gesicht.

## KAPITEL 48

Armadeira. Die Bewaffnete! Kai Plathe muss erst mal verdauen, was sein Kollege Prof. Gerhard Mechtermann ihm gerade eröffnet hat. In der Tat hat Kai sehr wohl den Verdacht gehabt, dass Raptor seine Opfer vergiftet haben könnte. Und er hat vermutet, dass es wahrscheinlich ein ausgefallenes Toxin ist. Nicht so etwas Gewöhnliches wie Arsen oder E 605. Nein, dieser Mörder spielt auf einer anderen Klaviatur.

Trotzdem ist Plathe überrascht, dass die Hamburgerin Annett Michelsen laut Mechtermanns Expertise tatsächlich mit dem Gift der Brasilianischen Wanderspinne getötet wurde. Dieses achtbeinige Subjekt hat Kai nun überhaupt nicht auf dem Zettel gehabt. Ohnehin ist er nicht gerade ein Fan dieser Tiergattung. Aber dieses Exemplar ist besonders garstig. Etwa handtellergroß, was sie sowieso nicht sonderlich sympathisch macht. Vor allem ist sie das gefährlichste Tier der Spinnenwelt. Ihr Biss kann durchaus tödlich enden, und sie ist allzeit kampfbereit. Wenn sie etwas – oder jemanden – beißen will, stellt sie sich auf die Hinterbeine und hebt zwei Vorderbeine in die Höhe, einem schießwütigen Revolverhelden nicht unähnlich. Diesem angriffslustigen Verhalten hat sie ihren Spitznamen zu verdanken: die Bewaffnete.

Dieses rudimentäre Wissen über Armadeira hat Kai noch aus den Tiefen seiner Erinnerungen über Biologie und Toxikologie hervorkramen können. Außerdem guckt er, wann immer es seine Zeit erlaubt, am Sonntagabend die Wissenschaftssendung „Terra X", die sich mit spannenden Phänomenen unter anderem aus der Tier- und Pflanzenwelt befasst. Vor nicht allzu langer Zeit wurde eine Folge über tierische Gifte ausgestrahlt, die sich Kai zusammen mit seinen beiden Söhnen angesehen hat. Wurde die Brasilianische Wanderspinne in dem Beitrag erwähnt? Er ist sich nicht mehr sicher.

Mit weiteren wesentlichen Informationen hat ihn der Frankfurter Kollege versorgt. Mechtermann hat geradezu beeindruckt, fast schon euphorisch geklungen, als er Plathe am Telefon von den ersten Ergebnissen seiner Untersuchungen berichtet hat. „Ihr Gefühl hat Sie getäuscht", hat der Toxikologe ihm zunächst mit bedächtiger Stimme mitgeteilt und Kai damit frustriert. Dabei ist er doch beinahe sicher gewesen, auf der richtigen Fährte unterwegs zu sein. „Nein, die Frauen sind nicht durch ein exotisches Tiergift umgebracht worden", hat Mechtermann ihn belehrt. Und als Kai sich gerade desillusioniert für die Mühe bedanken und das Gespräch hat beenden wollen, hat der Toxikologe tatsächlich losgegluckst. Ein kehliges, vergnügtes, zufriedenes Lachen ist Kai da durch die Leitung entgegengeschallt. „Mit Verlaub, verehrter Kollege, diesen kleinen heiteren Moment gönnen Sie mir hoffentlich?", hat Mechtermann gefragt. „Es ist nicht ein Tiergift. Es sind vier! Vier unterschiedliche Toxine! Sie liegen mit Ihrer Vermutung goldrichtig."

Und dann ist Mechtermann über die Potenz der Toxine regelrecht ins Schwärmen geraten. Plathe ist ob dieser Euphorie hin und her gerissen gewesen. Natürlich kann er die wissenschaftliche Faszination nachvollziehen, wenn ein Fachmann mit einem erstaunlichen Phänomen konfrontiert wird. Aber immerhin geht es hier um mehrere tote Frauen – und einen Serienmörder, der sich wahrscheinlich noch weitere Opfer suchen wird.

Bei Annett Michelsen ist es also das Gift der Brasilianischen Wanderspinne gewesen. Bei Jasmin Stranger, der Toten vom Kreuzfahrtschiff, deutet alles darauf hin, dass sie dem Toxin des Pfeilgiftfroschs erlegen ist. Allerdings fehlt noch die finale Bestätigung. In den Fällen von Kristina Lundén und Dorothee

Kastmann haben die Frankfurter Experten noch kein genaueres Ergebnis erzielen können, nur dass sie ebenfalls an einem Tiergift gestorben sind. „Ich verspreche es Ihnen, Professor Plathe", hat Mechtermann gesagt. „Wir werden diese biologischen Mordwaffen hundertprozentig aufspüren!"

Und dann hat er ihn mit weiteren Informationen über die Brasilianische Wanderspinne versorgt. Kai überfliegt noch einmal die Notizen, die er sich während des Telefonats gemacht hat. Phoneutria nigriventer, so ihr wissenschaftlicher Name, jagt nur bei Dunkelheit. Sie gilt als aggressiv und schafft Sprünge von anderthalb Metern. Weil sie nicht auf Opfer wartet, sondern aktiv auf Jagd geht, hat sie ihren Namen bekommen: Wanderspinne. Mit ihrem Gift erlegt sie vorzugsweise Insekten, Reptilien und Amphibien. Sie hält sich gern in Bananenstauden auf, deshalb erwischt es manchmal einen Menschen. „Dann wird es sehr unangenehm", hat Mechtermann gewarnt. „Je nach Giftmenge wird dem Menschen übel und schwindelig, er beginnt zu schwitzen. Es kann zu Bluthochdruck kommen, zu Herzrasen, Muskelkrämpfen, Lähmungen, Durchblutungsstörungen – und im schlimmsten Fall zu einem Schockzustand, der mit dem Tod endet."

So also ist Annett Michelsen gestorben. Plathe kennt die körperlichen Reaktionen, wenn ein Mensch vergiftet wird. Der Organismus versucht, gegen die fremden Wirkstoffe anzukämpfen, indem er alle Systeme auf Alarmbereitschaft und Abwehr schaltet. Der steigende Blutdruck, der schnellere Herzschlag, das Zittern und Verkrampfen der Muskulatur sind Signale, dass der Körper gleichsam unter Strom steht. Doch gegen die tödliche Macht der hochtoxischen Substanz, die durch die Adern und in die Organe und schließlich in das Gehirn sickert, kann ein Mensch sich nicht lange wehren. Schließlich bricht der Kreislauf zusammen.

Kai ist irritiert. Wie zum Teufel hat Raptor an dieses außergewöhnliche Gift gelangen können? So etwas bekommt man ja nicht auf dem Wochenmarkt und bestimmt nicht in der Apotheke. Soweit Kai informiert ist, ist es selbst auf dem Kiez, wo mit so manchen illegalen Stoffen Geschäfte gemacht werden, nicht zu kaufen. Hat ihr Mörder gute Kontakte nach Übersee? Lohnt es sich, Flugverbindungen zu überprüfen?

Aber natürlich können sie nicht sagen, wann und wie das Gift ins Land geschafft wurde. Auf jeden Fall muss er Emma Claasen informieren. Kai greift zum Telefonhörer.

## KAPITEL 49

„Das könnte ein Durchbruch sein." Zum ersten Mal, seit Kai Plathe die Kommissarin kennengelernt hat, wirkt Emma zumindest verhalten zuversichtlich. Er hat sie bisher entschlossen erlebt, fokussiert, konzentriert und darüber hinaus empathisch. Eine versierte Ermittlerin mit gutem Bauchgefühl, Einfühlungsvermögen und scharfem Verstand, die die meiste Zeit sehr beherrscht wirkt. Insofern ist so eine Äußerung von ihr, mit der sie die Erkenntnisse des Rechtsmediziners kommentiert, fast schon als ein Gefühlsausbruch zu verstehen. Geradezu euphorisch.

Aber vielleicht haben sie tatsächlich einen großen Schritt geschafft, als sie herausgefunden haben, wie Raptor seine Opfer niederstreckt. Etwa achtzehn Stunden, nachdem Prof. Mechtermann ihn angerufen und die ersten beiden Ergebnisse vermeldet hat, hat das Spezialistenteam in Frankfurt ein drittes tödliches Toxin ermittelt und einen Verdacht bezüglich des vierten. Kai staunt angesichts der Vielfältigkeit des Giftreigens, den der Mörder angewendet hat. Die Brasilianische Wanderspinne, der ebenfalls in Südamerika beheimatete Pfeilgiftfrosch, der japanische Kugelfisch und darüber hinaus eventuell der Australische Inlandtaipan. Also beinahe einmal um den Globus. Bei der Auswahl der lebensgefährlichen Tiere hat der Killer abgesehen von Europa lediglich Afrika ausgelassen. Bedeutet das etwas? Hat Raptor dazu keinen privaten oder beruflichen Bezug? Oder liegt ihm Afrika sogar besonders am Herzen? Oder, bei diesem Gedanken läuft es Kai eiskalt über den Rücken, fehlt dieser Kontinent gar nicht? Haben sie bisher nur noch kein entsprechendes Opfer gefunden?

Nachdem der Rechtsmediziner der Chefermittlerin telefonisch davon berichtet hat, dass sie in Bezug auf die Todesursache jetzt eindeutige Ergebnisse haben, hat sie ihn erstmals zu sich ins Polizeipräsidium eingeladen. „Angeblich sind Gifte ja vor allem die Waffen der Frauen", hat sie gesagt, und er hat den leichten Spott in ihrer Stimme gehört. „Aber Sie verstehen sicher viel mehr davon als ich. Ich möchte Sie bitten, mich möglichst umfassend ins Bild zu setzen."

„Es wird mir ein Vergnügen sein." Die leichte Verbeugung, die Kai bei seiner Zusage unwillkürlich gemacht hat, hat Emma bei ihrem Handygespräch natürlich nicht sehen können. Und sein Schmunzeln ebenfalls nicht. Aber wenn sie eine so gute Polizistin ist, wie er annimmt, dürfte sie die minimale Veränderung wahrgenommen haben, die sich mit seinem Lächeln in seine Stimme geschlichen hat. Es lässt sie wärmer klingen, zugewandter. Seine Frau hat ihn oft damit aufgezogen, dass seine Sprachmelodie verräterischer sei als seine Mimik.

Das gilt gleichermaßen für die weniger vorteilhaften Stimmungen. Möglich, dass er in Corinnas Gegenwart zuletzt manchmal nicht ganz bei der Sache gewesen ist oder unleidlich geklungen hat. Aber umgekehrt ist es nicht anders. Seine Frau wirkt am Telefon, beim Skypen und vor allem beim letzten Treffen, als er seine Familie in Essen besucht hat, zunehmend gereizt oder ärgerlich. Kai hat das Gefühl, ihr nichts mehr recht machen zu können. Zuletzt hat sie sogar vorgeschlagen, dass sie übers Wochenende lieber im Ruhrpott bleibt und die Jungs allein mit dem Zug nach Hamburg kommen, um ihn zu besuchen. „Ein bisschen mehr Abstand tut uns beiden vermutlich gut", hat sie gesagt. Er kann nicht recht deuten, ob sie mit einer Besuchspause die Beziehung retten will – oder lieber ein Ende einläutet?

Er würde gern in Ruhe darüber nachdenken, aber die Pflicht ruft. Er muss zu dieser Konferenz. Also setzt sich Plathe für den Weg von seinem Institut zum Polizeipräsidium auf sein Mountainbike, mit dem er zumindest bei kurzen oder mittleren Entfernungen innerhalb der Stadt viel lieber unterwegs ist als mit dem Auto. Er ist damit angesichts fast immer überfüllter Straßen fast genauso schnell wie mit seinem Volvo. Und eine mühsame Parkplatzsuche erübrigt sich mit dem Fahrrad.

„Willkommen in unseren heiligen Hallen", begrüßt ihn Emma wenig später. Ein Lächeln umspielt ihren Mund. Die

Andeutung eines fröhlichen Gesichtsausdrucks nur, aber immerhin. Es steht Emma Claasen sehr gut, findet Kai. Sie sollte es öfter tun. Allein: Natürlich fehlt ihr in ihrem Beruf meist die Gelegenheit. Es wäre wirklich unpassend, wenn ein Ermittlungsleiter in einem Serienmordfall mit einem Dauergrinsen herumlaufen würde.

Im Besprechungsraum ihrer Ermittlungsgruppe fällt Plathes Blick als Erstes auf das Whiteboard. In der Mitte dominiert ein dickes Fragezeichen, um das mehrere Fotos herum gruppiert sind. Von jedem zeigt ein Pfeil Richtung Fragezeichen. Auf einem der Bilder erkennt er Anna Krüger wieder; die Gesichter der anderen vier Frauen, deren Namen auf Selbstklebezetteln dazugeschrieben wurden, sind ihm unbekannt. Beziehungsweise, Kai korrigiert sich, er hat sie zu ihren Lebzeiten nicht gesehen, sondern nur tot.

Man muss kein Kriminalpsychologe sein, um schon auf den ersten Blick die Vorliebe Raptors für rothaarige Frauen zu erkennen. Interessant. Aus dieser Disposition kann sein Vater bestimmt ein paar interessante Schlüsse ziehen. Er nimmt sich vor, Johannes um Rat zu fragen.

Ferner sind am Whiteboard Tatortfotos zu sehen, zum Beispiel ausgewählte Ablageorte von Leichenteilen Anna Krügers, der Schutthaufen, auf dem Dorothee Kastmann entsorgt wurde, die Kreuzfahrtkabine von Jasmin Stranger, das Betonfundament, in dem Bauarbeiter den Leichnam von Kristina Lundén gefunden haben. Darüber hinaus ein Blick in den Sarg von Anna Krüger.

Und Patrick. Kai erschrickt, wie zerbrechlich der Junge wirkt. Dieser Schüler ist gerade mal anderthalb Jahre jünger als Dominik, sein zweiter Sohn, und doch ist er so viel zierlicher. Dafür blicken Patricks große Augen mit einer Ernsthaftigkeit und einer Bedachtsamkeit in die Welt, die viel eher zu einem Mahatma Gandhi passen würde als zu einem Kind. Kai wünscht sich, er könnte dazu beitragen, die Welt des Neunjährigen wieder zu einem sicheren Gefüge zu machen. Einem Ort, an dem sich Patrick behütet fühlen und entfalten kann.

„Ich ahne, was Ihnen gerade durch den Kopf geht." Plathe schreckt aus seinen Gedanken auf und sieht, wie Emma ihn mustert. In ihren Augen sieht er eine Mischung aus Verständnis und Sorge. „Ja, ich mache mir ebenfalls Gedanken darüber, wie wir Patrick weiter unterstützen können. Ich glaube, niemand von uns kann sich auch nur entfernt vorstellen, wie heftig sein Leben erschüttert worden ist. Und wie viel Kraft es so einen jungen Menschen kosten muss, daran nicht zugrunde zu gehen. Er hat ja niemanden mehr. Keine Eltern, keine Geschwister, niemanden, der ihm nahesteht. Es wird schwer sein, ihn irgendwie aufzufangen. Ich kann nur hoffen, dass er es zulässt, wenn die Psychologen und seine Gastfamilie ihn auf den ersten Schritten weiter begleiten."

Der Rechtsmediziner horcht auf. Da ist etwas in Emmas Stimme und in ihrer Körperhaltung, das sie selber verletzlich wirken lässt. Ist das eine neue Seite, die er gerade an ihr kennenlernt? Oder ist diese Zartheit etwas, das schon immer da gewesen ist, das er aber bisher nicht wahrgenommen hat? Kai hat immer wieder die Erfahrung gemacht, dass neben der Fähigkeit für Ermittler, tough oder sogar stählern sein zu können, in vielen Situationen ein hohes Maß an Sensibilität von Vorteil sein kann, um sich in Opfer und auch in den Täter hineinzuspüren, quasi seine Seele zu durchleuchten. Und diese Kommissarin ist bestimmt gut darin. So weit glaubt er sie inzwischen zu kennen.

Doch schon in der nächsten Sekunde ist dieser Moment, in dem Emma für Kai ein Stück weit ihr Visier geöffnet hat, vorbei. Sie strafft ihre Schultern und arrangiert ihre Gesichtszüge zu jenem professionell-unerschütterlichen Ausdruck, den sie für viele ihrer Kollegen reserviert hat – jene, die nicht direkt zu ihrem Team gehören und denen sie oft nur in größeren Besprechungen oder auf den Fluren begegnet. Jetzt ist so ein Treffen anberaumt, bei dem alle mit dem Fall Raptor befassten Polizisten sich austauschen sollen.

Nach und nach treten die Ermittler in den Konferenzraum und suchen sich Plätze auf Stühlen oder einfach auf der Fensterbank. Plathe schaut in die Runde. Etwa fünfzehn Frauen und Männer haben sich versammelt, die alle auf ein Startsignal von Emma Claasen zu warten scheinen.

„Eigentlich wollte ich noch warten, bis Bianca Martinek da ist", erklärt die Chefermittlerin. „Die meisten von Ihnen werden Bianca kennen. Sie gehört zu meinem Kernteam. Es passt gar nicht zu ihr, dass sie so eine wichtige Besprechung verpasst. Vermutlich recherchiert sie gerade Details eines unserer Fälle. Ich denke, wir sollten jetzt ohne sie beginnen."

Die Ermittlerin nickt einem groß gewachsenen, kräftigen Mann zu, von dessen Gesicht mit Vollbart und überdimensionierter Hornbrille Plathe sonst nicht viel erkennen kann. Der Fremde stellt sich kurz vor: „Sven Maier, LKA 25. Wir sind das Dezernat für spezielle Kriminaltechnik. Es gibt ein vielsprechendes Ergebnis. Die Funknetzauswertung während der Trauerfeier auf dem Friedhof war ein Volltreffer. Inzwischen konnten wir alle Mobiltelefone der Trauergäste zuordnen. Das gilt ebenfalls für die diversen Einsatzkräfte der Polizei, klar. Außerdem haben wir drei zufällige Passanten und zwei Friedhofsgärtner identifiziert, die dort Gräber besucht oder gearbeitet haben.

Und dann haben wir das Handy geortet, das im Sarg geklingelt hat. Das von diesem Marcus Grosskirchler in Blankenese. Und schließlich blieb noch ein einziges, nicht zuzuordnendes Mobiltelefon. Irgendwo muss eine Person gewesen sein, die wir nicht auf dem Schirm hatten. Vielleicht hat sie sich versteckt, ein heimlicher Beobachter. Dieses Telefon wurde aber direkt abgeschaltet, nachdem das Handy im Sarg geklingelt hat. Also ist dem Typen wohl auf einmal bewusst geworden, dass wir ihn mit seinem Handy auf dem Schirm haben könnten."

Maier nimmt seine Hornbrille ab und reibt sich an der Nasenwurzel, bevor er die Sehhilfe wieder aufsetzt. „Wir haben jetzt eine Telefonüberwachung auf diese Nummer eingerichtet. Wir kriegen mit, wenn sich dieses Telefon wieder in das Funknetz einloggt. Damit hätten wir seine Standortdaten. Bislang können wir der Telefonnummer noch keine Person zuordnen, weil sie laut Provider auf eine fiktive Person zugelassen ist. Da hat doch tatsächlich jemand Darth Vader angegeben. Und die Anschrift dazu gibt es ebenfalls nicht. Wir versuchen jetzt noch, über den Provider die Verbindungsdaten der letzten sieben Tage klarzuziehen. Länger werden diese Daten in Deutschland leider nicht gespeichert, wie meist: Datenschutz ist Täterschutz. Aber ich denke, dass wir über die Telefonüberwachung ein Bewegungsbild der Person zeichnen können. Wenn es Raptor ist, werden wir vermutlich herausbekommen, wo er sich hauptsächlich aufhält. Noch Fragen?"

Mehrere Hände gehen in die Höhe. Aber Emma stoppt ihre Kollegen. „Lasst uns erst weitermachen. Wir wollen alle Fakten zusammentragen und dann diskutieren. Kenan, berichte doch bitte, was du herausgefunden hast."

Kenan Arslan wirkt etwas nervös, als sich alle Blicke auf ihn richten. Dann strafft er sich und informiert die Runde, dass sie Erkenntnisse bezüglich des Vornamens ihres Verdächtigen haben. „Er heißt sehr wahrscheinlich Lukas, Lars oder Lasse, jedenfalls ein Name mit L am Anfang. Da schien sich der Zeuge, den ich befragt habe, sehr sicher zu sein. Und Raptor scheint einen besonderen Bezug zu Samuraischwertern, vielleicht zu Japan überhaupt zu haben. Vielleicht ist er dort öfter hingereist."

Arslan signalisiert, dass er fertig ist, und sofort ergreift ein anderer Kriminalbeamter das Wort. In der Fachabteilung von Florian Raufenhein, dem spurenkundlichen Labor des Landeskriminalamts, hat man vorübergehend alle Kräfte auf die Mordserie zentriert und die zahlreichen Spuren in einem kaum vorstellbaren Tempo aufgearbeitet. Plathe hat beispielsweise bei allen Leichenfunden dafür gesorgt, dass sorgfältige Spurensicherungsmaßnahmen erfolgten.

Biologe Raufenhein spricht mit fester Stimme und ist sichtlich stolz auf seine Ergebnisse. „Unsere Kollegen von der Spurensicherung haben durchweg alle Leichenteile foliert und beispielsweise auch die Fingernagelränder asserviert. Dabei hatten wir zwei Treffer. Unter dem Fingernagel von Jasmin Stranger fanden sich extrem seltene typische Fasern von blauer japanischer Seide. Und ebensolche Fasern haben wir auf Folien der Haut von Dorothee Kastmann sichergestellt. Also Gratulation an die Rechtsmediziner und an unsere Spurensicherer. Das ist ein klarer Hinweis, dass zumindest bei diesen beiden Fällen dieselbe Person an den Opfern manipuliert hat. Ein sehr seltener Treffer."

Raufenhein will gerade fortfahren, doch eine junge Polizistin schaltet sich ein. „Wie individuell ist diese Faser? Sollten wir beispielsweise bei Herstellern von speziellen Kleidungsstücken nachfragen?" Die Frau versucht, gelassen zu klingen, aber ihre geröteten Wagen verraten ihren Eifer und ihre Aufregung. Offenbar ist sie zum ersten Mal bei einer Mordermittlung dabei.

„Dazu wollte ich gerade kommen", versetzt Raufenhein. „Diese Seide wird vorzugsweise in Schals eingewoben. Der Täter hat offensichtlich eine Vorliebe für extravagante Kleidung aus Fernost, vermutlich speziell aus Japan. Möglicherweise kennt er sich dort besonders gut aus, vielleicht hat er dort einige Zeit verbracht. Vielleicht hat er aber nur ein Faible für derartige Schals. Die kann man sicher irgendwo hier in Hamburg kaufen. Das müsst ihr checken."

Raufenhein blickt erneut in die Runde. „Und wie einige von euch bereits wissen, hat sich aus den Erkenntnissen unseres neuen Chef-Rechtsmediziners Kai Plathe und unserer Analyse ein weiterer spektakulärer Befund ergeben: An dem Fuß, der zu einem Opfer namens Annett Michelsen gehört, befanden sich kleinste, mit dem bloßen Auge nicht abgrenzbare Partikel aus feinem Travertinstaub, und zwar an der Sägefläche des Fußes. Das heißt, dass der Täter vermutlich in einem Raum gewesen ist, in dem Fliesen oder andere Flächen mit diesem exquisiten Material ausgestattet werden."

An diesem Punkt unterbricht Emma ihren Kollegen und ergreift selbst das Wort. „Ich glaube, wir sind jetzt ganz dicht dran an Raptor. Wenn dann noch die Funkzellenabfrage vorliegt ... Vor meinem geistigen Auge sehe ich einen international erfolgreichen Geschäftsmann, sehr wahrscheinlich einen Architekten, wie wir durch die Aussage von Patrick wissen. Der Täter dürfte an der Elbe sein Domizil haben, wie wir aus der Tonanalyse einer Aufnahme wissen, die ausgerechnet er selber uns hat zukommen lassen. Wir müssen jetzt also in dieser Region alle Architekten abrastern, wobei wir die mit Vornamen Lukas, Lars oder Lasse besonders in Augenschein nehmen sollten. Wir dürfen uns darauf aber nicht versteifen. Es könnte immerhin sein, dass der Zeuge aus dem Tattoo-Studio sich doch irrt. Morgen oder übermorgen wissen wir mehr. Ich informiere schon einmal den Staatsanwalt über den Stand der Ermittlungen."

## KAPITEL 50

Die Sätze der Hauptkommissarin reißen Plathe aus seinen Gedanken beim Betrachten der Bilder, Hinweiszettel und offenen Fragen. Gleichermaßen fasziniert haben ihn die Ausführungen zur Kriminaltechnik und Spurensuche. Die Kommissarin wendet sich direkt an ihn: „Kommen wir jetzt noch zu den neuen Erkenntnissen der Rechtsmedizin und speziell der Toxikologie. Ich glaube, dass dies eine sensationelle Entwicklung ist. Herr Professor Plathe, was haben Ihre befreundeten Spezialisten in Frankfurt herausgefunden?"

Plathe sieht in die Runde und nimmt überall erwartungsvolle Blicke wahr. Und von Emma kommt nochmals fragend und stimulierend: „Was Sie mir am Telefon angedeutet haben, klingt fast unglaublich. Eine echte Premiere für unsere Mordkommission. Einen Giftmord hatten wir schon lange nicht mehr. Und jetzt eine ganze Serie. Irgendwie klingt das total abgefahren."

Plathe holt tief Luft. „Das habe ich selbst erst nicht glauben können. Einfach irre und wirklich extrem. Ich weiß gar nicht, wo ich anfangen soll. Hier noch einmal die allgemeinen Fakten der Sektionen, die mich letztlich auf diese Spur gebracht haben. Zunächst die Tötung von Anja Krüger. Dieser Fall passt eigentlich nicht in die Serie. Wir haben einen Täter und ein Tatwerkzeug. Der Ehemann hat sie durch stumpfe Gewalt getötet. Leider hat er dann Suizid begangen, weshalb die Möglichkeit wegfällt, über ihn weitere Informationen zu dem geheimnisvollen Kapuzenmann Raptor zu bekommen, der den Leichnam zusammen mit Krüger im Badezimmer zerstückelt hat und sich dabei an den Nöten des kleinen Jungen geweidet hat."

Plathe dreht sich halb um und deutet auf das Bild von Patrick auf dem Whiteboard. Dann blickt er wieder zu den Kollegen. „Die Serie der ungeklärten Frauenmorde beginnt ja eigentlich zeitlich vor der Tötung von Anna Krüger – nur haben wir erst dann davon erfahren. Vier tote rothaarige Frauen, bei denen es der Mörder offenbar darauf angelegt hat, die Leichname fachmännisch zu zergliedern und uns diverse Teile als Puzzle zu präsentieren. Getötet hat er sie über einen längeren

Zeitraum, danach hat er in den meisten Fällen einzelne Körperteile tiefgefroren aufbewahrt. Natürlich interessiert mich brennend, was in diesem Täter vorgeht. Was will er uns sagen? Was leitet ihn, was geht in ihm vor? Aber das ist ja Ihr Part als Profis für Kriminalistik und Kriminalpsychologie."

Der Rechtsmediziner vergräbt die Hände in seinen Hosentaschen und sammelt sich, bevor er fortfährt. „Ich will Sie nicht langweilen. Natürlich kennen Sie sich alle damit aus, was die Rechtsmedizin grundsätzlich für Aufgaben hat. Was wir vor allem herauszufinden bemüht sind und was Sie meist als Erstes von uns wissen wollen: Was war die Todesursache?

Und da bin ich ehrlich gesagt lange im Dunkeln getappt. Es war ja eine besonders schwierige Ausgangssituation. Wir haben es mit unvollständigen Leichen oder nur einzelnen Leichenteilen zu tun. Zum Teil fehlten wichtige Körperteile. Deswegen halte ich das für eine Art Totenpuzzle. Obwohl dem Wort Puzzle meist eine spielerische Konnotation anhaftet, ist dieser Ausdruck hier absolut zutreffend. Er umschreibt nicht nur maliziös und präzise zugleich, was ich bei den Obduktionen zu tun hatte. Ich denke, dass unser Täter, den wir ja intern Raptor nennen, genau das im Blick hat, wenn er uns einzelne Leichenteile quasi auf dem Präsentierteller serviert: ein Puzzle. Es ist bezeichnend, dass wir von den vier von Raptor vermutlich im Alleingang ermordeten Frauen jeweils immer andere Körperteile auffinden. Als wolle er uns damit die Aufgabe stellen, sie am Ende zu einem Ganzen zusammenzufügen."

In den Gesichtern einiger der Ermittler sieht Kai Erstaunen aufflammen, vielleicht sogar Entsetzen. Für die meisten von ihnen ist ein Serienmord vermutlich Neuland – und vor allem ein Mörder mit einem Faible für Leichenzerstückelung. Für manche ist das wohl eher ein Szenarium aus einem Kriminalroman und nicht aus dem wahren Leben. Aber es gehört zu den ernüchternden, brutalen Erfahrungen in ihrem Beruf, dass die unheilvolle Kreativität der realen Täter manchmal grausamer ist, als ein talentierter, fantasievoller Autor es sich ausdenken könnte.

Plathe ruft sich die weiteren Fakten ins Gedächtnis, die er nach einem ausgeklügelten, schon zu Schulzeiten antrainierten System quasi in unterschiedlichen Schubladen seines Gehirns verstaut hat – um sie jetzt nacheinander herauszuziehen.

„Nun zurück zur Todesursache, die mich lange vor ein Rätsel gestellt hat. Wenn man abgetrennte Leichenteile vor sich hat, denkt man unwillkürlich an scharfe oder stumpfe Gewalt als Todesursache, vielleicht auch an Strangulation. Nichts von alledem konnten wir verifizieren. Natürlich haben wir die Theorie einer Vergiftung überprüft. Unser toxikologisches Labor hat alles untersucht, was möglich war: Mageninhalt, Blut, sonstige Körperflüssigkeiten, Organproben. Alles negativ im Hinblick auf Gift als Todesursache. Nachgewiesen wurden fallweise lediglich Koffein und Nikotin, einmal banale Kopfschmerztabletten, einmal Psychopharmaka in therapeutischer Dosierung. Nichts, was auch nur andeutungsweise den Tod der Frauen erklärt. Immerhin gab es in drei Fällen Spuren von sogenannten K.o.-Mitteln. Einmal war GHB, ein anderes Mal waren kurz wirksame Benzodiazepine nachweisbar. Beides findet man in K.o.-Tropfen. Diese gehören zu den Rape-Drugs."

Ein junger Kriminalbeamter, der auf einer Fensterbank gesessen hat, tritt einen Schritt nach vorn und hebt die Hand. Plathe findet es immer gut, wenn andere ihre Gedanken beisteuern oder Fragen stellen. Jedenfalls zeigt es, dass sie mitdenken. Er nickt dem Mann, dessen rundes Gesicht an einen Vollmond erinnert, aufmunternd zu. „Könnte das ein Hinweis auf eine sexuelle Motivation des Täters sein?" Der Polizist macht wieder einen Schritt nach hinten, wie ein Soldat, der sich zurück ins Glied stellt.

„Ja, da haben Sie recht", bestätigt Kai. „Oder der Mörder hat diese K.o.-Tropfen eingesetzt, um die Opfer bewusstlos und handlungsunfähig zu machen, damit er sie ohne Gegenwehr mit einem Gift töten kann. Das injiziert er dann vermutlich, möglicherweise mit einer sehr feinen Nadel, sodass wir die Einstichstelle später nicht finden."

Plathe erinnert sich daran, wie er buchstäblich mit einer Lupe nach solchen winzigen Auffälligkeiten gesucht hat. Vergebens. „Also, ich habe überlegt, ob es möglich wäre, dass die Frauen durch ein Gift getötet wurden, welches in unseren hochgerüsteten Laboren trotz bester Analysegeräte nicht nachweisbar ist. Und jetzt kommen wir zu meiner Idee. Ich habe einen guten alten Bekannten eingeschaltet, Professor Mechtermann. Er ist Toxikologe in Frankfurt – und vor allem ein Weltreisender in Sachen exotische Pflanzen, Tiere und seltene, stärkste Gifte. Er ist praktisch der Einzige, der diese Giftnachweise führen kann.

Wir reden hier ausdrücklich nicht von den toxischen Substanzen, die aus den Laboren für biologische und chemische Kriegswaffen stammen. Da gibt es ja beispielsweise das Nowitschok, mit dem der Kreml-Kritiker Alexei Nawalny vergiftet wurde. Oder das hochtoxische Polonium, ein Kontaktgift, das radioaktiv ist. Damit hat man 2006 in England den früheren russischen Geheimagenten Alexander Litwinenko getötet. Die Spur führte damals übrigens auch über Hamburg, wie Sie vielleicht erinnern."

Kai wirft einen kurzen Blick aus dem Fenster. Die Umgebung ist in ein trübes Grau getaucht. Wenn das Wetter zur Stimmung hier im Raum passen sollte, müsste aber eigentlich ein Silberstreif am Horizont zu erkennen sein. Der Rechtsmediziner sieht noch mal forschend in die Runde. Doch, die Aufmerksamkeit aller ist ihm gewiss.

„Nein, jetzt in Bezug auf unseren Serienmörder meine ich Naturstoffe. Tiere verwenden Gifte zur Verteidigung gegen potentielle Feinde und zum Töten oder Betäuben der Beute. Dieses Gift wird aus Speicherorganen durch Stich oder Biss entleert. Die chemische Zusammensetzung tierischer Gifte ist zumeist komplex. Die Toxine besitzen eine hohe Spezialisierung und Potenz, die sich im Herz-Kreislauf-System oder im zentralen Nervensystem des Opfers entfaltet. Dadurch werden mit großer Effizienz rasch maximale Schäden angerichtet. Die Gifte bestehen zum Beispiel aus biogenen Aminen, Enzymen oder Polypeptiden."

Angesichts des sperrigen Wortes blicken einige aus der Truppe fragend drein. „Keine Sorge, ich werde Sie jetzt nicht mit Fachchinesisch überschütten. Nur so viel: Man findet solche Toxine beispielsweise bei Schlangen, Skorpionen oder Spinnen, weiterhin bei Fröschen, Salamandern, Muscheln, Schnecken und Fischen. Außerdem gibt es hochgiftige Pilze und andere pflanzliche Gifte mit schneller neurotoxischer oder kardiotoxischer Wirkung, die also einen gefährlichen, teilweise sogar tödlichen Effekt auf das Nervensystem beziehungsweise auf das Herz haben. Die Liste ist ellenlang." Der Rechtsmediziner deutet mit einer Geste beider Hände einen beträchtlichen Abstand an, bevor er fortfährt.

„Hier, in unserem Fall, haben wir es mit Giften zu tun, deren tierische Produzenten fast auf den ganzen Globus verteilt leben. Es ist im Einzelnen die Brasilianische Wanderspinne, ein äußerst garstiges Exemplar der Arachniden, sowie sehr wahrscheinlich der Schreckliche Pfeilgiftfrosch. Ja, der heißt wirklich so: Schrecklicher Pfeilgiftfrosch. Der hat bezüglich der Potenz seines Giftes diesen Namen mehr als verdient, kommt aber als äußerst hübsch anzusehendes, oft leuchtend gelbes Tier daher. Bei einem weiteren tödlichen Toxin handelt es sich um den japanischen Kugelfisch. Von dem haben Sie vermutlich schon mal gehört. Zumindest bei diesem Gift habe ich eine Idee, wovon sich Raptor inspirieren lassen haben könnte. Es gibt einen Fall aus der Fernsehserie ‚Columbo' mit Namen ‚Mord à la Carte' aus dem Jahr 1977, bei dem der Mörder das Gift heimlich in eine Weinflasche spritzt und dann dem Opfer davon zu trinken gibt." Plathe sieht, wie Max Vollertsen verständig nickt. Offenbar ebenfalls ein Columbo-Fan.

„Das vierte Toxin ist noch nicht identifiziert, könnte aber vom Australischen Inlandtaipan stammen, einer gefährlichen Schlange. Jetzt fragen Sie mich natürlich", fährt der Rechtsmediziner fort, „woher hatte der Täter diese seltenen, sehr speziellen Gifte? Wie, wann und wo hat er sie verabreicht, und was trieb ihn zu diesem seltsamen Verwirrspiel mit Toxinen und mit Leichenteilen? Das weiß ich nicht, jedenfalls noch nicht. Aber wir werden es herausfinden! Ich bin davon überzeugt, dass wir jetzt sehr nah am Täter dran sind.

Noch einige Überlegungen zu seinem Profil: Der Typ dürfte viel in fremden Ländern unterwegs sein, er hat ein Faible für exotische Biologie und Chemie, und er experimentiert gerne. Möglicherweise hat er die Wirkung schon gezielt an Tieren ausprobiert. Vermutlich verwahrt er die Toxine zu Hause in einem eigenen Giftschrank. Und er hat eine Spezialbibliothek über komplexe Gifte aus der Natur. Vielleicht hat er eine Sammlung von ungewöhnlichen Pflanzen und Getier.

Und er hat natürlich gute anatomische Kenntnisse, woher auch immer. Dieser Mörder gibt uns noch viele Rätsel auf."

Plathe blickt entschlossen drein und sieht, dass Emma ebenso zielbewusst und resolut wirkt. „Noch sind es Rätsel", fasst sie zusammen. „Aber bald haben wir die Lösung. Und sicherlich eine Festnahme."

## KAPITEL 51

Ein schmaler Streifen Licht zerschneidet die Schwärze. Ein winziges Stückchen Helligkeit nur, das diesem abgrundtiefen Dunkel nichts von seinem Schrecken nehmen kann. Obwohl Bianca sich angestrengt umsieht, kann sie keinerlei Konturen um sich herum erkennen. Nichts. Der dünne Lichtschein, der offenbar unter der Tür hindurch in den Raum sickert, scheint nach einigen Metern zu zerfasern und sich vollkommen in der Schwärze aufzulösen.

Etwas raschelt, als Bianca Martinek ihren Oberkörper bewegt. Sie versucht, ihren Kopf zu heben, doch ein rasender Schmerz drückt sie auf ihr Lager zurück. Wieder ist da dieses merkwürdig knisternde Geräusch. Es muss von der Unterlage stammen, auf der sie liegt. Stroh? Ist sie allen Ernstes in einem Heuschober gelandet oder etwas Ähnlichem? Die Kommissarin spürt, dass ihre Hände gefesselt sind, nicht mit Handschellen, sondern mit einer Fessel aus einem Material, das sich wie Plastik anfühlt. Vermutlich Kabelbinder. Wer auch immer sie hier festhält, hat zusätzlich die beiden Daumen zusammengeschnürt. Sehr effizient. Es macht ihre Arme nahezu unbeweglich. Sie versucht, sie trotzdem auszustrecken, und kann ein Stück vom Boden ertasten. Es ist Beton. Er fühlt sich kalt an, schroff. Feindselig.

Allmählich dämmert Bianca, wohin sie verschleppt worden ist. In nichts Stallartiges, sondern in einen Keller oder einen Bunker. Es riecht nach Feuchtigkeit und Staub. Der Raum scheint leer zu sein, bis auf einen wuchtigen quaderförmigen Klotz, der offenbar an der gegenüberliegenden Wand steht. Sie kann gerade mal seine Umrisse erkennen. Und sie kann ihn hören. Ein Surren oder Brummen umgibt ihn. Kein Insekt, glaubt sie, nichts Lebendiges. Vermutlich ist es Strom. Was zum Teufel geht hier vor?

Bianca spürt, wie Panik in ihr aufsteigt. Sie schmeckt Galle in ihrem Rachen. Ihr Herz rast, und in ihrem Mund, der ausgetrocknet ist, fühlt es sich plötzlich an wie Sand oder Schmirgelpapier. Sie muss dringend etwas trinken. Mit ihren zusammengebundenen Händen tastet sie um ihr Lager herum, ob sie einen Becher findet, eine Flasche, einen Eimer. Irgendwas. Doch da ist nichts. „Hilfe!" Sie ruft erst zaghaft, dann immer lauter. „Hilfe! Hiiiilfeee!" Vielleicht eine halbe Stunde brüllt sie gegen die Stille an und gegen ihre Angst, bis sie heiser zu werden beginnt. Keine Reaktion. Sie hört keine Schritte, keine Stimmen. Niemanden.

Sie muss nicht lange überlegen, wer mit großer Wahrscheinlichkeit ihr Entführer ist: Raptor. Irgendwie hat er sie offenbar ausspioniert und überwältigt. Was will er von ihr? Die Polizei erpressen, das Team unter Druck setzen? Sie ist nicht rothaarig, passt also nicht in sein Beuteschema, was aber nichts heißen muss. Will er sie quälen und umbringen, wie er es mit den anderen Opfern getan hat? Sie zerstückeln? Die feuchte Kälte im Raum scheint sich plötzlich wie ein nasses Tuch auf ihre Atemwege zu legen und ihr die Luft abzudrücken. Die Angst lässt sie flacher und schneller atmen, sie droht zu hyperventilieren. Bloß nicht! Sie muss einen klaren Kopf behalten, stark bleiben. Wenn sie Raptor wie ein furchtsames Häschen begegnet, ohne Widerstand und Würde, wird er ihr womöglich umso schneller den Garaus machen wollen.

Die Ermittlerin kann sich vage an einen harten, kraftvollen Griff erinnern, mit dem jemand wie mit einem Schraubstock ihren Arm gepackt hat, als sie gerade aus ihrer Eimsbütteler Haustür getreten ist. Sie weiß nicht, ob er von der Seite gekommen ist, aus dem Gebüsch? Sie hat einen Stich knapp unterhalb ihrer Schulter gespürt – und dann nichts mehr. Wie ein schwarzer Vorhang hat sich die Dunkelheit in Windeseile um sie herum ausgebreitet. Sie ist ohnmächtig geworden. Sie weiß nicht, für wie lange. Eine Stunde? Einen Tag? Ihr Entführer hat ihr die Uhr abgenommen und natürlich ebenfalls ihr Handy. Sie ist hilflos. Ausgeliefert.

Sie versucht, gleichsam aus ihrem Körper herauszutreten und die Situation von außen zu betrachten. Nicht als Opfer, sondern als Beobachterin, die die Lage mit kühlem Kopf analysiert. Wie ist sie in dieses Verlies hier gekommen? Und was bedeutet „hier" überhaupt? Bianca kämpft gegen das Hämmern an, das in ihrem Schädel dröhnt, und richtet sich langsam von ihrem Lager auf. Soweit es ihre gefesselten Hände erlauben, tastet sie ihren Körper und ihre Kleidung ab. Alles scheint heil zu sein. Immerhin. Vorsichtig bewegt sie sich nun im Dunkel in ihrem Gefängnis herum, versucht herauszufinden, was sich noch in dem Kerker befindet und wie groß er ist. Die Arme hält sie dabei nach vorn gestreckt, um rechtzeitig ein Hindernis wahrnehmen und ausweichen zu können. Nach acht kleinen Schritten hat sie eine eigentümlich verkleidete Wand erreicht. Sie klopft und tastet sie ab. Sie scheint solide gearbeitet zu sein. Es gibt nichts, das nach einem versteckten Hohlraum klingt, keine Luken. Mehr noch: Die Verkleidung der Wand, die sie an die Oberfläche von Eierkartons erinnert, scheint als Schallisolierung zu funktionieren. Also wird niemand sie hören können.

Nur ihr Peiniger.

Eine Welle der Verzweiflung rollt auf Bianca zu. Doch sie kämpft dagegen an, sich von dieser rauschenden Flut überschwappen zu lassen. Sie darf nicht untergehen. Sie muss einen Weg hinausfinden aus diesem Dunkel. Irgendwie. Ihr Gefühl sagt Bianca, dass der Raum unterirdisch liegt. Und ihr Instinkt sagt ihr, dass hier Mikrofone und Kameras installiert sind, um sie zu überwachen – und sich an ihrer Panik zu weiden. Sie weiß nicht, ob sie vielleicht rund um die Uhr beobachtet wird oder nur phasenweise. Vielleicht gerade in diesem Moment?

Die Kommissarin ist auf der Hut, als sie sich im Dunkel weiter vortastet, jetzt in Richtung der Wand, an der sie den merkwürdigen Klotz vermutet. Von diesem großen kistenförmigen Objekt geht das dauerhafte Summen aus, das sich in ihrem Kopf auszubreiten scheint wie ein Schwarm wütender Hornissen. Es könnte eine Falle sein, irgendein Mechanismus, der ausgelöst wird und vielleicht ein tödliches Gas ausströmen lässt.

Visionen von diabolischen Maschinen durchzucken sie. Ihr Puls hämmert, Adrenalin strömt durch ihren Körper. Sie macht sich innerlich bereit, einen Satz zurück zu machen, falls etwas Unvorhergesehenes passiert. Misstrauisch nähert sie sich dem Kasten und fährt mit den Händen zögerlich seine Außenwände ab. Sie fühlen sich glatt an, irgendein Kunststoff. Knapp unterhalb der Oberseite ertastet sie eine Gummierung. Es scheint eine Gefriertruhe zu sein.

Eine Gefriertruhe! Sofort fällt ihr ein, was Plathe über mehrere der Leichenteile gesagt hat, die Raptor für sie präsentiert hat: Sie sind tiefgefroren gewesen. Ist dies der Raum, wo der Serienmörder seine Opfer lagert, ganz oder in Teilen? Bianca schaudert. Sie spürt plötzlich, wie ihr der Angstschweiß den Rücken herunterläuft. Doch sie muss wissen, was dort drin ist. Sie wappnet sich innerlich – für was auch immer sie erblicken wird. Sie holt tief Luft und versucht, den Deckel der Truhe hochzustemmen. Doch der lässt sich nicht anheben. Sie probiert es erneut, zerrt und kratzt an der Gummierung, aber vergeblich. Die Truhe bleibt verschlossen. Will Raptor sie damit quälen? Soll das ihr Grab werden?

Mein Grab! Erst jetzt bemerkt Bianca, wie lange sie vor Anspannung die Luft angehalten hat. Natürlich ist es kein Zufall, dass Raptor sie in einen Raum mit diesem Gefriergerät gesperrt hat. Es ist eine Botschaft, eine zusätzliche Marter, die ihre Gefangenschaft noch unerträglicher machen soll. Er will ihr zeigen, was ihr blüht. Er will sie quälen, sie brechen.

Doch so leicht soll er sie nicht überwinden können. Sie muss stark sein und ihm trotzen, um noch eine winzige Chance zu haben, zu überleben.

Da! Ein schabendes Geräusch, als wenn irgendwo eine Tür entriegelt und aufgeschoben wird. Bianca lauscht angestrengt, jetzt hört sie Schritte. Sie mobilisiert ihre Kräfte, um ihrem Entführer möglichst unerschrocken zu begegnen. Bianca strafft den Rücken und reckt das Kinn nach oben. Sie versucht, ihrer Miene einen kühlen, selbstbewussten Ausdruck zu verleihen. Er darf mich nicht kleinkriegen, beschwört sie sich selbst.

Während die Schritte näherkommen, wird dieser Satz zu ihrem Mantra. Er darf mich nicht kleinkriegen. Er darf mich nicht kleinkriegen. Er darf ... Dann erschrickt sie selber vor ihren Worten. Wieso hat sich ausgerechnet diese Formulierung in ihrem Hirn festgesetzt? Kleinkriegen! Und wenn er nun doch mit der Axt in der Hand das Verlies betritt? Wie eine kalte Hand legt sich eine neue Welle von Panik um ihr Herz. Verzweiflung treibt ihr die Tränen in die Augen. Sie rollt sich zusammen, wie ein verängstigtes Katzenbaby. Und fühlt sich genauso hilflos.

## KAPITEL 52

„Ich habe es bestimmt schon ein dutzend Mal auf ihrem Handy versucht. Bianca meldet sich einfach nicht." Max Vollertsen bemüht sich, seiner Stimme einen professionellen Klang zu geben. Ganz der erfahrene souveräne Ermittler, den so schnell nichts aus der Ruhe bringt. Aber das ist gelogen. Er ist alles andere als gelassen. Er ist hochgradig besorgt. Und sowohl Emma als auch Kenan Arslan spüren seine Beunruhigung sofort. Es geht ihnen ganz genauso. Nicht nur, dass Bianca nicht auf Anrufe reagiert – ihr Telefon ist abgeschaltet.

Tot?

Und was ist mit ihr?

Es gibt für die andauernde Funkstille durchaus denkbare Erklärungen. Zumindest in der Theorie. Sie könnte sich selber für eine spontane Auszeit entschieden haben, zu viel Stress, eine zu hohe Belastung, von der sie sich abkoppeln muss. Aber keiner aus dem Team glaubt daran. Dazu ist ihre Kollegin viel zu gewissenhaft. Sie brennt für ihren Beruf, und mitten in so einer fordernden Ermittlung würde sie niemals aussteigen.

Möglich wäre beispielsweise, dass ihr Handy gestohlen worden ist oder sie es verloren hat. Aber das ist ebenso wenig eine Option, die einer ihrer direkten Kollegen ernsthaft in Erwägung zieht. Das Smartphone ist quasi mit ihrer Hand verwachsen. Es käme einer Amputation gleich, wenn sie es sich wegnehmen lassen würde. Ausgeschlossen.

Bliebe als weitere Möglichkeit, dass sie in einen Unfall verwickelt wurde und das Mobiltelefon beispielsweise bei einem Crash zerstört wurde. Aber dann hätten sie längst Meldung von der Notarztzentrale bekommen oder von den Kollegen bei der Polizei, die sich mit so einem Unfall befassen. Also scheidet auch das aus. Diese Erkenntnis könnte eigentlich beruhigend sein. Aber das Gegenteil ist der Fall. Für Emma nimmt die Beklemmung nur noch zu. Nach ihrer Einschätzung deutet alles darauf hin, dass Bianca entführt worden ist. Von dem Täter, den sie suchen.

„Ob unser Serienmörder dahinter steckt?" Max ist offenbar gleichzeitig zu demselben Schluss gekommen. Er hat schon immer ein untrügliches Bauchgefühl für die Wendungen in den Ermittlungen gehabt, für die Eigenheiten der Täter und das, was sie antreibt. Wenn Vollertsens Instinkt gemeinsam mit Emmas die gleiche Botschaft aussendet, spricht umso mehr dafür, dass sie damit richtig liegen.

Dieser Fall belastet sie bis zum Äußersten. Und jetzt ist der Täter womöglich sogar in ihr Zentrum eingedrungen. Jetzt wird es zutiefst persönlich. Wenn es wahr ist, dass Raptor Bianca Martinek in seine Gewalt gebracht hat, schwebt sie in Todesgefahr. Wenn sie denn überhaupt noch lebt.

Auf Emmas Armen breitet sich Gänsehaut aus. Ihr ganzer Körper fühlt sich an wie von Eiswasser durchflutet. Sie hat Angst. Sie ist darauf gefasst gewesen, dass es sie treffen könnte, dass sich der Täter auf sie würde stürzen wollen. Die zerschnittene Barbiepuppe mit ihrem Gesicht ist eine Warnung gewesen, die sie zutiefst alarmiert, aber zugleich sensibilisiert hat. Sie ist noch vorsichtiger geworden und immer auf der Hut gewesen. Sie hat sich immer wieder vergewissert, dass ihr niemand folgt und ihr keiner auflauert. Sie hat sich selbst in Gefahr gewähnt, nicht aber Bianca.

Raptor hat sie getäuscht und überrumpelt.

Sie müssen sich darauf vorbereiten, den LKA-Chef zu benachrichtigen. Wenn es sich in den nächsten Stunden womöglich bestätigt, dass die Kommissarin entführt worden ist, haben sie eine große Lage. Dann ist es Zeit für SEK und MEK, für besondere Maßnahmen. Vielleicht muss Emma noch heute oder spätestens morgen mit ihrem Abteilungsleiter sprechen, damit der an höherer Stelle dafür sorgt, dass alles in Bewegung gesetzt wird, was die Polizei in einer solchen Situation aufbieten kann. Noch allerdings ist Biancas Unerreichbarkeit zwar ein massives

Alarmzeichen – aber keine Gewissheit, dass sie wirklich Raptor in die Hände gefallen ist. Emma beschließt, einige Stunden zu warten, bis sie an höchster Stelle Alarm schlägt.

Obwohl ihr Team schon seit Tagen am Limit arbeitet: Sie müssen ihre Anstrengungen noch einmal erhöhen, und das mit einem schmerzlich reduzierten Team. „Wer übernimmt Biancas Part und kümmert sich um die Überprüfung der Architekten? Vor allem: Wer hat das Haus entworfen, in dem der Leichnam von der Schwedin Kristina Lundén gefunden wurde?"

Sie nickt, als Kenan Arslan sofort die Hand gehoben hat und noch im Hinauseilen eine Telefonnummer auf seinem Handy wählt. Sie kann sich wie immer auf seine Einsatzbereitschaft verlassen.

„Wie weit ist der Abgleich der Daten von den Audi-Fahrern und den Kreuzfahrtgästen?"

Emma sieht, wie Oliver Neumann zusammenzuckt, als hätte sie ihn aus einem tiefen Schlaf geweckt. Wenigstens gelingt es ihm, einigermaßen schuldbewusst dreinzuschauen, wie ein Cocker Spaniel, der einen Schuh zerkaut und deshalb ein schlechtes Gewissen hat. Neumann wuchtet sich aus seinem Stuhl, für seine Verhältnisse sogar halbwegs flink, wie Emma grimmig registriert. „Dauert nicht mehr lange", murmelt er, bevor er davonschlurft, vermutlich in sein Büro und an den Computer.

„Max, du hakst in Kanada nach, ob über Susanne Everson vielleicht etwas über Raptors frühe Jugend herauszufinden ist, etwa über Erinnerungen oder Fotos von Bauernhofferien aus ihrer Kindheit. Und was hat die Ortung des unbekannten Handys vom Friedhof ergeben?"

Emma blickt eindringlich in die Runde. Sie selber wird dem Hinweis zu dem besonders hochwertigen Seidenfaden nachgehen, den Plathe bei der Obduktion des Fingers von Jasmin Stranger gesichert hat. Wenn diese japanischen Schals wirklich so exklusiv sind, wird es ja wohl nur eine Handvoll von Geschäften geben, die sie anbieten. Geschäfte, die vielleicht eine Kundenliste führen? Sie wird es herausfinden.

Jeder weiß jetzt, was er noch zu tun hat. Und was auf dem Spiel steht und wie dringend sie Fortschritte machen müssen.

In jeder Ermittlung gibt es etwas, das Emma für sich gern Schicksalsmoment nennt. Es ist jener Zeitpunkt, wenn nahezu alle Fakten auf dem Tisch liegen, wenn bei den Ermittlungen nur noch wenig Detailarbeit fehlt. Das meiste haben sie jetzt beisammen. Hoffentlich.

Vielleicht geht es jetzt nicht mehr um Tage. Sondern um wenige Stunden.

## KAPITEL 53

Ein Knarren und Schaben. Während sich langsam die Tür öffnet, klingt es fast wie ein Wehklagen, als wollten die Scharniere gegen die ungewohnte Bewegung protestieren. Mit jedem Zentimeter, den der offenbar stählerne Einlass weiter aufgeschoben wird, wird der helle Streifen, der die Dunkelheit teilt, breiter. Er verdrängt die Finsternis an die Ränder des Verlieses. Die Schwärze macht nun einem diffusen Grau Platz.

In diesem Schein sieht Bianca die ebenholzfarben gekleidete Gestalt. Vermutlich ist es eine Motorradkluft, die er trägt, genau kann sie das nicht erkennen. Irgendetwas bedeckt seinen Kopf und macht es ihr unmöglich, auch nur ein kleines Detail seiner Züge zu erahnen. Als der Schwarzverhüllte näher tritt und eine Taschenlampe anknipst, registriert sie in deren hellem Lichtkegel, dass es eine Maskierung ist – vermutlich aus irgendeinem gespenstischen Film, den sie allerdings nicht kennt. Der Mann zerschneidet die Kabelbinder um ihre Hände mit einer scharfen Zange und reicht ihr dann wortlos eine Zweiliterflasche Wasser. Drei weitere Flaschen stellt er neben ihr Lager. Die Kommissarin hätte gern das Getränk beiseite geschleudert, ihre Verachtung verstärkt durch einen herablassenden Blick. Aber ihr Durst ist so überwältigend geworden, die Dürre in ihrem Mund so quälend, dass für Disziplin oder Schmähung kein Raum ist. Gierig greift sie nach der Flasche, reißt den Schraubverschluss mit verzweifelter Kraft auf und schüttet einen Teil des Wassers so schnell in sich hinein, dass ein Rinnsal an ihrem Kinn herunterläuft und auf dem Boden eine kleine Pfütze bildet.

Erst danach nimmt sie sich einen Moment, ihren Peiniger im Licht der Taschenlampe ebenso intensiv zu mustern, wie er sie anstarrt. Es ist ein gegenseitiges Abschätzen, allerdings mitnichten auf Augenhöhe. Raptor thront über ihr und sieht sie von oben herab an. Und trotz seiner Maskierung, die nur wenig mehr als seine Augen freilässt, ist sie sich sicher, dass sein Blick forschend und geringschätzig ist. Als wäre sie ein Schmetterling, dessen Schönheit er für einen Augenblick wahrnimmt – um ihn dann unter seinem Schuh zu zermalmen. Und sie hockt da, auf ihrem Lager aus Stroh, und sieht zu ihm auf. Sie riecht ihren Angstschweiß und gibt sich Mühe, damit ihr Blick nicht flehentlich wirkt, nicht so abgrundtief verzweifelt, wie sie sich fühlt. Doch das kann ihr kaum gelingen. Sie weiß, dass sie ihm vollkommen ausgeliefert ist.

Ihm, einem Monster.

„Lassen Sie mich frei! Irgendwann wird die Polizei Sie fassen, und dann wird es sich sehr positiv auf Ihr Strafmaß auswirken, wenn Sie mich jetzt gehen lassen."

Bianca ist erschrocken über den Klang ihrer Stimme, die sich wie mit Sandpapier geschmirgelt anhört, fremd und bebend. Es ist die Furcht, die sie zu ignorieren versucht hat, die aber übermächtig von ihr Besitz ergreift, wie ein Strudel, der sie immer weiter in die Tiefe zieht. Vielleicht ist es dieses Zittern in ihrer Stimme, das Raptor registriert und das ihn jetzt höhnisch auflachen lässt.

Statt zu antworten, zurrt er neue Kabelbinder um ihre Daumen, bis sie fest zusammengeschnürt sind. Gleichzeitig lässt er ihren Händen damit ausreichend Bewegungsfreiheit, jederzeit nach einer der Wasserflaschen greifen zu können. Dann zückt er sein Handy, tippt eine Nachricht ein und zeigt sie ihr auf dem Display. „Netter Versuch!" steht da. „Aber ich bin nicht von gestern. Und die Spacken von der Polizei schnappen mich sowieso nicht."

Bianca unternimmt noch mehrere Versuche, ihn zum Sprechen zu bringen. Sie will seine Stimme hören, wenn sie schon sein Gesicht nicht sehen kann. Doch dieser Mann ist schlau. Er weiß offenbar um die feinen Nuancen bei der Sprachfärbung, die manchmal so prägnant sein können wie der Klang einer Orgel, der aus einem Streichorchester gleichsam als Fremdkörper herausstechen würde.

Bianca bombardiert ihren Entführer mit Fragen, nach der Uhrzeit, nach ihrem Aufenthaltsort, bittet ihn um ein bequemeres Lager als ihre Strohunterlage, einen Eimer, eine Kleinigkeit zu essen. Doch es gibt nur eines, was sie wirklich wissen will. Nur eine Frage treibt sie um, seit sie in diesem Verlies aufgewacht ist. „Was haben Sie mit mir vor?"

Er sieht sie weiter forschend an, stumm, herablassend, mit scheinbar endloser Gelassenheit. Dann macht er eine kleine Körperdrehung, sodass Bianca einen Rucksack sehen kann, der bis dahin hinter seinem Rücken und den breiten Schultern verborgen gewesen ist. Er nimmt das Behältnis ab und öffnet es. Als Bianca erkennt, was er herausfingert, strömt die Angst wie eine schwarze Lawine auf sie ein und überrollt sie. Die Luft wird ihr knapp, während sie entsetzt das glänzende Metall einer langen scharfen Messerklinge anstarrt, die durch das Halbdunkel schimmert. Mit einem Schritt überbrückt Raptor die Distanz zwischen ihnen und steht nun unmittelbar vor ihr – oder besser gesagt: über ihr.

Sie macht sich schockstarr klein und wartet auf das Ende, während er den Arm mit dem Messer über ihr hält. Zum Zustechen bereit oder zum Schneiden? Welchen Körperteil wird er ihr als Erstes abtrennen wollen? Doch dann überrascht sie der Mann. Mit einer Geste, die fast zart wirkt, greift er mit der linken Hand in ihr Haar und setzt mit der rechten das Messer millimeterdicht am Hinterkopf an. Ein flinker Schnitt, und über den Boden ergießt sich nun ihr langer blonder Zopf, am unteren Ende immer noch zusammengehalten von ihrer schwarzen, mit einem Muster aus Gänseblümchen verzierten Haarspange.

Raptor hebt schwungvoll seine Trophäe auf, begutachtet sie für einen Moment und tippt dann eine neue Nachricht in sein Handy. „Das war der erste Streich. ABER ICH MACHE WEITER!" Die Versalien verstärken die bedrohliche Botschaft dieser Worte noch, wie ein unheilvolles Grollen. Dann wendet sich ihr Peiniger ab und geht. Wortlos. Als die Tür wieder ins Schloss fällt, bricht Bianca in Tränen aus. In den salzigen Spuren, die ihr die Wangen herunterrinnen, fließt ihre Verzweiflung mit – aber auch ihre grenzenlose Erleichterung, überlebt zu haben.

Zumindest fürs Erste.

## KAPITEL 54

Überall Akten und Stapel von Papier. Oberstaatsanwalt Lutz Lahrmann sieht sich auf dem großen Konferenztisch im Büro von Kai Plathe um und bleibt etwas unschlüssig vor dem mächtigen Möbelstück stehen. Lahrmann weiß aus eigener Erfahrung als Dezernatsleiter, wie schnell sich Berge von Akten auftürmen können. Aber in seinem Dienstzimmer ist es dem Juristen noch immer gelungen, wenigstens die Hälfte seines Schreibtisches leer zu halten. Hier aber, im Büro des neuen Direktors am Institut für Rechtsmedizin, sind auf der Tischplatte gerade mal einzelne kleine Lücken geblieben. Der Anblick erinnert Lahrmann an eine Luftaufnahme eines Archipels: eine eindrucksvolle Landschaft von Vulkanen, die von kleinen Wasserflächen durchbrochen wird.

Der Herr über dieses Chaos hat den irritierten Blick des Oberstaatsanwalts richtig gedeutet. „Einen kleinen Augenblick nur", verspricht Plathe und schiebt hier und da einen Haufen etwas zur Seite, sodass sich einige freie Flächen vergrößern. Nicht wesentlich, aber immerhin so weit, dass sie ausreichend Platz bieten für eine Thermoskanne, drei Kaffeebecher, Milch und Zucker. „Setzen Sie sich doch bitte", fordert Plathe seine Gäste auf. Außer Plathe und Lahrmann hat sich zu dieser Besprechung noch Kriminalhauptkommissarin Emma Claasen eingefunden.

Es ist Lahrmann gewesen, der um dieses Treffen gebeten hat. Der Dezernatsleiter für Kapitaldelikte bei der Staatsanwaltschaft Hamburg weiß um seinen Ruf, er sei übervorsichtig und rückversichernd. Doch dieses Etikett, das so mancher vermutlich als Gegenteil von charismatisch versteht, macht dem Mann mit dem penibel getrimmten Vollbart und einer Vorliebe für dreiteilige Anzüge nichts aus. Er hat oft genug erlebt, dass es ein Vorteil sein kann, von anderen unterschätzt zu werden. Denn hinter seiner vermeintlichen Betulichkeit verbirgt sich ein hellwacher, geschulter Geist. Was andere für Bedächtigkeit halten, ist nach seiner Überzeugung eine wichtige Kerneigenschaft in seinem Metier. Vorsicht bedeutet auch Präzision in der Sache. Und darauf kommt es an. Schließlich geht es bei seiner Arbeit nicht um Beliebtheitswerte, sondern darum, akribisch und klug ausreichend Beweise zusammenzutragen, damit wirklich der richtige Verbrecher lange hinter Gitter kommt.

Und so hat Lahrmann die Aktenlage, die im Wesentlichen von einer jungen Staatsanwältin beaufsichtigt wird, wie üblich gut im Blick. Was ihn jetzt ganz besonders interessiert, ist, inwieweit sich die Rechtsmediziner auf eine Todesursache bei den vier jungen und gesunden Frauen festlegen lassen. Er räuspert sich, streicht seine gelb-blau gestreifte Krawatte glatt und ergreift das Wort.

„Lassen Sie uns gleich zur Sache kommen. Wenn wir die Anklage gegen diesen Raptor formulieren, wird es sehr darauf ankommen, ihm die Tötungsdelikte an den vier Frauen lückenlos nachzuweisen. Die Zerstückelung alleine würde ihn möglicherweise nicht einmal in den Knast bringen. Das ist nicht mehr als Störung der Totenruhe. Eine Art Anti-Kavaliersdelikt, aber ohne erhebliche Strafandrohung." Lahrmann greift nach seinem Kaffeebecher, nimmt einen Schluck, rührt dann nachdenklich zwei Löffel Zucker in das dunkle Getränk, bevor er den Faden wieder aufnimmt.

„Uns geht es eindeutig um eine Mordanklage. Mit einem Geständnis können wir wohl kaum rechnen. Wir brauchen also vor allem Sachbeweise. Tatmittel, DNA-Spuren, Fasern, Kameraaufzeichnungen, Zeugen, die ihn am Tatort beobachtet haben. Professor Plathe, wie sieht es aus? Haben Ihre Toxikologen etwas gefunden, insbesondere: Was haben Ihre Kollegen aus Frankfurt zu dem Vergiftungsverdacht ermitteln können?"

Plathe erklärt dem Oberstaatsanwalt ausführlich, welche Untersuchungen sie zunächst in Hamburg durchgeführt haben, und warum er dann auf die Idee gekommen ist, seinen Kollegen in Frankfurt einzuschalten. „Das ist schon eine sehr merkwürdige Kombination, wenn man bedenkt, wie filigran unser Mörder die Frauen mit Gift getötet hat und wie grob er sie andererseits postmortal zerstückelt hat. Das muss ein sehr ungewöhnlicher Täter sein, mit besten Kenntnissen über die stärksten Toxine, die es in der Natur überhaupt gibt. Und zugleich mit medizinischen Erkenntnissen über die Art und Weise der Giftbeibringung sowie mit einem Zugang zu den unterschiedlichen Giften aus der Natur."

„Seltene starke tierische Gifte." Oberstaatsanwalt Lahrmann beugt sich vor und sieht Plathe aufmerksam an. „Wovon reden wir hier beispielsweise? Skorpione, Schlangen und Spinnen?" Er hebt die rechte Augenbraue in bewundernswerte Höhen, was seinem schmalen Gesicht einen zweifelnden und zugleich spöttischen Ausdruck verleiht. „Da wäre dann genau das Getier, das ich überhaupt nicht leiden kann."

„In meinem Haus möchte ich die auch nicht haben", stimmt Kai ihm zu. „Aber aus wissenschaftlicher Sicht sind sie wirklich faszinierend. Das ist jetzt die Stunde der Exoten. Und das meine ich durchaus doppeldeutig: die Tiere und unseren ganz besonderen Spezialisten in Deutschland für seltene Gifte, Professor Mechtermann in Frankfurt. Weil dieser Experte zunächst keine genauen Anhaltspunkte gehabt hat, wonach er suchen sollte, hat er sich entschieden, systematisch vorzugehen und zunächst nach den jeweils potentesten tierischen Toxinen zu fahnden. Außerdem hatten wir ja den Hinweis von Patrick, dass im Berufsleben des Mörders Brasilien eine Rolle spielen könnte. Das war ein wahrer Glücksgriff", erklärt Kai. „Denn bei den Spinnen wurde unser Experte bei der Brasilianischen Wanderspinne fündig. Sie ist die giftigste ihrer Art. Mit ihrem Biss verabreicht sie ihren Beutetieren ein Neurotoxin, also ein Nervengift, das so wirksam ist, dass es sogar einen Menschen sehr schnell töten kann. Ich denke aber, dass ich Ihnen einen Ausflug in die Biochemie hier ersparen sollte."

Kai sieht den Staatsanwalt und Emma an und erntet bestätigende Blicke. Er sammelt sich einen Moment, um dann fortzufahren. „Das Gift der Wanderspinne ist im Fall von Annett Michelsen zum Einsatz gekommen."

Hier schaltet sich Emma ein, die bis dahin stumm zugehört hat. Obwohl sie allein diese Ermittlungen leitet: Sie hat immer viel davon gehalten, die Profis zu Wort kommen zu lassen, wenn es die Situation erlaubt. „Diese junge Frau, Annett Michelsen, ist nach allem, was wir bisher wissen, zumindest eine Zeit lang die Geliebte von Raptor gewesen. Sie ist Hamburgerin, einunddreißig Jahre alt, Kunsthistorikerin. Oder besser gesagt: war es. Und wir haben einen Zeugen, der bestätigen kann, dass die Frau sich ein Tattoo nach den Wünschen ihres Freundes hat stechen lassen." Sie nickt Plathe zu, der wieder übernimmt.

„Als es die ersten Hinweise auf tödliche Tiere in Brasilien gab, kam ich auf die Idee mit dem Pfeilgiftfrosch, der ebenfalls in dem südamerikanischen Land beheimatet ist." Kai greift in einen der Stapel auf seinem Schreibtisch, baut die obersten drei oder vier Zentimeter ab und zieht ein Blatt heraus, das einen dottergelben Frosch zeigt. Von wegen Unordnung, denkt Emma anerkennend. Was nach Chaos aussieht, hat richtig System.

„Hier, sehen Sie", fährt Plathe fort. „Bei diesem Tier lauert hinter dieser hübschen leuchtenden Fassade der Tod. Das von den Urwaldvölkern verwendete Pfeilgift, das aus der Haut dieser Frösche gewonnen wird, enthält das extrem tödliche Batrachotoxin. Zufällig verfügt Professor Mechtermann über eine spezielle Methodik, um mittels Massenspektrometrie eben dieses Gift zu identifizieren. In dem Fall Jasmin Stranger hatten wir noch eine minimale Rückstellprobe, und darin war eindeutig Batrachotoxin nachweisbar."

Plathe lässt den anderen einige Augenblicke Zeit, das Gehörte sacken zu lassen. Er sieht, wie Lahrmann sich ein paar Notizen macht, und registriert erfreut, dass er offenbar nicht der Einzige ist, der nicht alles sofort ins Handy hackt, sondern noch mit Zettel und Stift hantiert.

„In dem Fall der Dorothee Kastmann kam mir dann ebenfalls die Idee, es könnte sich um eine sehr spezielle Intoxikation handeln", fährt Kai fort. „In dem Fall haben wir Reste von Sushi vorgefunden. Im Mageninhalt gab es Fleischfasern, die wir mit einer speziellen Antikörperreaktion als Fisch identifiziert haben. In unserem Spurenlabor haben wir die gesamte Antikörperpalette gegen unterschiedliche Fleischarten überprüft. Einen Treffer gab es nur bei Fisch. Daher mein Verdacht, dass hier das Toxin des Kugelfisches eine Rolle gespielt haben könnte."

Kai blickt in die Runde und hat den Eindruck, dass alle mit diesem Begriff etwas anfangen können. „Und dieser Verdacht wurde dann später in dem Frankfurter Labor bestätigt. In Japan ist Kugelfisch bekanntlich eine sehr große Delikatesse. Extrem teuer. Hochgiftig ist das in der Leber dieses Fisches enthaltene Toxin, das sogenannte Tetrodotoxin. Tetrodotoxin blockiert an der Zellmembran den Natriumtransport, während der entgegengesetzte Kaliumtransport nicht beeinflusst wird. Hierdurch wird die Entstehung von Aktionspotentialen verhindert. Es kommt zu einer sich sehr schnell ausbreitenden Lähmung. Ähnlich ist die Wirkung des Giftes vom Australischen Inlandtaipan, einer Schlange. Im Fall der vierten Toten, einer Schwedin, haben wir aber noch keine Bestätigung, ob dieses Toxin wirklich die Todesursache ist. Die Frankfurter arbeiten noch daran."

Oberstaatsanwalt Lahrmann scheint noch nicht restlos zufrieden zu sein. „Wir brauchen Fakten, Fakten, Fakten, in jedem der Fälle. Koste es, was es wolle." Er schiebt seinen Stuhl zurück und erhebt sich abrupt.

Plathe und Emma tauschen verstohlen vielsagende Blicke aus. Ganz offensichtlich steht der Ankläger unter erheblichem Druck. Eine bizarre Mordserie. Pressekonferenzen. Kritische Nachfragen der Medien.

Den anderen geht es ähnlich. Auch im Polizeipräsidium steht die Mordkommission unter ständiger Beobachtung. Und Plathe sieht es ebenfalls als eine große Herausforderung an. In seiner vorherigen Position in Essen hat er fraglos viele berufliche Erfolge gehabt. Aber dies ist sein erster wirklich spektakulärer Fall in Hamburg. Eine Art Reifeprüfung.

## KAPITEL 55

In seiner Hülle aus schwarzem Samt schimmert der lange, geflochtene Zopf beinahe golden. Emma braucht keinen DNA-Abgleich, nachdem sie diese seidige, mehr als einen halben Meter lange Fülle betrachtet hat, die mit der markanten Gänseblümchen-Spange zusammengehalten wird. Der Augenschein reicht. Es ist Biancas Haar.

Verflucht! Emma ist zum Heulen zumute, als sie das Paket, das per Eilboten an ihrem Haus angekommen ist, vorsichtig und mit Handschuhen ausgepackt hat. Es ist der Beweis, dass sich Bianca Martinek in Raptors Gewalt befindet. Unklar ist, ob die Kommissarin noch lebt oder ob er sie getötet hat. Denn Emma hat keinen Skalp erhalten, sondern nur Haare. Sie zwingt sich, darin eine positive Botschaft zu lesen. Immerhin. Es hätte noch viel schlimmer kommen können. Er hätte ein Ohr schicken können, einen Daumen – oder ein Herz. Ihr ist wieder ganz flau zumute, wenn sie nur daran denkt, wie sie Raptors erste Sendung ausgepackt und die Brust und das Organ gesehen hat. Botschaften des Todes.

Nun aber weidet sich Raptor offenbar an ihrer Ungewissheit. Emma muss gegen ein Gefühl der Mutlosigkeit ankämpfen, das ihr die Luft abzudrücken droht. Wie in Trance steht sie einige Augenblicke da, dann schiebt sie das Paket, den Zopf und das Samttuch in Tüten, damit die Spurensicherung sich die Sachen später vornehmen kann. Schließlich greift sie noch mal in den Karton. Nein, nichts, keine Nachricht. Sie können nur hoffen, dass ihre Kollegin Bianca, die längst zu einer Freundin geworden ist, noch lebt. Bis die Kommissarin den Beweis des Gegenteils hat, wird sie niemals hinnehmen, dass es anders sein könnte.

Trotz der düsteren Ahnung, die sie angesichts des blonden Zopfes gepackt hat, weiß Emma, dass sie funktionieren muss. Mehr noch: Sie muss handeln, sie muss kämpfen. Jetzt kommt das ins Rollen, was sie schon am Vortag gedanklich durchgespielt und vorbereitet hat. Sie ruft den Leiter der Mordkommission, Martin Kowalke, an und setzt ihn ins Bild. Während sie noch telefoniert, läuft sie zu ihrem Auto und fährt so schnell wie möglich ins Polizeipräsidium. Dort wird sie schon von Kowalke und ihrem Abteilungsleiter Sven Jürgensen erwartet. Das Trio hat unmittelbar einen Termin beim Chef des Landeskriminalamts, Andreas Dreyer.

Dort nehmen sie sich erst gar nicht die Zeit, sich in den Ledersesseln niederzulassen, die eine Sitzgruppe bilden. Die Anspannung ist zu groß, ihre starre Körperhaltung spricht Bände. Dreyer sieht Emma ernst an, sein kantiges Gesicht ist blass, seine Stimme klingt mühsam beherrscht. „Eine Kollegin ist entführt worden? Von einem Serienmörder?"

„Ja." Emma erklärt in wenigen Sätzen, warum sie sich ihrer Sache sicher ist. Bianca Martinek ist in Lebensgefahr. „Wir haben eine außergewöhnliche Lage."

Und die erfordert außergewöhnliche Maßnahmen.

Jetzt geht alles ganz schnell. Als Emma zehn Minuten später wieder bei ihrem Team im dritten Stock ist, weiß sie, dass gerade an anderer Stelle im Präsidium ein riesiger Apparat in Bewegung gesetzt wird. Die Polizei bricht ihre Strukturen auf, MEK und SEK werden hinzugezogen, Observationskräfte mobilisiert. Hier reicht keine Sonderkommission. Es steht bereits das, was die Polizei eine BAO nennt, eine Besondere Aufbauorganisation, die aus mehreren Säulen besteht. Alles wird aufgefahren, um den Entführer von Bianca Martinek aufzuspüren und die Kollegin zu befreien. Das hat jetzt allerhöchste Priorität. Alles andere muss dahinter zurückstehen.

Ihrem Team teilt die Kommissarin jetzt ebenfalls mit, welche Botschaft sie erhalten haben und dass sie es alle als Warnung verstehen sollen, sich zu beeilen, um endlich Raptors Identität festzustellen. Alle Kollegen sind geschockt über die Nachricht, was mit Bianca passiert ist. Etwas zu ahnen und zu befürchten ist etwas ganz anderes, als es nun bestätigt zu bekommen. Doch jetzt in eine Starre zu verfallen, ist das Verkehrteste, was sie tun können. Sie müssen umso konzentrierter handeln. Alle verschwinden in ihren Büros, um die Ermittlungen nochmals zu intensivieren.

Emma ruft die Spurensicherung an, damit die Fachleute die neueste Sendung unter die Lupe nehmen. Aber sie ahnt, dass diesmal erneut nichts zu finden sein wird. Irgendwie ist es dem Mörder bisher immer gelungen, an seinen Paketen keinerlei Fingerabdrücke zurückzulassen, keine Faser, keine DNA.

Gleichwohl hat er Spuren hinterlassen, im Internet, auf den Servern von Telefonanbietern, in der Erinnerung von Zeugen. Und im Gedächtnis von Patrick.

Vielleicht wird die Rasterfahndung heute einen Treffer für Raptor zeitigen. Das sollte eigentlich nicht mehr so schwierig und langwierig sein. Wegen der Erinnerung von Patrick und aufgrund der weiteren Indizien ist es so gut wie sicher, dass der Täter dem Baugewerbe angehört, sehr wahrscheinlich als international agierender Architekt, wenn Patrick sich mit seinem Hinweis auf Arabien und Brasilien nicht irrt. Ferner ist der Mörder ein Mann mit profundem naturwissenschaftlichem Interesse, er trägt Schals aus japanischer Seide, fährt Audi, sein Vorname beginnt sehr wahrscheinlich mit einem L, wie Lukas, Lasse oder Lars. Er war vor zwei Jahren Passagier auf dem Kreuzfahrtschiff, hat eine Vorliebe für rothaarige Frauen und vieles mehr. Und vielleicht würde die Handyortung sowie die Nachverfolgung der Verbindungsdaten im Netz sogar die Koordinaten für den Standort von Raptor ergeben. Und sie kennen zumindest im Groben sein Aussehen.

Emmas Gedanken werden unterbrochen, als Max Vollertsen in ihr Büro stürmt. „Gute Neuigkeiten!" Ihr Kollege scheint einen geheimen Fundus an Energie zu besitzen, so dynamisch wie er klingt. „Steffen Krügers Schwester in Vancouver hat tatsächlich in alten Fotoalben ein paar Bilder gefunden, die uns weiterhelfen können und die sie uns mittlerweile gemailt hat. Es gibt Aufnahmen von dem Bauernhof, wo sie mit ihrem Bruder und ihren Eltern häufiger Ferien gemacht hat und wo dieser Junge war, der ihr immer ziemlich gruselig vorkam. Auf einem Foto sind die ersten drei Buchstaben eines Ortsschilds zu erkennen. Hor... Da kommen in Norddeutschland, wo sie ja damals in Urlaub waren, eigentlich nur drei Orte infrage. Anhand eines weiteren Fotos aus Susanne Eversons Sammlung, auf dem ein spezieller kleiner Kirchturm zu erkennen ist, haben wir den Ort als Horumersiel identifiziert. Das habe ich gecheckt. Es ist ein kleines Nest nicht weit von der Nordsee."

Emma spürt, wie sich die Power, die sie bei Max sieht, auf sie überträgt. Sie kommen voran! Können sie heute noch Raptor aufspüren – und Bianca finden? Aber ihr Kollege ist noch nicht fertig.

„Wir haben die Frau gefragt, ob sie sich noch an den Vornamen des Jungen von damals erinnern kann. Das konnte sie nicht. Aber als wir sie damit konfrontiert haben, ob es ein kurzer Name mit dem Anfangsbuchstaben L gewesen sein kann, fiel ihr ein, dass er Lukas geheißen haben könnte. Das passt doch zu unseren Informationen! Und noch etwas: Es gibt sogar zwei Schnappschüsse von damals, auf denen dieser – ich zitiere Steffen Krügers Schwester Susanne Everson – ‚fiese Junge' zu sehen ist. Keine guten Aufnahmen, aber ich werde sie trotzdem durch unser Computerprogramm laufen lassen, das Alterungsprozesse simulieren kann."

„Sehr gute Arbeit!" Emma merkt jetzt erst, dass sie aufgeregt auf und ab läuft. „Dann können wir feststellen, ob das heutige Aussehen dieses Jungen, der inzwischen Mitte vierzig sein dürfte, zu unserem Phantombild von Raptor passt." Sie ballt die Fäuste. „Ich bin sicher, dass wir bald einen vollen Namen haben werden."

## KAPITEL 56

Barbar. Bestie. Monster. Emma kann sich lebhaft vorstellen, wie die Leute an den Stammtischen diesen Mann betiteln könnten. Vielleicht würden sie ihn auch Unmensch oder Monstrum nennen. Solche Etikettierungen sind natürlich griffig und legitim. Als Ermittlerin bevorzugt sie allerdings weniger plakative Bezeichnungen wie Verbrecher oder Serienmörder.

Aber gleichgültig, wie man ihn bezeichnen mag: So oder so ist es pures Grauen, was dieser Kerl verursacht hat. Und was er hoffentlich nie mehr wieder anrichten kann. Emma fixiert auf ihrem Laptop das Foto jenes Mannes, von dem sie in ihrem Team überzeugt sind, dass er hinter dem Namen Raptor steckt. Lukas Paul Scheffler, fünfundvierzig Jahre alt, Architekt mit Büro in der HafenCity, internationales Renommee. Er ist verheiratet, wohnt aber seit Jahren getrennt von seiner Frau in einem Penthouse, das er für sich oben auf dem Dach einer alten Villa am Elbufer selbst gebaut hat, an der Elbchaussee, kurz vor Teufelsbrück. Es gibt dort auch eine geräumige Tiefgarage. Alles auf dem weitläufigen Grundstück ist vom Feinsten, hochherrschaftlich und nicht von der Straße einsehbar. Und mit unverbaubarem Blick auf Elbe und Hafen. Scheffler ist ein Mann, der in seinem Beruf preisgekrönt ist, erfolgreich, solide, gesellschaftsfähig. Einer, der sich bestimmt auf jedem Parkett der Hansestadt sicher bewegen kann, den man vielleicht auf Empfängen trifft, mit einem Champagnerglas in der Hand. Der geschäftstüchtig verhandelt oder charmant parliert, je nachdem, wie es die Situation erfordert.

So stellt ihn Emma sich zumindest vor, wenn sie das Foto von seinem Internetauftritt ansieht. Das ist das offizielle Bild – jenes, das Lukas Paul Scheffler für die Geschäftswelt bereithält. Die Kommissarin sieht sich wieder einmal bestätigt, dass man einem Menschen nicht hinter die Stirn blicken kann. Nach außen wirkt er perfekt sozialisiert, bürgerlich, vielleicht sogar freundlich und charmant. Aber in ihm drin sieht es, da ist sie sich sicher, ganz anders aus. In seinem Inneren tobt es, es gräbt, wühlt, zerstört. Dort lauert ein bösartiges, blutrünstiges Ungetüm, das er in den letzten Jahren immer häufiger von der Kette gelassen hat.

Das Foto, von dem dieser Typ sie direkt anzustarren scheint, zeigt einen recht passabel aussehenden Mann mit dichtem dunklem Haar und kantigem Gesicht. Er hat eine relativ breite Nase und schmale Lippen. Seine braunen Augen liegen etwas zu tief und stehen relativ eng beieinander. Auf dem Foto ist er makellos glatt rasiert.

Das unterscheidet sich von der Beschreibung von Patrick, auf deren Grundlage sie das Phantombild von Raptor erstellt haben. Aber sie waren sich alle von vornherein einig, dass ein Bart oder eben dessen Abwesenheit kein zuverlässiges Merkmal ist. Das kann ein Mann leicht wechseln und damit seine Optik verändern. Abgesehen von diesem Detail kann Emma Patrick zu seiner Beobachtungsgabe wirklich nur gratulieren. Er hat Raptor ausgezeichnet in Erinnerung gehabt. Logischerweise oder überraschend? Das zutiefst schockierende und traumatisierende Erlebnis, das dem Jungen durch diesen Mann aufgebürdet worden ist, hätte alle visuellen Eindrücke überlagern, vielleicht sogar vollständig zunichte machen können. Doch bei Patrick hat sich das Gesicht seines Peinigers offenbar tief ins Gehirn eingegraben. Vermutlich wird es noch eine ganze Weile dort herumspuken und sich als dunkler Schatten in seine Träume drängen. Hoffentlich nicht mehr über viele Jahre.

Noch aber ist weder daran zu denken, ihm zu erzählen, dass sie höchstwahrscheinlich Raptor identifiziert haben. Es sollte überhaupt kein Wort darüber nach außen dringen. Es gilt weiterhin viel zu überprüfen und abzurastern, bis sie vollkommen sicher sein können. Aber es passt alles. Nicht nur das Phantombild und der Vorname mit L, sondern etliche weitere Details. Auf Scheffler ist neben einem Porsche Cabrio und einem Ford Raptor – Emma kann angesichts dieser Ironie nur müde lächeln – ein schwarzer Audi Q 5 zugelassen. Scheffler steht auf der Passagierliste des Kreuzfahrtschiffs, auf dem Jasmin Stranger ermordet wurde. Das per Computerprogramm um rund fünfunddreißig Jahre gealterte Kindheitsfoto vom Bauernhof zeigt einen Mann, der eine ganz klare Ähnlichkeit mit Lukas Scheffler hat. Damit haben sie ein sicheres Indiz, dass er in seiner Jugend Steffen Krüger gekannt hat.

Sein Wohnsitz korrespondiert mit dem Hintergrundgeräusch von dem Schiffshorn, das sie auf der von Raptor in der Augenhöhle des Schädels deponierten SD-Karte herausgefiltert haben. Und nicht zuletzt haben sie ein Geschäft in der Hamburger Innenstadt ausfindig gemacht, das solche sündhaft teuren Schals verkauft, wie sie zu der sichergestellten Faser aus japanischer Seide passen. Der Geschäftsführer hat anhand des Phantombildes einen seiner Kunden wiedererkannt und eine Kreditkartenrechnung herausgesucht. Der Name: Lukas Scheffler.

Max Vollertsen, Kenan Arslan und Oliver Neumann und weitere Kollegen, die ihnen mittlerweile zugeteilt worden sind, sind unermüdlich am Telefon und im Netz unterwegs. Sie wollen möglichst viel über ihren Verdächtigen, sein aktuelles Leben und seine Vergangenheit zusammentragen: Vorstrafen, Kindheit, Ausbildung, soziales Umfeld, berufliche Projekte und, und, und. Und Emma selbst sammelt gerade zahlreiche weitere Informationen, um gleich dem Bereitschaftsrichter mündlich Bericht zu erstatten, damit er die Durchsuchung für Lukas Schefflers Wohnung und sein Büro anordnet – wegen Gefahr im Verzug. Sie hat herausgefunden, dass Scheffler seit zwei Tagen in Dubai ist, in einer geschäftlichen Angelegenheit. Sie können es sich nicht leisten, bis zu seiner Rückkehr in zwei Tagen zu warten. Sie müssen alles unternehmen, um sehr schnell in seine Räume zu kommen. Sie müssen Bianca Martinek finden! Und sie muss leben!

Der Geschmack von Blut erfüllt plötzlich Emmas Mund. Sie hat vorher gar nicht gemerkt, dass sie sich innen in die Lippe gebissen hat, ein Zeichen ihrer Anspannung. Sie klaubt ein Taschentuch aus ihrer Schreibtischschublade und tupft sich vorsichtig den Mund. Dann fixiert sie erneut den Bildschirm mit dem Foto von Lukas Paul Scheffler. Sie hat schon lange eine recht präzise Vorstellung von ihrem Serienmörder gehabt, gespeist aus Informationen und dem Gespür, das sie im Verlauf der Ermittlungen verfeinert hat, wie ein Tier, das immer deutlicher Witterung aufnimmt. Oder wie die Leinwand eines Malers, die immer mehr mit Farbe gefüllt wird und schließlich ein Ganzes ergibt, ein stimmiges Bild.

Es ist diese Phase einer schwierigen Ermittlung, in der eine gewisse Erschöpfung, die sie alle erfasst hat, von einem neuen Energieschub verdrängt wird. Jeder von ihnen arbeitet auf Hochtouren, um den Täter fassen zu können. Nach und nach fügen sich alle Ermittlungsfäden, die sie gesammelt haben, zu einem tragfähigen Netz, das sie dem Serienkiller überstülpen, um ihn darin fangen zu können. Jeder Polizist bei der Mordkommission kennt dieses Stadium einer Ermittlung, jeder sehnt es herbei.

Sie sind jetzt ganz dicht dran. Nun sind sie am Zug, die letzten Teile ihres Rätsels über Raptor zu lösen. Das Totenpuzzle, von dem Kai Plathe gesprochen hat und das Raptor offenbar gern weiterbauen würde, wird der Serienmörder nicht vollenden können. Bald heißt es stattdessen für ihn: Schachmatt!

## KAPITEL 57

Sie hat wieder eine Maskierung erwartet. Nein, sie hat eine Maskierung erhofft. Im selben Moment, als Bianca das unverhüllte Gesicht ihres Entführers sieht, weiß sie, dass sie sterben soll. Sie würde sich gern der Illusion hingeben, dass sie eine Chance hat. Dass sie ihren Entführer überreden kann, sie freizulassen. Dass sie an seine Gnade appellieren kann, seine Milde. Sein Herz.

Aber auch wenn Bianca Martinek erst seit vier Jahren bei der Mordkommission ist und zehn Jahre länger bei der Polizei, hat sie eins verinnerlicht: Kein halbwegs intelligenter Geiselnehmer riskiert, dass er von seinem Opfer unmaskiert gesehen wird und dann später identifiziert werden kann. Und die Ermittlerin weiß, dass sie es mit einem sehr schlauen Verbrecher zu tun hat. Vor ihr, in einem unruhigen Lichtschein, der durch die Tür aus einem Nachbarraum in den Kerker hineinstrahlt, steht Raptor. Eindeutig.

Vor etlichen Stunden ist er zuletzt hier gewesen, ein ganz in Schwarz gehüllter Kerl. Ist es an diesem Morgen gewesen? Gestern Abend? Sie hat jedes Gefühl für Zeit verloren. In diesem Verlies greifen die Stunden stumpf ineinander wie die Maschinenteile eines endlosen Fließbandes. Abwechslung bringen allein die Schübe, mit denen sich die Angst ihr immer wieder nähert wie ein gieriges Tier, das seinen vernichtenden Schlag vorbereitet. Sie hat versucht, dieses lähmende Gefühl zu verdrängen. Doch es ändert ständig seine Gestalt, hüllt sie immer weiter ein, beginnt sie zu paralysieren.

Denn nun, mit dem Herunterlassen von Raptors Maskierung, ist jeder noch so winzige Rest Hoffnung von Bianca zerborsten, dass sie dieses Martyrium überleben wird. Sie hätte erwartet, dass sie in diesem Moment in Tränen ausbricht, dass sie den Verbrecher anfleht, er solle sie verschonen. Dass sie ihm sonst was verspricht. Alles!

Aber nein. So leicht will sich Bianca nicht geschlagen geben. Sie zwingt sich, ruhiger zu atmen, und registriert überrascht, wie sie gleichsam aus ihrem schockstarren Körper heraustritt und die Szenerie von außen betrachtet, als unerschrockener Beobachter, der nicht emotional reagiert, sondern mit kühler, sachlicher Analyse den Herrn über das Verlies betrachtet.

Und aus dieser externen Perspektive erkennt Bianca, dass Patrick seine Sache bei dem Phantombild gut gemacht hat. Hervorragend sogar. Der Junge hat die zurückgegelten Haare richtig erinnert, das kräftige Kinn, die dichten Wimpern, den kurz getrimmten Bart. Und die dunklen Augen, die etwas zu dicht stehen, als dass man den sonst durchaus ansehnlichen Mann wirklich attraktiv nennen könnte. Der minimal zu enge Augenabstand verleiht ihm einen eher harten Gesichtsausdruck, der jetzt eine fiese Note bekommt, als er seinen Mund zu einem höhnischen Schmunzeln verzieht. Bianca hat sich immer innerlich gewunden, wenn bei früheren Fällen Zeugen gemeint haben, jemand grinse diabolisch.

Jetzt weiß sie, was damit gemeint ist. Dieses spezielle Lächeln, das Raptor wohl für sein makabres Vorspiel mit seinen jeweiligen Opfern reserviert haben mag, ist teuflisch. Er muss sich ja nicht mehr verstellen. Er ist ganz er selbst. Ein Mörder, den es aufgeilt, seine Opfer zu zerstückeln. Eine erwartungsfrohe Anspannung scheint seinen Körper zu erfassen, während sich Raptor offenbar auf den Todesstoß einstimmt.

Das Lächeln ihres Entführers wird breiter. Hier im Dämmerlicht ihres Kerkers erinnert es Bianca an die Fratze eines gruseligen Orks aus dem Fantasy-Epos „Herr der Ringe". Doch seine Stimme, die sie jetzt zum ersten Mal hört, hat einen überraschend sanften Klang. Weich, fast samten wabert sie durch den Raum. „Ich werde dir jetzt etwas Gutes tun", flüstert er. „Ich werde es kurz machen und dich erlösen." Aus seiner Jackentasche zieht er einen länglichen Gegenstand, den sie in dem schummrigen Licht schließlich als Spritze erkennt. Natürlich ist darin nichts Wohltuendes, da macht sie sich keine Illusion. Bianca möchte danach greifen, Raptor die Spritze entreißen und sie wegschleudern. Doch der Kabelbinder um ihre Daumen verhindert jede halbwegs dynamische Bewegung ihrer Hände.

Aber ihre Beine sind nicht gefesselt. Während Raptor sich über sie lehnt, vermutlich um ihr die Spritze zu injizieren, beugt die Kommissarin im Liegen blitzschnell das rechte Knie und rammt ihm dann mit Wucht ihren Fuß gegen den Körper. Der kraftvolle Tritt hätte sein Knie treffen und Raptor umhauen sollen, doch er hat nur seinen Oberschenkel erwischt und ihn leicht aus dem Gleichgewicht gebracht. Die Spritze hält ihr Peiniger immer noch fest in der Hand. Raptor taumelt kurz, schüttelt wütend den Kopf und kommt erneut näher.

Er will sich auf sie werfen, doch weil Bianca sich im letzten Moment zur Seite windet, kommt er nur schräg auf ihr zu liegen. Sie strampelt heftig mit beiden Beinen, um ihn abzuschütteln, doch gegen seine Körperstärke ist sie machtlos. Er bekommt ihr linkes Bein zu fassen, stößt die Nadel in die Muskulatur ihres Oberschenkels und beginnt, den Kolben herunterzudrücken. Verzweifelt mobilisiert Bianca ihre letzten Kräfte und strampelt erneut so heftig, dass ihr Geiselnehmer sie loslassen muss. Die Spritze rutscht mit einem Klirren auf den Betonboden, ihr Glaskörper zerbricht. Ein Rest der Flüssigkeit träufelt heraus. Außer sich vor Wut starrt Raptor auf die dunklen Spritzer, dann weicht er vor Bianca zurück, als widere ihn allein der Körperkontakt zu ihr an. Er richtet sich auf und tritt einen Schritt zurück.

„Ich wollte es dir leicht machen und dir einen raschen Tod bescheren." Raptor spuckt diese Worte förmlich aus, begleitet mit einigen Tropfen Geifer, die auf Biancas Jeans landen. Plötzlich aber spricht er leiser und langsam, jedes Wort eine Drohung. „Dieses Gift hätte dich blitzschnell ausgeknockt. Aber du hast es nicht anders verdient, als dass du leiden musst. Selber Schuld, du miese Schlampe! Ob die Dosis, die du jetzt intus hast, ausreicht, weiß ich nicht." Er leckt sich die Lippen. „Das macht die Sache noch viel interessanter. Ich bin wirklich gespannt, ob du noch lebst, wenn ich wiederkomme. Vielleicht so gerade eben noch. Und dann gebe ich dir den Rest!"

Er wendet sich ab, geht zügig zum Eingang, tritt aus dem Verlies und rammt hinter sich die Tür ins Schloss. Bianca starrt entsetzt in die Schwärze, die wieder in ihrem Kerker herrscht, und lässt dann ihren Kopf zurück auf ihr Lager sinken. Das Brummen der Gefrierkühltruhe scheint anzuschwellen, es hört sich an wie eine in einiger Distanz genutzte Kreissäge. Vielleicht ist es sogar eine? Es würde zu Raptor und seiner monströsen Passion passen.

Doch vielleicht hat sie noch eine klitzekleine Möglichkeit, das Martyrium hier zu überleben. Schließlich hat Raptor ihr verraten, dass ihr noch eine Weile bleibt. Er hat das als Folter verstanden. Sie aber ist entschlossen, es als Chance zu sehen. Bianca schließt für einen Moment die Augen und versucht, alle ihre Kräfte zu sammeln.

Sie muss hier irgendwie rauskommen. Sie will leben!

## KAPITEL 58

Unermüdlich wandert der kobaltblaue Schriftzug über das Display des Laptops. Mal sind es Versalien, mal kleine Buchstaben, einige Momente lang normal zu lesen, dann wieder spiegelverkehrt. Kai hat sich diese Worte sehr bewusst als Bildschirmschoner installieren lassen – sein Mantra gleichsam, sein Lebensmotto: Positiv denken!

Es sind diese beiden Worte, auf die er blickt, als er aus einem unruhigen Traum hochschreckt. Er muss gar nicht erst auf die Uhr sehen. Er weiß ohnehin, dass es etwa 5.25 Uhr sein muss. Der eigene Körper ist eben seit Langem der zuverlässigste Mechanismus, der ihn wachrüttelt, wenige Minuten, bevor sein Wecker klingeln würde.

Plathe ist am Abend zuvor auf der Couch eingeschlafen, während er noch versucht hat, für die Zeitschrift „Rechtsmedizin" eine wissenschaftliche Übersichtsarbeit zum Thema „Sturz aus der Höhe – Suizid, Unfall oder Tötungsdelikt" zu schreiben. Nicht, dass es ein ermüdendes Thema wäre, im Gegenteil. Aber der Tag ist lang gewesen. Und seine guten Vorsätze, hier in Hamburg endlich weniger zu diktieren, sondern mehr selber am Computer zu arbeiten, hat das Unterfangen nicht gerade beschleunigt. Im Tippen ist er wahrlich nicht der Schnellste. Irgendwann muss er dann weggenickt sein. Und nun sieht er als Erstes vor sich auf dem Laptop diese beiden Worte: Positiv denken!

Eigentlich muss man ihn nicht daran erinnern. Es ist schon seit Jahrzehnten seine Einstellung zum Leben , und seit er beruflich so viel mit dem Tod zu tun hat, erst recht. Nichts wird besser dadurch, wenn man als Griesgram durch die Welt geht. Und weil Plathe immer wieder erlebt, wie das Leben ganz plötzlich zu Ende sein kann, versucht er, möglichst wenig aufzuschieben. Morgen könnte es zu spät sein. Kais Lehren daraus: Wichtige Dinge gleich erledigen, die Tante oder den guten Freund jetzt besuchen. Nichts auf die lange Bank schieben, optimistisch die Zukunft angehen, das Gute wertschätzen. Er ist ein durchweg positiver Mensch und stellt immer wieder fest, wie viel Spaß das Leben macht, wenn er sich auf die angenehmen Dinge freuen kann. Und es gibt so unglaublich viel Schönes.

Deshalb liebt er es, früh aufzustehen, um den Tag in Ruhe angehen zu können. Morgens nach dem Aufwachen kommen ihm häufig gute Ideen für neue wissenschaftliche Arbeiten oder für Fälle, die ihn schon länger beschäftigen. Und ebenso für die aktuellen. Deshalb muss er jetzt gleich an die Mordserie denken, die sie alle gerade so sehr in Anspruch nimmt. Eine regelrechte Puzzlearbeit. Offensichtlich legt es der Täter darauf an, seine perfekt inszenierten Tötungsmethoden, die anatomischen Kenntnisse sowie sein exzellentes Timing unter Beweis zu stellen. Dies alles, während er es zugleich nahezu perfekt vermeidet, kriminalistisch zielführende Spuren im Hinblick auf seine Person zu hinterlassen – am Leichenfundort, an den Leichenteilen und ebenso beim Transport und bei der Kommunikation.

Aber eben nur nahezu perfekt. Plathe hat eben doch einzelne feine Spuren an Sägeflächen sichern können. Er hat Hinweise auf die Tötungsmethode entdeckt. Aber es hat extrem aufmerksamer Arbeit bedurft, einer gehörigen Portion Erfahrung – und eines guten Instinkts. In anderen Bereichen hat Raptor wohl doch seine vermeintliche Unbesiegbarkeit falsch eingeschätzt. Mit ihren zahlreichen Ermittlungsansätzen ist Emma Claasen dem Kerl mittlerweile dicht auf den Fersen.

Emma. Er mag diesen Namen sehr. Und er mag die Trägerin dieses Namens sehr. Sie fasziniert ihn mit ihrer Mischung aus professioneller Härte, einem nachdenklichen, empathischen Wesen und ihrer Weiblichkeit. Er sieht sie gleichsam vor sich, wie sie sich geschmeidig bewegt, und er taucht in ihre irritierend grünen Augen ein. Bei diesen Gedanken stellt er die morgendliche Dusche für einen Moment von heiß auf eiskalt, um sich und seine Gedanken herunterzukühlen und seine Überlegungen lieber sachlichen, vernünftigen Themen zu widmen.

Er muss sich wirklich dringend darum kümmern, sein gemietetes Haus in Hamburg für sich und seine Familie von einer nur sehr notdürftig eingerichteten Bleibe zu einem echten, gemütlichen Zuhause umzugestalten. Wobei nicht ganz klar ist, inwieweit sie wirklich eine Familie bleiben. Corinna hat Ernst damit gemacht, am vergangenen Wochenende in Essen zu bleiben und die beiden Söhne allein nach Hamburg zu schicken. Er hat noch versucht, sie zu überreden, doch mitzukommen. „Ne, lass mal", hat sie kühl geantwortet. „Ich brauche Zeit für mich." Kai kennt diese frostige Stimmung bei Corinna. Bisher hat sie immer nur wenige Stunden oder allenfalls einige Tage angehalten. Und diesmal? Ist das der Beginn einer längeren Eiszeit?

Jedenfalls darf keinerlei Schatten auf seine Beziehung zu seinen Söhnen fallen. Kai hat sich den ganzen Sonnabend und den halben Sonntag für die Jungen freihalten können und hat sich ein abwechslungsreiches Programm für sie ausgedacht. Sie waren zu dritt im Niendorfer Gehege joggen, dann duschen und anschließend Mittagessen in einem Restaurant nahe der Staatsoper, in dem es ausgezeichnete und vor allem unschlagbar große Pizzen gibt. Dann haben sie eine kombinierte Stadt- und Elberundfahrt mit dem HafenCity River-Bus unternommen. Philipp und Dominik haben wirklich gestaunt, als der Bus buchstäblich in die Elbe eingetaucht ist und sie ihre Stadtrundfahrt für etwa eine halbe Stunde zu Wasser fortgesetzt haben! So etwas gibt es im Ruhrpott nicht. Schließlich haben sie sich Tickets für die Plaza der Elbphilharmonie besorgt und den gigantischen Rundblick auf die Stadt genossen. Und für den Abend hat Kai Karten für ein Punktspiel der Towers ergattern können. Nur schade, dass das Hamburger Basketballteam knapp verloren hat. „Hier will ich nächstes Mal unbedingt wieder hin", hat Philipp, der Ältere, gefordert. Und Dominik, der Elfjährige, hat mit leuchtenden Augen zugestimmt. „Das Match war so spannend. Und nächstes Mal hauen die Towers den Gegner sicher vom Feld."

Sonntagvormittag sind sie ins Miniaturwunderland gefahren. Kai hätte nie für möglich gehalten, dass ihn Eisenbahnen so faszinieren können. Doch die unglaublich vielfältig gestalteten Landschaften, die fantasievollen Szenarien und nicht zu vergessen die ausgefeilte Technik der Züge und der vielen anderen Fahrzeuge habe ihn und seine Söhne gleichermaßen begeistert. Hier würde Kai gern irgendwann in nächster Zeit noch mal in Ruhe hingehen. Wenn er denn mal wieder Zeit dazu hat ... Wenn ihn der aktuelle Fall nicht mehr so in Anspruch nimmt.

Der Rechtsmediziner hat gerade das Institut betreten, da klingelt sein Handy. Emma. Noch bevor er seinen Namen fertig ausgesprochen hat, schießt sie los: „Ich habe es doch prophezeit: Jetzt haben wir ihn! Da bin ich mir fast sicher. Bisher passt alles zusammen." Und dann berichtet sie ihm atemlos von mehreren Informationen, die sie zusammengetragen haben und die alle auf einen Mann namens Lukas Scheffler zu passen scheinen. Kai schwankt zwischen dem Bedürfnis, zu dem Fahndungserfolg zu gratulieren, und einer Warnung, vorsichtig zu sein, solange sie nicht die absolute Gewissheit haben, dass sie wirklich den Richtigen im Visier haben. Als Wissenschaftler kann Plathe eben nicht ganz aus seiner Haut. Ein „Ich bin mir fast sicher" reicht in seinem Fach nicht.

Aber zugleich glaubt er, Emma gut genug einschätzen zu können. Sie ist bestimmt nicht der Typ, der sich zu einer vorschnellen Einschätzung hinreißen lässt. „Das klingt ja ..." Großartig, hat er eigentlich sagen wollen. „Ich bin froh, wenn dieser Verbrecher endlich gestoppt wird." Doch dazu kommt er nicht.

Emma lässt ihn gar nicht erst zu Wort kommen. Es sprudelt weiter aus ihr heraus. „Wir rastern ihn auf allen Kanälen ab und ziehen alles zusammen, was wir über ihn herausfinden können. Polizeilich ist er erwartungsgemäß ein völlig unbeschriebenes Blatt. Aber als Geschäftsmann sowie in den sozialen Medien ist er sehr präsent. Wobei man über ihn ganz persönlich nur wenig erfährt.

Wir wissen allerdings, dass Lukas Scheffler zurzeit auf einem Auslandstrip in Dubai ist. Seine Sekretärin im Architekturbüro in der neuen Hafencity sagt, dass sie den Rückflug am kommenden Wochenende gebucht hat. Dann wäre er wieder zu sprechen. Von seinen Auslandsreisen meldet er sich ansonsten kaum. Der Mann ist jetzt also noch einige Tage weg."

An diesem Punkt kommt Plathe endlich selbst zu Wort: „Und was haben Sie jetzt vor? Abwarten, bis er zurückkommt? Oder haben Sie schon eine Hausdurchsuchung geplant? Gibt es vonseiten der Rechtsmedizin etwas zu tun?"

Emma Claasen hat ganz offensichtlich schon eine Reihe anderer Telefonate geführt und Entscheidungen getroffen beziehungsweise eingeholt. „Die LKA-Leitung ist mittlerweile in vielerlei Hinsicht involviert", erklärt sie. „Das ist jetzt ein ganz großes Ding. Die Staatsanwaltschaft ist heute Nachmittag bei einer Besprechung ebenfalls mit dabei, und man hat mir alle notwendigen Kräfte zur Unterstützung der weiteren Ermittlungsmaßnahmen zugesagt. Einschließlich MEK. Für eine Hausdurchsuchung laufen gerade die Vorbereitungen. Die hat jetzt unbedingt Priorität, weil wir davon ausgehen, dass Raptor unsere Kollegin in seiner Gewalt hat. Wir versprechen uns Hinweise auf ihren Aufenthaltsort, wenn wir seine Wohnung unter die Lupe nehmen. Sie, Professor Plathe, hätte ich dann übrigens gern dabei. Aber für die Rechtsmedizin haben wir in dieser Sache tatsächlich noch weitere Arbeit."

Plathe merkt jetzt erst, dass er während des Telefonats in seinem Büro auf und ab geht. „Ich hoffe, es gibt keine weitere Leiche, die Sie Raptor – ich meine: Lukas Scheffler – zuordnen?"

„Möglicherweise schon. Es ist ein alter Todesfall, der vielleicht den Schlüssel zu all den gruseligen Machenschaften von Raptor darstellt. Seine Mutter ..."

Plathe stoppt sein rastloses Hin und Her und setzt sich. „Die Mutter? Verstehe ich nicht. Sie ist also tot, was nicht ganz überraschend wäre bei dem Alter, in dem die Frau jetzt in etwa sein muss. Was hat sie mit unserem Fall zu tun?"

Die Kommissarin hat bereits alles Mögliche recherchieren lassen. Die Polizei hat Raptors Leben tatsächlich im Rekordtempo durchforstet, wobei das Internet wie üblich zusätzlich gute Dienste geleistet hat. Alle reden über die Bedeutung des Datenschutzes und entblättern sich doch in den sozialen Medien oftmals sehr nachhaltig. Und viele Altarchive sind inzwischen ebenfalls digitalisiert.

„Wir haben herausgefunden, dass Scheffler aus dem friedlichen Friesland stammt", erzählt Emma nun. „Diesen Hinweis haben wir schon von der Schwester des Steffen Krüger erhalten, der Frau aus Kanada. Die erinnerte sich an einen merkwürdigen, wie sie meinte Angst einflößenden Jungen auf dem Bauernhof, auf dem sie früher als Kind häufig war. Und eben dieser Junge, ein gewisser Lukas, ist dann offenbar mit der Zeit zu diesem leichenzerstückelnden Raptor mutiert. Er stammt aus der Nähe von Horumersiel, eine sehr einsame Gegend, fast das Ende der Welt. Alles plattes Land: Weiden, Kühe, Pferde, Schweine und einzelne Bauernhöfe. Da ist dieser Mensch groß geworden, bei seinen Eltern und mit seinem zwei Jahre jüngeren Bruder. Nach der Mittleren Reife hat er in Varel zunächst eine Ausbildung zum Bauzeichner gemacht, dann auf der Abendschule sein Abitur nachgeholt und schließlich in Hamburg Architektur studiert. Was uns aufmerken lässt und uns an seiner früheren Vita interessiert: Im Alter von siebzehn Jahren hat er seine Mutter durch einen tragischen Unfall verloren."

„Ist sie in eine Güllegrube gefallen?" Plathe hat Emmas Darstellung aufmerksam gelauscht. Aber jetzt ist er erst recht interessiert. Solche Unglücke auf Bauernhöfen, bei denen die Bewohner oder Mitarbeiter versehentlich in Güllegruben stürzen und dann an den hochgiftigen Schwefelwasserstoffgasen ersticken, kommen gar nicht so selten vor. Kai hat einmal einen Fall bearbeiten müssen, bei dem innerhalb weniger Minuten vier Menschen dieses Schicksal ereilt hat. Sie hatten jeweils den vor ihnen verunglückten Angehörigen aus der gefährlichen Grube retten wollen und waren selber in der Gülle zu Tode gekommen. Sehr tragisch.

Doch bei Tanja Scheffler sind es ganz andere Umstände gewesen, wie Emma erzählt. „Sie ist vom Heuboden gestürzt, angeblich als sie dort oben Katzen füttern wollte. Und der Sohn, Lukas Scheffler, hat sie gefunden. So heißt es jedenfalls in einem alten Zeitungsartikel, den wir ausgegraben haben. Da ist von einem schlimmen Unglück die Rede. Der Ehemann hat das aber offenbar damals recht schnell verwunden und sich mit einer deutlich jüngeren Magd getröstet, wusste seinerzeit ein Boulevardblatt zu berichten. Später allerdings verfiel der Mann zusehends dem Alkohol. Den Hof musste die Familie dann aufgeben, ohne die Mutter lief nichts mehr.

Der Ehemann lebt jetzt übrigens in einem Pflegeheim in Dangast am Jadebusen. Dort hat man uns mitgeteilt, dass er dement ist."

„Moment!" Plathe muss den Redefluss der Kommissarin unterbrechen. „Warum erzählen Sie mir das alles? Haben Sie Zweifel daran, dass es ein Unfalltod war?"

„Genau. Und da kommen Sie ins Spiel. Es läuft schon ein Antrag der Staatsanwaltschaft auf Exhumierung des Leichnams der Frau. Obwohl das Ganze ja schon so lange her ist. Wir wollen die sterblichen Überreste von Tanja Scheffler schnellstmöglich exhumieren lassen. Ich habe da so eine Idee. Wir wollen herausfinden, ob damals bei dem Tod der Frau alles mit rechten Dingen zugegangen ist. Der Leichnam der Frau ist zum Glück nicht eingeäschert worden. Das Grab ist auf dem Friedhof in Varel. Haben Sie nicht mal erzählt, dass Sie aus der Gegend stammen?"

## KAPITEL 59

Innerhalb eines Augenblicks fühlt sich Plathe in seine Kindheit zurückversetzt. Es war eine schöne Zeit in Varel, der kleinen Stadt am Jadebusen, in der er einige Jahre aufs Gymnasium gegangen war. Dort hatte er seine erste Freundin, und dort war er in seiner Jugend ein sehr erfolgreicher Tennisspieler. Unglaublich – das alles kommt ihm vor wie aus einem anderen Leben. Er erinnert sich gerne an Bootstouren auf dem Jadebusen und an Angeltouren, bei denen es teilweise sehr feuchtfröhlich zuging ...

Kai verspürt eine plötzliche Sehnsucht, wenigstens für ein paar Stunden an diese Stätte seiner Kindheit zurückzukehren, am liebsten sofort. Doch er muss sich bereithalten, um bei der geplanten heimlichen Hausdurchsuchung dabei zu sein. Deshalb wird er bei der Exhumierung nicht vor Ort sein können. Aber dafür haben sie ja ohnehin im Arbeitsbereich Forensische Archäologie und Anthropologie ihr eingespieltes, erfahrenes Team: die Anthropologin Beate Wellmann und den Humanbiologen Otto Krabbe. Die beiden Spezialisten würden sich um die Exhumierung kümmern und die Überreste bergen – so es denn überhaupt welche gibt, nach fast dreißig Jahren. Er würde mit den Kollegen in Oldenburg sprechen, damit die Obduktion in diesem Fall nicht dort stattfindet, sondern man die sterblichen Überreste nach Hamburg bringt. Hier können sie dann ihre hochmoderne Technik einsetzen und die Knochen nach allen Regeln der rechtsmedizinischen Kunst analysieren. Computertomographie, Kontaktradiographien, Xtreme-CT, 3-D-Rekonstruktion, und dazu alle möglichen mikroskopischen Feinanalysen bis hin zur Rasterelektronenmikroskopie. In diesem Bereich sind sie perfekt ausgestattet.

„Gibt es denn einen schnellen Beschluss zur Exhumierung?", fragt Plathe. Derartige Maßnahmen gestalten sich mitunter sehr zeitaufwendig.

Offensichtlich hat die Ermittlerin seine Gedanken vorausgeahnt. „Ich denke, das kann jetzt sehr rasch gehen. Unsere Staatsanwaltschaft ist jedenfalls schon dabei, alles Notwendige zu beantragen und umzusetzen. Die örtliche Polizei in Varel und die Friedhofsverwaltung sind ebenfalls informiert. Jetzt, in der kalten Jahreszeit, sind Exhumierungen normalerweise gut und schnell möglich. Und immerhin geht es um die Aufklärung einer schlimmen Mordserie und die Verhinderung weiterer Kapitalverbrechen."

Plathe und Emma besprechen sich noch einen Augenblick und beenden dann das Telefonat. Plathe ist elektrisiert. Da ist wirklich in kürzester Zeit ein riesiger Ermittlungsapparat in Gang gekommen. Fast das gesamte Landeskriminalamt und das Kapitaldezernat der Staatsanwaltschaft scheinen eingespannt zu sein. Klar, dass die Rechtsmedizin reibungslos mitziehen muss. Dafür würde er schon sorgen.

Auf dem Weg zurück in den Keller, um seine Sektionstätigkeit für den Tag aufzunehmen, schaut Plathe kurz bei seinen beiden Anthropologen vorbei. Als der Chef in der Tür steht, unterbrechen Beate Wellmann und Otto Krabbe für einen Moment ihre Diskussion über einen Knochenfund vom Elbufer, um sich von Plathe über den kurzfristigen Außeneinsatz informieren zu lassen. Vermutlich soll es schon am nächsten Tag losgehen. Varel ist eigentlich das Gebiet der Kollegen aus Oldenburg, doch besondere Situationen verlangen es, dass

Gebietshoheiten und Kompetenzgerangel beiseite geschoben werden müssen.

„Wir wollen uns um diesen Fall vom Anfang bis zum Ende kümmern", instruiert Plathe die beiden anthropologischen Experten und weiht sie kurz in alle wichtigen Details ein. „Alles, was Sie von diesem Leichnam noch finden, alle Knochen und sonstigen Beifunde, schaffen Sie bitte nach Hamburg. Wir führen sämtliche Untersuchungen bei uns durch. Und bitte: Handeln Sie so, als wäre dies ein archäologischer Sensationsfund. Wir warten nur noch bis zum Beschluss des zuständigen Amtsgerichts. Vielleicht geht es morgen schon früh los."

Zurück am Sektionstisch spürt der Rechtsmediziner, dass er mit den Gedanken immer wieder zum Fall Raptor zurückkehrt. Das ist ganz gegen seine Gewohnheit. Sonst gelingt es ihm bei der Arbeit immer, alles andere auszublenden und sich zu hundert Prozent auf diesen einen Leichnam zu konzentrieren, der in diesem Moment seine ganze Aufmerksamkeit erfordert. Tote schweigen nicht. Er muss achtsam sein, um die subtilsten Botschaften entschlüsseln zu können. Es liegt in seiner Verantwortung und der seiner Mitarbeiter, bei jedem Verstorbenen genau herauszufinden, woran er gestorben ist.

Lasst die Toten ruhen? Ja, aber erst, wenn ihnen jene professionelle ärztliche Zuwendung zuteil geworden ist, die sie verdient haben. Plathe ist schon immer der Ansicht gewesen, dass es ein Zeichen von Respekt dem Toten gegenüber ist und dass es zur Bewahrung von dessen Würde dazugehört, die Umstände des Ablebens genau zu klären und keinen unnatürlichen Tod unentdeckt bleiben zu lassen. Er ist das den Verstorbenen schuldig und ihren Angehörigen. Das ist Plathes tiefste Überzeugung.

Er beeilt sich, den letzten Obduktionsbericht des Tages zu diktieren, um noch rechtzeitig ins Polizeipräsidium zu kommen. Er will an der jetzt täglichen Lagebesprechung teilnehmen.

Als er dort eintrifft, ist ein Teil bereits erörtert worden. Es ist endgültig klar, dass sich hinter Raptor der Architekt Lukas Paul Scheffler verbirgt. Sie haben weitere stichhaltige Informationen zusammengetragen. Alle Ermittlungsergebnisse zu diesem Architekten passen in ihr Raster.

Die Ermittler könnten zufrieden, vielleicht sogar besonders optimistisch sein. Doch die Stimmung ist extrem bedrückt, spürt Kai sofort. Niemand kann sich auf den bevorstehenden Fahndungserfolg wirklich freuen, weil er von dem Verschwinden von Bianca Martinek überschattet ist. Es gibt von der Kollegin nach wie vor keine Spur, kein Lebenszeichen. Sie bleibt wie vom Erdboden verschluckt. Und jeder fürchtet, dass sie in Raptors Gewalt ist. Eines Mannes, der noch mehrere Tage lang nicht im Land sein wird. Deshalb ist es so wichtig, jetzt zu handeln, sofort! Schefflers Frau ist von der Polizei bisher bewusst noch nicht vernommen worden. Obwohl das Paar seit Langem getrennt lebt, könnte es doch sein, dass sie weiterhin einen guten Kontakt zueinander pflegen. Und die Ermittler wollen unbedingt vermeiden, dass Katja Scheffler ihren Mann warnen könnte.

Das Team um Emma Claasen entwirft ein Szenario, wie man Raptor bei seiner Rückkehr aus Dubai, sobald er seinen Fuß auf deutschen Boden setzt, direkt am Frankfurter Flughafen verhaften will. Den Haftbefehl hat ein Richter bereits unterzeichnet. Dann sollen die Durchsuchungen in dem privaten Haus des Ehepaars in Blankenese sowie in seinen Büros in der neuen Hafencity stattfinden. Alles wird generalstabsmäßig geplant. Er muss nur in Deutschland landen.

Sein Penthouse an der Elbchaussee werden sie allerdings schon vorher gründlich in Augenschein nehmen. Nein, das reicht nicht, beschließt Emma und haut so wuchtig mit der Hand auf den Tisch, dass alle anderen im Raum aufschrecken. „Wir werden es buchstäblich auseinander und unter die Lupe nehmen", ruft Emma. „Wir wissen alle, was auf dem Spiel steht. Es geht jetzt nicht nur um eine reibungslose Verhaftung eines Serienmörders. Es geht jetzt vor allem um das Leben unserer Kollegin."

## KAPITEL 60

Ein bisschen schief steht der Grabstein da. Regen und Wind haben über die Jahrzehnte Spuren in die schiefergraue Oberfläche eingegraben, wie kleine Narben in einer alternden Haut. Otto Krabbe nimmt sich einen Augenblick Zeit, das

Grab zu betrachten, das so lange die sterblichen Überreste von Tanja Scheffler gehütet hat. Auch wenn Krabbes Beruf als forensischer Biologe und damit sein wissenschaftliches Interesse naturgemäß den Knochen gilt, die tief in der Erde verborgen sind, hat es sich der Dreiundvierzigjährige zur Gewohnheit gemacht, die Grabstellen eine Weile auf sich wirken zu lassen.

Jede erzählt eine Geschichte. Über den Verstorbenen, aber fast noch mehr über die Angehörigen, die das Grab gestaltet haben. Vor fast dreißig Jahren, als Tanja Scheffler beerdigt wurde, war es für die wenigsten Menschen eine Option, die Verstorbenen anonym bestatten zu lassen. Die Hinterbliebenen haben mit Bedacht den Liegeplatz ausgewählt, den Stein oder das Kreuz ausgesucht, sich für eine Inschrift entschieden, die Stätte bepflanzt. Edler Marmor, Verzierungen mit Engeln und Putten oder goldene Inschriften müssen nicht bedeuten, dass jemand besonders innig geliebt oder wertgeschätzt worden ist. Vielleicht sind die Angehörigen einfach wohlhabend gewesen und fanden es passend, das Grab üppig und teuer zu verzieren. Und ein sehr schlichtes Kreuz mit Namen ist umgekehrt nicht unbedingt ein Indiz dafür, dass die Familie insgeheim erleichtert war über das Ableben von Oma oder Opa.

Nein. Es ist eher der Gesamteindruck, der ein bisschen wie das Zeugnis und das Destillat eines Lebens wirken kann. Und hier erscheint alles einfach nur trist. Grau. Trostlos. Als hätte in den Jahrzehnten seit ihrem Versterben nicht ein einziger Sonnenstrahl das Grab gestreift, und ebenso wenig die Hand eines trauernden Angehörigen. Biologe Otto Krabbe betrachtet den schlichten Grabstein, der von Friedhofsmitarbeitern bereits ein Stück an die Seite geräumt worden ist. Er wirkt extrem verwittert. Hineingemeißelt sind die Namen sowie das Geburtsdatum und das Sterbedatum der Eltern von Raptors Mutter. Diese sind nach ihrer Tochter verstorben. Von Tanja Scheffler ist nur der Name zu sehen und der Spruch „Ruhe in Frieden", keine sonstigen Ziffern oder Signaturen. Symbolhaft wirkt allein die Ödnis, die das Grab ausstrahlt.

Der forensische Biologe und die Anthropologin Beate Wellmann haben sich morgens um fünf Uhr zusammen mit einer Beamtin der Mordkommission von Hamburg aus auf den Weg nach Varel gemacht. Obwohl sie deutlich früher als zur verabredeten Zeit um acht Uhr am Grab von Tanja Scheffler angekommen sind, ist alles schon fertig vorbereitet. Nicht nur, dass der Grabstein beiseitegeschafft worden ist. Die gröbsten Aushubarbeiten erst mit dem Bagger und dann mit Schaufel und Spaten sind ebenfalls bereits erledigt. In ein bis zwei Meter Tiefe befindet sich eine Schicht aus Sand und Kies oberhalb einer relativ gut durchlässigen Sandschicht. Erwartungsgemäß ist der hölzerne Sarg völlig vermodert. Es sind lediglich stark deformierte, verrostete Griffteile übrig.

Die beiden Anthropologen arbeiten konzentriert und schnell mit ihren kleinen Schaufeln, Kellen und Bürsten. Zentimeterweise graben sie sich weiter nach unten, bis sie auf die ersten Knochen treffen. Hier finden sie neben einem rudimentären Oberschenkel eine Hüft-Endoprothese aus Edelstahl. Das ist der beste Hinweis, dass sie an der richtigen Stelle buddeln. Denn über Frau Scheffler ist bekannt, dass sie in vergleichsweise jungen Jahren ein künstliches Hüftgelenk erhalten hat. Die Operation wurde notwendig, nachdem sie eine komplizierte Becken- und Oberschenkelfraktur bei einem Verkehrsunfall erlitt, den ihr Mann in alkoholisiertem Zustand verursacht hatte.

Insgesamt ist die Ausbeute an Knochenteilen aber gering. Die beiden Wissenschaftler finden lediglich diverse lange Röhrenknochen, die untere Wirbelsäule, einzelne Teile von Rippen und die Schädelbasis mit Teilen der Felsenbeine sowie der mittleren und hinteren Schädelgrube. Von der Lage der einzelnen Knochen her sind sich die beiden Experten sicher, dass alle Knochen zum Skelett der Frau gehören. Sie werden sorgfältig für den Transport ins Hamburger Institut verpackt.

Als Plathe gegen 13 Uhr in den Keller kommt, sind die Knochen bereits entsprechend ihrer Position im Skelett sorgfältig ausgelegt. Der Rechtsmediziner kann gut nachvollziehen, dass der Anblick dessen, was von einem Menschen übrig bleibt, nämlich nichts als verwitterte Knochen, auf Laien deprimierend wirken kann. Vielleicht auch als würdelos.

Er dagegen sieht darin die unschätzbare Möglichkeit, nach vielen Jahren noch wichtige Erkenntnisse zu gewinnen. Wenn Tanja Scheffler damals nicht bei einem Unglück ums Leben gekommen sein sollte, sondern eines gewaltsamen Todes gestorben ist, möchte er das herausfinden. Gerechtigkeit hat kein Verfallsdatum.

Bei der Annäherung an die Wahrheit sind längst nicht mehr nur Skalpell und Mikroskop wichtige Helfer der Rechtsmedizin. Es ist die hochentwickelte Technik, die noch vor einer Obduktion bedeutsame Informationen liefert. Deshalb ist routinemäßig bei den sterblichen Überresten der damals Siebenundvierzigjährigen bereits eine Computertomographie vorgenommen worden. Und von jedem einzelnen Knochen sind Kontaktradiographien angefertigt.

Kai Plathe, Beate Wellmann und Otto Krabbe schauen sich jetzt mit der Lupe nochmals jeden einzelnen Knochen genau an. Der Biologe spricht aus, was ihnen allen förmlich ins Auge sticht: „Merkwürdig! Nirgends eine Fraktur, die zu Lebzeiten entstanden ist!" Tatsächlich sehen sie lediglich eine Arrosion der Knochen durch die jahrelange Lagerung im Erdgrab, verbunden mit Entkalkung und diversen Abbröckelungen und Einrissen der knöchernen Struktur. Nichts davon gibt einen Hinweis darauf, dass Tanja Scheffler irgendwo aus größerer Höhe abgestürzt ist. Denn dann müsste es Anzeichen für ein Polytrauma geben, also vielfältige Knochenbrüche.

Plathe beugt sich noch ein Stück weiter herunter, schaut genau, prüft. Der erste Eindruck scheint sich zu bestätigen. Hat tatsächlich jemand bei ihrem Tod nachgeholfen – und das geschickt zu kaschieren gewusst? „Hier ist wohl wirklich etwas faul!" Der Rechtsmediziner geht mit seinen beiden Spezialisten nochmals sämtliche Informationen durch, die die Polizei zusammengetragen hat. Das ist mehr, als man nach so langer Zeit eigentlich hat erwarten können.

Allein die Todesbescheinigung, die im Gesundheitsamt normalerweise als medizinisches Dokument für dreißig Jahre aufbewahrt wird, erlaubt keine speziellen Rückschlüsse. Der Leichenschau-Arzt hat zwar vermerkt, dass die Tote ein aufgedunsenes, leicht bläuliches Gesicht hatte. Aber er hat sich nicht die Mühe gemacht, irgendwelche weiteren Details zu notieren, wie es eigentlich hätte gemacht werden sollen. Kai ärgert sich über diese Nachlässigkeit. Eine Schlamperei. Bis heute stellt er immer wieder fest, dass es Ärzte gibt, die eine Leichenschau nur sehr oberflächlich vornehmen – und damit nicht selten höchst verdächtige Umstände übersehen. Die gern kolportierte Geschichte vom Bestatter, der ein Messer entdeckt, das aus dem Rücken des Toten herausragt, mag vielleicht etwas überspitzt sein. Aber tatsächlich hat Plathe insbesondere bei der vor einer Kremierung eines Leichnams vorgeschriebenen zweiten Leichenschau schon so einige Male schwerste Verletzungen, in nicht seltenen Fällen sogar Stich- und Schusswunden entdeckt – die vorher niemand aufgefallen sind. Und so wäre fast ein Mörder davongekommen.

Kai studiert erneut den Polizeibericht über den Tod von Tanja Scheffler. Demnach hat der Leichnam direkt unterhalb des Heubodens gelegen, was per se zu einem Sturz aus einigen Metern Höhe passen würde. Aber eben nicht die Tatsache, dass es keinerlei Frakturen gegeben hat. Bemerkenswert ist allerdings, dass damals dicht an einer Außenwand besagter Scheune ein Traktor gestanden hat. In einer riesigen Gabel des Vorderladers klemmte ein großer, in weiße Plastikfolie eingewickelter Silageballen. Plathe erinnert sich daran, dass sie als Kinder scherzhaft von „Toilettenrollen für Elefanten" sprachen, wenn die Bauern diese Ballen auf den Wiesen abgelegt haben.

Kann also alles völlig anders abgelaufen sein? Kein unglücklicher Sturz vom Heuboden – sondern ein Mord? Hat Lukas Scheffler seine Mutter mit dem Silageballen vom Trecker aus an die Wand gedrückt? Sozusagen plattgemacht?

Vor Kais geistigem Auge erscheinen Bilder von früheren Sektionen an Toten, die eingeklemmt gewesen sind, zum Beispiel nach einem Zugunglück mit Frontalkollision. Die Waggons eines Personenzugs waren regelrecht eingeknickt und wie eine Ziehharmonika zusammengeschoben. Die Passagiere waren im Bereich der Sitzreihen so verkeilt, dass ihr Brustkorb massiv komprimiert wurde, ohne dass die elastischen Rippen gebrochen waren. Genau so kann es hier gewesen sein, bei Raptors Mutter. Tod durch Perthe'sche Druckstauung, oder anders gesagt: Thoraxkompression.

Allerdings ist das hier nur eine Vermutung und kein Beweis. Dazu sind die Befunde nach der Exhumierung zu unspezifisch. Sie haben ja nur Knochen für diese Untersuchung zur Verfügung. Aber immerhin. Es gibt keinerlei Frakturen, abgestürzt ist die Frau also nicht. Wenn sie denn auf dem Heuboden schwungvoll durch das Geländer gebrochen wäre, hätte der Körper unten eigentlich ein Stück weiter von der Wand entfernt liegen müssen. Beim Sturz aus der Höhe spielt die sogenannte „Wurfweite" des Körpers eine wichtige Rolle. Aus den einwirkenden Kräften und der Fallhöhe lässt sich dies normalerweise berechnen.

Alles höchst verdächtig, aber kaum mehr nachweisbar – es sei denn, es lassen sich noch Zeugen für den Vorfall von vor fast dreißig Jahren finden, die eine Mordanklage in diesem Fall stützen könnten. Alles andere, zum Beispiel ein Totschlag, wäre längst verjährt. Aber so oder so haben sie jetzt einen Hinweis darauf, dass Raptor sehr wahrscheinlich schon in seiner Jugend tödliche Gewalt ausgeübt hat. Und dass er damals bereits ganz gerissen falsche Spuren legte.

## KAPITEL 61

Das Dröhnen des Presslufthammers dringt bis durch die dicken Hausmauern. Und von dort aus direkt weiter in Emmas Gehirn und ihre Eingeweide. Es kommt ihr so vor, als würden zwei mächtige Hände ihren Körper in irgendeine laut rotierende Maschine stopfen. Sie hasst den Lärm und die Erschütterungen. Sie gehen ihr durch Mark und Bein.

Aber die Kommissarin weiß, dass sie das aushalten muss. Der Krach des Presslufthammers ist Teil einer Inszenierung, damit die Polizei in Raptors Penthouse eindringen und es durchsuchen kann, ohne dass er das auf seiner Dubaireise mitbekommt. Sie dürfen nicht riskieren, dass er gewarnt wird und womöglich seinen Rückflug nach Deutschland nicht antritt, um sich einer Festnahme zu entziehen. Oder, noch viel schlimmer, aus der Ferne irgendeinen Mechanismus aktiviert, der seine Geisel Bianca Martinek tötet. Emma möchte gar nicht darüber nachdenken, welche Möglichkeiten es da theoretisch gäbe. Sie hat einen der Technikspezialisten der Polizei danach gefragt, und er hat ihr eine ganze Liste von denkbaren Szenarien geschildert. Jede von ihnen ein Albtraum.

Spätestens seit es dem Serienmörder gelungen ist, das Computersystem des Beerdigungsinstituts lahmzulegen, um sich dort am Sarg von Anna Krüger zu schaffen zu machen, wissen sie, dass er ein Technikfreak ist, und auf teuflische Weise kreativ. Das Profil, das die Kriminalpsychologin ausgearbeitet hat, weist darüber hinaus auf einen Mann hin, der bei allem die Kontrolle behalten will. Daher spricht viel dafür, dass Raptor seine Wohnung durch ein raffiniertes Kamerasystem überwachen lässt. Das müssen sie unterwandern beziehungsweise für eine Weile lahmlegen, um ihren unerbetenen Besuch in seinem Zuhause zu tarnen und nach Bianca Martinek suchen zu können. Sie zu retten. Wenn es noch etwas zu retten gibt.

Emma beißt die Zähne zusammen in der Hoffnung, dass ihre Kollegen ihre Anspannung nicht bemerken. Aber zugleich ist ihr bewusst, dass sie ihren Ausnahmezustand weder vor ihrem langjährigen Vertrauten Max Vollertsen noch vor Kai Plathe verbergen kann. Der prüfende, durchdringende Blick des Rechtsmediziners ruht immer wieder auf ihr, auf eine verständige, mitfühlende Art, als wisse er genau, was dieser Einsatz ihr abverlangt. Dass er sie in mehrfacher Hinsicht an ihre Grenzen bringt. Sie will jemanden befreien, der nicht nur Kollegin, sondern auch Freundin ist. Das ist eine ungeheure Belastung, und eine enorme Herausforderung. Aber dafür darf kein Aufwand und keine Anstrengung zu groß sein.

Im Rekordtempo hat Emma Claasen vom Bereitschaftsrichter das Okay für die Durchsuchung der Wohnung bekommen. Laut Einschätzung der Kriminalpsychologin ist der Täter bei allem Narzissmus und allem überbordenden Selbstbewusstsein insbesondere ein Typ, der stets die totale Kontrolle behalten will. Insofern wäre es folgerichtig, dass er eine Geisel nicht irgendwo außerhalb seines unmittelbaren Wirkungsbereichs festhält, also beispielsweise in einer verlassenen Fabrik oder bei einem Komplizen, von dem sie noch nichts wissen. Sondern eher an einem Ort, zu dem er ständig Zugang hat. Also am wahrscheinlichsten in seiner Penthousewohnung beziehungsweise deren Kellerräumen. Erst danach kommen das Haus, das ihm und seiner Frau gehört, oder Geschäftsräume in Betracht.

Emma mag über die Alternative, die noch infrage kommt, gar nicht wirklich nachdenken. Dass sie zu spät kommen. Dass Bianca längst tot ist – und Raptor ihren Leichnam noch vor seiner Abreise irgendwo an einem fremden Ort deponiert hat, vielleicht in der Elbe oder einem Baggersee oder einem hastig geschaufelten Grab. Nein, sie müssen sich als Erstes die Wohnung an der Elbchaussee vornehmen. Es ist ihre beste Chance.

Und so hat die Polizei unter Emmas Leitung die heimliche Durchsuchung des Penthouses geplant und mit Unterstützung von Spezialeinheiten vorbereitet. Sie haben die Legende eines Wasserrohrbruchs an der Elbchaussee geschaffen, der das Stromnetz an der Straße und den anliegenden Häusern auf etwa einem halben Kilometer lahmlegt. Deshalb der Einsatz der Presslufthämmer, um Arbeiten am unterirdischen Leitungssystem zu suggerieren – und Raptors Nachbarschaft und vor allen Dingen ihn selber zu täuschen, wenn plötzlich kein Strom mehr fließt, wenn Lichter und Elektrogeräte überraschend ihren Dienst versagen. Und eben Alarmanlagen, Kamerasysteme und ausgefeilte Schließmechanismen.

Für die Durchsuchung von Raptors Wohnung hat die Kriminalhauptkommissarin ein schlagkräftiges Team zusammengestellt. Sie selbst, Kenan Arslan, Max Vollertsen und zwei weitere Kollegen, die vor allem nach geheimen Räumen oder verborgenen Kellerverschlägen suchen sollen, sowie zwei Beamte, die sich vornehmlich um die Sicherstellung von Laptop und wichtigen Unterlagen kümmern sollen. Sie müssen alles sehr schnell sichten. Vielleicht entdecken sie irgendwelche Hinweise auf weitere Räumlichkeiten, zu denen Scheffler Zugang hat, oder einen Schrebergarten, eine Garage, irgendetwas. Offiziell haben sie dazu keine Papiere gefunden. Aber das muss nichts heißen. Sie müssen das Versteck von Bianca finden!

Ein Beamter hat die Wohnungstür aufgefräst und steht in Alarmbereitschaft, falls weitere Hindernisse ihnen den Weg versperren. Zwei uniformierte Beamte halten Wache im Treppenhaus, damit nicht irgendwelche neugierigen Nachbarn die Aktion stören oder sogar gefährden können. Emma hat außerdem Plathe dazu gebeten, falls sie die tödlichen Tiergifte oder andere gefährliche Substanzen entdecken und womöglich

Blutspuren. Oder, was irgendein gnädiger Geist verhindern möge, Leichenteile oder sogar die tote Bianca Martinek.

Vor dem Haus warten in einem Rettungswagen zwei Notärzte in Bereitschaft, die sofort eingreifen können, wenn sie Bianca lebend finden sollten. Emma geht davon aus, dass ihre Kollegin und Freundin dann unmittelbar Hilfe braucht. Zumindest wird sie dehydriert sein, vielleicht Schlimmeres. Plathe hat darüber hinaus geregelt, dass sein Kollege und Experte für exotische Gifte in Frankfurt ständig erreichbar ist. Wer weiß, ob sie dringend seinen Rat brauchen, wenn es um Antiseren beispielsweise gegen seltene Schlangengifte geht.

Die herumliegenden Splitter der aufgefrästen Wohnungstür knirschen unter den Stiefeln der Ermittler, als sie in die mit anthrazitfarbenen Fliesen ausgelegte rechteckige Diele treten, von der ein großer Wohnraum sowie ein Flur abgehen, der wiederum zu weiteren Zimmern führt. Auf ein Zeichen von Emma nimmt sich ein Kollege zunächst einen Raum vor, der offensichtlich als Arbeitszimmer genutzt wird. Max Vollertsen steigt zusammen mit einem anderen Beamten die Treppe hinunter, um den Keller zu durchsuchen. Sie selber und Kenan Arslan inspizieren die anderen Zimmer der Wohnung: den Wohnbereich mit Kamin sowie mit integrierter, luxuriös ausgestatteter Küche, das Schlafzimmer und ein Zimmer, das offenbar als Medienraum genutzt wird. Es ist eingerichtet mit Regalen, einem halbmondförmigen Sofa aus anthrazitfarbenem Nappaleder, einer großen Leinwand fürs echte Kinofeeling und einem Beamer der neuesten technischen Generation, wie Kenan auf einen Blick erkennt. An einer der Wände stapeln sich in schwarz glänzenden Regalen wohl um die Hunderte Blu-ray-Filme. Action, Science Fiction, Splatter, Pornographie, ganz wie Kenan es erwartet hat, darüber hinaus Sammlungen von BBC-Dokumentationen zu Themen wie Archäologie oder Fernreisen sowie naturwissenschaftliche Filme.

Ein breites Bücherregal und ein Schrank wecken Kenans besonderes Interesse. „Das müssen Sie sich ansehen", ruft er Kai Plathe zu, der gerade den Medizinschrank im Badezimmer in Augenschein nehmen will. Einen Augenblick später stehen sie beide staunend vor einem Vitrinenschrank, in dem diverse

Messer offenbar japanischen Ursprungs aufbewahrt sind. Und in dem Regal finden sie mehrere Meter sehr spezieller Literatur. Biologie, Zoologie, Giftkunde, Anatomie, Botanik, Toxikologie …

Allmählich wird klar, woher Raptor sein geballtes Wissen insbesondere über Gifte bezogen hat. „Das hier ist fast so umfangreich wie unsere Sammlung von Fachbüchern, die wir im Institut für Rechtsmedizin haben." Kai zieht einen dicken Band heraus. „Die Welt der Gifte" zeigt auf dem Cover Fliegenpilze. Sofort fühlt er sich an einen Fall erinnert, bei dem eine Frau ihren Mann mit einer angeblichen Champignoncremesuppe, tückisch angereichert mit einer ordentlichen Menge Knollenblätterpilze, um die Ecke bringen wollte. Der Mann konnte glücklicherweise gerettet werden. „Gift: Die Geschichte der Giftmörder und Gifte von Arsen bis Zyankali" heißt ein anderes Buch, dessen Cover eine stilisierte Schlange, Pfeilgiftfrösche und Pflanzen zeigt.

Emma öffnet derweil die Tür zu einem Raum, der sie an ein modern ausgestattetes Fitnessstudio erinnert: Crosstrainer, Rudermaschine, Laufband, diverse Hanteln, Drückbank, Fitnessturm, alles vom Feinsten. Raptor scheint wenig vom Joggen an der frischen Luft, umso mehr vom Training in den eigenen vier Wänden zu halten. An zwei der weiß gestrichenen Flächen sind in speziellen Halterungen mehrere Samuraischwerter befestigt. Da haben sie es wieder, überlegt Emma: Raptors Faible für Japan, das deutlich mit dem speziellen Tattoo sowie dem Kugelfischgift korrespondiert. Die Kommissarin sieht sich weiter um. Hier gibt es ebenfalls Beamer und Leinwand, letztere allerdings etwas kleiner als die im Medienraum, sowie Unmengen von Blu-rays. Sie würden sich das ein andermal genauer anschauen.

Jetzt hat Priorität, nach geheimen Winkeln oder Abseiten zu fahnden. Selbstredend, dass die Seite, die komplett mit bodentiefen Fenstern und Blick auf einen gepflegten Garten ausgestattet ist, dafür nicht infrage kommt. Emma tastet und klopft gegen die anderen drei Wände. Doch da ist nichts, das verdächtig oder gar hohl klingt. Emma lauscht noch einmal angestrengt, ruft mehrfach Biancas Namen. Da ist keine Antwort, kein Rufen, nichts. Nur der Autoverkehr von der viel befahrenen Elbchaussee ist hier zu hören – und das anhaltende Dröhnen des Presslufthammers.

Die Kommissarin tritt zurück in den Flur und nimmt sich nun zusammen mit Kenan den Wohnraum vor. Schwarz, weiß und Chrom: Abgesehen von dem hellen Pitchpine-Boden scheint es kaum andere Farbnuancen zu geben. Alles ist stylisch, aber zugleich kühl und unpersönlich, wie Emma findet. Nicht einmal der ganz dezente Duft nach Zimt, der offenbar von drei Kerzen auf dem schwarzen Couchtisch stammt, oder der gemauerte Kamin schaffen eine Atmosphäre, die die Bezeichnung Flair verdient hätte. Allein an der Wand gegenüber der Fensterseite hängt eine mächtige, gut gemachte Kopie von van Goghs „Sternennacht". In klaren Nächten könnte das Gemälde beinahe wie ein Spiegelbild des Naturschauspiels wirken, das sich beim Blick aus den Fenstern eröffnet. Fasziniert sieht Emma auf die Elbe, die sich von hier aus, aus der erhabenen Perspektive im dritten Stock, wie ein breiter, grau-blaugrün-melierter glitzernder und mit weißen Tupfern verzierter Teppich ausnimmt. Wunderschön.

Doch schon nach zwei Sekunden reißt sich Emma von dem Ausblick los. Die Zeit drängt. Systematisch durchsuchen sie und Arslan den etwa fünfzig Quadratmeter großen Wohnbereich, öffnen Schränke und Schubladen, klopfen und tasten Wände ab. Auch hier ist nichts, ebenso wenig finden sie Kameras oder Mikrofone. Jetzt wollen sie sich die Küche vornehmen, wo Kai Plathe schon auf sie wartet, nachdem er zuvor seine Aufmerksamkeit dem Medizinschrank im Badezimmer gewidmet hat.

„Es gibt dort hinter einer Kachel eine Öffnung, die offenbar als Geheimfach genutzt wurde", berichtet der Rechtsmediziner. „Vielleicht hat Scheffler dort ja mal eins der Gifte gelagert. Aber jetzt ist das Fach leer."

„Trotzdem sollte die Spurensicherung da später noch mal ganz genau reinschauen", ordnet Emma an. „Gab es dort sonst noch etwas Interessantes?"

Plathe winkt ab. „Nur das Übliche. Verbandszeug, ein leichtes Schlafmittel, Paracetamol, solche Sachen. Nichts, was irgendwie aus dem Rahmen fällt. Aber es gibt da Flaschen mit einer klaren Flüssigkeit, angeblich Haarwasser. Das schicke ich lieber ins Labor, damit wir wissen, ob da nicht etwas ganz anderes verborgen ist. Und ich habe einige Verfärbungen auf dem Fußboden des Arbeitszimmers entdeckt, die sich als Blutspuren herausstellen könnten. Da werde ich noch einen Abrieb machen und ins Labor geben. Später müssen wir sowieso noch einmal alle Räume mit Luminol absprühen. Wenn es alte Blutspuren gibt, werden wir die ganz sicher finden, egal wie intensiv die Reinigungsarbeiten waren."

Plathe deutet auf den Kühlschrank. „Außerdem ist das hier ungewöhnlich. Ein elektrisches Spezialschloss, das die Tür sichert! Sie ist durch den Stromausfall natürlich blockiert." Emma winkt den Kollegen mit der Fräse heran, der sich an die Arbeit macht. Sekunden später ist das Schloss überwunden.

Plathe öffnet den Kühlschrank, blickt interessiert hinein – und stößt einen Pfiff aus. Emma tritt hinzu und erkennt, was das Erstaunen des Rechtsmediziners ausgelöst hat: In einer rechteckigen Schatulle aus weißem Plastik stehen säuberlich aufgereiht zwei mal vier Fläschchen, wie Emma sie aus den Nachrichtensendungen kennt, als über Monate jeden Abend über Impfungen gegen das Corona-Virus berichtet wurde. Nur dass diese Glasbehältnisse alles andere als segensreiche Vakzine enthalten. Plathe nimmt mit seinen in Plastikhandschuhen steckenden Händen die Fläschchen nacheinander heraus und entziffert die in zierlichen Druckbuchstaben beschrifteten Etiketten: „Kugelfisch, Brasilianische Wanderspinne, Puffotter", liest er vor. „Puffotter, das könnte eines der Gifte sein, die wir noch nicht identifiziert haben."

Die anderen fünf Glasbehälter enthalten laut Aufschrift Australische Brennnessel, Pfeilgiftfroschgift, Blauer Eisenhut, Würfelqualle, Australischer Inlandtaipan. „Inlandtaipan, nie gehört." Kenan Arslan zuckt mit den Schultern.

„Das ist die giftigste Schlange der Welt. Man nennt sie auch Schreckensotter." Plathe hat das letzte Fläschchen wieder in die Schatulle zurückgeräumt und packt das ganze Ensemble vorsichtig in eine Tasche, er wird es später im Labor von Professor Mechtermann analysieren lassen. „Eigentlich ist diese Schlangenart eher unaggressiv", erklärt Kai. „Aber wenn sie sich bedroht fühlt und eine Flucht unmöglich ist, kann ihr Biss zur tödlichen Waffe werden – sogar für den Menschen."

Er streicht sich nachdenklich über seinen Dreitagebart. „Es ist wirklich erstaunlich, wie Raptor an diese gefährliche Sammlung gekommen ist. Mein erster Eindruck ist, dass er sich tatsächlich acht der weltweit tödlichsten Tier- und Pflanzengifte verschafft hat. Und was mir zu denken gibt: Sechs der Fläschchen sind nicht einmal halb voll. Wohlgemerkt sechs! Und wir wissen bisher von vier ermordeten Frauen, die Raptor mit Gift getötet hat. Die Frage ist: Gibt es eine fünfte und eine sechste Leiche, von der wir noch nichts wissen? Oder hat Scheffler von dem Gift etwas bei sich, nach dem Motto: allzeit bereit?"

„Wir müssen beide Möglichkeiten in Betracht ziehen." Emma schaut entschlossen drein. „Wenn er wirklich eine Ampulle bei sich hat, müssen wir das unbedingt bei der Festnahme bedenken. Es könnte gefährlich werden." Sie reckt das Kinn nach vorn. „Wir müssen weitermachen", drängt die Kommissarin jetzt. „Wenn wir im Keller und in der Garage ebenfalls nichts finden, müssen wir unseren Radius deutlich erweitern."

Vielleicht hat Raptor sie ja überrascht und doch nicht als „einsamer Wolf" gehandelt, der niemandem traut und alles unter Kontrolle haben muss. Aber weitere Büroräume, ein Ferienhaus, eine zusätzliche Wohnung oder einen Lagerraum: Es gibt nichts, was auf seinen oder den Namen seiner Frau läuft, nicht einmal eine Garage. Sollte er trotzdem noch ein geheimes Versteck haben? Und einen Gefolgsmann, der ganz woanders die Bewachung übernimmt? Jemanden, der Raptor bedingungslos gehorcht, so wie Steffen Krüger es offenbar getan hat?

Zunächst aber müssen sie das Zuhause von Raptor zu Ende prüfen. Sie weist Kenan an, sich die Tiefgarage anzuschauen, während sie und Plathe die vier Stockwerke in den Keller hinuntersteigen. Der Raum hinten rechts gehört laut Gebäudeplan zur Wohnung von Scheffler.

„Max, wir kommen", ruft sie ihrem Kollegen Vollertsen entgegen. Keine Antwort. Sie ruft noch einmal seinen Namen, lauter diesmal. Ihr Kollege reagiert immer noch nicht. Sie erreichen die stählerne Tür und erstarren, als sie den Mann sehen.

Sein Gesicht sieht im Schein der Deckenlampe gräulichweiß aus, seine Augen scheinen starr. Er wirkt wie eingefroren.

Nein, bitte nicht! Emma hält vor Schreck den Atem an. Eine Stromfalle? Hat Raptor sein nächstes Opfer gefunden? Im nächsten Moment stößt sie erleichtert die Luft aus, als sie sieht, wie sich Vollertsens Brustkorb hebt und senkt.

Langsam scheint sich die Starre aus seinem Körper zu lösen. „Ich bin ja schon lange dabei", setzt er an. Seine Stimme klingt belegt, er spricht so leise, dass Emma genau hinhören muss. „Aber so etwas habe ich noch nicht gesehen." Er deutet mit dem Kopf auf zwei große Gefriertruhen, die nur einen Meter von ihm entfernt an der Wand stehen. „Es ist die linke", flüstert er.

Kai tritt an das Gerät heran, das wie der Kühlschrank in der Wohnung und die rechte Truhe durch ein elektrisches Schloss gesichert gewesen ist, das Vollertsen allerdings mit einem kräftigen Seitenschneider hat öffnen können. Kai klappt den Deckel hoch und blickt in die Truhe, die fast bis oben hin mit durchsichtigen Päckchen gefüllt ist. „Knie" steht auf einem, das obenauf liegt, „Magen" lautet das Etikett eines anderen. Er greift sich mehrere weitere, sieht sie kritisch an, liest die Beschriftungen. Für Emma hört es sich so an, als spreche er vor sich hin oder addiere irgendetwas. Sie wartet, bis er mit seiner geheimnisvollen Analyse fertig ist. „Wie ich es mir gedacht habe", sagt Kai schließlich, sieht dabei aber keinesfalls triumphierend drein, noch nicht einmal zufrieden. Sondern eher nachdenklich, vielleicht sogar traurig, findet Emma. „Wir haben hier die vielfältigen Reste einer sehr speziellen Sammlung. Das ist Raptors Totenpuzzle."

## KAPITEL 62

Er fliegt also Business. Und seine Platznummer ist die 6 C. Es ist nicht schwierig gewesen, über die Fluggesellschaft herauszufinden, auf welcher Maschine Lukas Scheffler gebucht ist und wann er in Frankfurt landet. Lukas Scheffler: Emma hat sich in den vergangenen Stunden und Tagen angewöhnt, den Serienmörder, der ihnen nun endlich ins Netz gehen soll, nicht mehr Raptor zu nennen. Jetzt, wo sie seine wahre Identität kennen, erscheint es ihr unangemessen, seinen von ihm gewählten Kampfnamen weiter zu verwenden. Es ist ihr geradezu zuwider, denn es klingt, als würden sie seiner huldigen. Nichts liegt ihr ferner.

Am frühen Morgen um 6.05 Uhr soll der Flieger aus Dubai auf Deutschlands größtem Airport landen. Es wird für den Architekten ein böses Erwachen werden. Anstatt zu Hause irgendwelche neuen Projekte oder Vertragsabschlüsse mit Champagner und Hummer zu feiern, wie es sein Plan gewesen sein mag, wird er von einem Spezialkommando in Empfang genommen, mit Handschellen gefesselt und unter strenger Bewachung nach Hamburg gebracht werden. Und dort erwartet ihn eine vergitterte Unterkunft, die wahrlich keinen Sieben-Sterne-Service bietet, wie er es im Hotel Burj al Arab in den Vereinigten Arabischen Emiraten genossen hat. Die Unterbringung auf Staatskosten wird sehr wahrscheinlich bis an sein Lebensende gesichert sein.

Zunächst aber, unmittelbar nach der Verhaftung des Serienmörders, muss Emma noch aus ihm herausquetschen, wo er Bianca Martinek versteckt hat. Zweiundzwanzig Stunden liegt es jetzt zurück, dass Emma und ihr Team Schefflers Wohnung sowie den Keller zentimeterweise intensiv abgeklopft und durchsucht haben, ohne die Kollegin zu finden. Sie haben daraufhin alle möglichen Optionen durchdacht, den Einsatz von Spürhunden und Hubschraubern mit Wärmebildkameras zum Beispiel oder ein Georadar. Doch sie brauchen zunächst einen Ansatz, wo sie suchen sollen. Und den gibt es bisher nicht. Es ist zum Verzweifeln!

Emma weiß, dass ihr die Zeit davonrennt. Sie müssen Druck auf Lukas Scheffler ausüben, sie müssen ihm zusetzen. Irgendwie müssen sie ihm das Geheimnis entlocken. Es ist lebenswichtig.

Die Kommissarin und ihre Kollegen haben abends um 22 Uhr den ICE von Hamburg nach Frankfurt genommen, um am Flughafen für einen angemessenen Empfang von Scheffler rechtzeitig anzukommen. Allein Kenan Arslan hat in Hamburg bleiben wollen. Er will alles versuchen, um doch noch einen Hinweis zu finden, wo Bianca gefangen gehalten wird. Die anderen sitzen jetzt zusammen mit Emma im Großraumwagen. Und ein Blick in ihre Gesichter zeigt der Kommissarin, dass die anderen Ermittler ebenso müde aussehen, wie sie sich fühlt, mit zerknitterter Kleidung und bleicher Haut und deutlichen Ringen unter den Augen. Max Vollertsen ist bei ihr sowie drei weitere Kollegen, die in den vergangenen Tagen ihr engstes Team unterstützt haben. Und sogar Oliver Neumann hat sich freiwillig gemeldet und drauf bestanden, mitzukommen. „Ich könnte", hat er vorgeschlagen, „mir auf dem Rückweg schon mal Raptors Smartphone vornehmen. Vielleicht finde ich ja etwas, das uns einen brauchbaren Hinweis gibt."

Jetzt, da sie am Frankfurter Flughafen an strategisch günstigen Stellen Position bezogen haben, wirkt jeder aus ihrer Truppe wieder hellwach und hochkonzentriert. Sobald Lukas Scheffler aus der Fluggastbrücke ins Gebäude tritt, soll die Festnahme erfolgen, unterstützt von Spezialisten des MEK, die versteckt im Hintergrund lauern. Der Zugriff wird vom Leiter der Einsatztruppe koordiniert, der über Funk und mit einstudierten Handzeichen die Kommandos gibt. Hier wird nichts schiefgehen. Außerdem haben sie sich doppelt abgesichert. Emma und ihre Vorgesetzten haben entschieden, dass es sicherer ist, den Serienmörder jetzt in der finalen Phase permanent zu überwachen. Noch bevor die Hausdurchsuchung stattgefunden hat, sind deshalb zwei Zielfahnder des LKA nach Dubai geflogen, um nach einer Übernachtung in der Metropole – nicht in einem Sieben-, sondern in einem Vier-Sterne-Hotel – mit derselben Maschine wie Scheffler nach Frankfurt zurückzureisen.

Es ist Konsens bei der Polizeiführung gewesen, dass ihr Zielobjekt von der Observation möglichst nichts mitbekommen soll. Unmittelbar bevor der Flieger in Dubai gestartet ist, hat Emma von ihren LKA-Kollegen die letzte Kurznachricht per Handy bekommen. Darin heißt es, dass Scheffler offenbar nicht nur ahnungslos, sondern sogar in bester Stimmung gewesen ist und sich einen doppelten Scotch und ein Beeftatar bestellt hat. Das dürfte sein letztes Edelessen und der letzte Alkohol für eine sehr lange Zeit werden, hat Emma grimmig gedacht.

Die LKA-Beamten, die zur Tarnung als gewöhnliche Geschäftsreisende unterwegs sind, haben von ihren Sitzen in der ersten beziehungsweise zweiten Reihe der Economy Class immer nur dann einen Blick auf den Platz von Raptor werfen können, wenn die Stewardess für das Servieren von Drinks oder einem Essen den trennenden Vorhang zwischen den beiden Klassen geöffnet hat. Oder auch wenn einer der Zielfahnder die vorderen Waschräume aufgesucht und dabei kurz in die Business Class geschaut hat. Wer die Männer während des Fluges beobachtet hat, muss auf die Idee kommen, dass beide unter Blasenschwäche leiden, so oft wie sie Richtung Toiletten unterwegs gewesen sind. Aber sei's drum. Was die anderen Passagiere denken, kann ihnen egal sein. Hauptsache, Scheffler schöpft keinen Verdacht.

Ein doppelter Piepton signalisiert jetzt der Kommissarin, dass von den Kollegen aus dem Flugzeug die nächste SMS eingegangen ist. Und nicht nur bei ihr, sondern vor allem bei dem Leiter der MEK-Beamten vor Ort: Sie wissen nun, dass der Jet in Frankfurt gelandet ist. Es wird noch etwa fünfzehn Minuten dauern, bis die ersten Passagiere die Fluggastbrücke durchschritten und das Gebäude erreicht haben. Die Kommissarin checkt erneut, dass Max, die anderen drei Kollegen und Oliver Neumann auf ihren verabredeten Positionen sind. Das MEK ist sowieso bereit.

Emma spürt, wie sich ihr Puls beschleunigt, angetrieben von dem Adrenalin, das durch ihre Adern rauscht. Ihre Augen verengen sich zu Schlitzen, als sie schließlich Lukas Scheffler erspäht. Er trägt ein hellblaues Oberhemd und einen Seidenschal, hat ein beiges Sakko über dem Arm und zieht ein Bordcase hinter sich her. Der Hamburger scheint es nicht besonders eilig zu haben. Sein Anschlussflug in die Hansestadt würde erst in vierzig Minuten starten.

Doch den wird er definitiv verpassen. Wie aus dem Nichts tauchen vor und neben ihm vier MEK-Männer auf. Emma sieht, wie innerhalb von Sekundenbruchteilen Schefflers entspannter, selbstzufriedener Gesichtsausdruck wie weggewischt ist und eine Mischung aus Verblüffung und Zorn seine Züge verhärtet. Jeder Gedanke an einen Fluchtversuch wird von den MEK-Spezialisten im Keim erstickt. Mit eisernem Griff packen sie seine Arme, bringen den strampelnden und vor Wut keuchenden Mann zu Boden und legen ihm Handschellen an.

Dann zerren sie ihn wieder in die aufrechte Position, kein bisschen zaghaft, wie Emma zufrieden feststellt. Einer tastet den Gefangenen routiniert ab und fördert Brieftasche, Handy und Schlüsselbund zutage. Mit zwei Schritten ist Emma vor ihm und blickt ihm fest in die Augen. „Lukas Scheffler, Sie sind verhaftet!"

Sein Gesicht ist jetzt rot vor Zorn. In seinen Augen blitzt die blanke Wut. Er macht Anstalten, nach ihr treten zu wollen. Doch Emma weiß, dass er sie aus dem Griff der MEK-Männer nicht erreichen kann. Mit kühlem Blick mustert sie den Verbrecher, den sie wochenlang gejagt hat. Dann wendet sie sich wortlos ab und hört nur noch, wie Scheffler keucht und tobt. Sie beugt sich herunter zu dem Sakko, das er hat fallen lassen und das jetzt als unordentliches Bündel vor ihr liegt. Sie hebt das Jackett auf und tastet es ab. In der linken Innentasche fühlt sie einen länglichen Gegenstand und zieht ihn hervor. Es ist eine kleine Spritze, die statt einer stählernen Nadel eine entsprechende Vorrichtung offenbar aus Kunststoff hat – weshalb sie von den Metalldetektoren nicht hat erkannt werden können. In der Spritze wabert eine klare Flüssigkeit. Emma hat ein sicheres Gespür, was genau das sein könnte: eins der beiden Gifte, die bei der mörderischen Sammlung in Schefflers Kühlschrank gefehlt haben. Vielleicht hat er es genau für einen solchen Fall seiner Festnahme bei sich gehabt, um Suizid begehen zu können?

So nicht! Emma wirft dem Mann, der so lange sein Unwesen getrieben hat und der jetzt abgeführt wird, einen lodernden Blick hinterher. So schleichst du dich nicht davon!

## KAPITEL 63

Ihr Plan hat funktioniert. Generalstabsmäßig. Raptor ist ihnen in die Falle getappt. Endlich haben sie die Kontrolle zurück. Und der Serienmörder hat ausgespielt.

Aber sie sind noch lange nicht am Ende. Wird Lukas Scheffler sprechen? Gibt er auf? Wird er ein Geständnis ablegen? Und vor allem: Werden sie aus ihm herausbekommen, wo er Bianca Martinek gefangen hält? Die Zeit rennt ihnen davon. Oder ist Bianca vielleicht schon ...? Emma mag diese Überlegung nicht zu Ende denken. Es würde zu sehr wehtun. Und es würde sie lähmen. Dabei braucht sie weiterhin ihre ganze Energie. Sie muss konzentriert und fokussiert arbeiten, jetzt vielleicht noch mehr als ohnehin schon.

Es liegt auf der Hand, dass Scheffler sofort nach Hamburg überstellt werden muss. Ebenso ist klar, dass sie nicht eine Minute ungenutzt verstreichen lassen dürfen, um ihn zu vernehmen. Emma hat beschlossen, bereits während des Gefangenentransports mit der Befragung zu beginnen. Der Transfer wird daher ausnahmsweise nicht mit einem Fahrzeug stattfinden; solche Transporte dauern manchmal tagelang, bevor sie ihr Ziel erreicht haben. Sie wollen den Verhafteten vielmehr auf dieselbe Weise nach Hamburg bringen, wie sie nach Frankfurt angereist sind, im ICE. Dafür wird jetzt ein Waggon zusätzlich angehängt, der von schwer bewaffneten Beamten des MEK in Kampfanzügen abgesichert ist. Sie haben dies minutiös geplant.

Über die Katakomben des Frankfurter Flughafens schaffen sie ihren Häftling zum Tiefbahnhof am Flughafen. Dabei sind ihm nicht nur Handschellen angelegt worden, sondern auch die Füße sind in Fesseln. Das Spiel der Kette zwischen den Beinen erlaubt dem Gefangenen nur kleine Trippelschritte, jeder begleitet von einem leichten Klirren. Emma und Max Vollertsen beobachten, wie Lukas Scheffler mehr stolpert als geht, und werfen einander vielsagenden Blicke zu. Max hebt spöttisch die Augenbrauen. Stehen ihm gut, die Fesseln, glaubt Emma aus der Mimik des Kollegen zu lesen. Sie kann ihm nur zustimmen.

Während der Gefangene unbeholfen die Stufen in den Zug hochsteigt, vor ihm und hinter ihm zwei MEK-Beamte, wirft er Emma einen wütenden Blick zu. Will er sie damit einschüchtern? Das wird ihm nicht gelingen. Nun sitzen sie am längeren Hebel.

Zunächst aber sitzen sie gemeinsam am Tisch, konkret an einem Vierertisch im Großraumwaggon, auf der einen Seite die Kriminalhauptkommissarin und daneben Max Vollertsen, gegenüber Lukas Scheffler, direkt neben ihm ein MEK-Beamter. Drei weitere haben an dem Tisch auf der anderen Seite des Ganges Platz genommen und lassen den Mörder keine Sekunde aus den Augen. So wie auch Emma den Verbrecher unverwandt fixiert. Sie würde sich wünschen, dass der Tisch tiefer ist, die Distanz zu dem Mörder größer als diese grob geschätzten 80 Zentimeter, die zwischen ihnen liegen. Aber Emma weiß, dass sie ihre Körpersprache und ihre Mimik gut beherrschen kann. Scheffler soll nicht merken, wie sehr es sie anwidert, diesem Mann so nah zu sein. Körperlich zumindest.

Emotional trennen sie Lichtjahre.

Alles andere hätte Emma auch überrascht. Jemand wie Lukas Scheffler, der kalt lächelnd mordet, der sich daran außerdem weidet und sich mit seinen Taten brüstet, ist ihr gefühlsmäßig so fremd wie ein Wesen aus der Tiefsee. Nein, sie korrigiert ihre Gedanken. Damit täte sie den Riesenkalmaren, den Anglerfischen und vielen anderen Tieren Unrecht. Die töten nur, um sich zu ernähren und am Leben zu bleiben – und nicht aus purer Mordlust.

Etwas allerdings hat Scheffler mit den Fischen gemeinsam. Er ist stumm geblieben. Daran hat die rund vierstündige Zugfahrt nichts geändert, in der sie versucht haben, ihn zum Sprechen zu bringen. Schon während sie ihm nochmals informatorisch seine Rechte erklärt haben, haben sie außer einem Kopfschütteln kaum Reaktion von ihm bekommen. Er hat nur kurz mit einem Rechtsanwaltsbüro in Hamburg telefoniert und verlangt, dass ein ganz bestimmter Verteidiger zu seiner Vorführung mit ins Untersuchungsgefängnis kommt. Aber alle Fragen nach dem Verbleib von Bianca Martinek, gleichgültig, ob sie drängend waren, bittend, an sein Mitgefühl appellierend oder drohend, hat er unbeantwortet gelassen.

Er hat den Gelangweilten gegeben, als tangiere ihn das alles nicht einmal peripher. Die Augen manchmal halb zu und gelegentlich vollständig geschlossen, hat er wohl immer wieder den Eindruck erwecken wollen, als nicke er ein. Doch Emma lässt sich von dieser scheinbar gelassenen Fassade nicht täuschen. Sie ist sicher, dass es tief in seinem Inneren brodelt, vermutlich mit einer Mischung aus unbändigem Zorn auf sie, die sie ihm gegenübersitzen – und aus Entsetzen über das, was ihm bevorsteht.

Emma könnte das knapp beschreiben: viele Stunden des Tages auf acht Quadratmeter Lebensraum reduziert, Gemeinschaftsdusche, Essen von übersichtlicher Qualität, ein durchgetakteter Tagesablauf. Und jede Menge Menschen, die volle Kontrolle über ihn haben, die entscheiden, was er zu tun und zu lassen hat. Er ist nicht mehr sein eigener Herr, sondern ein Gefangener. Aber damit steht er noch unendlich viel besser da als jene, die er zu seinen Opfern gemacht hat. Die er ermordet und anschließend zerstückelt hat.

Seine Verweigerungshaltung ist nicht ganz unerwartet gekommen. Dennoch sackt Emma Claasen innerlich etwas in sich zusammen. Raptor ist eine harte Nuss, darüber hinaus eine gefährliche Mischung von Kälte, Zynismus und Angriffslust. Für Polizei und Staatsanwaltschaft ein scharfsinniger Kontrahent. Aber die wichtigste Frage ist jetzt: Was ist mit ihrer Kollegin und Freundin? Was hat Scheffler ihr angetan? Und was hat er noch an Sicherungen eingebaut? Wird es ihm gelingen, sogar aus der Untersuchungshaft und Isolation heraus Grausames in Bewegung zu setzen? Gibt es eventuell doch noch einen weiteren Täter? Bei der Operativen Fallanalyse wurde dies weitestgehend ausgeschlossen. Bei der Zerstückelungsarie an Anna Krüger hat Scheffler zwar gemeinsam mit deren Ehemann Steffen sein grausames Werk verrichtet, doch das ist eine besondere Situation gewesen.

Die übrigen Taten bringen nach Überzeugung der Psychologin keinerlei Hinweise auf weitere Täter. Lukas Scheffler tötet, um seinen Fetisch auszuleben. Ein zentraler Platz dafür scheint sein Keller zu sein. In dem dort vorhandenen Schrank hat Plathe an den vielfältigen Meißeln, Sägen, Zangen, Äxten, Messern und Beilen schon mit bloßem Auge Blutspuren entdecken können. Alles weitere hat die Spurensicherung übernommen. Sie werden in den nächsten Tagen wissen, welche dieser braunroten Spritzer und Tropfen vielleicht von Tieren stammen, welche von Menschen und ob Blut dabei ist, das sie den ihnen bekannten Opfern zuordnen können. Oder gibt es etwa weitere Leichen? Bei diesem Täter wollen sie keine Möglichkeit ausschließen. Sie können es nicht. Sie müssen darauf vorbereitet sein, weitere furchtbare Überraschungen präsentiert zu bekommen. Selbst hinter Gittern können die langen Arme des Bösen noch Unheil anrichten – indem Verbrechen offenbar werden, von denen noch niemand etwas gewusst hat.

Rätsel gibt der Schlüsselbund auf, den sie bei Schefflers Verhaftung gefunden haben. Alle bis auf einen Schlüssel an diesem Bund sind quasi selbsterklärend, die zum Penthouse, für den Keller, das Büro, das Haus, in dem seine Frau lebt, Wagenschlüssel. Das Übliche. Einer aber sieht von der Form her und bezüglich der Gestaltung seines Bartes verdächtig nach einem Sicherheitsschloss aus. Nur für welchen Safe – oder für welche Tür? Vielleicht wäre genau das der geheime Mechanismus, nach dem sie so dringend suchen.

Welche Trümpfe hält Raptor jetzt noch in der Hand? Von ihm erfahren sie es nicht. Auch die letzten Minuten während der Zugfahrt hält sich der Fünfundvierzigjährige bedeckt, Pokerface inklusive. Allein am Bahnhof Dammtor, wo sie mit einem Gefangenentransporter und mehreren zivilen Polizeifahrzeugen erwartet werden, die Raptor ins Untersuchungsgefängnis am Holstenglacis bringen sollen, kann Emma ein verräterisches Zucken um seine Mundwinkel wahrnehmen. In seinen Augen schimmert – was? Wut? Nein. Es ist Angst. Die Furcht vor dem, was auf ihn zukommt. Gefängnis bis ans Lebensende, hoffentlich.

Für Emma Claasen ist dies ein sehr langer Tag gewesen. Sie verabschiedet sich von ihren Kollegen und fährt nach Hause. Sie muss versuchen, wenigstens ein paar Stunden Schlaf zu finden. Am nächsten Tag muss sie wieder hundertprozentig auf dem Damm sein. Ihre Gedanken drehen sich im Kreis. Eigentlich zählt jetzt jede Stunde. Sie müssen Bianca Martinek schnellstmöglich finden. Aber wo sollen sie suchen? Emma hofft inständig, dass die Kollegen aus dem höheren Dienst, die inzwischen das Krisenteam im Präsidium eingerichtet haben, diese Nacht noch weiterkommen. Ihr Handy liegt in Reichweite auf dem Nachttisch.

In der Nacht hat sie Albträume. Sie sieht ihre Freundin mit kahl geschorenem Kopf in einer riesigen Höhle, die nur schemenhaft von einem offenen Feuer ausgeleuchtet ist. Die Höhle ist bevölkert von diversen giftigen Tieren, Skorpionen, Schlangen, kleinen Echsen, Fröschen und dazwischen auch einem großen Saurier. Während sich dieses Getier um Bianca herumschlängelt, liegt diese völlig regungslos, wie schlafend … oder vielleicht tot?

Emma wacht schweißgebadet auf. Es ist noch nicht einmal sechs Uhr, aber ihr ist klar, dass sie nicht wieder wird einschlafen können. Sie kocht sich eine große Kanne Kaffee. Essen kann sie jetzt nichts. Egal ob Brötchen, Müsli oder ein ordentlicher Obstteller: Alles würde ihr im Halse stecken bleiben. Ihr Handy ist in der Nacht stumm geblieben, keine Nachricht von den Kollegen. Aber irgendetwas Produktives muss sie jetzt unternehmen. Emma entschließt sich, trotz der frühen Stunde Kai Plathe anzurufen. Der Rechtsmediziner kennt die Taten und die Opfer von Raptor am besten und verfügt darüber hinaus über herausragende analytische Eigenschaften. Vielleicht hat er eine Idee, wie sie jetzt weiter vorgehen.

Kai nimmt bereits nach dem zweiten Klingeln ab. Seine Stimme ist selbst um 6.30 Uhr morgens von keinem Funken Müdigkeit getrübt. Im Gegenteil, er wirkt aufgekratzt, aber zugleich höchst nachdenklich.

„Ich habe, ähnlich wie Sie, hin und her überlegt", antwortet er, als Emma ihm erzählt, was sie umtreibt. „Ich denke, wir müssen nochmals das Penthouse, die Tiefgarage und die Kellerräume von Lukas Scheffler zentimeterweise absuchen. Ich weiß, dass die Polizei das sicher gründlich gemacht hat. Aber vielleicht ist trotz allem etwas übersehen worden. Unser Täter ist ein Kontrollfreak. Er hat alle Tatmittel, vor allem die tödlichen Gifte und die wissenschaftlichen Werke über diese Gifte, in seinem Verfügungsbereich gehabt. Diese Kontrolle hat er sicher niemals abgeben wollen."

Er unterbricht seinen Redefluss für einen Moment. Emma stellt sich vor, wie er gedankenverloren einen Becher Kaffee zum Mund führt. „Was mir durch den Kopf geht: Dieser Mörder könnte als Architekt seine beruflichen Fachkenntnisse und die ihm zur Verfügung stehenden baulichen Methoden genutzt haben, um sich abzuschotten. Er könnte besondere bauliche Maßnahmen vorgenommen haben. Wir müssen seine dunklen Geheimnisse genau dort suchen."

## KAPITEL 64

Die Straße liegt im goldenen Glanz von Lichterketten. Fast jedes Haus ist durch ihren warmen Schein herausgeputzt, und an Bäumen und Sträuchern in den Vorgärten strahlen die Leuchten wie funkelnde Perlenschnüre. Auf einem Grundstück steht ein lichterüberflutetes Rentier, in einem anderen Garten sind drei von elektrischen Kerzen übersäte lehnsesselgroße Sterne drapiert. In drei Tagen ist der erste Advent, und Emma wird bewusst, dass sie in den vergangenen Wochen überhaupt nicht an Weihnachten gedacht hat. Kein Wunder. In letzter Zeit hatte wirklich ein anderes Thema Priorität. Und jetzt gilt es, ihre Kollegin lebendig zu befreien.

In der Nacht sind die Temperaturen um einige Grad gefallen, und nun treiben Windböen einen unangenehmen Schneeregen fast waagrecht durch die Luft. Emma schlingt die Enden ihres langen Schals ein weiteres Mal um den Hals, um sich besser gegen die Kälte zu schützen. Doch es hilft nicht wirklich. Es sind nicht nur die niedrigen Temperaturen, die die Kommissarin frösteln lassen. Es ist auch die Anspannung.

Noch hat die Dämmerung nicht eingesetzt. Der Lärm des Berufsverkehrs brummt beständig, irgendwo bellt ein Hund. Es ist mittlerweile 7.45 Uhr geworden, als sich Kai Plathe und Emma Claasen an der Elbchaussee auf dem Grundstück von Lukas Schefflers Wohnung treffen. Emma hat wiederum Max Vollertsen mitgebracht sowie mehrere Beamte aus der Technikabteilung des Landeskriminalamts. Und Plathe hat sein kleines Team für Archäologie und Anthropologie aktiviert. Es ist Konsens unter den Ermittlern gewesen, dass unbedingt sämtliche alten Pläne der Region studiert werden sollten, vor allen Dingen die archivierten Pläne der Umbaumaßnahmen in dem Areal. Es gilt herauszufinden, ob Scheffler im Bereich dieses Grundstücks im Haus, in der Garage oder im Garten irgendwelche besonderen Baumaßnahmen hat durchführen lassen. Das Gleiche gilt für technische Einrichtungen.

Die Anthropologin Beate Wellmann hat mittlerweile ausführlich mit der Landesarchäologin telefoniert. Diese hat versprochen, sie würde umgehend alle alten Karten vom Elbufer heraussuchen, um genau festzustellen zu können, ob es vonseiten der Archäologie irgendwelche Besonderheiten unter der Erde gibt.

Sie überprüfen nochmals alle Türen im Kellergeschoss und in der Tiefgarage. Systematisch klopfen sie erneut alle Wände ab. Sie haben diesmal technisch weiter aufgerüstet und spezielle hochempfindliche Mikrofone dabei, mit denen sie alle nicht freistehenden Wände abhorchen. Außerdem kommen ein Georadar sowie ein transportables CT-Gerät des Zolls zum Einsatz, mit dem sie die Wände und den Fußboden durchleuchten können.

Bei der nachfolgenden Lagebesprechung, für die sie wieder vor die Haustür getreten sind, nimmt Emma den Schlüsselbund von Lukas Scheffler zur Hand. „Berücksichtigt man sämtliche Türen, Fenster und Schränke, dann bleibt der auffällige Sicherheitsschlüssel übrig, der in keines der Schlösser passt. Was hat es mit diesem Schlüssel auf sich?" Die Kommissarin sieht die anderen im Team nachdenklich an. „Wir haben jetzt alles auf links gedreht, alles mehrfach geprüft, oder?"

Noch während sie beratschlagen, klingelt das Telefon von Beate Wellmann. Sie geht ein paar Schritte zur Seite, um konzentriert zu telefonieren und die anderen nicht zu stören. Dann kommt sie wieder zurück. Sie wirkt angespannt und hat vor Aufregung gerötete Wangen.

„Vielleicht gibt es hier doch ein Versteck, das wir nur noch nicht gefunden haben. Die Landesarchäologin hat mir gerade detailliert erzählt, dass im Zweiten Weltkrieg in Hamburg an unterschiedlichen Stellen sogenannte Röhrenbunker errichtet wurden. Einen kann man beispielsweise noch in Eppendorf in der Tarpenbekstraße besichtigen. Der steht unter Denkmalschutz. In einem solchen Bunker konnten etwa fünfzig Personen Schutz finden, Schutz vor Splitter- und Brandbomben sowie Gasangriffen. Es heißt, die meisten Bunker wurden gesprengt oder zugeschüttet. Aber ..." Die Anthropologin deutet in Richtung Elbchaussee. „Einer dieser Schutzräume wurde 1940 hier am Elbufer gebaut, und zwar offenbar ganz in der Nähe dieses Grundstücks hier."

Die tiefere Botschaft hinter dieser Enthüllung wird Emma sofort klar. „Wenn dieser Bunker wirklich nur einige Meter entfernt endet, könnte Scheffler von dort aus einen Zugang zu seinem Keller geschaffen haben. Und das könnte das geheime Versteck sein!"

Beate Wellmann nickt so lebhaft, dass ihr langer Zopf auf und nieder tanzt. „Das ist sehr gut möglich. Wir müssen noch einmal überlegen, wo genau es hier einen Zugang zu diesem früheren Bunker geben könnte."

Emma stürmt als Erste zurück in den unterirdischen Raum, in dem sie zweieinhalb Tage zuvor schon einmal gewesen sind und wo sie die Gefriertruhe mit dem schauerlichen Inhalt gefunden haben. Obwohl sie den Keller gerade erst erneut abgesucht haben, muss hier einfach der Schlüssel zum Geheimversteck sein! Emmas Instinkt sagt ihr, dass sie mit dieser Vermutung richtig liegen. Irgendwo von hier aus muss es einen verborgenen Zugang zu einem Bunkerverlies geben.

Auf einmal kommt ihr eine Idee. Sie betrachtet einen riesigen Werkzeugschrank, der in dem Keller gegenüber von den Gefriertruhen eine ganze Außenwand einnimmt. Eigentlich haben sie sich das an der Wand verankerte wuchtige Möbelstück schon genau angesehen. Darin haben sie eine ganze Sammlung von Werkzeugen vorgefunden, außerdem haben im seitlichen Teil des Schranks einige Kittel sowie größere Plastikplanen gehangen. Sie haben diese beiseite geschoben und die metallische Rückwand mit ihren akustischen Verstärkern überprüft. Die Geräte haben keine Unregelmäßigkeiten angezeigt. Und trotzdem muss exakt hier der geheime Durchgang sein.

Emma reißt jetzt nochmals die beiden breiten Türen auf, die den seitlichen Teil der Schrankwand absperren. Zusammen mit den anderen zieht sie alle Kittel und Plastikplanen heraus und betrachtet die rückwärtige Schrankwand, die aus massiven Stahlplatten besteht. Die Anthropologin weist auf die Region hinter dem Schrank. Da müsste den historischen Plänen zufolge eigentlich die alte Röhrenbunkeranlage liegen.

Als sie daraufhin die Rückseite des Möbelstücks ein weiteres Mal genau in Augenschein nehmen, bemerken sie, dass die schweren Stahlplatten hier auf unsichtbaren Rollen gelagert sind. Man kann sie mit geringem Kraftaufwand und praktisch geräuschlos zur Seite schieben, sodass sie hinter der anderen Seite der Schrankwand verschwinden.

Dahinter blickt das Ermittlerteam auf eine solide Metalltür, deren Scharniere offensichtlich nach innen ausschlagen. Emma zieht das Schlüsselbund von Raptor aus der Tasche und steckt den Sicherheitsschlüssel in das Schloss. Er passt. Dahinter gibt es gleich links an der Wand eine Art Sicherungskasten mit diversen Schaltern, Sicherungen und Leuchtanzeigen. Außerdem befindet sich hier ein Lichtschalter. Als Emma diesen bedient, sieht sie vor sich einen drei bis vier Meter langen Gang, in den flackernde Neonröhren ein unruhiges Licht schicken. Die Überziehschuhe ihrer Spurensicherungsanzüge, die sie alle tragen, verursachen ein raschelndes Geräusch, während sie mit raumgreifenden Schritten den Gang durchmessen und zu einer weiteren Stahltür gelangen. Auch hier passt Raptors Schlüssel. Die Tür knarrt und quietscht, als sie sie aufschieben.

Emma vergisst jetzt alle Vorsicht. Sie stürmt in den Raum hinter der zweiten Stahltür, in den jetzt ein wenig Licht aus dem Gang hineinsickert. Die Kommissarin schaltet zusätzlich ihre Taschenlampe an und lässt den Strahl in einer Art Halbkreis durch den Raum wandern. Es muss sich tatsächlich um den Röhrenbunker handeln. Die Wände, vermutlich ursprünglich aus rauem Beton, sind mit Schichten aus Styropor und Pappe verkleidet. Ein Schallschutz.

Als Emma ihre Taschenlampe auf den Boden richtet, sieht sie eine zusammengekrümmte Gestalt liegen, auf einer Art Strohmatratze. Mit zwei Schritten eilt sie zu der reglosen Person und dreht vorsichtig deren Kopf und Hals etwas beiseite. Ein Großteil der Haare ist abgeschnitten. Und der Körper ist kalt und steif. Es ist Bianca. Emma weiß instinktiv, dass sich weitere Prüfungen von Puls und Atmung erübrigen. Ihre Kollegin, ihre Freundin lebt nicht mehr.

Als Gefangene feige getötet von Raptor, vermutlich kurz bevor er nach Dubai geflogen ist. Es ist wohl etwas gewesen, was er auf seiner teuflischen To-do-Liste noch abhaken wollte, sozusagen im Vorübergehen. Für ihn ist die ermordete Kommissarin wahrscheinlich nur ein Objekt, allenfalls vielleicht eine reizvolle Trophäe.

Für Emma hingegen ist es ein ungeheuer schmerzlicher Verlust. Später wird sie an diesen Moment als etwas zurückdenken, bei dem die Zeit stillgestanden hat. Bei dem alles eingefroren scheint. Für einen Augenblick sieht sie nichts mehr und hört nichts. Nicht die Kollegen, die aufgebracht durcheinanderrufen und nach dem Puls der reglosen Gestalt auf dem Boden tasten. Nicht das Brummen, das von irgendeinem elektrischen Gerät in diesem Bunker auszugehen scheint. Nicht ihren eigenen, stoßweise gehenden Atem.

In diesem Augenblick fühlt Emma sich wie in einer Blase, abgeschirmt von der Wirklichkeit. Betäubt.

Plathe ist dicht hinter der Kommissarin stehen geblieben. Er nimmt wahr, wie sie gleichsam erstarrt ist. Er schiebt sie jetzt beiseite und überprüft noch einmal die Vitalfunktionen der am Boden liegenden Frau. Es ist nichts mehr zu machen. Im Nackenbereich sieht er tiefblau-violette Leichenflecke. Der Körper ist leichenstarr.

„Sie ist vermutlich schon einige Tage tot. Verletzungen sehe ich keine." Mit seiner eigenen Taschenlampe leuchtet er Bianca Martineks Hals ab und untersucht ihre Augen. Es gibt auch keinerlei Merkmale, die auf eine Strangulation hindeuten würden. Kai dreht sich zu Emma um und registriert, wie fahl ihr Gesicht ist. Doch er ahnt, dass sie alles erfahren möchte, was ihr helfen kann, die Wahrheit zu verstehen. „Ich schätze, er hat bei Ihrer Kollegin ebenfalls mit Gift gearbeitet", sagt er behutsam.

Emma schluckt. Doch sie will sich nicht schonen. „Was können Sie mir sonst noch sagen?" Kai schüttelt den Kopf. „Eine Einstichstelle werde ich hier bei dem unzureichenden Licht nicht finden. Da müssen wir unsere Untersuchungen im Sektionssaal abwarten. Aber zunächst brauchen wir dringend die Spurensicherung."

Emma nickt matt. Eigentlich ist sie jetzt mit der Welt fertig. Aber dann strafft sie die Schultern, und ihre Hand umschließt die Taschenlampe noch fester. Sie muss sich noch einmal zusammenreißen. Das ist sie ihrer toten Kollegin schuldig. Sie sieht sich im Röhrenbunker weiter um, leuchtet zunächst nach oben. In der Decke sind zwei Lüftungsschächte mehr zu erahnen als zu erkennen, armiert mit einem starken Eisengitter. Darüber hinaus ist eine Stromleitung in der Decke des Bunkers verlegt. Von dort führt das Kabel an einer Wand entlang und schließlich zu einem großen rechteckigen Klotz im hinteren Teil des Bunkers.

Die Kommissarin tritt etwas näher heran. Das Gebilde erweist sich als eine leicht eingestaubte Tiefkühltruhe. Eine Anzeigentafel im Deckel, etwas verbogen und angerostet, zeigt deutlich erkennbar die Temperatur von minus 22 Grad. Emma versucht, den Deckel anzuheben, aber die Truhe ist verschlossen. Mit ein paar heftigen Tritten, genährt von Wut und Frust und Trauer, setzt sie dem Gerät zu. Es ruckelt ein wenig und scheint zu beben. Doch dann ist wieder alles still, bis auf das elektrische Brummen.

„Lassen Sie mich mal da ran!" Die Anthropologin ist neben Emma getreten und schiebt die Kommissarin sanft beiseite. In ihrem Handwerkeroverall hat Beate Wellmann mehrere unterschiedlich große Schraubendreher. Sie wirft einen kurzen Blick auf das Schloss der Tiefkühltruhe. Dann setzt sie ihren stabilsten Schraubendreher an und vollzieht eine kräftige Hebelbewegung. Gemeinsam mit Plathe stemmt sie den Deckel hoch, der sich mit einem saugenden Geräusch von den Dichtungen löst.

Das Erste, was zu sehen ist, sind wabernde Kälteschwaden. In der Tiefe der Kühltruhe, wie durch den eisigen Nebel weichgezeichnet, ist undeutlich eine dunkle Kontur zu erahnen. Eine menschliche Gestalt? Plathe macht sich jetzt mit der Anthropologin zusammen an dem tiefgefrorenen, steifen Gewebsblock zu schaffen. Es ist eindeutig ein menschlicher Körper. Eine Frau mit kurzen dunklen Haaren? Doch der erste Anschein dieser mit Frost überzogenen Figur trügt. Plathe lässt noch einmal seinen Blick über den schlanken Leib gleiten, der offenbar in Jeans und einem gelben Sweatshirt steckt. Jetzt hat sich der Kältenebel so weit verflüchtigt, dass auch das Gesicht in groben Schemen erkennbar wird. Es ist ein Mann.

Ein Mann? Sie haben mit allem gerechnet, aber das erstaunt sie. Wer kann das sein? Und wie ist es möglich, dass Scheffler, der ein so eindeutiges Beuteschema hat, hier vollkommen davon abweicht? Kai fertigt mit seinem Handy schnell ein paar Aufnahmen, um die Lage des Körpers zu dokumentieren, dann wuchtet er zusammen mit Beate Wellmann den Leichnam kurz hoch und blickt auf dessen Rücken. Hier wirkt die Oberbekleidung wie mit einer missglückten braun-roten Batik überzogen, sehr wahrscheinlich Blut. Plathe schießt erneut einige Fotos, vor allem von der Mitte des Sweatshirts, in dem ein Riss zu klaffen scheint. Von einem Messerstich? Oder, er erinnert sich an Schefflers Vorliebe für Japan, von einem Samuraischwert?

Sie lassen den Körper in die Kühltruhe zurückgleiten. Jetzt gibt Plathe die notwendigen Anweisungen, routiniert, professionell, effizient. Spurensicherung, Transport der Leichname in das Institut für Rechtsmedizin, CT-Untersuchungen, Sektionen, Sicherung aller Merkmale, um die Identität des unbekannten Toten zu klären: Hier kommt eine Menge Arbeit auf sie zu. Plathe wirft noch einen letzten Blick in die Truhe, entdeckt dabei in der hinteren Ecke neben dem rechten Fuß des Toten einen dunkelbraunen Gegenstand. Auch diesen fotografiert er, trennt ihn dann mit seinen Händen aus einer gefrorenen Schicht, wo das Objekt wie festgeklebt scheint. Es ist ein Portemonnaie, darin einige Münzen und ein paar Papiere, die vom Format her Geldscheine sein könnten, stark ramponiert durch die Temperaturen und die Trockenheit in der Gefriertruhe.

In einem separaten Fach steckt ein dünnes Rechteck aus Kunststoff, das sich als laminiertes Foto entpuppt. Um es auf keinen Fall zu beschädigen, haucht der Rechtsmediziner einige Male auf das entsprechende Fach des Portemonnaies. Nachdem er es vom gröbsten Frost befreit hat, löst er das Bild vorsichtig aus der Geldbörse. Er leuchtet mit der Taschenlampe direkt auf die Aufnahme und muss einen Augenblick warten, bis sich der Kältenebel verzieht und den Blick auf das Motiv freigibt. Das Bild zeigt zwei Männer, die sich einander zuwenden und offenbar mit einem Getränk anstoßen, vielleicht mit einem Bier. Es ist nicht genau zu erkennen, aber einer von ihnen könnte Lukas Scheffler sein, vielleicht fünf Jahre zuvor. Und der andere? Täuscht Plathe sich, oder ähnelt der andere Mann dem Serienmörder ein wenig? Kai schüttelt den Kopf. Wahrscheinlich sieht er schon Gespenster.

Für ihn gibt es noch viel zu tun. Ein „Cold case", im wahrsten Sinne des Wortes. Was hält dieser Fall noch an Überraschungen bereit? Sechs tote Frauen, acht Gifte und ein Täter, der offenbar mindestens einen weiteren Mord begangen hat. Es liegt jedenfalls nahe, dass der männliche Leichnam in der Gefriertruhe ebenfalls auf Schefflers Konto geht.

Diese Fragen werden sich später klären. Jetzt haben erst mal andere Dinge Priorität. Plathe dreht sich zu Emma um, die wieder neben dem Körper ihrer toten Freundin steht und ins Leere starrt. Er legt seinen Arm um ihre Schulter und dirigiert sie mit sanftem Druck aus dem Bunker und aus dem ganzen Keller hinaus.

Kaum haben sie den novemberkalten Himmel über sich, immer noch mit Schneeregen, schöpft Emma tief Atem. Sie will sich ihren Schutzanzug abstreifen, doch ihre schocksteifen Glieder wollen nicht recht mitmachen. Ungeduldig und mit ungelenken Bewegungen strampelt sie das Kleidungsstück ab, das dabei an mehreren Stellen einreißt. Wie eine Häutung, denkt Kai, als er Emma mitfühlend beobachtet. Erneut nimmt er sie in den Arm und registriert dabei, wie sie sich in ihrer Trauer an ihn schmiegt. Ein leichtes Zittern geht durch ihren Körper. Kai spürt mehr ihr unterdrücktes Schluchzen, als dass er es hört. „Bianca", stammelt sie. „Es tut so weh, sie zu verlieren."

Er wünschte, er könnte Emma irgendwie trösten.

## EPILOG

Vier Wochen später

Eine hauchdünne Eisschicht hat sich auf dem Plöner See in Ufernähe gebildet, wie ein filigranes, schimmerndes Seidentuch. Die Frosthaut ist hier und da durchbrochen oder zerfranst, nicht altersmüde, sondern wachsend. Ein hölzernes Ruderboot dümpelt an einem schmalen Steg, mit leichter Schlagseite und verwaist, als königsblauer Farbfleck vor der silbergrauen Seeoberfläche. Das mit leichtem Frost überzogene Schilf wiegt sich sanft in der Brise, ebenso wie die Flagge Schleswig-Holsteins, die an einem Fahnenmast auf einer Restaurantterrasse gehisst wurde.

Emma und Kai sitzen direkt am Wasser in diesem Lokal, das mit seiner riesigen gläsernen Front einen schönen Blick auf den Plöner See bietet. Sie haben sich entschlossen, hier ein sehr spätes Mittagessen einzunehmen – oder ein sehr frühes Abendessen, je nach Perspektive. Die Kommissarin hat Scholle bestellt, Kai gebratenen Lachs, und dazu genehmigen sie sich jeder ein Alsterwasser. In einer Stunde etwa, wenn die Dämmerung über der Stadt hereinbricht, werden die elektrischen Kerzen der Weihnachtsbeleuchtung an einer gut fünf Meter hohen Tanne und an diversen Laternen aufflammen und die Terrasse in ein warmes Licht tauchen.

So wie etwa zweihundert Meter entfernt am See jenes Haus schon festlich dekoriert ist, das Patricks neues Heim wird. Der Junge zieht zu seiner Tante, der Schwester seiner verstorbenen Mutter. Nachdem Sandra Korittge dem Jungen in den schweren Stunden während der Trauerfeier Rückhalt gegeben hat, hat sie den Neunjährigen während dessen Kur auf der Insel Juist für vier Tage besucht. Beide, die Vierundvierzigjährige und ihr Neffe, haben festgestellt, dass es ihnen guttut, miteinander Zeit zu verbringen. Die Tante verfügt über die gleiche Warmherzigkeit und Fürsorglichkeit, die auch ihre Schwester ausgezeichnet haben. Und sie kann Patrick damit genau das geben, was der Junge jetzt am nötigsten braucht: Nähe, Zuwendung, Stabilität.

Ein Nest.

Patrick und Sandra Korittge haben unterstützt von der Kinderpsychologin und den anderen Betreuern entschieden, seinen Aufenthalt auf Juist um eine Woche zu verkürzen, damit er Weihnachten schon in seinem neuen Zuhause feiern kann. Nach einer fast sechsstündigen Reise über die Nordsee und durch Niedersachsen in Begleitung seiner Tante ist der Junge am frühen Nachmittag am Hamburger Hauptbahnhof angekommen, wo Emma Claasen und Kai Plathe ihn und seine Verwandte abgeholt und gemeinsam nach Plön gebracht haben.

Alles, was Patrick an Kleidung, Spielzeug und Büchern besitzt sowie die restlichen Schulsachen, die er nicht mit auf Juist dabeihatte, sind bereits in sein neues Zuhause gebracht worden. Seine Tante hat ihm die Wahl gelassen, in welcher Farbe sein neues Zimmer gestrichen und wie es eingerichtet werden soll, und er hat sich für sonnengelbe Wände entschieden und einen taubenblauen Teppich. Er hat einen neuen Schreibtisch und einen Schrank bekommen sowie ein Hochbett. Jede

Menge Kissen, eine kleine Matratze und Kuscheltiere liegen bereit. Und wenn er die nachtblauen Vorhänge mit Basketballmotiven zuzieht, die seine Tante für sein Hochbett aus dem gleichen Stoff wie die Gardinen und die Bettwäsche genäht hat, hat er eine gemütliche Höhle.

An diesem Tag vor Heiligabend, als Sandra Korittge in Emmas und Kais Beisein dem Jungen sein neues Zuhause gezeigt hat, duftet die Küche nach Zimtsternen und Vanillekipferln, die seine Tante gebacken hat. Am Treppengeländer zum Obergeschoss windet sich mit roten Bändern, Kugeln und Kiefernzapfen verziertes Tannengrün, und im Wohnzimmer steht ein Weihnachtsbaum, ganz in Rot und Grün sowie mit Strohsternen geschmückt. Darunter liegen liebevoll verpackt Patricks Geschenke für den morgigen Abend bereit. Der Junge hat sich einen neuen Basketball und ein Puzzle gewünscht. Seine Tante hat außerdem einen Karton Lego Creator besorgt, aus dem drei unterschiedliche Piratenschiffe gebastelt werden können. Aber das alles darf erst Heiligabend ausgepackt werden. Die größte und schönste Überraschung allerdings ist ein Katzenjunges namens Fritzi gewesen, das Patrick in seinem neuen Zuhause erwartet hat. Es ist das erste Haustier, das er je in seinem Leben bekommen hat. Er hat sich unbändig gefreut und den kleinen Kater gleich mit in sein neues Zimmer geschleppt. Danach haben sie ihn oben sanft mit Fritzi sprechen gehört, aber auch glucksen und kichern.

Es ist der Vorschlag von Patricks Therapeutin gewesen, dem Neunjährigen eine Katze zu schenken. Seine Tante hat den Gedanken gleich umgesetzt. Eine wunderbare Idee, wie Emma findet. Die Kommissarin kann nur zu gut nachempfinden, wie beruhigend und sogar beglückend diese Tiere sein können. Sie selber und Kai haben für Patrick vier Bücher gekauft, zwei „Harry Potter" sowie die ersten beiden Bände der Fantasyreihe „Percy Jackson". Die Geschichte über den jungen Halbgott Percy, Sohn des griechischen Meeresgottes Poseidon, der zahlreiche Abenteuer bestehen muss, haben schon die Söhne von Kai verschlungen.

Für Kai ist der begeisterndste Lesestoff immer der, der den Horizont erweitert, der das Wissen ankurbelt und die Fantasie beflügelt. Er hofft ebenso wie Emma, dass Patrick sich von den

Geschichten, die sie ihm schenken, vom Alltag fortholen und in unbekannte Welten entführen lässt. Sie wünschen ihm so sehr, dass er schöne Träume haben kann, nachts – und ebenso, wenn er wach ist. Dass er das Leben und die Welt umarmen kann. Schon auf der Autofahrt von Hamburg nach Plön haben sie den Eindruck gewonnen, dass zumindest ein kleines Stück von der tiefen Trauer von dem Jungen abgefallen ist. Als er von seinen Wochen auf Juist erzählt hat, haben seine Augen geleuchtet. Die dunklen Schatten haben sich ein wenig gelichtet. Über seinen Vater hat Patrick kein Wort gesagt. Und auch über Raptor nicht.

Raptor! Jetzt im Restaurant am Plöner See ist dieser Serienmörder zwischen der Kommissarin und dem Rechtsmediziner natürlich weiter Thema. Sie sind sich einig, dass sie mit den Ermittlungsergebnissen zufrieden sein können. Die Beweiskette gegen Lukas Scheffler sieht solide aus, eine Verurteilung wegen der Morde an den Frauen sowie an seinem eigenen Bruder erscheint sicher. Ja, es war wirklich der Leichnam von Konrad Scheffler, den sie in der Tiefkühltruhe im geheimen Verlies ihres Verdächtigen gefunden haben. Das laminierte Foto, das in der Geldbörse des Toten lag, war das erste Indiz, dass es sich um den jüngeren Bruder von Lukas Scheffler handeln könnte. Eine schnelle Überprüfung erbrachte zudem: Mehr als zwei Monate lang hatte es kein Lebenszeichen von dem Dreiundvierzigjährigen gegeben, keine Kontobewegung, keine Anrufe, die von seinem Handy abgingen, keine Mails, die er beantwortet hätte. Weil er ohne Beziehung gewesen war und seit einer ganzen Weile ohne Job, hatte niemand eine Vermisstenanzeige aufgegeben. Und sein Mörder selber hatte selbstverständlich kein Interesse daran, irgendjemanden davon in Kenntnis zu setzen, dass Konrad wie vom Erdboden verschluckt war. Wie verschlungen von einem riesigen Maul, in der Tiefe einer Kühltruhe.

Ein Abgleich des Zahnstatus vom Toten mit den Zahnarztunterlagen Konrad Schefflers hat schließlich den Beweis geliefert, dass es sich wirklich um den jüngeren Bruder des Mordverdächtigen handelt. Sie haben den Serienverbrecher, der jetzt in einer Zelle im Untersuchungsgefängnis auf seinen Prozess wartet, nach seinen Motiven für die Taten gefragt, nach Details, möglichen Hinweisen auf etwaige weitere Opfer. Ja, auch das halten sie nach wie vor für möglich: dass es weitere Tote geben könnte, die auf das Konto von Scheffler gehen. Doch bei jeder ihrer Befragungen ist er verschlossen geblieben, schweigsam, unergründlich. Nur zu diesem einen Verbrechen, dem Mord an seinem Bruder, hat er sich geäußert. „Er ist mir auf die Schliche gekommen", hat er mit Verachtung in der Stimme geknurrt. „Er hat mich tatsächlich heimlich ausspioniert, warum auch immer. Ich konnte nicht riskieren, dass dieses Weichei mich bei der Polizei verpfeift."

Die Anklage ist noch nicht fertig, aber es ist zu erwarten, dass Scheffler wegen mehrfachen Mordes sowie Totschlags verurteilt werden wird, zu lebenslanger Freiheitsstrafe, vermutlich mit der Feststellung der besonderen Schwere der Schuld sowie der Verhängung der Sicherungsverwahrung. Die Höchststrafe. „Der kommt wohl niemals wieder aus dem Knast." Emma spricht aus, was Plathe in diesem Moment gedacht hat.

„Hoffentlich jedenfalls", stimmt Kai zu. „Das wäre ein beruhigendes Gefühl. Wollen wir darauf anstoßen?" Der Rechtsmediziner hebt sein Glas und sieht die Kommissarin fragend an. „Und bei der Gelegenheit zum Du übergehen? Ich würde mich freuen." Er sieht sie zustimmend nicken.

„Ich heiße Emma", sagt sie dann mit einem Lächeln, das ihren Augen einen besonderen Glanz verleiht. Auch ihr Gegenüber strahlt. „Und ich bin Kai."

In das Klirren ihrer Gläser mit Alsterwasser mischt sich ein dezentes Brummen. Emmas Handy. Sie fingert das Gerät aus der Seitentasche ihrer Winterjacke, die über der Stuhllehne hängt, und wirft einen Blick auf das Display. In einem Gruppenchat der Mordkommission ist eine Nachricht eingegangen. „Zwei Leichen im Forst Klövensteen in Hamburg-Rissen!" steht dort.

Emma legt ihr Besteck und ihre Serviette beiseite. „Ein neuer Fall für uns, wie es aussieht", eröffnet sie Plathe. „Wir sollten uns zügig auf den Weg machen."

In diesem Moment rumort auch sein Smartphone. Kai geht sofort ran. Emma beobachtet, wie er etwa eine Minute lang aufmerksam lauscht und sich nachdenklich durchs Haar streicht. „Schnaakenmoor, ja, die Gegend kenne ich", sagt er schließlich, kramt ein Stück Papier und einen Stift aus der Jackentasche und notiert sich etwas, offenbar eine Adresse und eine Wegbeschreibung. „Ich bin in etwa zwei Stunden dort."

Er verstaut sein Mobiltelefon in seiner Jacke und fixiert Emma. „Ein sehr interessanter Fall, wie es scheint. Offensichtlich dieselbe Sache, wegen der man dich gerade alarmiert hat. Man hat im Rissener Schnaakenmoor abseits eines Feldwegs zwei Moorleichen entdeckt. Und es sieht überhaupt nicht danach aus, dass es Tote aus uralter Zeit sein könnten, sondern eher aus dem zwanzigsten Jahrhundert."

Emma lehnt sich gespannt vor und hebt fragend die Augenbrauen.

„Eine trägt offenbar eine Kette mit einer D-Mark-Münze um den Hals. Und was an Kleidung bei beiden Toten noch erhalten ist, scheint zu jungen Frauen aus den Achtziger oder Neunziger Jahren zu passen."

Während er noch redet, ist Emma bereits aufgestanden, hat einen Geldschein auf den Restauranttisch gelegt und zieht ihre Jacke über. „Vielleicht ein Doppelmord", überlegt sie.

„Ein alter Vermisstenfall?", ergänzt Kai. „Lass uns losgehen!"

## NACHWORT UND DANKSAGUNG

Dieses Buch ist zugleich ein Experiment – und die Verwirklichung eines Traums: Nachdem wir eine Reihe von Krimi-Sachbüchern veröffentlicht haben, ist dies unser erster fiktiver Roman. Der gefährliche Serienmörder ist frei erfunden. In den Mittelpunkt gestellt haben wir einen narzisstischen Psychopathen, der eine eher ungewöhnliche Tötungsmethode wählt. Unser Ziel ist nicht nur, eine spannende Lektüre zu liefern. Wir möchten ebenso dafür sensibilisieren, dass es viele Todesfälle gibt, die eine vermeintlich harmlose Ursache haben – hinter denen aber ein raffinierter Mord stecken kann. Wir wissen, dass hier ein nicht unerhebliches Dunkelfeld existiert. Davon zeugen übrigens nicht nur einige politische Morde aus neuerer Zeit, sondern auch beispiellose Tötungsserien in Krankenhäusern, Arztpraxen und Pflegeeinrichtungen.

Dass es bei den Akteuren im Bereich von Polizei, Justiz und Rechtsmedizin gewisse Ähnlichkeiten mit lebenden und (ehemals) beruflich in Hamburg tätigen Personen gibt, ist nicht unbeabsichtigt. Die ihnen zugeschriebenen Eigenschaften, ihre Neigungen, Stärken und Schwächen sind indes völlig frei assoziiert.

Unsere Schauplätze sind überwiegend reale Lokalitäten in Hamburg und Umgebung. Die Institutionen und Organisationsformen sind den tatsächlichen Abläufen allerdings nur sinngemäß nachempfunden.

Wir sind uns darüber im Klaren, dass wir unseren Lesern eine Reihe von aufreibenden Szenen mit intensiven Eindrücken zumuten. Lassen Sie sich vom langjährigen Leiter der Hamburger Rechtsmedizin und einer Gerichtsreporterin mit jahrzehntelanger Berufserfahrung versichern, dass dies zwar nicht die alltägliche Routine wiedergibt, dass sich die Realität im Einzelfall aber durchaus noch drastischer und schonungsloser darstellt. Das Schicksal von „Patrick" etwa hat es in sehr ähnlicher Form tatsächlich gegeben; dieses Verbrechen wurde anonymisiert als Falldarstellung ins Archiv für Kriminologie aufgenommen und gehört damit zur Geschichte der Kriminalistik.

Wir haben versucht, die Routine und die speziellen Maßnahmen der Profis möglichst nah an der Wirklichkeit und am

Stand von Wissenschaft und Technik darzustellen, ohne allerdings in jeder Hinsicht faktengetreu agieren zu wollen. Außerdem haben wir uns an der einen oder anderen Stelle kleine kreative Freiheiten gestattet.

Schließlich sollte dies ja kein Handbuch für Mörder werden, im Gegenteil. Wir wollen zeigen, wie die Ermittler und das Gute letztlich obsiegen, auch wenn der exzentrische Killer eine scheinbar geniale Serie von Tötungsverbrechen hinlegt, die großes Leid auf vielen Seiten verursachen.

Viele Details aus der Ermittlungsarbeit von Polizei, Kriminaltechnik und Rechtsmedizin erforderten eine vertrauensvolle Beratung durch die jeweiligen Experten. Beispielhaft angeführt sei Kriminalhauptkommissar Christian Meinke vom Hamburger Landeskriminalamt, dem unser spezieller Dank gilt. Ein Riesendankeschön möchten wir zudem an alle richten, die uns mit tollem Rat und konstruktiver Kritik unterstützt haben. Explizit seien hier Ute Terfrüchte, Heidi Suckow und David Frankenfeld genannt. Die hier nicht weiter erwähnten Berater werden sich beim Lesen des Textes bestimmt wiederfinden.

Unser besonderer Dank gilt den Verlegern Marita Ellert-Richter und Gerhard Richter sowie unserem Lektor Werner Irro. Unser Team hat sich auf neue Wege begeben, und dieses Projekt hat uns alle gemeinsam fasziniert.

## DIE PERSONEN
*in der Reihenfolge des Auftretens*

Patrick: *wichtiger Zeuge eines Verbrechens, neun Jahre alt*
Emma Claasen: *Kriminalhauptkommissarin und Ermittlungsleiterin*
Karin Schnittger: *Sozialpädagogin und Pflegemutter von Patrick*
Kai Plathe: *Professor, Direktor am Institut für Rechtsmedizin in Hamburg*
Anna Krüger: *Mutter von Patrick, Hamburgerin mit Wohnsitz in Altona und*
Steffen Krüger: *Vater von Patrick und Ehemann von Anna Krüger*
Max Vollertsen: *Kriminalbeamter und engster Mitarbeiter von Emma Claasen*
Raptor: *finsterer Typ, der in Hamburg sein Unwesen treibt, Serienmörder*
Johannes Plathe: *Vater von Kai Plathe und pensionierter Kriminalpsychologe*
Annett Michelsen: *Hamburger Kunsthistorikerin*
Bianca Martinek: *Kriminalbeamtin im Ermittlerteam von Emma Claasen*
Kenan Arslan: *Kriminalbeamter im Ermittlerteam von Emma Claasen*
Oliver Neumann: *Kriminalbeamter im Ermittlerteam von Emma Claasen*
Sherlock und Watson: *die beiden Kater von Emma Claasen*
Lukas: *ein Junge, der auf dem Bauernhof seiner Eltern aufwächst*
Dr. Greta Gärtner: *Kinder- und Jugendpsychologin*
Kristina Lundén: *junge Frau aus Schweden*
Jasmin Stranger: *Lehrerin aus Lübeck*
Dorothee Kastmann: *Architektin aus Berlin*
Susanne Everson: *Schwester von Steffen Krüger*
Sandra Korittge: *Tante von Patrick, Schwester von Anna Krüger*
Carla Schiffbauer: *Kriminalpsychologin*
Prof. Dr. Gerhard Mechtermann: *Toxikologe*
Beate Wellmann: *Anthropologin im Institut für Rechtsmedizin*
Otto Krabbe: *Biologe im Institut für Rechtsmedizin*

## DIE AUTOREN

Die Journalistin Bettina Mittelacher hat sich auf die Schilderung von Kriminalfällen spezialisiert. Die Ur-Ur-Enkelin des Dichters und Juristen Theodor Storm ergründet als Gerichtsreporterin die Psyche von Verbrechern und berichtete über spektakuläre Verfahren wie den Prozess um den Säurefassmord, das Attentat auf die Tennisspielerin Monica Seles, die Verhandlung gegen einen früheren SS-Wachmann im KZ Stutthof, das Zugunglück von Eschede und über Verbrechen an Kindern. Bettina Mittelacher hat einen True-Crime-Podcast beim Hamburger Abendblatt – gemeinsam mit Prof. Klaus Püschel.

Klaus Püschel war bis 2020 Direktor des Instituts für Rechtsmedizin am Universitätsklinikum Hamburg-Eppendorf. Er arbeitet jetzt als Seniorprofessor und ist Gutachter in komplizierten/komplexen Kriminalfällen, deutschlandweit sowie international. Als Rechtsmediziner hat er an der Aufklärung diverser legendärer Todesfälle und Verbrechen mitgewirkt. Püschel ist Ehrenkommissar der Hamburger Polizei, Mitglied der Nationalen Akademie der Wissenschaften und Autor zahlreicher Fachbücher.

Wahre Geschichten,
die spannender, schockierender
und monströser sind
als jeder Krimi

*Klaus Püschel / Bettina Mittelacher*
**Der Tod gibt keine Ruhe**
**Faszinierende Fälle aus der**
**Rechtsmedizin**
328 Seiten
978-3-8319-0735-9

Warum musste ein Mensch sterben, so plötzlich und völlig unerwartet? Was musste das Opfer ertragen? Was genau ist in den letzten Augenblicken seines Lebens geschehen? Rechtsmediziner Klaus Püschel, seit vier Jahrzehnten international gefragter Experte seines Fachs, hat alles gesehen, analysiert und rekonstruiert, was Menschen anderen Menschen antun. Und Gerichtsreporterin Bettina Mittelacher hat in zahllosen Prozessen mit angehört, wie Menschen zu Gewaltverbrechern wurden und durch welche Hölle ihre Opfer gegangen sind.

**Tote schweigen nicht**
256 Seiten
978-3-8319-0660-4

**Tote lügen nicht**
288 Seiten
978-3-8319-0702-1

*Klaus Püschel / Bettina Mittelacher*
**Vermisst**
**Die Wahrheit ist der beste Krimi**
176 Seiten
978-3-8319-0773-1

*Klaus Püschel / Bettina Mittelacher*
**Sex and Crime**
**Die Wahrheit ist der beste Krimi**
184 Seiten
978-3-8319-0756-4

Über Jahre verschwinden immer wieder junge Frauen spurlos nach Disco- oder Kneipenbesuchen. Viele von ihnen sind auch Jahrzehnte später noch wie vom Erdboden verschluckt. In Hamburg kommt ein kleines Mädchen vom Spielen nicht zurück. Ein schrecklicher Verdacht wird wenig später Gewissheit: Das Kind ist ermordet worden. In einer niedersächsischen Kleinstadt gilt eine ganze Familie als verschollen. Und in einem Dorf in Schleswig-Holstein erzählt eine Frau, ihr Lebensgefährte sei plötzlich abgehauen. Jahre danach wird dessen einbetonierter Leichnam gefunden. „Vermisst": Unter diesem Titel schildert das Autorenduo mit Rechtsmediziner Klaus Püschel und Gerichtsreporterin Bettina Mittelacher zahlreiche spektakuläre Fälle. Sie alle bestätigen: Die Wahrheit ist der beste Krimi.

Das True-Crime-Buch „Sex and Crime" schildert Fälle, in denen ein Mann drei Frauen verstümmelt und sich als Lustmörder bezeichnet, ein Mediziner Frauen betäubt und missbraucht sowie ein kränkelnder Opa sich an jungen Mädchen vergeht. Und noch weitere spektakuläre Fälle, die alle zeigen: Sex ist das wohl stärkste Motiv und die drängendste Triebfeder für schwerste Verbrechen.
Das Leben schreibt die bizarrsten Geschichten von Tod und Gewalt, sagen der Rechtsmediziner Klaus Püschel und die Gerichtsreporterin Bettina Mittelacher.

## IMPRESSUM

Bibliografische Information der Deutschen Nationalbibliothek
Die Deutsche Nationalbibliothek verzeichnet diese
Publikation in der Deutschen National bibliografie;
detaillierte bibliografische Daten sind im Internet über
http://dnb.d-nb.de abrufbar.

ISBN 978-3-8319-0785-4

© Ellert & Richter Verlag GmbH, Hamburg 2021
2. Auflage 2021

Dieses Werk einschließlich aller seiner Teile ist
urheberrechtlich geschützt. Jede Verwertung außerhalb der
engen Grenzen des Urheberrechtsgesetzes ist ohne
Zustimmung des Verlages unzulässig und strafbar.
Dies gilt insbesondere für Vervielfältigungen, Übersetzungen,
Mikroverfilmungen und die Einspeicherung und
Verarbeitung in elektronischen Systemen.

Text: Bettina Mittelacher, Hamburg;
Prof. Dr. Klaus Püschel, Hamburg
Coverfoto: ©Максим Слесарчук – stock.adobe.com
Lektorat: Dr. Werner Irro, Hamburg
Gestaltung: BrücknerAping, Büro für Gestaltung, Bremen
Gesamtherstellung: CPI books GmbH, Leck
www.ellert-richter.de
www.facebook.com/EllertRichterVerlag